"아니, 아무튼 결혼동맹은 진지하게 받아들일필요없어. 난 전혀 관심 없ㄴ

"그게정말인가?"

야탈란테의 얼굴이 환하게 피어났다.
활짝.

"검을 뽑아라. 인간.
그리고 부질없는 반항을 해 보거라.
네놈의 눈앞에서 네가 이룬 것들을
모조리 박살내주마"

"무엇을 그렇게 생각하는 거니?"

그녀는 초월적인 아름다움을 갖고 있는 존재였다. 헐렁한 의복 덕에 우유처럼 깨끗한 피부와 풍만한 가슴이 한껏 드러나 있었다. 살짝 몸을 숙이면 안쪽까지 다 보일 듯한 모습이었다. 나는 그녀의 미를 마주하자 절로 탄식이 흘렀다.

신화 속 무법자 3

지은이 박제후

삽화 ICE

길찾기

1. 아마존의여왕

아마존의 여왕 펜테실레이아는 연이어 터진 사건에 이마를 짚었다. 여동생인 히폴리테가 미지의 적에게 납치된 것으로도 모자라 동굴로 보냈던 전력이 싹 다 포로로 잡혔단다.

"대체 이게 무슨 일이란 말이냐!"

울분이 섞인 펜테실레이아의 목소리에 아마조네스들은 면목이 없다는 듯 고개를 숙였다. 특히 여왕 앞에 서있는 가장 어린 아마조네스인 소피티아의 얼굴은 창백한 수준이었다.

"여, 여왕님 죄송해요…."

애써 울음을 참는 소피티아를 보며 펜테실레이아는 인상을 풀었다. 그녀는 이 작은 아마조네스에게 분노하지 않았으니까. 오히려 딱하게 여기고 동정했다.

"어디 다친 곳은 없느냐? 너라도 돌아와서 다행이구나."

"…감사드립니다. 그 자가 제게 서찰을 쥐어 보냈습니다."

여왕과 아마조네스들은 전후사정을 파악할 수 있었다. 그 미지의 적이 메세지를 전하기 위해 가장 약하고 별 가치 없는 아마조네스 하나를 풀어준 것이다. 대부분의 아마조네스들은 아직 어리고 미숙한 소피티아가 왜 정식 여전사가 됐는지 알지 못했다. 여왕이 결정한 것이라 묵인할 뿐이었다.

그래서인지 아마조네스들은 소피티아를 향해 곱지 않은 시선을 보내는 일이 잦았다. 이번에도 혼자 돌아왔다는 사실에 싸늘한 표정으로 혀를 차는 이가 여럿이다. 소피티아는 자신을 향한 냉소를 절절히 느꼈다.

'여왕님께서는 어째서 날 여전사로 만들었지? 그럴 자격도 없는데….'

부족의 모두가 영광된 전사가 되는 건 아니다. 그럴 필요도 없고. 소피티아는 본래 자신은 마을에서 전사들을 지원하는 역할을 하게 될 거라 생각해 왔다. 하지만 어째서인지 아마존의 여왕 펜테실레이아가 그녀를 직접 여전사로 발탁했다. 아마조네스란 이름은 영광된 것이었지만 어린 소피티아에겐 부담스럽고 감당하기 어려운 위치였다. 아직도 여왕의 뜻을 이해할 수 없었다.

'그래, 기왕 이렇게 된 거 아저씨를 따라 떠나야겠어.'

만약 심문에서 아마조네스에 관한 정보를 줄줄 토설한 게 들키면 사단이 날 거다. 여왕이 자신을 다소 신경 써 주는 것 같긴 했지만 그런 상황에서조차 보호해 줄지는 알 수 없었다.

"여기 받아온 서찰이 있습니다. 여왕님."

"이리 가져오렴."

펜테실레이아는 소피티아가 가져온 양피지 두루마리를 펼쳐봤다. 안에는 상당히 유려한 필체로 글이 적혀있었다. 꽤나 글씨를 많이 써본 자가 틀림없단 생각이 들었다.

아마존의 여왕 전하 만세!

직접 존안을 뵙고 인사드리지 못해 실로 송구한 마음 감출
수 없습니다. 상황이 불비해 서찰로 대신하오니 사죄의 말씀을
올립니다.

먼저 저에 대해 밝히자면 스파르타의 여왕 전하를 모시고 있
는 펠레우스라고 합니다. 왕국의 바실레우스로 미욱하게나마
국가의 경영에 한 팔 보태고 있다고 할 수 있겠습니다.

하여 그 행실을 바르게 하고 모범이 되어야 하는데 오늘날
공교로운 일로 사건이 일어났으니 본국의 여왕 전하를 향해 고
개를 들 수 없게 되었습니다.

"스파르타의 바실레우스라고?"

펜테실레이아의 눈이 휘둥그레졌다. 스파르타라면 열국 중
으뜸이라고 해도 이상하지 않을 군사 강국이었다. 그곳의 바
실레우스라니 일이 요상하게 돌아간단 생각이 들었다.

웅성웅성.

여왕의 혼잣말을 들었는지 주변에서도 술렁였다. 설마 스파르타의 고위직이랑 시비가 붙었을 줄이야. 놀란 건 소피티아도 마찬가지였다. 그녀는 눈이 동그래졌다.

'아저씨가 높은 사람이었구나!'

그러는 사이 펜테실레이아는 서찰을 계속 읽어갔다.

> 본디 제가 이 바다로 나온 건 해적을 소탕하기 위해서였습니다. 실제 최근에 삼두해적단을 해체하고 해적들을 교훈과 도덕으로 감화한 바가 있습니다. 사람의 도리에 대해 설명하자 부끄러움에 눈물을 흘리는 해적들의 모습은 제게 참으로 인상적이었습니다.

이 부분은 새빨간 거짓말이었다. 도덕으로 감화하기 보다는 모두 교수대의 밧줄로 감아버렸으며, 해적들은 부끄러워 눈물을 흘린 게 아니라 무서워서 울어댔던 거다. 하지만 그런 사정까지 알 리 없는 펜테실레이아는 상대가 상당한 도덕군자이며 고지식한 인간이 아닌가 싶었다. 또한 삼두해적단을 해체했다는 사실에 무척이나 놀라워했다.

'삼두해적단은 바다에서 악명이 높은 집단이다. 아무리 우리 전사들이 강해도 바다는 해적의 터전이라 본인 또한 함부로 건드리지 못했거늘…. 필시 보통 인물이 아니구나.'

분명 스파르타의 정예병들을 잔뜩 데리고 온 게 틀림없단 생각이 들었다. 상대는 스파르타의 고관이니 당연한 일일 터. 이제야 펜테실레이아는 히폴리테가 납치되고 동굴로 보낸 전력이 싹 사로잡힌 이유를 알 것 같았다.

'어느 틈에 스파르타의 전사들이 이렇게 몰려온 거지. 대체 왜?'

의문이 꼬리에 꼬리를 물었으며 펜테실레이아는 현재 상황에 대해 점점 오판을 더해갔다. 실제로 적은 인간 두 명에 식인 거인 하나였지만 스파르타의 강력한 군단이 몰려왔단 확신이 들었다. 안 그러면 현 상황을 설명할 수 없었기 때문이다. 아마존의 여왕은 표정이 심각해져 편지를 마저 읽어갔다.

이렇듯 저는 이 바다에서 해적을 쳐부수며 스파르타 여왕 전하의 존명을 떨치는 일 외에 관심이 없었사온데, 아마조네스들과 참으로 황망한 일을 겪었습니다. 하여 본인이 최근 겪은 무례에 대해 진심 어린 유감을 느끼고 있습니다.

우리가 이 낙소스 섬을 방문한 건 그저 단순한 이유였지만 어째서인지 아마조네스들이 우리 배를 약탈했습니다.

또한 건장한 사내들을 데려가려 하니 참으로 그 행실이 무례하기 짝이 없었습니다. 하여 히폴리테란 책임자를 붙잡고 삼단노선을 불살라 책임을 물었습니다.

하지만 폭거는 그걸로 끝나지 않았습니다. 상륙한 이후 동굴에서 휴식하던 중 전하의 병사들에게 공격을 받았습니다. 이에 그들 역시 포로로 붙잡았습니다. 마음 같아서 이 무도함을 손수 징벌하고 싶으나 일이 더욱 틀어지기 전에 전하께 정중하게 협상을 제안하고자 합니다.

"하아……."

편지를 읽던 펜테실레이아는 깊은 한숨을 내쉬었다. 생각 이상으로 상황이 심각했던 것이다. 뒷내용은 만날 장소에 대해 적혀 있었다.

"모두 듣도록."

펜테실레이아는 현재 상황을 설명했다. 그리고 펠레우스 제안에 대해서도 알렸다.

"내일 낙소스 섬의 버려진 오케아노스의 신전에서 만나자고 하는군. 여왕인 내게 직접 올 것을 요청해 왔다."

낙소스 섬 중앙에 큰 산이 있는데, 중턱에 오래돼 폐허가 된 오케아노스의 신전이 있다. 오케아노스는 원래 바다를 다스리는 티탄이었으나 포세이돈에게 밀려난 존재다. 사람들이 더는 그를 섬기지 않자 신전은 자연히 폐허가 됐고 이제는 터만 남았다.

"그런 무례한!"

"전하! 용서하지 마십시오!"

주변의 아마조네스들이 분노를 감추지 못했다. 비록 상대가 인간병기인 스파르타인이라고 해도 겁먹을 아마조네스들이 아니었다. 오히려 다들 복수를 하자고 소리를 높였다.

"그대들의 뜻을 알겠다. 하지만 일단 상대에 대해 파악하는 게 우선이다."

펜테실레이아의 말에 다들 고개를 끄덕였다. 여왕은 소피티아에게 이것저것 묻기 시작했다.

"그들의 전사는 몇이나 있었느냐?"

"셋이었어요."

"뭐? 셋?"

펠레우스는 소피티아에게 무리해서 거짓말을 하지 말라고 했다. 적이 셋이라고 해도 아마조네스들이 믿지 않을 걸 알기 때문이었다. 일종의 허허실실의 수였다.

"네, 바실레우스, 여전사, 그리고 거인이 하나 있었어요."

"뭐? 거인?"

펜테실레이아는 물으면 물을수록 상황이 알 수 없단 생각이 들었다. 답답함이 몰려들어왔다. 소피티아의 말에는 분명 거짓이 없었는데 이해할 수 없는 내용이 많았다.

'병력을 다른 곳에 숨겨 놓은 건가? 오케아노스의 신전에 매

복하고 있을지도 모르겠구나.'

상대가 스파르타의 바실레우스라는 건 확실한 듯했다. 편지와 함께 바실레우스를 상징하는 인장이 찍혀 있었기 때문이다. 그 정교한 인장은 분명 조작이 아니었다. 하지만 다른 정보가 너무 적어 제대로 상황을 판단하기 어려웠다.

'어쩔 수 없나.'

고민은 길었지만 결론은 하나 밖에 없었다. 여동생인 히폴리테를 구하기 위해서 신전을 가야만 한다. 게다가 여기서 위엄을 보이지 못하면 자신의 영도력에도 문제가 생길 터. 아마조네스들은 동료가 당한 일로 모두 분노한 상태였다.

"좋다. 설령 이게 함정이라고 해도 상관없다. 어차피 모두 박살낼 뿐이다. 이게 가장 우리다운 일이 아니겠느냐?"

"옳습니다. 여왕이시여!"

아마조네스들은 큰 목소리로 자신들의 여왕에게 동조했다. 지금 여기 모인 전력만으로 작은 도시국가를 점령할 정도였으니 그들은 스파르타인이라도 두렵지 않았다.

"상대가 스파르타의 고관이니 체면상 속임수를 쓰기도 쉽지 않을 터. 일단 그를 만나보겠다. 하지만 전투가 벌어질 수도 있으니 만반의 준비를 하라."

하지만 아직 여왕과 아마조네스들은 모르고 있었다. 적이 진짜로 셋뿐이고, 그들이 약속장소인 오케아노스 신전으로 갈 생각이 전혀 없다는 점을 말이다.

"펠레우스, 아마조네스들이 떠나고 있다."

몰래 숨어 나와 함께 낙소스 마을을 관찰 중인 아탈란테가 입을 열었다. 병력을 일부만 남기고 대부분이 여왕과 함께 오케아노스의 신전으로 향하고 있었다. 모두 단단히 기합이 들어간 게 전투를 각오한 듯했다.

"가서 좋은 시간 좀 보내면 좋겠군."

오케아노스 신전에는 식인거인 테마토스가 히폴리테를 제외한 아마조네스 포로들을 데리고 대기 중이다. 그가 날 대신해 아마존의 여왕과 포로 문제를 협상하기로 했다. 나는 이걸로 협상하겠다는 편지의 약속을 어긴 것은 아니라고 할 수 있다. 다만 모종의 사정이 생겨 대리인을 내보낸 거지. 나 같이 바쁜 남자에겐 가끔 그런 일도 있는 법 아닌가.

"그 식인거인이 제대로 여왕과 협상할 수 있을까?"

아탈란테의 물음에 나는 아무래도 좋다는 듯 어깨를 으쓱였다.

"어차피 진짜 협상하라고 보낸 것도 아닌걸. 그냥 황당한 요구나 하며 시간을 끌라는 거지. 정 안 되면 인질극이라도 하라고 했어. 포로를 들고 도망가거나."

신화시대의 피를 이어받은 테마토스에겐 어지간한 창칼은 들어가지도 않는다. 아무리 수백의 아마조네스라고도 해도 그에게 유효타를 넣을 수 있는 존재는 여왕을 비롯해 손에 꼽을 정도일 터. 도망 다니면 충분히 시간을 끌 수 있을 거다.

"우리는 그 사이에 할 일을 하면 돼. 테마토스가 필요한 만큼 시간을 벌어주길 바랄 뿐이지."

한동안 아마조네스들이 모두 사라지길 기다렸다. 오케아노스의 신전까지 거리는 반나절 이상 걸린다. 충분히 기다리며 여유롭게 식사까지 마친 뒤에야 자리에서 일어났다.

"가자. 이제 일할 시간이야."

우리가 할 일은 간단했다. 단 둘이서 낙소스 마을로 쳐들어가 깽판을 칠 예정이다. 아마조네스의 대부분이 빠져나간 터라 낙소스 마을에는 일부 병력만이 포로와 재물을 지키며 남아있었다. 하지만 내가 노리는 가장 중요한 목표물은 다름 아닌 배였다.

"저기 있군."

멀리서도 항구 쪽에 있는 아마조네스들의 삼단노선 세 척이 잘 보였다.

"아탈란테, 저 거대한 배들이 사라지면 아마조네스들은 이 섬에 갇히게 되지. 낙소스 섬에 있는 배라고 해봐야 작은 어선 정도니까."

"불을 지를 거야?"

"아니, 지키는 자들도 있는데 그건 쉽지 않겠지. 그냥 화끈하게 가자고."

나는 허리춤에서 제우스의 보검을 두들겼다. 이걸로 번개를 떨어뜨리면 저 거대한 삼단노선도 반파되더라. 이후 불길에 휩싸여 전소되니 당하는 입장에선 실로 복장 뒤집힐 일이라 하겠다. 저 삼단노선을 하나 만드는데 엄청난 재화가 들어

가는지라 하나만 잃어도 피해가 막심하다.

"이미 한 척 박살냈고, 나머지 저 세 척까지 굉침시킨다면 야… 앞으로 최소 10년은 아마조네스들이 바다에서 활동 못 할 걸?"

감히 이 몸에게 시비를 걸다니 혹독한 대가를 치르게 해줘 야겠지. 나는 배를 모조리 불살라 아마조네스들을 섬에 가둬 놓고, 엔디미온을 찾아서 유유히 빠져나갈 작정이었다. 기왕 가는 김에 가여운 소피티아도 데려가야지.

"흐흐흐."

기분 좋게 웃으며 나아가자 마을 입구에서 번을 서고 있던 아마조네스들과 마주쳤다.

"웬 놈이냐!"

그들은 나와 아탈란테를 보자마자 흉흉한 기세로 창을 내민 다. 나는 이걸 보고도 태연하게 아탈란테에게 물었다.

"내가 새로운 기술을 하나 개발했는데 한 번 볼래?"

"좋아. 신성을 응용하는 건가?"

고개를 끄덕인 나는 앞으로 혼자 걸어갔다. 순식간에 아마 조네스들에게 둘러싸여 목에 창날이 닿았다.

"수상한 놈이구나! 꼼짝 마라!"

"조금이라도 움직이면 그냥 찔러버려!"

아마조네스들이 뭐라 하던 상관없이 나는 오른손을 얼굴 높 이로 들어올렸다. 내 손엔 아무 것도 쥐어져 있지 않았기에 다 들 의아한 표정이었다.

"이봐, 가만히 있지 못…."

아마조네스 하나가 인상을 찌푸리며 날 걷어차려던 그 순간 손가락을 살짝 튕겼다.

딱!

짧은 소리가 나더니 곧장 폭음이 터졌다.

콰아아아앙!

내 주위로 폭발이 일어나며 근처의 아마조네스들이 모조리 뒤로 튕겨졌다.

우르르릉! 콰앙!

담벼락을 무너뜨리며 날아간 이도 있었고 근처의 수레를 박살내며 쳐 박힌 이도 있었다. 손가락을 가볍게 튕긴 것만으로 수류탄이 터진 듯한 폭발이 일어난 것이다. 신성을 마음껏 응용하게 됐을 때 제일 먼저 생각했던 게 당연히 이런 작은 폭발형 공격이었다. 하지만 작고 제한된 범위로 폭발시키는 게 생각보다 어려워서 애를 먹어왔다. 그러다 이제야 실전에 쓸 정도로 완성해냈다.

"확 날려버리는 건 간단한데 이 정도로 깔끔하게 터뜨리는 건 쉽지 않더라고. 어때, 제법 쓸만하지?"

나는 칭찬을 바라며 물었는데 아탈란테는 질린 듯한 표정으로 입을 닫고 있었다. 그러다 간신히 말문을 열었다.

"이들은… 적어도 10년 이상 수련한 전사들이다. 20년 이상 단련한 자도 있겠지. 하지만 펠레우스, 네 손가락 튕기기 한 번만 못하군."

아탈란테의 말에 나는 고개를 작게 끄덕이며 바닥에 떨어진 아마조네스의 검을 발로 밟았다. 깨끗한 검신에 내 발자국이

진득하게 묻는다.

"그래. 그런 놈들이 내 성질머리를 건드린 거지."

세상일에는 주제 파악이 중요하다. 주제 파악을 해야 서로 얼굴 붉히는 일도 없고 피곤하지도 않거든.

"직무에 충실한 용기는 칭찬하고 싶다만, 덤빌 만한 상대에게 덤벼야지."

쓰러진 아마조네스들을 넘어서 낙소스 마을 안으로 진입했다. 이들의 동료들은 아마 폭음을 듣고 우르르 몰려나올 터.

"음? 사람들이 안 보이는군."

주민들이 눈에 띄지 않았는데, 자세히 보니 다들 집안에서 숨어 밖을 내다보고 있었다. 아마 아마조네스들이 여러 가지로 통제를 한 모양이다.

"뭐야? 저들은 누구지?"

"아마조네스와 싸우려는 건가?"

작은 목소리였지만 주민들이 말하는 게 생생하게 들렸다. 신성을 흡수한 후 많은 게 달라지긴 했지만 청력까지 이렇게 될 줄이야? 저 멀리에서 숨어서 수군수군 거리는 속삭임까지 알아들을 수 있었다. 이렇게 주민들의 반응을 들으니 영웅적인 어필이 필요함을 느꼈다.

"낙소스의 주민들이여!"

내 목소리가 우렁차게 일대를 울렸다. 듣는 사람이야 일부겠지만 그래도 소문이란 게 있잖나. 아마조네스를 무찌르고 어떻게 들어 왔냐, 이것도 후일 이야깃거리가 된다.

"그대들이 고통 받고 있다는 소식을 듣고, 스파르타의 바실레우스이자, 헬레네 여왕 전하의 충실한 종복인 이 펠레우스가 모두를 해방하기 위해 이곳까지 왔도다!"

내 말에 사람들이 웅성웅성 대는 게 느껴졌다.

"주민들이여! 이미 본인은 섬의 해안에서 아마조네스의 삼단노선을 완파하고 여기 당도했다! 또한 중대한 사실을 알리고자 하니, 아마존 여왕의 동생인 히폴리테 역시 포로로 붙잡았다. 보아라! 히폴리테의 허리띠를! 그대들이 풍문을 들어 알고 있다면 아마조네스는 함부로 허리띠를 내어주지 않음을 알 것이다!"

나는 히폴리테의 금빛 허리띠를 손에 들고 마을의 거리를 행진했다. 그러자 사람들이 흥분해서는 나무 창문을 벌컥 열고 내다본다.

"세상에, 왕족의 황금 허리띠가 맞는 것 같은데?"

"저 남자가 진짜 스파르타의 바실레우스인가!"

무거운 분위기에 짓눌려 있는 듯한 마을에 활기가 되살아난다. 마치 음소거 상태였는데 볼륨을 점점 올리는 듯한 기분이다. 하지만 금방 방해를 받았다.

"저기다!"

"침입자다!"

낙소스 마을에 남아 방어를 하고 있던 아마조네스들이 출동한 것이다. 이미 폭음을 들었던 탓인지 완전 무장을 한 여전사 십여 명이었다. 남은 수가 더 될 테니 아마 금세 여기저기서 더 몰려올 거다.

"저놈들이다! 정말 허리띠를 들고 있어!"

"쳐라!"

사정이 이렇게 되니 아마조네스들은 바로 공격해 왔다. 그들은 투창을 몇 개씩 들고 있어 이쪽으로 마구 던져댔다.

쌔앵! 쌩!

투창이 이렇게 위력적이고 무서운 것이었나. 바람을 가르며 엄청난 속도로 날아온다. 가히 최고로 단련된 투창술이라 할 만했다. 하지만 나는 눈 하나 깜빡하지 않았다.

"귀찮군."

몸 여기저기를 때린 투창은 전혀 꽂히지 않고 튕겨나갔다. 내 육체의 강도는 아르테미스의 화살도 견딜 정도다. 저런 투창이야 아무리 던져도 소용없다.

"아탈란테."

"응?"

아탈란테는 투창이 날아오자마자 내 등 뒤로 숨은 상태다.

"다음에는 방어막 같은 걸 만들어볼까?"

"왜?"

"이대로는 뭔가 폼이 안 나잖아. 피해가 없다고 해도 일단 다 얻어맞았고."

지켜보던 마을 주민들이 비명을 질렀을 정도다. 하지만 지금은 다른 의미의 비명을 지르고 있었다. 사람이 투창을 연달아 얻어맞고도 멀쩡하니 놀라울 수밖에.

"폼?"

"그래. 폼은 중요한 법이지. 예를 들면 손을 이렇게 들어서 공중에서 투창을 모두 막는다고 쳐봐."

아마조네스들이 고함을 지르며 다시 투창을 던질 때 나는 손을 앞으로 내밀었다. 그리고 신성을 응용해 허공에 보이지 않는 사각 모양의 막을 상상했다. 원래 반구형으로 아탈란테와 날 완전히 둘러싸고 싶었지만, 바로 시도하긴 좀 어려움이 있었다. 일단은 사각형의 막으로도 충분할 터.

　슈욱! 쌔액!

　다시 투창 십여 개가 바람을 가르며 날아왔다. 덩치 큰 멧돼지라도 뚫어버린 듯한 강력한 공격이었지만 허공에서 볼품없이 튕겨나갔다. 일부는 힘을 이기지 못하고 반으로 분질러져 날아갔다. 내가 즉석해서 만든 사각형의 방어막 때문이다. 성능은 충분히 만족스러웠다. 그래서 다소 거들먹거렸다.

　"봤지? 이번에는 좀 멋지지 않았어?"

　한 손을 내밀어 투창을 모조리 무력화시키다니. 옆에서 보면 뭔가 심후한 힘을 가진 존재로 보일…….

　"아탈란테?"

　답이 없기에 뒤를 돌아보니 아탈란테가 멍하니 입을 벌리고 날 보고 있었다. 반쯤 넋이 나간 얼굴이다.

　"왜 그래?"

　손을 눈앞에서 흔들어 보이자 아탈란테가 곧 어이없다는 듯 중얼거렸다.

　"…너는 역시 신 같은 거냐?"

　"무슨?"

　"어느 인간이 그래볼까 하고 날아오는 투창을 허공에서 막나?"

음, 신성을 다루면 별로 어려운 일은 아닌데 충격적으로 보인 건가? 아닌 게 아니라, 공격하던 아마조네스들도 당황해서 멈칫거리고 있었다.

-이런 황당한 놈! 재능충 새끼!

비밀의 서는 분노를 가득 담아 악을 써댔다.

-비서야, 너는 어떻게 내가 신성을 쓸 때마다 비난이야.

-볼 때마다 말이 안 나오게 황당해서 그런다. 신성을 응용하는 그런 기술은 보통 대대한 노력으로 겨우 개발하게 되는 거라고. 어떤 미친놈이 한 번 써볼까, 하고 쓴단 말이냐!

아니, 그냥 되는 걸 어쩌라고.

"아탈란테, 나 주민들에게 할 말이 있는데 쟤들 좀 막아 줄래?"

아마조네스들을 가리키며 묻자 아탈란테가 앞으로 튀어나갔다. 적이 점점 늘어나고 있었지만 그녀라면 괜찮다. 아무리 아르테미스의 총애를 잃었다고 해도 인류에서 손꼽을 무재를 지닌 천재니까.

"주민들이여!"

다시 우렁차게 주변에 외쳤다. 내 목소리는 확성기를 켠 듯 크게 마을 곳곳에 울렸다.

"이 몸은 틀림없는 스파르타의 바실레우스! 우리 자비로우신 여왕 전하의 이름으로 약속한다! 그대들은 이 시간 부로 해방이라고! 스파르타의 힘이 그대를 도울 것이다! 더는 외부인들에게 지배당하지 말고 일어나라! 무기를 들고 싸울 힘을 되찾아라!"

당장 주민들이 호응해 들고 일어날 거라곤 생각하지 않는다. 이미 한 차례 크게 당하고 억눌렸으니 용기가 쉽게 나지 않을 터. 게다가 이쪽은 겨우 둘이 쳐들어왔는데 마을에 남은 아마조네스가 아직 적지 않다. 하지만 주민들이 들고 일어나는 건 시간문제라고 본다.

"지금부터 침략자들이 타고 온 배를 불사르겠다! 이것으로 그들의 자존심과 기세는 산산조각날 것이다!"

일단 예고했으니 이제부터 전투에 집중하기로 했다. 나는 아탈란테를 도와 적을 밀어붙이며 부두 쪽으로 나아갔다. 마을에 남은 아마조네스는 수십여 명이었지만, 아탈란테와 둘이서도 우세를 점할 수 있었다. 그 정도로 우리의 힘은 강력했다. 이미 해적 본거지도 한 차례 휩쓸어 본 적이 있는데 아마조네스라고 못 상대하겠는가.

"꺼져라!"

막 달려들던 아마조네스를 한 팔로 쳐냈다. 몸 안쪽에서 바깥쪽으로 팔을 휘두르며 강타하자 아마조네스가 허공으로 떠올라 날아갔다.

"꺄아!"

비명을 지르더니 빈 좌판을 요란하게 부수며 떨어진다.

와장창!

이미 내 완력은 인간의 수준이 아니었다. 다른 아마조네스가 방패로 진로를 가로막기에 앞차기를 먹여주자, 그녀는 방패를 놓치고 10미터나 뒤로 날아갔다. 바닥에 떨어지고도 한참을 계속 굴러갔을 정도다. 이런 전투가 이어지자 파죽지세로 부둣가에 도착할 수 있었다. 나는 그제야 검을 뽑았다.

"신의 분노를 느끼게 해주마!"

제우스의 보검에 신성을 불어넣기 시작하자 그야말로 초자연적인 현상이 일어났다.

파지지직! 파직!

검신이 하얗게 달궈지며 스파크가 튀기 시작함은 물론 곧 하늘이 우중충해지며 거센 바람이 불어왔다. 갑자기 파도가 넘실대 정박된 배들이 크게 흔들리고 있었다.

우르르릉! 콰앙!

하늘에서 큰 북을 치는 듯한 소리가 울렸다. 그때 나는 들고 있던 검을 정박돼 있던 삼단노선을 향해 내렸다.

번쩍!

번개가 작렬해 삼단노선을 직격한다. 요란한 폭음과 함께 배의 앞부분이 거의 다 터져나갔다. 사방에 나무 파편이 튀어 부둣가 근처에서 어지럽게 쓰레기처럼 떠다녔다.

"맙소사… 신이시여."

어떤 아마조네스가 내게 달려 들려다가 무기를 땅바닥에 떨어뜨리고 망연자실히 중얼거린다. 삼단노선을 박살낸 이 번개는 적의 전투의지마저 꺾어버렸다. 이런 재앙 앞에 싸울 엄두가 나지 않겠지.

번쩍!

두 번째 번개가 내리쳤고, 삼단노선 하나가 더 박살났다. 그 야말로 가공할 위력이라고 밖에 할 수 없다.

"후우…."

이렇게 연달아 힘을 쏟아내니 살짝 버겁긴 하구나. 그래도 못 버틸 정도는 아니다. 이미 마을의 주민들은 집 밖으로 몰려나와 박살난 삼단노선을 구경 중이었다. 그러다 아마조네스들과 시비가 붙기도 했다. 특히 쓰러져 있던 아마조네스들은 주민들에게 손쉬운 사냥감이었다.

"이런 썩을 것들!"

"감히 우리 마을을 엉망으로 만들어!"

쌓인 게 많은 듯 몰려나온 주민들은 부상당한 아마조네스들을 마구잡이로 구타했다. 그뿐만 아니라 잡혀있는 자경단원들을 구하자는 얘기도 나오고 있었다. 아마 싸울 줄 아는 자들은 포로로 감시받고 있는 모양이다. 나는 이제 마지막 삼단노선을 박살내기 위해 힘을 끌어 모았다. 이것만 부수면 아마조네스들은 그야말로 난감한 상황이 될 터.

"앞으로 절대 바다로 나오지 말도록!"

내 외침과 함께 번개가 내리꽂혀 삼단노선을 박살냈다.

콰아앙!

나무파편이 멀리 떨어진 내 쪽까지 튈 정도였다.

"후우…."

삼연속으로 이렇게 강력한 번개를 만드는 건 역시 쉽지 않은 일이었다. 살짝 허벅지가 떨리는 느낌이다. 신성의 공급을 멈추자 제우스의 보검을 감싼 번개가 사라졌다. 우중충했던 하늘도 언제 그랬냐는 듯 맑아지며 높아졌던 파도도 얌전해진다. 눈으로 보고도 잘 안 믿기는 극적인 변화였다. 그때 마을 사람 중 하나가 큰 목소리로 외친다.

"보시오! 저분이야 말로, 신인(神人)이며, 스파르타의 고귀한 바실레우스시오! 저 위대하신 분께서 우리를 구해주기 위해 몸소 낙소스로 온 것이오!"

누가 이렇게 날 찬양해주지? 마을 주민들 반응이 나쁘지 않을 거라고 생각하긴 했지만 노골적으로 띄워주는데? 의아한 맘에 소리가 난 쪽을 쳐다보던 나는 순간 눈이 커졌다. 히폴리테 때문에 헤어졌던 해적선장 아이토스가 주민들 틈에 껴있었기 때문이다.

"허?"

헛웃음이 나온다. 저 녀석 수완이면 멀쩡할 거라고 생각하긴 했다. 한데 이렇게 마을 주민들 틈에 천연덕스럽게 껴있다니? 심지어 이곳은 아마조네스에게 점령됐던 곳인데 아주 자연스럽게 녹아들어가 있었다.

"모두 저분의 이름을 외칩시다! 고귀하신 분이 이곳을 찾은 것만으로도 낙소스에 무궁한 영광이외다!"

아이토스는 아주 능수능란하게 주민들을 선동하고 있었다. 평소라면 아이토스가 외지인이라는 걸 대번에 알 테지만, 지금은 다들 정신이 없는 상황이다. 그는 그걸 잘 이용했다.

"펠레우스 님은 근자에 이름을 천하에 떨치고 있는 영웅이시오! 이제 저분께서 왔으니 아마존의 여왕 따위는 더는 두려워할 것이 없겠소이다! 모두 눈이 있다면 보았을 것이오! 저 거대한 삼단노선이 번개에 박살나는 모습을!"

선장까지 한 놈이라 그런가 제법 호소력 있는 목소리인 걸? 그래서인지 주민들은 열렬한 외침을 토해냈다.

"펠레우스!"

"펠레우스!"

안 그래도 뜻하지 않던 흉사를 겪고 슬픔에 잠겨있던 주민들이다. 자신들을 구해줄 영웅이 나타났다니 열광할 수밖에 없었다. 사람들은 아마조네스들을 포박하고 계속 내 이름을 외쳐댔다. 점점 몰려오는 자들이 많아 부둣가에 사람이 가득 차고 있었다.

"영웅이시여! 한 말씀 하십시오!"

아이토스가 딱 좋게 끼어들어 아주 판을 제대로 깔아줬다. 놈은 나랑 눈이 마주치자 비열한 웃음을 살짝 짓는다.

"허⋯."

역시 아주 타고난 간신배야. 눈치가 좋은 데다가 유능하기도 하다. 지가 알아서 분위기까지 유도하다니 보통 놈이 아니구나.

"모두 듣도록!"

내 외침에 도떼기시장처럼 시끄럽던 주변이 조용해진다. 많은 주민들이 나를 쳐다본다. 지금도 여기저기서 계속 사람들이 몰려오고 있었다.

"침략자들의 가장 강력한 무기는 박살났다. 이제 이 펠레우스가 그대들을 자유로 이끌 것이다!"

"와아아아아아!"

다들 크게 기뻐하며 소리를 질러댔다. 하지만 쉽게 흥분하는 대중들 속에도 이성적이고 통찰력 있는 이가 있기 마련이다. 늙은 주민 하나가 지팡이를 높게 들며 외쳐왔다.

"스파르타의 바실레우스여!"

"말하라, 노인장."

"소인에겐 궁금한 점이 있습니다. 바실레우스께서 이 마을의 해방자임을 알겠습니다. 하지만 여기 있는 아마조네스들이 전부가 아닙니다. 그들의 주력은 무슨 이유에서인지 잠시 마을을 비웠습니다. 하지만 다시 돌아올 겁니다. 이에 대비책이 있습니까?"

합리적인 의문이었다. 내가 공감한다는 듯 고개를 끄덕이자 노인이 계속 걱정을 털어놓았다.

"이미 마을의 젊은이들이 많이 상했습니다. 대부분 오랜 치료를 필요로 하며 다시 무기를 들 여력이 없습니다. 사정이 이런데 아마존의 여왕이 돌아오면 바실레우스께선 어떤 복안이 있으신지요? 해방의 기쁨도 좋지만 대책이 없다면 경거망동할 수 없습니다."

"현명한 의견이다. 노인장. 당연히 본인에겐 아마존 여왕의 군대를 대비할 비책이 있다."

지켜보던 주민들이 기쁨의 탄성을 터뜨렸다.

"오오오오! 살았어!"

"스파르타군이 오는 건가!"

다들 기대에 찬 눈빛이었다. 그래, 보통 상식적으로 스파르타의 군대가 상륙할 거라 여기겠지. 하지만 내가 가진 카드는 다른 거였다.

"본인은 위대한 바다신 트리톤에게 도움을 청할 작정이다!"

거기에 더불어 영웅답지 못한 일이라 밝히진 않았지만, 히폴리테를 내세워 여왕을 상대로 인질극도 벌일 생각이었다. 이래저래 저쪽을 괴롭힐 방책이야 많았다. 나는 트리톤이란 말에 크게 놀라움을 표하는 주민들을 보며 히죽 웃었다.

"역시 아르테미스의 떨거지는 뼛속까지 털어야 제맛이지."

낙소스 마을의 아마조네스들을 모조리 제압했다. 그리고 감금돼 있던 마을의 지도부가 풀려났다. 내가 그들에게 협조를 요청하자 모두 기꺼이 고개를 숙여왔다.

"분부만 내려주십시오. 각하."

"좋다. 일단 건장한 이들은 모두 무장시켜 방어를 준비하도록."

"알겠습니다."

"너희가 스스로를 지킬 준비를 하는 동안 본인은 트리톤 신과 협상을 하겠다."

마을 지도부는 부산을 떨기 시작했다. 아마존의 여왕이 언제 돌아올지 알 수 없었기 때문이다. 그 사이 나는 트리톤 신을 부를 준비를 시작했다. 이번에는 공양 의식이 아닌지라 지난번처럼 거창하게 제단을 마련할 필요는 없었다. 하지만 예를 지켜야했기에 나름대로 정해진 절차를 준수해야만 한다. 마침 일손이 부족하다 싶던 그때 간사한 목소리가 들려왔다.

"펠레우스 각하! 이 불초 아이토스, 잠시 각하를 따르지 못했습니다. 그간 별고 없으셨는지요. 헤헤."

아이토스가 살아남은 해적들을 이끌고 허리를 굽실거리며 다가왔다. 볼수록 명줄이 질긴 놈이 아닌가.

"용케 죽지 않고 살아있군."

뼈가 있는 내 말에도 아이토스는 아랑곳하지 않고 웃는다.

"소인이 어찌 모시는 분을 두고 죽겠습니까? 물론 귀신이 되어서라도 보필하고 싶은 심경입니다만."

"이거 아주 아부가 제대로네. 혹시 해적하기 전에 어디서 간신배 좀 하고 왔어? 삭탈관직 당하고 귀향 온 건가?"

"관직이라니요. 저 같은 무뢰배가 어디 감히."

"아무리 봐도 수상한데? 손바닥 비비는 솜씨가 왕년에 고을 수령 좀 잔뜩 빨아주던 것 같아."

"그저 주인 되시는 분의 심경을 조금이나마 이해하려고 노력한 결과입니다. 이 아이토스, 개나 말처럼 하찮은 힘이나마 각하를 위해 보탤 따름입니다."

"아주 주댕이가 흐르는 물처럼 매끄러워, 진짜."

고개를 설레설레 젓은 나는 아이토스와 해적들을 시켜 즉석해서 제단을 만들었다. 이전처럼 배를 통째로 쓰는 거창한 건 아니고 돌을 쌓은 정도였다. 이미 정식으로 의식을 치르고 트리톤과 인연이 이어졌기에 이 정도로 충분했다.

-위대한 트리톤 신이시여.

준비가 끝나자 마음속으로 트리톤을 불렀다. 그러자 잠시 뒤에 응답이 왔다.

[무엇인가? 이 몸을 찾을 일이 한동안 없을 줄 알았는데.]

-그게 무슨 말씀이십니까?

[지금 수신을 공격하고 있다 그 말이다.]

-허! 벌써 찾으신 겁니까?

평소 수신 다곤을 벼르고 있었구나. 삼두 해적단의 본거지에서 트리톤과 헤어진 지 몇 날이 지나지 않았는데 벌써 쳐들어가다니.

[종기를 도려내는 데는 빠르고 단호한 손길이 필요하지. 다곤이란 놈은 이 바다의 종기 같은 존재다.]

트리톤이 왜 내가 찾을 일이 없다고 말한 건지 알 수 있었다. 나는 그에게 바친 진주만큼 도움을 받기로 했는데, 수신 다곤에게 원한을 살까 염려해서다. 한데 지금 다곤은 공격 받고 있으니 내게 신경 쓸 겨를이 없을 거란 소리.

-참으로 기쁜 소식입니다만, 제 앞을 가로막는 자들이 또 나타났습니다.

나는 낙소스 섬으로 와서 아마조네스들과 충돌하게 된 이야기를 설명했다. 그러자 트리톤이 껄껄대며 웃는다.

[그대도 어지간히 바쁘게 움직이며 다니는 자로군. 여기저기 뒤집어엎으며 충돌하니, 신들의 호기심을 끄는 것도 당연하겠구나.]

-네? 제가요?

[느끼지 못하겠느냐? 많은 신들의 관심이 그대에게 향하고 있음을. 이 몸도 본래 그대를 특이하고 흥미가 가는 인간 정도로 여겼다. 하지만 다른 신들의 태도에 단순한 호기심으로만 대해서는 안 되겠다는 걸 깨달았지.]

-무슨 말씀인지 설명 좀 해주십시오.

[크크크크. 궁금한 모양이구나. 사실 이 몸이 그대에게 공양을 받았다는 사실을 말하자 접근해온 신들이 몇이나 있었다.]

-누구누구입니까?

[먼저 전령의 신 헤르메스가 날 찾아왔지.]

역시 올림포스의 촉새로군. 말이 빠른 것만 아니라 행동도 빠르다.

-헤르메스 님이 저에 대해 뭐라고 하시던가요?

[최근 굵직한 사건이 그대를 통해 일어났다고 들었다. 미케네부터 스파르타까지 짧은 사이에 다양한 일을 했더군. 하여 헤르메스가 이르길 앞으로도 큰 사건의 중심에 설 자니 나보고 어찌 대할지 잘 판단하라고 했지.]

-그렇군요.

[다만 본인이 보기에 여러 가지로 기대할 만한 인간이란 평이었다. 뭣보다 아르테미스와 사이가 나쁜 게 흡족하다며 앞으로 그대에게 투자할 계획이라고 슬쩍 밝히더군.]

뭐? 올림포스의 촉새가 나한테 투자할 거라니? 이거 생각지도 못한 수확이잖아.

[이에 이 몸 역시 상당히 마음이 동했다. 헤르메스는 대단히 영준하다. 지금까지 후원한 자들은 큰 성과를 거뒀지. 오늘날 헤르메스 교단이 확고하게 자리 잡은 것도 그의 탁월한 투자 덕분이다. 하니 이 몸 역시 혹할 수밖에.]

-실로 과분한 말씀이십니다.

[한데 그것만이 아니었다. 무지개의 신 이리스가 오더니 그

대를 잘 봐달라고 하더군.]

이리스가 말인가. 그 양반 생각보다 의리가 있군. 하지만 상대가 상대이니 만큼 뜻밖의 오해를 받았다.

[설마 그대, 이리스 신의 남성을 만족시켜준 건가?]

-허, 그게 무슨….

남성을 만족시켜 주다니. 무척이나 기분 나쁜 울림이 느껴지는 말이었다.

-절대로 오해십니다. 영세불변하게 앞으로도 그럴 일은 없을 것이고요.

[강한 부정은 긍정이라고 하지. 남자 간의 일은 당사자만이 알겠지. 크흐흐.]

-보통 남녀 간의 일이라고 표현하지 않습니까!

[알겠네. 예쁜 사랑하시게나.]

-크아아악!

이리스 이 자식. 도와줘도 문제로군.

[물론 그대에게 좋지 않은 의견을 보유한 신들도 있었다.]

-누구입니까?

[가장 그대에 대해 험담한 이는 아르테미스 여신이있지.]

-아, 그렇군요.

그 부분에 대해서는 담담하게 반응할 수밖에 없었다. 역시 기대를 저버리지 않는구나, 아르테미스. 아무래도 아르테미스와 나는 전생에 부부 사이가 아니었나 싶을 정도다. 부부는 내세에 서로 원수가 된다지 않나.

[아폴론 신도 부정적인 태도였다. 그대가 지나치게 교만하

다고 했다. 조만간 네메시스 여신이 그대를 징치할 테니 관심을 기울여 봐야 헛일일 거라고 조언하더군.]

아폴론 이 삐돌이 자식! 스파르타에서 국교 문제로 엮였던 것 때문에 앙심을 품은 모양이다. 캬, 역시 올림포스 졸렬의 아이콘이로구나.

[하지만 정작 네메시스 여신은 호의적이더군. 아테나 여신 역시 그대에게 우호적인 것 같았다. 하지만 이 몸의 마음을 움직인 건 가장 마지막에 나타난 신이었다.]

-그게 대체 누굽니까?

나는 궁금증이 크게 동했다. 트리톤의 마음을 가장 크게 움직인 신이 누구일까.

[바로 화로의 여신인 헤스티아 님이셨다.]

-아….

[헤스티아 님은 생각이 깊으시고 우매한 이들이 보지 못하는 것까지 보시는 분이다. 한데 그런 그분께서 펠레우스 그대를 높게 평가하셨다. 분명 앞으로 큰일을 할 자니 지켜보는 게 좋다고 말이다.]

헤스티아 님께서 날 그렇게 고평가 해주고 계셨다니. 마음이 절로 뿌듯해졌다. 그분을 실망시키지 않도록 열심히 해야겠단 생각마저 들었다. 참으로 올림포스의 빛 그 자체다.

-넘치는 영광입니다.

[본디 헤스티아 님과 인연이 있었던 건가? 그분은 아무에게나 호의를 보이지 않는다. 있는 듯 없는 듯 조용히 지내시는 분이지. 신들의 세상, 인간의 세상, 어느 쪽에서 무슨 일이 터지

든 관심 없다는 듯 한 발 물러나 있는 게 그분이다. 한데 그대의 일에 관해선 드물게 관심을 보이니 참으로 신기한 일이라 할 수 있다.]

-제 마음이 그분을 흠모하고 있습니다만, 따로 인연은 없습니다. 종종 헤스티아 님의 신전에 들러 기도를 드린 게 다지요.

[희한하군. 그 정도라면 보통 인간들이 하는 수준인 것을.]

-그렇습니다.

헤스티아 님이 내게 관심을 가지고 계신다니 실로 기쁜 일이지만, 생각해 보면 딱히 접점은 없는 존재다. 어째서 날 주목하는지 알 수 없단 생각이 들었다.

[이 몸은 그분의 지혜를 신뢰한다. 그렇기에 그대란 존재는 단순한 호기심 이상이 됐다. 적극적으로 포섭할 대상이라 판단하게 된 것이다.]

-허….

바다의 신 트리톤이 이렇게 우호적으로 변할 줄은 몰랐다. 심지어 그는 내게 유리한 제안을 해왔다.

[바다의 군대를 파견하겠다. 이 몸은 그대와 적극적인 협력관계를 원한다. 받은 진주 이상의 병력을 보내주지.]

-실로 그 은혜 깊이 감사드립니다.

아마조네스들을 상대하기 위해서 도움이 꼭 필요했는데 트리톤이 이렇게 전향적으로 나올 줄이야. 나는 전투에서 승리를 확신하게 됐다.

[이것은 어디까지나 그대를 향한 이 몸의 호의이다. 그리고 작은 투자라고 해두지. 앞으로의 모습을 지켜보겠다.]

-실망시켜드리지 않겠습니다.

아무래도 나도 나름대로 보답을 생각해 봐야겠군. 공짜만 좋아하면 테마토스처럼 대머리가 된다. 트리톤과 경쟁하는 신의 영웅을 내가 꺾어버리면 그도 크게 기뻐할 터. 본디 영웅이란 신에게 있어 지상에서 생기는 일을 시킬 만한 수족을 의미하니까.

[좋다. 다만 이 몸의 군대가 신속하다고 하나 낙소스 섬까지 도착하려면 시간이 걸린다. 그 사이 버틸 수 있겠느냐?]

-얼마나 필요하겠습니까?

[반나절이면 충분하지.]

-그 정도면 괜찮습니다.

트리톤과 협의가 그걸로 마무리됐다.

[무운을 빌겠다. 펠레우스.]

그의 음성이 끊기자 나는 긴 한숨을 내쉬었다.

"괜찮나?"

어느새 다가온 아탈란테가 걱정스러운 얼굴을 하더니 내 이마의 땀을 손수 닦아줬다.

"응."

신과 대화하는 일은 생각보다 극심한 피로를 동반하는 일이었다. 격이 높은 상위의 존재이다 보니 평범하게 말하는 것만 해도 심한 심력을 소모하게 된다.

"얘기가 잘 끝났어. 트리톤 신께서 아마조네스들을 물리칠 충분한 군사들을 보내주기로 했거든."

"다행이구나. 펠레우스."

"가서 히폴리테 좀 데려와줘."

낙소스 마을로 오기 전에 혹시나 싶어 히폴리테를 모종의 은신처에 숨겨둔 상태다. 중요한 인질이다 보니 전투로 혼란스러울 때 탈출할까 우려한 것이다. 일이 잘 끝났으니 꽁꽁 묶어뒀던 그녀를 회수할 차례다.

"알겠다. 금방 다녀오겠다."

아탈란테는 한 시간 만에 히폴리테를 데려왔다. 그녀의 등장에 마을에서 큰 야유가 터졌다.

"이런 악마!"

"마녀다! 마녀!"

주민들은 아탈란테에게 묶여서 끌려오는 히폴리테를 보고는 소리를 질러댔다. 상당히 그녀에게 원한이 큰 모양이었다. 나는 이에 대해 근처의 노인에게 물었다.

"저 여자가 무엇을 했습니까?"

"각하께선 모르시겠지만 저희 입장에선 살을 바르고 뼈를 씹어 먹고 싶은 년입니다."

상당히 점잖아 보이는 노인이었기에 그런 과격한 표현을 하자 내심 놀랄 수밖에 없었다. 인자한 노인의 얼굴에서 은은한 분노가 피어오르고 있었다.

"그 정도입니까? 노인장."

"마을을 침략할 때 선봉에 섰던 자입니다. 고향을 지키고자 했던 선량한 젊은이 여럿의 목숨을 빼앗았죠. 감히 무게로 잴 수도 없는 그 귀한 목숨들을…. 그중에 제 제자도 여럿이었습니다."

아, 이 노인은 선생이었구나. 자기가 키운 제자들이 히폴리테에게 도륙됐으니 분노가 사무칠 수밖에. 정말 생각할수록 못된 년이 아닌가. 나한테도 다짜고짜 잠자리 수청을 들라고 했고.

"죽여! 마녀를 죽이라고! 내 아들이!"

"흐흐흑! 우리 오라버니가 저 여자한테 죽었어요!"

분노한 주민들 중에는 가족을 잃고 오열하는 이들도 많았다. 이후 얘기를 들어보니 아마조네스들의 침략은 실로 단호하고 무자비했던 모양이다.

"스파르타의 바실레우스여! 부탁드립니다! 저 여자를 엄벌에 처해주십시오!"

"각하! 저 마녀의 목을 쳐 쓰러진 자들을 위로해야 합니다."

마을 주민들은 내 앞으로 몰려와 목소리를 높였다. 다들 감정이 격동하고 있었다. 나는 한 손을 들어 일단 그들을 제지했다.

"그대들의 마음은 잘 알겠다. 본인은 스스로의 이름을 걸고 약속하지. 이 여자는 반드시 자신이 저지른 죄에 상응하는 벌을 받을 것이다. 하지만 지금은 부디 잠시 현명하게 이성을 되찾아다오. 본인이 트리톤 신에게 도움을 받기로 했지만 원군이 달려오기까지 시간이 필요하다. 반면 아마존의 군대는 언제 들이닥칠지 알 수 없다."

현실적인 문제를 지적하자 다들 공포가 밀려오는지 입을 다물었다.

"모두 아직 승리는커녕 싸움이 시작도 안 했다는 걸 잊지 말도록 하라. 우리는 지금 승리의 여신 니케의 미소가 필요한 상황이다. 그걸 위해서라면 무슨 짓이든 망설이지 말아야 한다. 부디 본인의 뜻을 따라주길 모두에게 부탁한다."

"각하! 각하께선 무엇을 원하십니까?"

나는 히폴리테를 가리키며 요구했다.

"이 여자를 튼튼한 장대에 매달아 마을의 입구에 세워두라. 본인은 아마존 여왕의 여동생인 그녀를 인질로 삼아 적과 교섭하며 시간을 끌 작정이다."

아마 자기 혈족의 목숨이 달린 상황에서 여왕은 함부로 공격하지 못할 터. 비록 단호한 결정을 내리더라도 그전에 나와 대화는 한 번 해보려고 할 거다. 당연히 여왕과 진지하고 건설적인 토론을 할 생각은 없었다. 어디까지나 지연전이 목적이다. 물론 이름 높은 영웅인 아마존의 여왕에 대해 개인적으로 호기심이 일기도 했고.

"감히! 왕족인 내게 이런 짓을 해!"

히폴리테가 격분해서 고래고래 소리를 질러댔다. 정말 정이 안 가는 여자라니까. 그런데 그때 마을의 자경대원 하나가 말을 타고 내 쪽으로 달려왔다. 섬마을이라 세 마리 밖에 없다는 말을 탄 걸 보니 급한 일인 것 같았다.

"각하!"

"무슨 일이냐!"

"일단의 아마조네스들이 나타났습니다. 십여 명입니다! 마을 쪽에 진입하려다가 저희의 화살 세례에 물러났습니다."

아무래도 여왕이 오케아노스 신전에서의 회담이 거짓이었

다는 걸 알아채고 되돌아오는 모양이다. 마을의 상황을 살피기 위해 선발대를 먼저 보낸 것이겠지.

"좋아, 가볼까. 안내하도록!"

"알겠습니다! 각하!"

나는 자경대원을 앞세우고 마을 입구로 향했다. 아마존의 여왕이 장대에 매달린 여동생을 보고 무슨 표정을 지을까 참으로 궁금하군.

마을 입구에 가보니 멀리서 아마조네스들이 보였다. 십여 명 정도라고 보고를 들었는데 어느새 수십으로 늘어나 있었다.

"각하, 마을의 방비가 나름대로 튼튼한 편이군요."

아이토스의 말대로 마을은 목책으로 둘러싸여 있었다.

"아마 너 같은 해적을 대비하기 위함이겠지. 하지만 크게 믿을 건 못된다. 전력이 온전할 때도 아마조네스들을 감당하지 못했다. 하물며 부상자가 잔뜩인 지금은 말할 것도 없겠지."

무장한 자경단원과 주민들은 결연한 표정이었지만 저들은 얼마 버티지도 못할 터. 아마조네스는 전투와 약탈의 프로다. 애초에 될 싸움이 아니다.

"하면 이 싸움은 오로지 각하의 혀에 달렸겠군요."

"실로 그러하다. 트리톤 신의 군대가 도착하기까지 적절히 시간을 끌어야겠지."

그때 아마조네스 쪽에서 일단의 사람들이 접근해 왔다. 백기를 들고 있었다.

"각하, 본대가 오기 전까지 이쪽과 대화를 해보고 싶은 듯합니다. 아무래도 저희가 히폴리테를 붙잡고 있으니 신경이 쓰이는 모양입니다."

"그렇군. 어쩌면 여왕이 돌아오기 전까지 히폴리테를 구출해 공을 세우려는 건지도 모르지."

"역시 각하의 통찰력은 놀라우십니다."

"저들이 그 구출을 어떤 방법으로 할지 알 수는 없다. 협상 조건을 걸 수도 있고, 아니면 대화를 가장해 습격할지도 모른다. 내심 이쪽을 만만히 보고 있을 테니까."

"어쨌든 좋은 뜻으로 오는 것 같지는 않습니다."

"원래 선한 자는 오지 않는 법이지. 오는 자는 선하지 않고."

내 말에 아이토스는 감탄했다.

"각하께선 학문에도 소양이 깊으시군요. 그런 멋진 말이 있다니….'

사실 지구에서 즐겨 읽던 무협에 자주 나오는 문장일 뿐이지만.

"일단 저들을 맞이해서 얘기를 나눠보도록 하지. 다섯만 목책 안으로 들어오는 걸 허락한다고 전하라."

"알겠습니다."

곧 관문이 열리자 아마조네스 다섯이 나타났다. 선두에는 대단히 화려한 갑옷을 입은 지휘관급 여성이 있었다.

-펠레우스, 너희 인간은 설령 여왕이라고 해도 저 정도는 아

니지 않느냐?

비밀의 서의 지적은 정확했다. 앞에 있는 이의 갑옷은 전투용이라기엔 지나쳤다.

-맞아. 흉갑에 달을 형상화한 장식이 가득하네.

그게 의미하는 바는 한 가지다. 아르테미스 교단의 관계자란 소리다. 설마 지휘관겸 신관인가? 아마조네스들의 계급을 알 수 없으니 예측만 할 뿐이었다.

-같은 인간이 보기에 저 여자는 어떤 느낌이냐?

-미모는 빼어나지만 표정은 고압적이고 거만하군. 아니, 일단 저 달 문양이 제일 마음에 안 들어. 아르테미스잖아. 요즘은 정말 공연히 밤하늘의 달만 봐도 짜증이 난다니까. 아르테미스 때문에 순수하고 사랑스러운 내 감수성이 망가지고 있다고.

-펠레우스, 일단 정신 차려라. 너랑 순수나 감수성 같은 건 일절 관계없는 부분이다.

-내가 예전에 꿈이 시인이었어. 왜 사람 말을 그렇게 못 믿어? 어째, 지금 한 수 읊어줄까.

현재 나는 의자를 가져다 두고 앉아 있었고, 옆에는 아탈란테와 아이토스가 시립한 상태다. 아마조네스 다섯은 앞에 와서 섰다. 뭐라 말하는지 지켜보고 있자니 선두에 있던 지휘관이 이쪽을 노려보기만 한다. 일종의 기싸움이랄까? 눈을 부라리는 게 나름대로 상당히 힘을 갖춘 인물인 듯했다.

우우웅.

공기가 살짝 떨린다. 그리고 어떤 무형의 힘이 일대에 무겁

게 깔리는 게 느껴졌다. 압력이라고 해야 할까? 내겐 그런가 보다 할 정도 밖에 안 됐지만 보통 사람에겐 심장이 조이는 고통이 수반될 터.

아니나 다를까, 왼쪽에 있던 아이토스의 다리가 후들후들 떨리고 있었다. 아무리 거친 해적선장이라고 해도 쉽게 감당할 수 없는 기세인 모양이다. 그 모습에 아마조네스들이 비웃음을 머금는다.

"흐음…."

딱히 내 힘을 드러내고 싶진 않았지만 아이토스 녀석을 챙겨줘야겠단 생각은 들었다. 얍삽한 놈이긴 해도 일단은 내 밑에서 쓰고 있는 자니까.

"인사는 그 정도면 됐다."

나는 손등에 턱을 기댄 채로 살짝 신성을 일으켰다. 그러자 주변에 깔렸던 무형의 기운이 유리창처럼 깨져나간다. 그 여파로 기세를 일으켰던 아마조네스의 지휘관은 충격을 받은 듯 휘청이며 뒤로 물러났다. 그녀는 눈을 크게 뜬 채 믿을 수 없다는 듯 나를 바라본다.

"어찌…!"

"하잘 것 없더군."

"크윽!"

지휘관은 치욕스러운 얼굴로 붉은 입술을 깨물었다. 그러더니 차마 다시 기세를 일으키진 못하고 뱀처럼 나를 쏘아볼 뿐이다. 나는 천천히 그녀를 살펴보았다.

크림색 머리칼에 보라색 눈을 가진 미녀다. 흉갑은 은빛이었고 파란색의 짧은 망토를 하고 있었다. 또한 허리춤의 검은 공예품처럼 아름다웠다. 뭣보다 눈길을 끄는 건 적나라하게 드러난 새하얗고 통통한 허벅지다.

"역시 사내는 어쩔 수 없군. 지금 어딜 보는 거지?"

"아마조네스 같지 않다고 생각했다. 전혀 단련된 허벅지가 아니야."

여전사들의 허벅지는 근육으로 탄탄하다. 아니, 애초에 허벅지 부분을 갑옷이나 옷으로 잘 가린다. 그곳에 칼을 맞았다가는 큰 일이 나는 걸 알기 때문이다. 하지만 눈앞의 지휘관은 마치 멋을 부리듯 짧은 치마 아래 허벅지를 드러내고 있었다.

"그대가 상관할 바가 아니다."

"아까부터 계속 스파르타의 바실레우스인 내게 반말을 지껄이는군."

"이 몸 역시 그대에게 밀리는 지위가 아니다."

"그런가? 대화를 하고 싶다면 자기소개부터 좀 했으면 좋겠군."

"좋다. 알려주지 못할 것도 없지. 나는 아마존 아르테미스 교단의 책임자이자 여왕의 파세르(Paser)인 가네이아다."

단번에 내 얼굴이 일그러졌다. 역시 아르테미스 쪽이었어. 그나저나 파세르라니. 파세르란 직위는 나라마다 위치가 다른데 아마존에선 국사(國師)를 뜻한다. 즉, 임금의 스승이란 소리니 고위급 인사라고 할 수 있다. 신정(神政) 모두에서 힘을 쓸 수 있으니 저리 교만한 것도 이해가 갔다.

"그나저나 그대는 참으로 무례하군. 스파르타의 바실레

우스.”

가네이아는 자신의 무형력을 단번에 박살낸 것에 앙심을 품은 듯 대놓고 비아냥거리기 시작했다.

“이것이 스파르타인이 손님을 맞이하는 자세인가? 의자 하나 내놓을 예의가 없군.”

곧 뒤에 있던 아마조네스들도 동조해서 비난을 늘어놓는다.

“애초에 이국에서 와서 운 좋게 고관이 된 자라고 합니다. 먼 곳의 야만족이니 예법을 알 리가 없지요.”

“듣자니 싸움 밖에 모르는 무식한 무부라 합니다.”

다 들리게 소근거리고 있다. 이것들이 단체로 정신이 나갔나. 여기까지 온 걸 보면 나름대로 다들 한 가닥 하는 모양이지만, 포로로 잡은 히폴리테에 비하면 정말 조무래기였다. 그 히폴리테도 어렵지 않게 쓰러뜨린 내 앞에서 아주 아양을 떠는군. 어쩐지 어이가 없어 별로 화가 나지도 않았다. 그저 어떻게 요리할까 입을 다물고 있는데 발끈한 이가 있었다.

“닥쳐라! 이 염병한 년들! 예법 좋아하시네!”

놀랍게도 울컥하며 나선 이는 아이토스였다. 갑작스러운 폭언에 가네이아와 아마조네스들은 꿀 먹은 벙어리가 된다. 설마 이런 욕설을 면전에서 들은 줄은 몰랐겠지.

“예법은 응당 그럴 자격이 있는 자에게 어울리는 것이다. 그런 주장을 하기 전에 너희가 지금 서 있는 장소를 살펴봐라. 이 썩을 년들아! 본디 이 마을은 법 없이도 살 사람들로 가득한 따뜻한 장소였다. 한데 네년들이 욕심이 마구니처럼 가득 차 사람들을 닥치는 대로 죽이지 않았느냐! 그저 고향을 지키고자 하는 이들을 베고 재물과 남자를 빼앗고 희희낙락하던 모습을 내 눈깔로 똑똑히 보았다. 이 육시랄 것들이 어디 예는 예야!"

속사포처럼 터지는 아이토스는 욕설에 다들 정신이 아득해지는 표정이었다. 반면 나는 조금 감탄할 수밖에 없었다. 기세를 물리쳐주긴 했지만 분명 상대가 두려울 텐데 이렇게 나서다니. 비밀의 서도 재밌어 했다.

-크흐흐흐. 저 인간 놈이 네게 자신의 쓸모를 보여주기 위해 갖은 노력을 하는군. 봐라, 펠레우스. 말은 저렇게 하면서도 다리를 살짝 떨고 있다. 하지만 네놈에게 잘 보이고자 저렇게 나선 것이겠지.

정말 대단하군. 활약할 기회가 오니까 놓치지 않고 나서네. 정말 승부사야. 내심 감탄하는 사이 아이토스의 말이 이어졌다.

"너희 썩을 년들은 감히 주제도 모르고 각하를 욕보인 죄를 사죄해야할 것이다. 어서 그 무릎을 꿇고 네년들의 더러운 심성에 어울리는 땅바닥을 기어라!"

내가 할 말을 대신 해주니 아주 편하긴 했다. 결국 듣던 가네이아가 폭발했다.

"도저히 용서할 수 없다!"

그녀는 허리춤에서 서늘한 검을 뽑아냈다. 뒤에 있던 아마조네스들도 무기를 들었다. 실로 그 모습이 살벌하기 짝이 없다. 가네이아는 분노를 터뜨리며 내게 경고해왔다.

"그대는 부하 하나 관리도 못하는군. 책임을 물어 이 자의 혀를 자르겠다. 만약 우리와 완전히 돌아설 게 아니라면 끼어들지 말도록."

그걸 말이라고 하냐. 안하무인도 정도가 있지. 하지만 나는 일단 의자에 앉아 있었다. 그러자 나만 믿고 나섰던 아이토스가 눈이 동그래진다.

"각하?"

그는 움찔움찔하며 어쩔 바를 몰라 했다. 가진 무력이 없으니 금방 밑천이 털릴 수밖에. 보다 못한 아탈란테가 나서려고 하자 나는 오른손을 뻗어 말렸다. 그러자 가네이아가 조소를 터뜨린다.

"꺄하하하."

내가 잠자코 있을 생각이라 그런다고 여긴 그녀는 아이토스를 붙잡았다.

"아악! 각하! 살려주십시오!"

아이토스의 애처로운 비명이 울려 퍼졌다. 하지만 나는 이 상황을 두고 보려고 가만있던 게 아니다. 방금 본 가네이아의 무형의 힘을 흉내 내 보려고 하는 중이기 때문이다. 금방 파훼해 버리긴 했지만 그건 내게 상당히 인상적이었다. 보이지 않는 기운으로 눌러 상대를 압박할 수 있다니, 상당히 근사하면서도 유용하지 않은가. 아마 그건 아르테미스에게 받은 힘이겠지.

-대강 흉내 낼 수 있을 거 같은데.

-음? 그게 무슨 소리냐?

-아까 무형의 힘 말이야.

-그걸 흉내 낸다고? 아무리 네놈이 재능충이라지만 말이 되

는 소리를 해라. 만약 그런다면 앞으로 내가 진짜 네놈 비서다. 카하하하!

비밀의 서가 쾌활하게 웃는 그 와중에 아마조네스 하나가 아이토스의 주둥이를 양손으로 열려고 하고 있었다. 억지로 혀를 끄집어내려는 것 같다.

"으윽! 아아악!"

아이토스는 있는 힘껏 반항해대고 있었다. 나는 신성을 응용해 보이지 않는 힘을 일으켜 보았다. 통제할 수 있는 무형의 기운 말이다.

우우우웅.

아까 가네이아가 힘을 일으켰을 때와 비슷하게 공기가 살짝 떨린다. 민감한 자라면 팔의 솜털이 간질거릴 듯한 느낌이다. 그러자 가네이아가 화들짝 놀라서 날 쳐다본다. 하지만 그녀를 무시하고는 아까부터 아이토스의 혀를 뽑아내려던 아마조네스에게 기운을 쏟았다.

퍼억!

마치 철퇴로 때리는 듯한 둔탁한 소리와 함께 그 아마조네스가 피를 토하며 뒤로 굴러갔다.

"이런!"

안타까움에 탄식이 나왔다. 처음 해보는 신성의 응용이라 실수하고 말았다. 그만 과도하게 힘이 들어간 것이다. 하지만 그저 아쉽다는 감정뿐인 나와 다르게 여기 모두는 경악을 금치 못했다.

"무슨 짓을 한 건가!"

"갑자기 왜?"

저마다 놀라면서도 혼란스러운 표정이었다. 오로지 아탈란테만이 침착했는데 표정은 상당히 복잡해보였다. 마치 나보고 또냐, 라고 묻는 듯했다. 나는 이번에는 좀 더 신중하게 신성을 일으켰다. 마치 넓게 까는 듯, 일대를 지배하는 느낌으로 말이다.

우우우웅.

다시 힘이 발동되자 이번에는 아마조네스들이 강제로 어깨를 눌린 것처럼 무릎을 꿇기 시작했다.

"이 무슨!"

"아아악!"

저마다 저항하려 했지만 내가 가진 신성에 비하면 개미 같은 반발이었다. 다만 가네이아는 유일하게 악을 쓰며 버티고 있었다. 어느새 얼굴이 새파랗게 변한 채로 두 눈에 핏발이 선 모습이었다. 나는 그런 그녀의 노력에 고개를 저었다.

"너무 힘쓰지 마. 어차피 이따 히폴리테랑 같이 장대에 매달린 텐데."

"뭐?"

대답 대신 옆을 보며 손짓을 했다.

"야, 그거 가져와라."

대기하고 있던 아이토스의 해적 졸개들이 미리 준비해 둔 장대를 들고 왔다.

"각하! 여기 대령했습니다요!"

사람을 묶어서 세우기 딱 좋은 크기였다. 나는 그걸로 뭘 할 건지 설명해줬다. 그러자 가네이아가 믿을 수 없다는 듯 고개를 저었다.

"감히 아르테미스 여신님의 사제인 내게 그런 대우를 하겠다고? 게다가 사절로 왔는데?"

도저히 자신의 상식으론 이해할 수 없다는 얼굴이었다. 이 여자는 나를 그렇게 무르게 본 건가, 아니면 세상 경험이 없는 걸까.

"아, 사절이었나? 분명 사절이라면 응당 거기에 맞는 예의가 있을 텐데 너무 싸가지가 없어서 그런 줄 몰랐다만."

"이럴 순 없어! 이럴 순 없다고! 야만인!"

그 말에 나는 조소를 금치 못했다.

"정 억울하면 이따 장대 위에서 느그 여왕이나 열심히 불러 보든가."

쿵.

내 말에 큰 충격을 받은 가네이아가 요란한 소리를 내며 결국 무릎을 꿇고 말았다. 물론 현실을 부정하는 건 그녀뿐만이 아니었다.

-이건 말도 안 돼.

매우 경축할 만하게도, 이제 비밀의 서는 정식으로 비서란 호칭을 얻고 말았다.

2. 꼴뚜기 장군

"어림없다! 감히 이 몸을 사냥하려고 해! 크아아아!"

식인거인 테마토스가 광기 어린 분노를 터뜨렸다. 그의 눈은 붉게 충혈 됐으며, 그의 입가는 피로 번들거렸다. 평소 펠레우스 옆에서 실없는 소리나 하는 모습은 온데간데없고 그야말로 원시의 분노 그 자체였다.

"과연 옛 티탄의 후예란 그건가! 저 자를 잡으려면 피해가 크겠구나."

아마존의 여왕 펜테실레이아는 장탄식을 내뱉었다. 그리고 도망가는 테마토스를 쫓으려는 부하들을 손을 뻗어 말렸다.

"하지만 여왕이시여!"

"내버려 두도록. 지금은 마을로 돌아가야 한다. 아무래도 한정인 게 틀림없구나."

아르테미스의 특별한 힘을 받은 펜테실레이아는 테마토스를 죽일 능력을 갖고 있었다. 하지만 문제는 저 교활한 거인이 전투보다는 도망치는데 치중하고 있다는 점이었다. 따라잡아 쓰러뜨리려면 분명 적잖은 시간이 걸릴 터. 포기하는 게 낫단 판단이었다.

"본래 스파르타의 바실레우스가 나오기로 했다. 한데 저런 괴물이 나타났으니 분명 양동작전이 아니겠느냐. 마을 쪽 일이 근심스럽다."

펜테실레이아의 이런 의심은 소피티아가 사라졌다는 소리를 듣고 확신에 이르렀다.

"그 앙큼한 계집애가 여왕님의 은혜도 모르고 배신한 게 틀림없습니다. 셋만 제게 붙여주십시오. 반드시 배신자의 머리를 가져오겠습니다."

아마조네스의 전사장 하나가 이를 갈고 나서자 펜테실레이아는 고개를 저었다.

"내버려 두도록."

"하지만 여왕이시여!"

"반론은 듣지 않겠다."

결국 앞으로 나선 전사장은 입을 꾹 다물었다. 사실 모두 잘 알고 있었다. 여왕이 이상할 정도로 소피티아에게 무르다는 사실을. 아마 도망가게 내버려둘 모양인 것 같았다.

"그것보다 마을 쪽으로 선발대는 보냈나? 지금은 무슨 일이 일어난 건지 파악하는 게 중요하다."

테마토스와 충돌하며 꽤 시간을 낭비하긴 했지만 펜테실레이아는 현명하고 빠르게 대치했다. 스파르타의 바실레우스 대신 그 거인이 자리를 지키고 있는 모습을 보자 일단의 무리를 바로 떼내 마을 쪽으로 보냈던 것. 하지만 인선이 마음에 들지 않았다.

'하필 가네이아가 통솔하다니….'

가네이아는 아마존의 신정 모두에서 힘을 미치는 권력자로,

여왕의 입장에선 무척 껄끄러운 상대였다. 특히 보통 오만한 게 아니라 펜테실레이아는 도저히 그녀를 좋아할 수 없었다. 하지만 본인이 나섰으니 만류하기도 어려운 상황이었다.

'별 일이 없어야 하는데.'

펜테실레이아는 근심하면서도 전투의 현장을 정리했다. 테마토스가 잡고 있는 포로를 구출했지만 비슷한 인원이 거인에게 살해됐다. 그 때문에 산을 내려가면서도 분위기는 무척이나 무거웠다.

"마을이 스파르타인들에게 점령된 걸까?"

"만약 그렇다면 가만두지 않을 거야."

가끔 두런두런 들리는 목소리가 그들의 심경을 대변해주고 있었다. 펜테실레이아는 부상자는 따로 빼내 하산하는 속도를 높였다. 하지만 마을까지는 두 시간 거리다. 결국 펜테실레이아는 결단을 내렸다.

"안 되겠군. 이렇게 된 이상 과인을 포함해 친위대와 함께 전속으로 달려가겠다."

아마조네스 중 최강자 30인이 여왕의 친위대가 된다. 이들은 무예의 달인이면서 동시에 아르테미스 여신의 가호를 받은 존재들이다. 만약 세상을 떠돈다면 하나하나 영웅이라 불리기 부족함이 없는 이들이니, 여왕은 친위대와 함께라면 스파르타인이 얼마든 두렵지 않았다.

"따르라."

비록 거리가 멀지만 여왕과 친위대의 능력이면 빠르게 주파한 뒤 바로 전투를 벌일 수 있을 터. 아르테미스 여신이 내린 능력 중에는 '사냥꾼의 발'이란 가호가 있기 때문이다. 그들은 곧 무서운 속도로 질주하기 시작했다.

"속도를 늦추지 마라. 뒤쳐지면 버리고 갈 테니! 적이 생각하는 것보다 훨씬 빠르게 도착해 의표를 찌른다!"

펜테실레이아의 작전에 모두 동의했다. 스파르타인이 아무리 인간병기라고 해도 여신의 가호를 받은 자신들에겐 당해낼 수 없을 터. 모두 사기충천해서 달려갔다. 하지만 산길을 막는 한 존재 때문에 모두 멈춰서야했다.

"그대는?"

"여왕이시여. 티아베가 인사드립니다."

산길 한 가운데 나타난 이는 아르테미스가 총애하는 님프 가운데 하나인 티아베였다. 티아베는 산딸나무의 님프로 여신의 전령으로 사역하는 존재다. 그녀가 나타났다는 건 아르테미스의 전언이 있다는 소리임이 틀림없었다.

"티아베, 무슨 일이지?"

"간단해요. 여왕께서는 지금 낙소스 마을로 진격하는 걸 멈추시길."

이해할 수 없는 말이었기에 펜테실레이아는 눈살을 찌푸렸다.

"적의 양동작전에 당한 것 같다. 마을에 있는 아군이 위태로울 테니 서둘러야…"

티아베는 고개를 저었다.

"이미 낙소스 마을은 적에게 넘어갔답니다. 선발대로 갔던 가네이아 님도 포로로 잡혔지요."

"뭐? 가네이아가?"

"네. 사절로 자처했다가 그대로 붙들렸습니다."

"펠레우스! 이 무도한 야만인 같으니라고! 사절을 붙잡다니 이런 법도 예절도 모르는."

"지금은 그게 중요한 게 아니에요."

"적의 세력이 그렇게 강대한가? 여신의 가호를 받은 이 훌륭한 전사들로도 감당하지 못할 만큼?"

펜테실레이아는 적의 숫자가 많아 봤자란 생각을 갖고 있었다. 어쨌든 여기는 스파르타 본토와 멀리 떨어진 섬이니까.

"그게 문제가 아닙니다. 정작 적은 셋에 불과하니까요."

"정말인가?"

"네. 심지어 당신과 만났던 거인을 빼면 둘에 불과하죠. 둘이서 마을을 완전히 점령했으니까요."

"대체 무슨 일이 벌어지고 있는지 모르겠군."

상황이 이렇자 펜테실레이아는 동요를 감출 수 없었다. 티아베는 그녀에게 자세한 사정을 설명해줬다. 그제서야 펜테실레이아는 전후사정을 알 수 있었지만 침음성을 흘릴 수밖에 없었다.

"믿을 수가 없군. 그 자가 제우스의 총애 받는 아들이라는 건가? 최고신의 번개로 아국의 삼단노선을 다 날려버리다니…. 그렇다고 단 둘을 상대로 아마조네스가 꼬리를 말 수는 없다."

"문제는 그 둘이 아니에요. 그들만 있다면 아르테미스 여신께서도 굳이 절 보내지 않았겠지요."

"하면 어찌?"

"지금 바다의 신 트리톤이 움직였어요. 제우스의 아들 펠레우스를 지원하기 위해 바다의 군대가 낙소스 섬으로 오는 중이니까요."

"갈수록 산이라더니…."

이쯤 되자 펜테실레이아 여왕은 어처구니가 없었다. 그저 엔디미온을 탐사하기 위해 작은 섬에 들렀을 뿐이다. 한데 갑자기 스파르타인이 나타나더니 사실 그게 제우스의 아들이란다. 그리고 이번에는 트리톤 신이 끼어들었다. 도저히 뇌가 상황을 따라잡지 못할 지경이었다.

"트리톤 신이 대체 왜?"

"아르테미스 여신님께서도 급히 상황을 알아보시는 중이에요. 하지만 한 가지는 확실해요. 트리톤 신이 그 펠레우스란 자의 호의를 사고 싶어 한다는 거랍니다."

"뭐?"

펜테실레이아는 도저히 이해할 수 없었다. 신들이 얼마나 오만한지 누구보다 잘 알기 때문이다. 올림포스의 신들은 인간을 벌레 정도로 여기고 있었으니까.

"대체 무엇을 하는 작자지? 일개 인간에게 신이 호의를 사고 싶어 한다고?"

내심 전율할 수밖에 없었다. 펜테실레이아는 새삼 그 펠레우스란 존재에 대해 심한 궁금증이 일었다.

"사실이에요. 당장은 펠레우스를 밀어붙일 수 있을지 몰라도 바다의 군대가 도착하면 패배할 거예요. 트리톤 신이 무척

강한 이를 낙소스로 보냈으니까요."

"누굴 보냈기에?"

"오이테스입니다. 흔히 꼴뚜기 장군이라고 비아냥거림 받는 이지요."

"세상에…."

우스갯소리로 꼴뚜기 장군 소리를 듣는 오이테스지만, 그에 대해 잘 아는 펜테실레이아는 전율할 수밖에 없었다.

"그 오이테스라고? 바다의 님프 테티스의 오라비인 오이테스?"

"맞아요. 그 오이테스가 직접 옵니다. 온갖 바다의 괴물들을 이끌고."

"……."

세상에 두려운 게 없는 펜테실레이아지만 그저 입을 다물 수밖에 없었다.

"바다의 괴물 스킬라, 세이렌 마법사들, 바다 사이클롭스 등… 하나하나 재난에 가까운 존재들이 올 거예요."

"그들도 두렵지만 오이테스가 문제가 아닌가."

오이테스는 흔히 꼴뚜기 장군이란 멸칭으로 불리는데, 이는 그가 못나서가 아니다. 바다 제일의 미녀인 테티스의 오라비니 실로 그 외형이 당당하기 이루 말할 수가 없다. 하지만 꼴뚜기 장군이라 불리는 데는 여동생의 후광을 등에 업고 성공했다는 비아냥 때문이다.

바다의 님프 테티스는 대양에서 제일가는 미녀로 이름이 높았다. 제우스와 포세이돈 등 구혼자들이 줄줄이 이어졌을 정도였는데, 한 가지 예언 때문에 그들 모두가 떨어져 나갔다. 테티스는 아버지보다 잘난 아들을 낳는다는 예언 때문이었다. 자기 아버지를 몰아냈던 제우스나 포세이돈의 입장에선 식겁할 만한 얘기니 아무리 테티스가 예뻐도 포기할 수밖에.

하지만 그 일 때문에 테티스의 명성은 오히려 올라갔다. 그녀의 여성적 매력은 아프로디테와 비견할 정도라고 하니 가히 아름다움이 신의 영역에 닿았다고 할 정도다.

이렇게 테티스가 명성을 떨치자 자연스럽게 그의 오라비인 오이테스도 성공하게 된 것이다.

"오이테스가 절대강자인 건 내 모르지 않는다. 그는 분명 반신일 텐데?"

"맞아요. 신위는 반신에 불과하지만 실제 무력은 더 강하답니다. 죄송하지만 여왕께서 당해낼 상대가 아니랍니다."

심지어 오이테스는 매우 성품이 포악하다고 한다. 정확히 말하자면 공을 세우고 싶어 안달이 난 성격이라고. 자기를 둘러싼 멸칭을 모르지 않기에 더 그렇다.

"그런데 마침 좋은 기회가 난 것이지요. 자기 주군인 트리톤의 명도 있으니 마구 날뛸 겁니다. 아마조네스를 전멸시킨다면 앞으로 그를 꼴뚜기 장군이라고 부를 이도 없어질 테니까요."

"아르테미스 여신님께서는? 트리톤 신이 나섰다면 분명 그분께서도 도움을 주실 터."

"죄송합니다. 여왕이시여. 이번에 여신님께선 당신께 도움을 주지 못해요."

"뭐?"

누구 때문에 엔디미온을 찾겠다고 이렇게 고생 중인데. 펜테실레이아는 큰 배신감을 느꼈다. 이런 그녀의 심경을 헤아린 듯 티아베가 설명했다.

"전쟁의 여신 에니오가 지금 아르테미스 님을 공격하고 있어요. 당분간 그 일을 수습하느라 여력이 없으시답니다."

"에니오가?"

전쟁의 여신 에니오는 전쟁의 신 아레스의 부관이다. 고지식하고 손해를 보는 주군 때문에 늘 열불을 터뜨리는 여신이었다. 그녀는 퓌톤의 동굴에서 아레스가 망신당한 일 때문에 아르테미스에게 큰 원한을 품은 상태였다. 퓌톤의 건은 아르테미스가 교활하게 자기 주군에게 떠넘긴 것이기 때문이다. 아레스는 그걸 알고 받아들였지만 결국 일은 실패했고 제우스의 진노를 샀다. 하니 에니오가 참다 참다 폭발해 버린 것.

"그렇습니다. 물론 에니오가 아르테미스 님의 상대는 아니지요. 하지만 상대가 죽자고 덤비고 있으니 수습하려면 꽤 시간이 걸릴 것입니다."

"하아…."

"여왕이시여. 결국 답은 협상 밖에 없습니다."

"이제 와서 협상하라고?"

"다행히 아르테미스 여신님께서 대책을 마련해 주셨어요. 이 섬에 사는 나이 먹은 용 카타플락투스가 잠든 인간의 소문에 대해 알고 있다고 합니다. 엔디미온의 탐색이 최우선이에요. 일단 협상으로 상황을 수습하세요."

설마 아르테미스가 이렇게 방관할 줄이야. 자신에겐 종족의 명운이 걸린 일인데 여신에겐 그저 사용할 수 있는 여러 카드 중 하나인 듯했다.

'아르테미스.'

사실 원해서 아르테미스를 따르게 된 건 아니다. 겉으론 누구보다 여신을 공경하고 있지만 그건 정치적 연기에 불과했다. 그런데 오늘 같은 상황이 되자 펜테실레이아는 여러 가지 생각이 머릿속에 떠오르고 있었다.

'길은 하나뿐이 아니다.'

그녀에겐 아마존이 세상 어떤 것보다 중요했다.

-비서야.

누군가를 부를 때 이렇게 다정함을 담을 수 있다니 스스로도 놀랄 지경이다. 애칭이란 이렇게 좋은 거구나. 하지만 받아들이는 자는 그렇지 않은 모양이다.

-크ㅇㅇㅇ….

-왜 그래? 목에 뭐라도 걸렸냐?

-너 때문에 마음에 뭔가 걸린 듯하다.

저런 안타깝군. 앞으로 비서 일에 충실하려면 건강이 중요한 것을. 정말 불충한 녀석이 아닐 수 없다. 하지만 관대한 군주로서 아랫것의 이런…

-그만! 그만해, 이 새끼야.

-뭐야? 나 아무 말도 안 했는데.

-말하지 않아도 알 수 있다. 지금 네놈 머릿속 정도는.

뜻이 통하면 붕우라고 하더니 과연. 앞으로 비서와는 더욱 가까워질 것 같은 느낌이었다. 속으로 그렇게 희희낙락하고 있는데 아탈란테가 새로운 소식을 갖고 왔다.

"펠레우스. 여왕이 도착했다."

"그래? 싸우자고 하나?"

어차피 바다의 군대가 올 때까지 버티면 나의 승리다. 나는 히폴리테와 가네이아를 포로로 잡은 상태라 그야말로 여유만 만이었다.

"아니, 대화를 하자고 한다. 상황에 따라서 아마조네스 전원 이 항복할 수도 있다고 하더군."

"뭐?"

"나도 좀 의아하긴 한데 이런 얘기도 덧붙였다. 자신들을 지 켜준다면 아마조네스 전원의 충성을 받게 될 것이라고."

"음?"

대체 무슨 소리야. 그렇게 강력한 아마조네스들이 내게 왜 충성해.

"당장 날 씹어 먹겠다는 걸 잘못 들은 게 아니라?"

아탈란테는 고개를 저으면서도 상당히 불편한 기색으로 말 을 이어갔다.

"아니다. 필요하면 자신과 결혼 동맹도 가능하다고 했다."

아탈란테는 상당히 불만 가득한 얼굴로 툴툴거렸다.

"좋겠구나, 펠레우스."

"왜?"

"아마존의 여왕 펜테실레이아는 이름 높은 미인이다. 우리가 잡은 그녀의 동생 히폴리테만 봐도 알 수 있지. 아르테미스가 보호해주지 않았다면 아마 여러 신들이 구혼했을 거다."

그런가? 하지만 난 전혀 관심 없었다. 아름다운 여왕과 결혼동맹이라, 언뜻 보기엔 달콤한 얘기 같지만 실제로는 그리 간단할 리가 없다. 정치적 결합은 항상 여러 복잡한 위험을 동반하니까.

"음…."

나는 물끄러미 눈앞에 있는 미소녀를 바라보았다. 단정하게 땋은 긴 은빛 머리칼에, 보랏빛 보석이 박힌 것 같은 커다란 눈과 탄력이 넘치는 아름다운 신체. 멀리서 여신을 찾을 것도 없었다. 바로 눈앞에 아르테미스보다 훨씬 달빛의 아름다움을 닮은 소녀가 있었으니까. 다만 어째서인지 평소와 다르게 상당히 울적해 보였다.

"아무리 여왕이 이름 높아도 너 정도는 아니겠지."

"음? 그게 무슨 소리지?"

무심결에 본심이 나와서 얼버무렸다.

"아니다, 아무튼 결혼동맹은 진지하게 받아들일 필요 없어. 난 전혀 관심 없고."

여왕은 어째 그다지 대단한 존재일 것 같지는 않았다.

"그게 정말인가?"

아탈란테의 얼굴이 환하게 피어났다.

활짝.

갑자기 눈앞에서 꽃이 만개한 듯한 느낌이다. 우울하던 얼굴이 거짓말이었던 것처럼 다시 생기가 돌아오고 있었다. 얘가 왜 이러지?

"물론이다."

"역시 펠레우스라면 그럴 거라고 생각했다."

아탈란테는 혼자 고개를 끄덕이며 뿌듯해하고 있었다. 뭐가 뿌듯한 건지 모르겠는데, 만약 그녀에게 꼬리가 있다면 어쩐지 지금 맹렬히 흔들고 있을 것 같았다.

"저쪽도 찔러본 듯한 느낌이고, 진심은 아닐 거야. 일단 여왕이랑 만나봐야겠군."

이미 여왕과 친위대가 낙소스 마을 앞에 도착했다고 한다. 예상보다 훨씬 빨리 왔다. 전투가 벌어졌으면 허를 찔릴 뻔했다는 생각이 들었다. 나는 일단 관문을 열기 전에 여왕을 살펴보았다.

"흐음….".

어쩐지 입에서 앓는 소리가 절로 나온다. 그만큼 상대의 기세가 묵직했기 때문이다. 내 안색이 안 좋아지는 걸 본 아탈란테가 묻는다.

"어떤 거 같나?"

"정확히 힘을 파악할 수는 없지만… 식인거인 테마토스보다 위다. 놀랍군. 피가 연하긴 해도 티탄의 후예인데."

"그 정도인가?"

"그래. 아레스의 전사였던 앙굴리퍼보다도 강하다."

펜테실레이아>>>앙굴리퍼>>>테마토스.

이런 순서라고 할까? 문제는 여왕 뿐 아니라 친위대들도 엄청나 보였다.

"저들도 모두 아르테미스의 가호를 받았군. 싸움이 일어나면 난리가 나겠는데…."

마을 사람들은 몰살 예약이나 다름없다. 저 정도 전력을 상대로 주민들을 지키며 싸우기란 불가능하니까. 생각보다 적이 강해서 바다의 군대가 오기 전까지 피가 개천처럼 흐를 게 뻔했다. 하지만 뜻밖에도 여왕이 먼저 대화를 하자고 하니 나야 거절할 이유가 없겠지.

"관문을 열어라."

내 명령에 목책의 관문이 열렸다. 저쪽에서도 아마존의 여왕 펜테실레이아가 걸어오고 있었다. 우리는 중간 지점에서 만났다.

"과연 대단하군."

군주로서의 위엄이나 이름 높은 미모, 양쪽 다 명불허전이었다. 어느 것 하나 소문이 과장된 게 없었다. 파릇파릇한 아탈란테와 다르게, 완숙한 아름다움을 가진 여인이었다.

"여왕 전하."

"바실레우스."

우리는 제자리에서 서로를 뚫어져라 살펴봤다.

그우우우우─.

몸 안에 신성이 알아서 꿈틀대기 시작했다. 딱히 여왕이 적대적으로 기세를 올린 건 아니었다. 그녀는 무례했던 가네이아와 다르게 침착하고 예절바른 사람인 듯 보였다. 하지만 여왕이 품은 아르테미스의 힘에 반발하는 것처럼 몸 안의 신성이 자연스럽게 요동치고 있었다. 그때 여왕이 입술을 살짝 깨문다.

"흐음…."

아마 그녀 역시 뭔가 비슷한 문제가 일어난 모양이다. 저 모습을 보고 한 가지를 짐작할 수 있었다. 여왕도 나처럼 신성을 품고 있는 게 틀림없었다. 단순히 아르테미스의 가호만을 받았던 아탈란테와 달리 그녀는 직접 신성을 하사받은 게 분명하다. 하긴, 그러니까 이렇게 강대한 느낌이 드는 거지.

"펠레우스여, 듣던 것 이상의 사내로군."

"여왕 전하. 전하의 위엄도 참으로 놀랍습니다."

우리는 적대적인 관계로 만났지만 서로의 힘에 감탄했다.

"전하께서 단호한 조치를 취하셨으면 제가 낙소스를 지켜내기 쉽지 않았을 듯합니다.

아마 결국 숨겨둔 힘인 <신성발현> 단계까지 드러내야 했을지도 모르겠구나. 그건 아직 들켜서는 안 되는 밑천이니 참으로 곤란한 일이다. 한데 여왕은 고개를 저었다.

"바다의 군대가 오고 있음을 안다. 결국 과인의 패배로 끝났겠지."

허… 어떻게 알았지? 설마 아르테미스가 알아보고 경고해 준 건가?

"흐음…."

"과인이 바다의 군대에 대해 알고 있는 게 놀랍나 보군."

"부정하지 않겠습니다."

"사실 지금 중요한 건 그게 아니다. 바다의 군대를 이끄는 장군이 문제다."

여왕은 폭력적인 오이테스가 바다 군대의 수장이며 자신들을 모두 죽여 명성을 쌓으려 할 거라고 했다. 또한 아르테미스가 이번 일에 대해 도움을 주지 못할 거라고 덧붙였다.

"하여 펠레우스, 그대에게 투항하고 싶다. 바다의 군대를 물려다오."

여왕의 제안은 다소 이상했다.

"아마조네스는 적입니다. 여왕 전하의 뜻대로 해드릴 이유가 없습니다만."

"자비를 구하고 있는 게 아니다. 거래를 제안하는 거다. 단순히 그대의 동정심을 충족하는 것 외에도 실질적인 이득이 있을 터."

"그렇다면 들어볼 만하겠군요."

일단 여왕은 거래를 제안하기 전에 부족의 내력에 대해 설명할 필요가 있다고 했다.

"본래 우리 아마조네스들은 아르테미스를 따르던 이들이 아니었다."

"그렇습니까? 의외군요."

"지금처럼 남자들을 납치하고 죽이는 종족도 더더욱 아니었지. 여인 부족이긴 했지만, 우리와 조화를 이루며 짝이 되어준 남성 부족이 따로 있었다.

처음 듣는 이야기였다. 금서라고 모든 걸 기록하고 있지는 않으니까.

"달이 있으면 태양이 있고, 밤이 있으면 낮이 있듯, 여자가 있으면 남자가 있는 법이다. 우리에게도 남편이라고 할 존재들이 있었다. 다만 그 결합이 보통의 형태와는 달랐을 뿐."

아마조네스들은 일 년에 딱 한 번, 남자 부족과 만나 짝을 이룬다고 했다. 쉽게 얘기하면 집단 소개팅이라고 해야 할까. 그렇게 맺어진 연인은 서로 며칠 밤을 보내고 다시 헤어진다.

"태어난 아이 중에 사내는 남자 부족에게 보냈다. 그리고 여자 아이는 아마조네스로 키워왔지. 만남은 짧긴 했지만 양 부족의 사이는 다정했다. 우리라고 처음부터 남자들에게 적대적인 건 아니었어."

"무슨 일이 있었군요?"

"그렇다. 탐욕스러운 신들이 그 조화로움에 끼어들었기 때문이지. 대대로 아마존의 왕족은 여신처럼 아름다웠다. 신들에게 그것은 무척이나 괜찮아 보였던 것 같다."

아무리 신이라도 여신을 얻는 건 쉽지 않다. 미모 때문에 혹해서 치근덕대다가 오히려 자신의 신성만 빼앗기고 탈탈 털릴 수 있다. 아름다운 여자이기 이전에 같은 신이며, 만신전 내의 경쟁자인 것이다. 반면 여신만큼 아름다운 인간이라면 얘기가 다르다.

여신에 비해 훨씬 간단하게 탐욕도 채울 수 있으니까. 그래서 많은 신들이 지상의 미녀에게 치근덕거리는 거다. 분명 아마존의 왕족은 아주 좋은 목표였을 터.

"아폴론 신이 남성 부족을 충동질했다고 한다. 위대한 힘과

신의 불멸을 선사해주겠다고 남성 부족의 왕을 꼬드겼지. 결국 왕은 넘어갔고 우리 아마조네스들이 신에게 유린당하도록 방치했다."

"힘 때문에 자기 여자를 그런 처지에 빠뜨리다니 쳐 죽일 놈들이군요."

"모든 사내가 그대처럼 생각하는 건 아니지."

여왕은 쓸쓸한 웃음을 지었다. 이후 아마존의 왕족은 신들의 노리개가 됐다고 한다. 여신처럼 아름답지만 여신처럼 자신을 지킬 힘은 없는 존재니 그 처지가 어땠을지 짐작하기 어렵지 않다.

"결국 우리 조상들은 자신을 지켜줄 존재를 찾아야 했다."

"그게 아르테미스군요?"

"맞다. 뜻이 아주 잘 맞았다고 한다. 신들의 탐욕에 질릴 대로 질린 상태였으니 처녀신이자 남성에게 단호한 아르테미스만한 존재가 없었지. 우리는 아르테미스의 도움으로 신들을 거절할 수 있게 됐다. 그리고 남성 부족에게 복수를 했지. 모조리 죽였다. 조화는 그날로 사라졌다."

그리고 우리가 아는 아마조네스 종족이 출현한 거로군.

"허허… 여자가 한이 맺히면 오뉴월에도 서리가 내린다더니."

하지만 세상일에는 일장일단이 있다. 아르테미스의 품에 의탁해서 좋았던 것도 잠시, 아마조네스들은 그녀의 사냥개로 전락하게 돼버렸다고. 여왕은 하늘 어딘가를 보며 한숨을 내쉬었다.

"그대는 알지 모르겠지만 아르테미스 여신은 탐욕스러운 존재다. 상상이상으로 말이다. 여신의 욕망을 이뤄주기 위해 우리 부족은 수많은 희생을 치러야했지. 금과 같은 시절은 오래전에 끝나고 우리 부족은 언제까지나 악몽이 계속되고 있다."

"고심이 크셨겠습니다."

새삼 여왕을 동정하게 됐다. 한 부족의 명운을 책임진 존재로 수없이 고뇌했을 터.

"이제 아르테미스 여신은 우리 부족을 소모품 정도로 쓰고 버리려고 한다. 스파르타의 바실레우스여, 이런 상황에서도 여왕인 내가 끝까지 싸워야 한다고 생각하는가? 부족의 명예와 전사의 긍지를 위해?"

이들은 겁이 나서 투항을 얘기하는 게 아니다. 아마조네스라면 바다의 군대를 상대로도 전멸을 각오하고 끝까지 싸울 터. 이들은 날 때부터 전사였던 이들이니까. 하지만 여왕은 전사이기 전에 부족의 미래를 걱정하는 존재였다.

"개죽음이라고 생각합니다. 여왕 전하. 저는 그저 전하의 현명함에 경의를 표하고 싶습니다. 제가 전하의 입장이라도 바다의 군대와 싸우지 않겠습니다."

"그런가. 그렇게 말해주니 고맙군."

나는 살짝 허리를 숙이고 그녀의 손등에 입을 맞췄다.

"존엄하신 지위에 있으시면서도 부족의 미래를 위해 타국의 관리에게 고개를 숙이신 결단에 경의를 표합니다. 잠시 여왕 전하를 얕잡아 봤던 점, 이 펠레우스가 진심으로 사과드리겠습니다."

"그대는 우리의 투항을 받아주겠는가?"

"하지만 아르테미스의 분노는 어찌 감당하시렵니까?"

내 물음에 여왕은 슬픈 얼굴이 됐다.

"과인이 우선 가장 먼저 대가를 치를 것이다. 하지만 그걸로 끝나지 않겠지. 많은 전사들이 저주를 받아 죽을 터. 설령 그렇다고 해도 여기서 의미 없이 쓰러지는 것보다는 나을 것이다. 일부는 살아남아 스파르타의 백성이 될 수도 있겠지."

이미 여왕은 최악의 상황까지 가정하고 있는 듯했다. 그리고 이런 결단을 보니 아르테미스 곁에서 갈등한 게 오랜 세월인 모양이다. 나는 그래서는 안 된다고 했다.

"여왕 전하. 어려운 결단은 승리로 이어져야만 합니다. 아르테미스의 곁을 떠나겠다는 건 피의 보복을 감당해야할 일. 어찌 그 정도의 결과에 만족하려 하십니까? 아마조네스란 이름은 결국 지워질 것입니다. 제 곁에서 소수가 살아남아 스파르타인에 섞여버리겠지요. 진정 그 정도의 결말을 바라십니까?"

"하면 어찌해야 한단 말인가? 우리는 이미 스스로의 존엄도 지킬 수 없게 되었다. 그렇다고 다른 남신의 품으로 찾아갈 생각은 없다. 우리 부족의 딸들이 탐욕의 노리개가 되는 꼴을 어찌 보란 말인가."

여왕은 아마조네스들이 의탁할 만한 신이 없다고 했다. 남신들은 누구하나 믿을 만하지 않다. 반면 여신은 아르테미스의 눈치를 보느라 나설 이가 없다고 했다.

"아닙니다. 제게 해결책이 있습니다."

"뭐라? 그게 정말인가?"

여왕은 놀란 듯 눈이 커졌다. 그리고 다급한 듯 내 앞으로 다가오더니 바짝 붙는다. 여왕은 양손으로 내 가슴팍의 옷을 매달리듯 잡으며 물어왔다.

"펠레우스, 그대의 지혜를 들려다오."

"유일하게 아마조네스들은 품을 만한 신이 한 분 계십니다."

"그게 누군가?"

"바로 무지개의 신 이리스 님이십니다."

내 얘기에 여왕은 살짝 인상을 찌푸렸다.

"이리스라면 남신이 아닌가. 결국 그들은 모두 똑같다. 예외는 없어."

"아닙니다. 그분이라면 예외겠지요."

아무래도 여왕은 이리스 신의 정체성(?)을 모르는 듯했다. 하긴 잘 알려진 얘기는 아니니까. 나도 처음에 식겁했던 기억이 난다.

"여왕 전하. 제가 보증하겠습니다. 이리스 신이라면 아마조네스를 따뜻하게 보살펴 주실 겁니다. 제게 투항하시겠다고요? 그렇다면 조건은 간단합니다. 아르테미스를 떠나 이리스 신에게 위탁하십시오."

이번 일이 잘 해결되면 아르테미스는 땅을 치고 후회할 것이다. 중요한 수족을 소홀히 대한 탓에 통째로 이탈하게 생겼으니까. 반면 나는 거대한 이득을 얻게 된다. 아마조네스 전부가 내게 충성하겠다고 약속해 왔다. 앞으로 이 유능하고 강력한 여전사들이 내 대업을 도와준다면 그야말로 앞길은 탄탄대로가 아닌가.

"이리스 신께서 여왕에게 새로운 권능을 내리실 겁니다. 또한 그분의 교단은 스파르타의 국교로 지정됐습니다. 신위 역시 이전과 비교할 수 없이 오르셨지요."

거기에 아마조네스들까지 더하면 이리스는 더욱 강해질 터. 분명 아르테미스로부터 아마조네스들을 보호해주기 충분할 거다.

"흐음⋯."

여왕은 깊은 생각에 잠긴 듯했다. 한데 그때 갑자기 거센 바람이 불어왔다.

휘이이이잉!

비가 섞인 그 바람은 바다 쪽에서 온 게 틀림없었다. 마치 갑자기 태풍이 불어오는 듯 먹구름까지 몰려오고 있었다. 나는 그 순간 직감했다.

"바다의 군대가 도착했군요."

서둘러 부둣가로 향했다. 폭풍우와 함께 바다의 군대가 도착하고 있었다. 전투가 불필요해진 이상 사정을 설명하고 충돌을 막아야했다.

"펠레우스."

"말씀하십시오. 여왕 전하."

"미리 얻은 정보에 의하면 바다의 군대를 지휘하는 자는 오이테스라고 한다."

"오이테라스라⋯."

언뜻 금서에서 본 이름 같았다. 잠시 생각하던 나는 기억을 떠올릴 수 있었다.

"꼴뚜기 장군이군요?"

"알고 있군?"

"물론이지요. 여동생이 그 유명한 테티스니까요."

그것만 아니라 오이테스는 몇 가지 유명한 일화의 주인공이기도 하다. 인간 영웅을 상대로 내기를 즐겨서 가끔 목숨을 건 대결이 이뤄지기도 했다. 물론 결과는 딱 한 번을 빼고 꼴뚜기 장군인 오이테스의 승리로 끝났지만.

"듣기로는 성정이 상당히 불같다고 합니다. 여왕 전하. 아마 그는 아마조네스들을 쳐부술 생각이 만만할 겁니다. 협상이 잘 됐으니 그냥 돌아가라고 하면 순순히 말을 들을까 의문이군요."

"과인 역시 그 점이 걱정이다. 아르테미스 님의 님프가 언급하길 그가 우리 모두를 죽여서 명성을 쌓으려 한다더군."

여기서 가장 쉬운 해결책은 아마조네스들을 버리고 오이테스가 맘대로 하게 두는 거지만 이제 와서 그럴 순 없다. 아르테미스의 복장을 뒤집으려면 아마조네스의 전력을 온전히 이리스 신의 품으로 옮기는 게 최고니까.

"펠레우스여. 그대가 오이테스와 협상할 수는 없겠나? 만약 이 전투를 피하게 해준다면 우리 부족은 결코 그 은혜를 잊지 않을 것이다."

"전하께서도 필사적이시군요."

"염치 불구하고 그대에게 부탁하겠다. 속으로 무슨 욕을 해도 좋다. 다만 우리 부족을 구해준다면 과인은 그대를 위해서 모든 걸 하겠다."

"그 높으신 뜻, 잘 알겠습니다."

이해가 맞아 떨어졌다. 나 역시 아마조네스란 세력이 오이테스에게 몰살되지 않고 수족으로 활용할 수 있길 바라니까.

"흐음….'

머릿속으로 다양한 방법을 강구했다. 그러다 금서에서 오이테스에 관한 일화를 봤던 게 도움이 될지 모르겠단 생각이 들었다. 그는 내기를 즐기는 성격이었지….

쏴아아아아!

부두에 도착하자 파도가 거세진 상태였다. 예고 없이 들이닥친 태풍은 결코 자연적인 게 아니다. 무언가 몰려오고 있었다. 그리고 그때, 한 거대한 실루엣이 바다 속에서 장대한 물보라를 일으키며 치솟아 올랐다.

"헉!"

지켜보던 중 깜짝 놀랄 수밖에 없었다. 그건 엄청난 덩치의 바다 사이클롭스(외눈거인)였기 때문이다. 육상에 사는 친족과 다르게 바다 생활에 적응한 그들은 아가미와 화려한 등지느러미를 가진 것이 특징이다. 하지만 그건 시작에 불과했다.

"온갖 괴물이 다 나오는군."

바다 사이클롭스를 시작으로 수많은 뱀의 머리를 가진 스킬라, 아름다운 세이렌, 중무장한 채 커다란 해마를 탄 어인족 등 등. 온갖 신화적 존재가 바다에서 모습을 드러내고 있었다. 그 야말로 막강한 전력이라 지켜보던 모두는 압도되고 말았다.

-확실히 트리톤이 신경 써준 건 알겠는데… 과한 거 아닌가? 이 전력이면 아마조네스들이 뼈 하나 남기지 못할 듯한데. 저 멀리 있는 아름다운 세이렌들이 노래만 시작해도 거의 몰살에 가까운 피해를 입을 거야.

내가 고개를 절레절레 젓자 비밀의 서는 그만큼 바다 밑의 싸움이 험한 것 같다고 했다.

-수신 다곤은 수많은 해저인을 부리며 바다에서 패악질을 벌이고 있지. 그들을 격퇴하려면 저 정도 군대는 꾸려야 할 거다.

-하긴 해저인 중에는 고래만한 녀석들도 여럿이라고 했다. 그 힘과 능력이 가히 바다를 울리는 괴물이라고 들었다.

아마 바다 밑에선 괴수 대전이 펼쳐지고 있나 보다. 그런 군대를 이끌고 인간 세상에 나왔으니 이쪽이 입만 벌리고 어쩔 바를 모를 수밖에.

[대양의 고귀한 혈통께서 납신다. 그를 경배하라.]

그때 세이렌의 노랫소리가 아련하게 울려 퍼졌다. 그러자 부두에 몰려들었던 이들이 휘청이며 바닥에 무릎을 꿇었다. 세이렌의 노래에는 인간의 마음을 쥐고 흔드는 마력이 담겨 있으니 버틸 수 있을 리가 없다. 여왕과 나, 아탈란테 같이 영 웅이라 불릴 정도의 자들만이 제대로 서 있을 수 있었다.

촤아아아아.

그때 바닷물이 갈라지더니 그 어떤 해마보다 거대한 녀석이 나타났다. 어지간한 코끼리보다 큰 해마였다. 특히 붉은 비늘에 화려한 지느러미가 날개처럼 돋아 있어, 극히 아름다운 개체였다. 그리고 그 해마에 한 미남자가 앉아 있었다. 나는 보자마자 꼴뚜기 장군 오이테스임을 알아챘다.

"훌륭하군…."

멸칭과는 무관하게 대양제일미라 할 수 있는 테티스의 오라비다웠다. 보는 이로 하여금 황홀할 정도의 아름다움을 갖고 있어, 누구라도 경탄할 만한 모습이었다. 특히 산호로 만든 아름다운 왕관이 준엄한 그와 잘 어울렸다. 하지만 눈매가 사납고 심지가 강해 보이는 게 상대하기 무척 어려워 보인다.

[이국의 왕자 펠레우스여. 여기 '바다의 노인' 네레우스의 아들인 오이테스가 왔도다. 그대는 마땅히 예를 갖춰 본인을 맞으라.]

목소리는 준엄한 게 실로 신의 위엄을 담고 있었다. 반신이라도 어쨌든 신은 신이다. 게다가 실제 전투력은 반신을 초월했다고 알려진 존재니 더욱 얕잡아 볼 수 없다.

"신좌에 계신 분께 인사드립니다. 소인이 펠레우스라고 합니다."

수많은 사람들이 무릎을 꿇은 와중에 나 홀로 앞으로 나섰다. 구경을 나온 이들도 신의 위엄에 압도돼 도망가지도 못하고 굳어 있는 상태였다.

[펠레우스여. 본인은 트리톤 신의 요구에 의해 그대를 도우러 이곳까지 왔다.]

상당히 성격이 강하다고 금서에서 읽었는데, 아직은 일개 인간인 내게 그럭저럭 예를 지켜주고 있었다. 하지만 그런 넉넉한 분위기는 오래가지 못했다. 내 뒤쪽에 있는 여왕을 발견하고는 오이테스의 얼굴이 불쾌하게 변한다.

[아르테미스의 힘을 품은 여자로군! 이 정도면 분명 아마조네스의 여왕이 틀림없을 터. 어찌 같이 있는 거지?]

여기서부터 잘 말해야 한다. 어떻게 하면 오이테스의 성질을 자극하지 않고 순순히 물러나게 할까?

꿀꺽.

긴장감에 마른침을 한 번 삼켰다. 그도 그럴 게, 오이테스만 해도 신의 위엄을 뽐내고 있는데, 그의 뒤로 병풍처럼 도열한 바다의 군대도 엄청났기 때문이다. 온갖 기괴하고 위험해 보이는 괴물들이 몰려왔으니 실로 장관이라 할 수 있다. 특히 스킬라 같은 존재는 저 멀리 있는데도 작은 산만큼이나 컸다.

"이 부족한 자를 구하러 한 걸음에 달려와 주신 것 깊이 감사드립니다. 하지만 송구하게도 이미 아마존의 여왕에게 항복을 받아내었습니다."

[뭐라? 그걸 말이라고 하는가? 항복 따위를 누가 허락한다고 했지?]

"예로부터 전쟁에 승리하는 가장 좋은 방법은 싸우지 않고 이기는 것이라 했습니다. 소인은 그걸 실천한 것입니다."

[닥쳐라!]

오이테스의 외침에 갑자기 폭발하는 것처럼 바닷물이 치솟았다. 그리고 곧 일대에 비처럼 쏟아져 내렸다.

촤아아아아.

문제는 그것만이 아니었다. 바다의 군대가 주인의 감정에 반응하듯 술렁이기 시작한 것이다.

[아마조네스란 거슬리는 것들을 멸족시키기 참으로 좋은 기회이다. 한데 어찌 네놈은 겁쟁이처럼 타협이나 한단 말인가!]

"오이테스시여. 당신의 뜻은 알겠습니다. 하오나 트리톤 신의 요청으로 절 돕고자 하신 게 아닙니까? 때로는 싸움보다 협상이 더 나은 결과를 가져옵니다."

일단 트리톤 신을 들먹여 봤다. 설마 자기 주군의 의지를 거스를까 싶어서다. 하지만 내 기대는 철저히 빗나갔다.

[닥쳐라! 감히 네놈이 트리톤을 들먹여서 본인을 압박이라도 하겠다는 것이냐? 본인은 그저 트리톤과 계약관계일 뿐이다. 대가를 받고 그를 위해 군대를 이끌고 있다. 그의 졸개 같은 게 아니란 말이다!]

"하면 이 바다의 괴물을 소집한 것은 오이테스 님이십니까?"

[물론이다. 이들이 트리톤의 사병이 아니다. 모두 대가를 받고 복무하는 이들이다. 특히 바다 사이클롭스 족의 인심을 얻는 건 오로지 본인만이 가능하다. 그들은 설령 포세이돈이나 트리톤이라고 해도 충성하지 않으니까.]

그때 묵묵히 있던 비밀의 서가 조언을 해왔다.

-아마 오이테스는 트리톤을 좋아하지 않을 거다. 본래 물의 신이었던 오이테스의 집안이 뒷방 늙은이 신세가 된 게 포세이돈과 그의 아들 트리톤 때문이거든.

-그래? 요컨대, 신흥 세력에 밀려난 구세력이라 그건가?

-맞다. 비록 바다의 패권을 내주고 신위도 낮아진 그들이지만 실로 뼈대 깊은 집안이라 할 수 있으니까. 자존심을 자극하면 좋을 게 없을 거다.

나는 비밀의 서의 조언을 받아들여 오이테스에게 사과했다.

"오이테스시여. 제가 무지하여 무례했습니다. 이 바다가 질서를 잡기까지 부친이신 '바다의 노인'께서 큰일을 하셨음을 알고 있습니다."

[흥! 인간 주제에 고사를 조금 아는구나.]

솔직한 사과에 오이테스의 태도는 다소 누그러졌다. 하지만 자기 뜻을 꺾고 양보할 생각은 없는 듯했다.

[내가 트리톤에게 약속한 건 그대를 도와 아마조네스를 격파한다는 내용뿐이다. 그 외에는 고려할 바가 아니다! 물러나라, 펠레우스. 바다의 군대가 네 적을 쓸어버릴 테니.]

오이테스가 움직이면 이쪽은 막을 방법이 없다. 그 하나만으로 여기 모두를 압도하고 남지만, 같이 온 바다의 군대 역시 무시무시하다. 그래서 나는 금서에서 봤던 대로 오이테스에게 내기를 걸어보기로 했다. 그는 누구보다 내기를 즐겨 인간과 몇 차례나 겨룬 일이 있으니까.

"오이테스시여. 미천한 인간이 어찌 신의 뜻을 거역하겠습니까. 하지만 이미 저는 아마조네스들의 항복을 받고 그들을 보호하겠다고 약속했습니다."

[결국 본인의 뜻을 거스르겠다는 것이냐!]

"아닙니다. 하지만 이럴 때는 운명의 여신에게 결과를 맡겨

보는 게 어떠십니까?"

나는 오이테스에게 내기를 제안했다.

"신과 인간이 힘으로 겨루면 이는 공평하지 못합니다. 하지만 내기라면 승부의 행방을 알 수 없으니 그 결과에 승복할 만합니다. 오이테스시여. 내기로 대가로 제 목숨을 걸겠습니다. 받아주시겠습니까?"

금서에서 봤던 오이테스의 일화에선 영웅이 목숨 정도는 걸어야 그가 수락하더라. 최소한의 베팅이 목숨이라 그거다.

[내기라? 재밌는 얘기를 하는군. 네놈 배포가 제법이구나. 신을 상대로 내기를 제안하다니.]

오이테스는 꽤 놀랐다는 표정이 됐다. 자신이 험악하게 다그치는 와중에도 이렇게 나올 줄은 몰랐다는 거겠지. 하지만 곧 얼굴에 조소가 가득해진다.

[못할 것도 없겠지. 어리석은 인간!]

저런 태도는 알 만하다. 그럴 수밖에 없는 게 내기는 늘 꼴뚜기 장군의 승리로 끝났으니까. 왜냐하면 결과가 어찌되던 오이테스는 늘 상대의 목숨을 빼앗았다고 한다. 옹졸함의 극치라 할 수 있다.

[분수를 모르는 자여, 내기를 원한다면 받아들이지. 네놈이 이긴다면 무엇을 요구하겠느냐?]

그와 내기한 모든 영웅이 죽음을 맞이했다. 내기에 지면 졌다고 죽이고, 이기면 건방지다고 죽인다. 하지만 딱 한 명, 내기를 하고도 살아남은 인물이 있다. 어째서인지 금서에도 그 영웅의 이름은 기록돼 있지 않았지만, 그가 쓴 방법이 실로 기가 막혔다. 하여 나 역시 따르려고 한다.

"제가 요구하는 건 간단합니다. 만약 승리한다면 누이인 바다의 여신 테티스 님을 저와 맺어주시길 원합니다. 그리고 바다의 군대를 물려주십시오."

[뭐라!]

오이테스가 화들짝 놀란다. 건방진 얼굴이 당혹감으로 물드는 걸 보니 제법 기분이 괜찮군. 그와 내기에 승리하고도 죽지 않는 법은 간단명료하다. 오이테스의 누이인 테티스의 약혼자가 되면 되는 것.

아무리 잔인하고 포악한 오이테스라고 해도 내기가 끝나고 누이의 약혼자를 죽이지는 못하니까. 실로 그 이름 모를 영웅의 작전이 영민하기 짝이 없었다. 결국 그가 테티스와 결혼했는지는 잘 모르겠지만.

[그걸 말이라고 하는 소리냐!]

생각지도 못한 일격을 당한 오이테스는 흥분을 감추지 못하고 고성을 질렀다. 하지만 나는 담담하게 대꾸했다.

"말이 안 될 이유가 있습니까? 바다의 여신 테티스 님께선 어차피 예언 때문에 어떤 신과도 결혼하지 못합니다. 이는 결국 인간과 결혼할 수밖에 없는 운명이란 이야기입니다. 하면 제가 승리해 그 자리에 지원해 보겠습니다."

물론 진짜로 대양제일미(大洋第一美)인 테티스와 결혼할 생각은 없다. 내기에 승리해 오이테스에게 인정받는다고 해도 테티스가 날 안 받아들이면 꽝이니까. 개인적으로는 흐지부지 마무리되면 더 바랄 게 없단 생각이다.

[크흠…….]

나는 크게 고민하는 듯한 오이테스를 살짝 도발했다.

"설마 겁이 나는 건 아니시겠지요?"

[같잖은 놈. 감히 뻔히 보이는 도발을!]

말은 그렇게 해도 얼굴은 흔들리고 있었다. 본디 격장지계
란 알고도 말려들게 하는 것이 중요하다. 뻔한 도발인 줄 알면
어떤가. 흔들기만 하면 그만인 것을. 결국 오이테스는 제안을
받아들였다.

[좋다. 어디 한 번 내기의 내용을 말해 보거라.]

됐다. 오이테스가 내기를 받아들였다. 이제는 아마조네스를
지킬 길이 생긴 것이다. 한데 세상일에는 일장일단이 있는 법
이다. 나는 곧 뜻하지 않은 문제를 만나게 됐다.

<처녀신 헤스티아가 무척 섭섭해 합니다. '사랑한다고 하더
니… 훌쩍.'>

이게 무슨 소리야!

크게 당황해서는 비밀의 서에게 물었다.

-헤스티아 님께서 언제부터 보고 계셨던 거지?

-얼마 안 됐다.

-왜 바로 말해주지 않은 거야!

내가 역정을 내자 비밀의 서는 어이없어 했다.

-지금 중요한 협상 중이잖아.

-아니, 하지만….

이건 눈앞에 오이테스보다 더 중요한 건지도 모른다고. 허
공에 대고 "헤스티아 님! 오해십니다!"라고 외치고 싶었지만

그럴 수 없는 현실이 너무 슬프다.

[스스로 내기를 제안하더니 겁먹은 것이더냐? 하찮은 녀석이로군.]

당혹감을 감추지 못하는 내 얼굴을 보고 오이테스가 오해를 한 모양이다. 코웃음을 치는 그 꼴을 보고 열불이 뻗치기 시작했다. 그래, 다 네놈 때문이다. 네놈 때문이라고. 내 모든 저주와 원망을 쏟아주마.

"크흐흐흐. 그럴 리가 있겠습니까? 이제부터 재밌을 것 같은데."

헤스티아 님의 오해는 나중에 풀 수 있을 것이다. 일단은 눈앞의 내기에 집중하자. 게다가 헤스티아 님이 보고 계시니까 추한 꼴 보일 수 없다.

"오이테스여. 내기를 제안하겠습니다."

[좋다. 들어보지.]

"신성을 다루는 기술로 겨뤄봄이 어떻습니까?"

그것은 내 재능이 가장 빛나는 영역이다. 하지만 오이테스는 순간 멍한 표정이 되더니 곧 미친 듯이 웃어댔다.

[크하하하하하! 이런 황당하고 어리석은 놈이! 본인을 웃겨 죽이려는 것이냐!]

오이테스는 배를 잡고 웃어댔고, 하마터면 타고 있던 해마에서 떨어질 뻔했다. 그의 웃음소리는 크게 주변을 울려 바다에 높은 파도가 치게 만들 정도로 컸다.

[크하하하핫! 이 몸이 대체 뭐라고 생각하는 것이냐? 과거보다 신위는 낮아지긴 했지만 여전히 신이다. 신! 얼마나 본인을

우습게 보는 것인가?]

　사실 저런 반응은 당연하겠지. 내가 신성을 다루는데 천재라고 해도 상대는 신이니까.

　"그럴 리가 있겠습니까? 저 정도는 벌레처럼 으스러뜨릴 수 있으심을 알고 있습니다."

　[하면 어찌 신에게 신성을 다루는 기술로 내기를 거는 것이냐? 세상천지에 이런 대결은 없었다. 이는 망치를 들었다고 대장장이에게 쇠를 다루는 일에 대해 도전하는 것과 마찬가지 아닌가?]

　오이테스는 내가 신성을 품고 있음을 보자마자 알아챈 모양이다.

　[물론 네놈이 인간 주제에 많은 신성을 갖고 있는 건 알겠다. 하지만 그래봐야 인간이 아닌가. 진짜 신인 본인에 비하면 달빛 아래 반딧불에 불과한 것을.]

　"제 어찌 그 점을 모르겠습니까? 하지만 제가 제안하는 건 어느 밭에 밀이 많은지를 따지자는 게 아닙니다. 두 농부 중 누구의 솜씨가 빼어난지 대결하자는 것이지요."

　[좋다. 그렇게 하데스의 나라로 가고 싶다면야 보내줘야지. 시원하게.]

　오이테스는 거대한 해마에서 내려 바다 위에 섰다. 자연스럽게 수면 위를 걷는 모습이 실로 신의 위엄 그 자체였다. 그는 부두로 올라왔는데 가까이서 보자 생각보다 훨씬 컸다. 키가 2.5미터는 되겠는걸.

　[때때로 신이 너희 인간에게 미덕을 보여줄 때가 있지. 무엇

인지 아느냐?]

"모르겠습니다."

[어리석은 인간에게 분수를 가르치는 것이다. 본디 네메시스 여신의 일이나 오늘은 특별히 본인이 모범을 보이고자 한다.]

오이테스는 이미 승리를 확신하고 있었으나 나 역시 신성을 다루는 일에는 자신 있다. 내 재능은 비밀의 서의 평가에 의하면 가히 공전절후. 전에도 없었고 앞으로도 없을 수준이라고 했으니까. 게다가 나만이 가진 장점은 그것만이 아니었다.

"오이테스시여. 단판으로 승부를 겨루고 싶습니다."

[맘대로 하라. 단 한 번이면 행운이 네놈을 도와줄 거라 여기는 건가? 꿈 깨도록. 절대 그런 일은 없을 것이니. 만약 본인이 진다면 네놈 앞에서 춤이라도 춰주지. 하지만 패배한다면 각오하는 게 좋을 거다. 감히 신 앞에서 교만하기 짝이 없는 점, 결코 그 대가는 가볍지 않을 터이다!]

오이테스가 날 매섭게 내려다본다. 쏘아보는 눈길이 실로 강렬해 보통 인간이라면 저 시선을 견디지 못하고 정신을 놔버릴 터. 하지만 내가 덤덤히 받아내자 그는 조금 놀란 표정이 된다.

[뭔가 있는 놈이긴 하군. 좋다. 무엇으로 대결할 것이냐?]

"투창이 어떻습니까? 누구의 창이 더 위력적인지 겨뤄보면 좋을 것 같습니다."

투창을 제안한 건 물론 노림수가 있기 때문이다. 하지만 창을 던지는 일은 전사의 기본 덕목이니 위화감이 전혀 없이 적절해 보였다.

[투창이라. 재밌겠군!]

규칙은 간단했다. 일정한 양의 신성만 사용해서, 투창을 만들어 던지는 것이다. 창을 던질 때는 순수한 육체의 힘만 써야한다. 오이테스가 신의 힘까지 써서 투창을 던지면 그건 투창이 아니라 탄도미사일이 되고 마니까. 이런 규칙을 듣자 오이테스는 더욱 비웃음이 짙어졌다.

[만용이 지나치구나. 본인이 육체의 힘만 쓰면 승산이 있을 거라고 믿는 건가? 이 육체가 신의 것임이 보이지 않느냐?]

"힘이라면 저 역시 어디 가서 뒤지지 않습니다."

오이테스는 모르는 모양이지만 내 힘은 헤라클레스의 것이다. 반신을 상대로 밀릴 리가 없다.

[간땡이가 완전히 부었군. 좋다. 어디에 던지겠느냐?]

나는 그에게 두꺼운 황동판을 만들어 달라고 했다.

"황동은 방패를 만드는데 쓰는 재질입니다. 누구의 투창이 황동판에 더 깊게 박히는지 겨룬다면 전사의 기량을 재보기 적절할 것입니다."

[좋다! 마음에 드는군.]

오이테스는 신이 가진 특유의 창조 능력을 이용해 커다란 황동판을 만들어냈다. 한데 성격이 원래 호방해서 그런지 두께가 무려 3미터가 넘는 황동판을 창조했다. 이 정도로 거대한 금속 덩어리라니…. 아무리 훌륭한 전사가 투창을 던져도 겉에만 조금 흠집을 만든 뒤 튕겨 나올 것 같았다. 반면 신인 오이테스는 자신만만이었다.

[본인이 순수한 근력만 쏜다고 해도 투창을 허리까지 저 판

에 박아 넣을 자신이 있다!]

"저 역시 근력에는 자신 있습니다. 하지만 이번 내기의 본질은 누가 더 신성으로 훌륭한 투창을 만드냐에 있습니다."

[네놈 걱정이나 하도록. 보아라. 이 정도는 식은 죽 먹기니.]

오이테스는 뜸들이지 않고 바로 손 안에 신성을 응용해 투창을 만들어냈다. 곧 그의 손에 하얗게 빛나는 날렵한 투창이 생겨났다. 정밀하고 훌륭한 솜씨였다. 하지만 오이테스는 그걸로 그치지 않고 여러 나라에서 쓰이는 다양한 형태의 투창을 만들었다 없애기를 반복했다.

[무엇을 써야 좋을지 모르겠군.]

말은 저렇게 해도 자기 솜씨를 자랑하기 위한 목적이 틀림없었다. 어떤 형태의 투창이든 즉석해서 완벽하게 만들 수 있다는 걸 보여주고 싶은 모양이다. 그가 그렇게 자신이 신성을 다루는 솜씨를 뽐내는 동안 나도 투창을 만들기 시작했다.

"흐음…."

구조는 이미 알고 있지만 꽤 섬세한 작업이었기에 눈을 반개한 채 극도로 집중했다. 내가 이 내기에서 이기려면 오이테스에게 없는 장점을 극대화해야 하는데, 그건 바로 지구의 과학지식이었다.

[대체 뭘 만드는 것이지?]

내가 신성을 응용해서 괴상한 형태의 투창을 만들어가자 오이테스는 어리둥절한 얼굴이 됐다. 그도 그럴 게 내 투창은 실로 이상한 모습이었기 때문이다. 지구의 물건을 떠올리며 만들고 있으니 이곳 사람 중 누구도 보지 못한 것이겠지.

-펠레우스, 투창으로 적합해 보이지 않는다만.

비밀의 서조차 참지 못하고 물었을 정도다. 현재 내가 만들고 있는 건 흔히 날탄이라고 부르는 '날개안정분리철갑탄'이다. 전차의 장갑을 관통하기 위한 탄으로 이 날탄을 투창의 머리 부분으로 삼고, 뒤로 길게 창대를 만들어냈다.

"후우…."

잠시 뒤 겨우 완성하고는 안도의 한숨을 내쉬었다. 지구에 있을 때 다큐멘터리로 날탄의 구조를 본 게 큰 도움이 됐다. 단순한 것 같으면서도, 막상 만들려니 꽤 복잡한 형태라 심력을 상당히 썼다. 벌써 이마에 땀이 흥건했다.

[그게 대체 뭐지?]

오이테스는 이 이상한 투창에 눈살을 찌푸렸다. 창대 끝에 날탄이 붙어있는 형태니, 무척 창두가 이상하게 생긴 투창인 셈이다. 오이테스는 잠시 고개를 갸웃거리다가 곧 한쪽 입 꼬리를 올렸다.

[정말 어리석군. 창두를 그렇게 괴상하고 크게 만든다고 위력적일 것 같은가? 가장 기본적인 형태가 우수한 법이다.]

기괴한 병기를 든 나와 다르게 오이테스는 평범하게 생긴 투창을 들었다. 그의 말로는 그런 형상이야 말로 수많은 전장에서 다듬어진 최적화된 디자인이라고 했다. 나 역시 그 점에는 동의한다. 하지만 인간이 신을 이기려면 유별남이 필요한 것 아니겠는가.

"우수함을 자부하시니 먼저 시범을 보여주시지요. 소인은 뒤에 던지겠습니다."

[마음대로 하라. 본인의 성과에 기가 죽을까 걱정이다만.]

우리는 황동판에서 50미터 떨어진 거리에 섰다. 50미터 거리에서 3미터 두께의 황동판을 순수하게 육체의 힘만으로 관통해야 한다. 아무리 반신이라도 그건 쉽지 않은 일임이 틀림없기에 오이테스는 팔을 풀며 진지한 얼굴이었다.

[좋다! 보아라! 이 몸이 완성한 투창의 위력을.]

나는 오이테스가 자신의 투창을 신의 솜씨로 정밀하게 만든 걸 짐작할 수 있었다. 완벽한 무게와 길이, 무게중심까지. 저 단순해 보이는 투창에는 심오함이 깃들어 있을 터.

[크아압!]

짧은 기합성과 함께 투창은 무시무시한 파공성을 울리며 50미터 거리의 표적으로 날아갔다. 그리고 단단한 황동판에 빨려들어 가듯 꽂혔다.

카앙!

요란한 쇳소리와 함께 거대한 황동판이 일순간 흔들렸을 정도다.

"대단하구나."

나도 모르게 감탄사가 터졌다. 가서 확인해 보니 투창은 한 뼘 정도의 창대만 남기고 모조리 황동판 안에 파묻혀 있었다. 비록 3미터 두께의 황동판을 관통하지는 못했지만 이 정도만 해도 가공할 위력이다. 오이테스도 만족해했다.

[크하하하! 나쁘지 않군.]

이제 내 차례가 되었다. 저것보다 더한 위력을 보여줘야 했으니 오이테스는 이미 이겼다고 생각하는 모양이었다. 특히나 이런 괴상한 투창으론 어림도 없다는 생각이겠지. 하지만 지구의 과학이 가진 힘을 보여주지.

"후…."

나직하게 숨을 내쉰 나는 황동판 50미터 앞에 서서 투창을 들었다. 그리고 날탄의 원리를 응용해 만든 창두 부분을 보았다. 생김새는 포탄인데, 탄두 부분이 화살처럼 괴이한 생김새다. '관통자'와 '이탈피'라는 이중구조로 돼있는 까닭이다.

"하압!"

짧은 기합과 함께 황동판을 향해 힘껏 투창을 던졌다. 헤라클레스의 보석을 흡수한 탓에 투창이 날아가는 기세만큼은 오이테스에게 전혀 뒤지지 않았다. 하지만 하이라이트는 쏘아지던 도중에 일어난 극적인 변화였다. 창두 부분이 갑자기 폭발한 것이다.

쾅!

날탄의 원리는 간단하다. 일반 포탄처럼 나아가다가 목표물을 앞두고는 이탈피라 불리는 부분이 분리되며 화살같이 생긴 뾰족한 침만 남는다. 이걸 관통자라 부르는데, 가늘고 길쭉하게 생긴 형태를 이용해 장갑에 구멍을 뚫고 파고든다.

내 괴이한 생김새의 투창도 그런 원리다. 짧은 폭음과 함께 창의 모든 부분이 떨어져 나가고, 이탈피와 관통자만 남았다. 이후 둘이 함께 날아가다가 이탈피는 떨어져 나가고 화살같이 생긴 관통자만이 황동판에 직격한 것이다.

캉!

소리는 제법이었지만 언뜻 보기엔 오이테스 것보다 영 궁색해 보였다. 황동판에 소리가 나며 먼지가 살짝 인 게 다였으니까. 박력이라곤 전혀 없었다.

[뭘 한 거지?]

오이테스는 실소를 머금지 못했다. 뭔가 박힌 거 같긴 한데 위력이 없어 보였기 때문이다. 반면 지켜보고 있던 헤스티아 여신님은 단번에 모든 걸 알아챘다.

<처녀신 헤스티아가 당신에 대해 감탄을 금치 못합니다. '세상에…….'>

반면 오이테스는 아직 감을 잡지 못했기에 손을 뻗어 가보자고 했다. 그러자 그는 뒷짐을 진 채 거들먹거리며 앞으로 나섰다.

[볼 것이나 있겠느냐? 크하하, 대체 뭘 한 건지도 모르겠군.]

아무리 반신이라고 해도 한 번도 본 적 없는 날탄의 원리를 이해할 리가 없다. 하지만 함께 황동판을 향해 걸어가면서 그의 표정은 점점 굳어져갔다. 인간보다 훨씬 눈이 좋은 탓에 두꺼운 황동판 표면에 생긴 구멍을 본 탓이다.

[설마 그럴 리가….]

무언가 짐작을 하는 듯 오이테스는 신음에 가까운 목소리를 내뱉었다. 그러면서 혼자 말도 안 된다며 고개를 젓는다. 하지만 우리가 황동판 앞에 도착하자 모든 게 확실해졌다. 창두에서 튀어나간 뾰족한 관통자가 3미터 두께의 황동판을 일격에 관통해 버렸던 것이다.

[무슨! 이런 황당한!]

급기야 황동판 반대편에 난 구멍까지 확인한 오이테스는 눈이 찢어져라 커졌다.

[대체 이게 무슨 해괴한 원리인가? 설명하라. 납득할 수가 없다.]

"알겠습니다."

나는 최대한 쉽게 설명해줬다. 오이테스는 영민했기에, 다소 난해하게 여기면서도 날탄의 원리를 이해했다.

[이런 황당한 투창이라니… 감탄사를 내뱉어야 할지, 어이없어 해야 할지 모르겠군.]

가장 최적화된 디자인의 투창을 만들어내 던졌던 그의 입장에선 황당하게만 느껴질 터. 하지만 이번 내기는 정해진 양의 신성을 응용해 어떤 형태의 투창을 만들어도 되는 거였다. 오이테스는 내 투창에 대해 꼬투리를 잡거나 하지는 않았다. 이제 온전히 원리를 이해한 탓인지 오히려 감탄한 표정이었다.

[그대는 어떻게 이런 지식을 알고 있는 거지? 누구에게 배울 수 있는 것도 아닌데.]

처음처럼 나를 무시하는 분위기는 더 없었다. 오히려 투창이란 부분에 관해서만 묘한 존경심이 깃든 얼굴이었다.

"어찌 위대한 분 앞에서 알량한 배움을 뽐내겠습니까? 개미처럼 하잘 것 없는 지식입니다."

[그 개미의 지식에 본인이 완패했지 않느냐.]

오이테스는 그대로 장탄식을 내뱉었다.

[오랜 세월 살아왔지만… 이런 황당한 패배는 처음이다! 하아……, 본인이 졌다.]

할 말이 없다는 듯 자존심 강한 오이테스가 고개를 떨어뜨렸다. 속이 부글부글 끓을 텐데 너무나 명백한 결과에 어쩔 수 없는 모양이었다. 이것은 그야말로 과학의 승리였다. 나는 완벽한 성공을 하고 나자 살짝 턱이 위로 올라가고 콧대가 하늘을 향하기 시작했다. 상대는 신이었지만 그런 건 안중에도 없었다. 그저 언급한 게 있으니 지켰으면 할 뿐이다.

"오이테스 님."

[무엇이냐.]

"뭐, 훈훈하게 끝난 것 같아서 다행입니다만, 할 건 하셔야죠?"

내 말에 오이테스는 알겠다는 듯 고개를 끄덕였다.

[좋다. 이대로 바다의 군대를 물리고 그대를 테티스의 약혼….]

말을 하던 그는 내가 고개를 계속 젓자 의아한 듯 입을 묻는다.

[왜 그러지? 뭔가 잘못됐나.]

"물론입니다. 잘못됐지요. 내기 전에 제게 한 말씀을 잊으셨습니까?"

[뭐라고?]

"춤이라도 추신다면서요?"

그러자 오이테스의 얼굴이 사색이 됐다. 이거 재미있군. 신도 당황하면 얼굴색이 푸르죽죽하게 죽네?

[아니, 아무리 그래도… 그건….]

오이테스는 신의 체면도 잊은 채 한 걸음 뒤로 물러나며 쩔쩔맸다. 그럴수록 내가 기세등등해진다는 걸 모르는 모양이다.

"왜요? 풍악이라도 울려드릴까요?"

[풍악이라니….]

오이테스는 자기가 했던 말이 떠오른 듯 말문이 막힌 모양이다. 이러다 진짜 인간 앞에서 재롱잔치를 하게 생겼으니 그는 식은땀까지 삐질삐질 흘리기 시작했다.

"옛 전사들은 싸움만큼이나 춤을 잘 췄다고 합니다. 신좌에 계신 분이니 춤사위도 달라도 뭔가 다르겠지요. 오늘 소인의 안계를 넓혀주시길 진심으로 바라고 있습니다."

[하하하…….]

신도 어색하게 웃는구나. 그러다가 주변의 눈치를 보더니 슬쩍 다가와서 속삭인다.

[한 번만 봐주게.]

"어찌 위대하신 분의 요구를 제가 거절하겠습니까? 다만 소소한 배려라도 해주신다면, 서로 좋은 마음으로 마무리할 수 있지 않겠습니까?"

[결국 대가를 내놓으라 그거 아닌가!]

"매정한 말씀이십니다. 그저 오고 가는 정이라고 생각해 주시면 좋을 듯합니다."

[크윽! 신을 상대로 삥을 뜯다니.]

오이테스는 도저히 믿을 수 없다는 듯 한 손으로 이마를 짚었다. 원래 그라면 내기고 뭐고 그딴 건 모른다고 뒤집어야 정상이나 이번만큼은 달랐다. 내 지위가 갑자기 테티스의 약혼자가 된 데다가, 날탄을 만드는 걸 보고 크게 감탄한 까닭이다.

그때 비밀의 서에 새로운 메세지가 떠올랐다.

<오이테스는 당신의 실력에 호의를 느끼고 있습니다.>

어? 이거 뭐야? 눈앞에 있는 신의 반응이 비밀의 서에 뜨잖아? 이런 적인 처음이었다. 새로운 기능인지 아니면 무언가 조건을 충족한 건지 미지수였다.

-비서야, 이게 어떻게 된 거냐?

-나도 잘 모르겠다.

역시 이 녀석은 불쏘시개 정도의 쓸모만 가지고 있군. 그때 머리를 부여잡고 고민하던 오이테스가 마침내 결정을 내렸다.

[좋다. 이왕 이렇게 된 것 원하는 바를 말해보라.]

아마 이런 결정은 그가 내게 호의가 없었다면 절대 있을 수 없는 일일 거다. 그래서 무리한 부탁은 하지 않기로 했다. 기분이 상할 만한 요구를 했다가는 호감도의 하락으로 이어질 터. 안 그래도 정당한 걸 생각해뒀다.

"훗날 저들에게 도움을 받을 수 있게 해주십시오."

나는 오이테스 뒤에 버티고 있는 바다의 군대를 가리켰다. 저 막강한 전력을 보니 무척이나 부럽단 생각이 들었기 때문이다. 바다 사이클롭스나 세이렌의 도움을 받을 수 있다면 바다에서 문제가 생겼을 때 큰 힘이 돼줄 거다. 오이테스는 자신이 충분히 할 수 있는 요청에 선뜻 고개를 끄덕였다.

[그 정도는 가능하다. 좋다. 훌륭한 투창술을 보여준 것에 경의를 표하며 이걸 내리도록 하지.]

오이테스는 쓰고 있던 산호 왕관을 벗어 내밀었다.

[이 왕관으로 바다의 군대를 소환할 수 있을 것이다. 누굴 부

르냐에 따라 소환되는 인원이 달라질 것이다.]

예를 들어 바다 사이클롭스를 부르면 3~5명 정도, 세이렌을 부르면 10~15명 정도 올 거라고 했다.

[이 산호 왕관은 본인이 병사들과 떨어졌을 때, 언제든 급히 불러내기 위해 제작된 물건이다. 세 번 쓰면 효과가 다해 산호가 바스라질 것이니 유념하라. 그 동안 이들을 부리는 대가는 본인이 지불하겠다.]

바다의 군대는 오이테스를 따르는 거대한 용병 집단이라고 했다. 오이테스는 반신이면서 바다 괴물들을 규합한 용병 대장인 셈이다.

"내려주신 은혜 참으로 감사합니다."

거절도 하지 않고 날름 산호왕관을 낚아채자 오이테스는 떨떠름함을 감추지 않았다. 그야말로 당했다는 표정이 역력했다. 하지만 동시에 회심의 미소를 짓고 있었다.

<오이테스는 영악하기 짝이 없는 자신의 누이를 떠넘길 자로 당신이 딱이라고 여기고 있습니다. '낯선 남자에게서 여동생의 향기가 느껴진다….'>

이거 뭔가 골칫덩이를 넘기려는 듯한 느낌인데? 이대로는 뭔가 사달이 나겠다 싶어 뭐라 입을 열려고 하는데 오이테스가 재빨리 내 어깨에 손을 짚었다.

[그것보다 이제는 매부(妹夫)가 될지도 모르겠군. 예언을 들은 후부터 테티스에게 인간 남편이 생길 거라고 예상은 하고 있었다. 한데 이런 형태로 오늘 만날 줄은 몰랐다. 으허허허.]

아니, 사람 불안하게 왜 그리 흐뭇하게 웃는 겁니까. 이쪽은 테티스와 결혼할 생각도 없으니 매부라는 호칭이 무척이나 부담스러웠다. 하지만 부정할 수도 없는 노릇이다. 내기 후에 맞아 죽지 않은 게 테티스 덕분이니까.

"실로 과분하신 배려에 몸 둘 바를 모르겠습니다."

그렇지만 이대로 순순히 받아들일 수는 없다.

[아니다. 여동생의 혼처는 인간 중에서 찾아야 한다는 점이 늘 고민거리였지. 그 녀석이 죽어도 인간에겐 시집가지 않겠다고 버텼거든. 하지만 그대 정도의 인간이라면 테티스도 달리 생각할지도 모르지. 초록이 동색이라지 않느냐. 하하하핫!]

"대양제일미 테티스 님의 남편이 된다니, 실로 인간에게 허락되지 않을 법한 영광입니다. 하오나⋯."

[하오나?]

갑자기 오이테스가 살짝 정색한 얼굴이 됐다.

<오이테스가 내심 당혹해 합니다. '안 돼. 여동생을 데려갈 호구를 이제야 발견했는데 놓칠 순 없다!'>

대체 테티스가 어쨌기에 이러는 거지. 분명 소문에는 완벽한 여신임이 틀림없는데⋯. 대양제일미인 절세가인인 데다가 가진 지혜가 빼어나기로 사해에 이름 높았다. 예언이 아니었으면 그녀의 남편이 되기 위해 모든 혈기 넘치는 신들이 전쟁을 벌였을 거란 얘기가 있을 정도였다. 한데 그런 여자의 오빠는 어떻게든 자기 여동생을 떼어내고 싶어 몸부림을 치고 있지 않나.

[혹시 우리 테티스가 부족하다고 생각하는 건가?]

"어찌 그렇겠습니까?"

[본인의 누이이긴 하나 평생 그 아이보다 아름다운 여신은 본 적이 없다.]

오이테스는 눈가에 쌍심지를 켠 상태. 만약 여기서 그의 기분을 상하게 했다가는 목숨을 장담할 수 없게 된다.

꿀꺽.

뜻하지 않게 생명의 위기를 느끼게 되다니. 어쩌면 투창 대결보다 이쪽이 본 게임이란 생각이 들었다. 진짜 위기는 이제부터다, 라는 느낌?

<오이테스는 결연한 각오를 다집니다. '절대로 떠넘긴다! 그게 이 몸이 사는 길이다!'>

이미 상대의 눈가에서 불길이 치솟고 있었다. 말 한마디에 폭발이라도 할 것 같은 기세였다. 한 마디, 한 마디 조심해 상대의 마음을 고려해야 한다. 배려심이라기 보다 내가 살아야 해서 그렇다.

"어찌 지금 소인이 그분께 어울리는 배필이라 하겠습니까? 약속을 거절할 생각은 없습니다만, 다만 조금 미뤄주심이 어떠하겠는지요?"

[미루라? 본인은 그 녀석과 같은 대양에서 하루라도 더 살 생각은 없…]

"네?"

[크흠! 아, 아니다.]

지금 상황을 보니 아무리 말재간을 부려도 약혼을 없던 일로 할 수는 없다. 내 목숨도 같이 없어질 테니까. 그러니 최선은 지연작전이다. 시간을 계속 끌어 종국에는 약혼 자체가 흐지부지하게 만들 생각이었다. 다행히 테티스 여신은 인간과 결혼하길 죽도록 싫어한다지 않나.

[겸양이 지나치군. 그대는 본인이 본 인간 중에 손에 꼽을 만하다. 물론 그대보다 강한 인간도 있겠지. 하지만 신성을 다루는 능력은 반신인 나조차 놀랄 정도였다. 인간이면서도 그다지도 신성을 능숙하게 다루는 이는 아마 세계에서 그대가 유일할 것이다.]

그때 다시 비밀의 서에 메시지가 떠올랐다.

<오이테스가 입에 발린 칭찬을 합니다.>

아니, 이 새끼가 진짜…. 비겁하다. 신이 인간을 상대로 립 서비스를 아낌없이 해? 자존심이라고는 없는 놈 같으니라고. 우리는 그렇게 입에는 꿀을 바르고, 뱃속에는 칼을 숨긴 채 싸움을 이어갔다. 칼만 안 들었지 어느 때보다 긴장되는 싸움이었다.

"막무가내로 미루려는 것이 아닙니다. 여신을 아내로 맞이할 최소한의 자격은 갖추고 싶습니다."

[그 자격이 무엇인가?]

"일국의 왕이 되고자 합니다. 오이테스 님과 테티스 님은 바다의 노인이라 불렸던 네레우스 님의 자식이니 가히 바다의 왕족이라 할 만합니다. 하니, 저 역시 왕의 자리에는 오를 필요가 있겠지요."

[흐음…….]

그건 꽤 그럴 듯하다고 생각했는지 오이테스는 생각에 잠겼다. 기왕이면 상대가 왕가인 게 체면상 유리하니까. 나는 그가 갈등하고 있는 걸 깨닫고는 몰아붙였다.

"제가 왕이 되는 데는 긴 세월이 필요하지 않습니다. 어차피 신좌에 계신 분들께는 잠깐의 시간이겠지요."

결국 오이테스는 고개를 주억였다. 내게 속아 넘어 갔다기 보다 신에게 그 정도 기다리는 게 정말 별 일이 아니었기 때문이다.

[매부가 될 자의 부탁이니 그 정도는 들어줘야겠지. 좋다. '후일' 왕의 자리에 오르면 오늘 일을 '다시' 의논하겠다.]

어째서인지 후일과 다시란 단어에 힘을 줘 강조한 기분이 드는군. 나는 살기 위해 발을 담근 수렁이 생각보다 깊단 생각이 들었다. 하지만 일단 위기를 넘기는 데 성공했다. 그리고 이 일을 다행이라고 여긴 건 나뿐만이 아니었다.

<처녀신 헤스티아가 안도합니다.>

어째서인지 우리 여신님께선 내가 장가가는 게 마음에 안 들었던 모양이다.

[약속대로 바다의 군대를 물리겠다.]

오이테스의 말이 떨어지자마자 거대한 바다 괴물들이 수면 아래로 물보라를 일으키며 사라졌다. 일대에 휘몰아치던 폭풍우 역시 잠잠해지며 먹구름이 걷히고 있었다. 흩어지는 구름 사이로 선명하고 아름다운 태양광이 내려온다.

[펠레우스여. 오늘 대결은 본인에게 깊은 인상을 남겼다. 앞으로 그대의 이름에 귀를 기울일 것이다. 무운을 빌겠다.]

"부족한 소인을 좋게 봐주시니 그저 감읍할 따름입니다."

[다시 만날 날을 기대하겠다. 호…, 아니, 펠레우스여.]

오이테스는 몸을 돌려 해마를 타고는 그대로 바다로 떠났다. 그야말로 태풍처럼 밀어닥치더니 군세가 언제 그랬냐는 것처럼 사라졌다. 원래라면 그저 평범한 응원군이었는데 아마조네스의 항복을 받는 바람에 일이 꼬여버렸다. 하지만 잘 해결했으니 됐겠지.

"펠레우스."

지금까지 상황을 지켜본 펜테실레이아가 내게 다가왔다. 그녀의 표정은 참으로 많은 감정을 담고 있었다. 믿고 의지했던 아르테미스는 아마조네스를 버림패 정도로 썼고, 적이었던 나는 그들의 운명을 구했다. 아마 복잡한 마음을 감출 수 없겠지.

"여왕 전하."

"우리 아마존은 그대에게 최대의 경의를 표하겠다."

여왕은 상당히 감격한 표정으로 날 보고 있었다. 그녀는 곧 내 손을 꽉 잡아왔다. 생각보다 손이 거칠어 내심 놀랐다. 그만큼 험난한 세월을 살아온 것이겠지.

"펠레우스, 이제부터 우리의 충성을 받아다오."

여왕은 차고 있던 목걸이를 풀어서 건넸다. 그것은 마치 원시 부족의 물건처럼 투박해 보였다. 돌구슬을 꿰어 만든 것이었는데 구슬마다 처음 보는 문자가 새겨져 있었다.

"이게 무엇입니까? 전하."

"이 목걸이는 부족 대대로 내려온 신성한 물건이다. 진정한 용도는 세월에 잊혀 지금은 신들조차 모른다고 하지. 다만 최초의 조상을 찾는 열쇠란 구전이 내려올 뿐이다."

"최초의 조상을 찾는 열쇠라?"

고개를 갸웃거릴 수밖에 없었다. 그런 내용은 금서에서도 보지 못했으니까.

"구전에 불과하다. 현재는 그저 아마존의 여왕이 가진 권리를 나타내는 징표일 뿐이다."

"여왕의 권리란 무엇입니까?"

"모든 전사를 소집할 권리다. 이걸 그대에게 맡기겠다. 펠레우스. 이보다 우리 종족의 충성을 맹세하는 것에 적합한 물건은 없다."

여왕은 나름대로 최대한 성의 표시를 한 셈이었다. 이제 이걸로 아마조네스들의 도움을 얻을 수 있게 됐다. 든든한 군대가 생긴 셈이라고 할 수 있겠다. 나는 여왕이 준 목걸이를 들고 마을 주민들 앞으로 나섰다. 부두로 구경을 나왔다 신의 위엄에 바짝 얼어붙어 여태 엎드려 있던 자들이다. 그들은 아직도 정신을 제대로 차리지 못하고 있었다.

"모두 들으라!"

일단 큰 소리로 외치자 그제야 다들 허리를 펴고 안색을 회복한다. 신의 위엄에 질려 여태 입조차 열지 못했던 주민들이 웅성거리기 시작했다.

"이제 끝난 건가?"

"인간이 신과 대결하는 걸 구경할 줄이야. 오래살고 볼 일이군."

"거짓말 같은 하루일세, 그려."

저마다 떠들던 그들은 내가 가까이 걸어가자 하나둘씩 입을 다문다. 침묵 속에서 수많은 자들이 내가 무엇을 말할지 기다리고 있었다.

"스파르타의 바실레우스인 펠레우스가 그대들에게 밝힌다. 모든 싸움은 끝이 났다. 더는 죽는 이도 없을 것이고, 더는 약탈도 없을 것이다. 이제 그대들이 누렸던 평화를 온전히 되찾게 됐음을 선언하노라!"

전투가 끝났다는 걸 알리자 주민들은 환호성을 터뜨렸다.

"와아아아아아! 만세!"

"바실레우스 각하! 만세!"

곧 그들은 내 이름을 크게 외치며 기뻐했다. 이 조용한 시골 마을에선 평화로운 일상이야 말로 가장 소중한 것이기 때문이었다. 나는 사람들의 환호를 받으며 손을 들어 올려 보였다.

좋아, 이제 엔디미온은 내 것이다. 나는 승리를 즐기면서도 머릿속은 온통 그 셀레네의 연인에게로 향했다. 사라진 달의 여신이 남긴 힘을 품고 있는 그자는 과연 어떤 비밀을 갖고 있을지 궁금했기 때문이다.

3. 꿈의 세계

며칠 동안 낙소스 마을에서 머물며 뒷수습에 들어갔다. 아마조네스들이 워낙 거대한 똥을 싸질러 놔서, 이걸 치우는데 상당한 시간이 소요됐다. 당장 엔디미온을 찾아가고 싶은 입장에선 아쉬운 일이었다. 하나 어쩌겠나. 고귀한 지위에 있는 자에겐 그에 어울리는 처신이 필요한 것을. 나는 임시 관저로 삼은 건물에서 아마조네스의 여왕과 만나고 있었다.

"전하. 아마조네스들이 타고 돌아갈 배를 수배해 보겠습니다. 뱃삯만 넉넉히 쥐어준다면 할 일 없는 상인들이 몰려들 겁니다."

"그대의 배려에 감사한다."

"그나저나 아마조네스들과 마을 주민들의 관계는 어떻습니까?"

"미묘하다. 그래도 그대의 조치 덕분에 서로 쌍욕 칼부림할 정도는 아니지. 다만 불편한 공기는 어쩔 수 없다."

아마조네스들에게 낙소스 마을 복구를 돕도록 명령했다. 물론 그런다고 주민들의 원한이 풀릴 리가 만무하니, 정말 최소한의 조치라고 할 수 있다.

"전하와 전사들이 타고 떠날 배가 올 때까지만 버텨주십시오. 이는 아마조네스들이 마을을 공격한 일에 대한 최소한의 사죄기도 합니다.”

“알겠다. 그대의 뜻을 이해하고 있다.”

내가 요구하는 건 간단하다. 어차피 이제 아마조네스들은 떠날 테니 그 동안 사고나 치지 말라는 거다. 혹시라도 문제를 일으키는 전사가 있으면 엄히 처벌하라 부탁한 뒤 여왕을 내보냈다.

“완전히 그대가 상급자구나.”

곁에서 묵묵히 지켜보던 아탈란테가 입을 열었다. 그녀는 내 비서처럼 뒤에 꼿꼿이 시립해 있었다.

“아무래도 여왕과 종족의 운명은 내게 달렸으니까.”

내가 무지개 신 이리스와 아마조네스들은 연결해 주지 않는다면, 앞으로 저들 종족은 심한 고난에 빠지게 된다. 현재는 아르테미스가 전쟁 중이라 여력이 없어 놔두는 거지, 이후 낙소스에서 있던 일을 파악하면 분명 엄한 벌을 내릴 터. 그 사냥과 달의 여신은 성질머리가 나쁘기론 올림포스에서 제일이니까. 나는 몇 가지 사안을 더 처리한 뒤에야 장비를 챙겨 일어날 수 있었다.

“이제 대강 정리가 됐으니 엔디미온을 찾으러 가자고.”

“알겠다.”

아탈란테와 단 둘이서 늙은 용 카타플락투스가 사는 동굴로 향했다. 해적선장 아이토스는 아마조네스들의 감시역으로 마을에 놔뒀기에 데려갈 이는 아탈란테 뿐이었다. 우리는 몇 시간 뒤에 용이 사는 동굴에 도착할 수 있었다.

"카타플락투스여!"

안으로 들어가 용의 이름을 불렀다. 잠시 기다리자 동굴이 묵직한 발소리로 쿵, 쿵 울렸다. 그리고 온 몸에 가시가 돋은 거대한 용이 모습을 드러냈다. 상위 종족의 위엄이 몸에 자연스럽게 묻어나는 게, 특유의 거만함조차 자연스럽게 보였다.

"스파르타인이로군. 우리의 거래는 어찌 되었나?"

"아마조네스들은 모두 항복했습니다. 이제 당신의 휴식을 방해할 존재는 없습니다."

"좋군. 크르르르."

"약속을 지켜주십시오. 잠든 인간이 어디에 있는지 알고자 합니다."

"용은 언제나 약속을 지킨다. 따라오도록."

카타플락투스는 앞장 서 동굴 안으로 향했다. 동굴 안은 생각보다 복잡하고 깊었다.

"섬 안에 이런 장소가 있다니!"

내가 감탄하자 카타플락투스는 앞서 가며 대꾸했다.

"알려지지 않는 게 당연하다. 이곳까지 들어온 이는 이 몸이 대부분 물어죽였으니까."

놀랍게도 안은 끝도 없이 깊었는데, 어느 지점부터는 인공적이 구조물들이 보였다. 벽면도 동굴이 아니라 석재로 마감된 형태로 바뀌었다. 또한 중간 중간 커다란 공동이 있어서 무너진 건물이나 탑 같은 게 보였다.

"이곳은 거대한 유적이군요."

"그렇다. 신들에게서 도망친 지저인들이 살던 장소지. 이 몸이 도착했을 때는 이미 모두 사라지고 폐허만 남아 있었다."

"지저인이라… 그런 종족이 있었군요."

"자세한 건 나 역시 잘 모른다. 그저 외계에서 온 이종족이라고만 짐작할 뿐이다. 높은 수준의 문명을 가졌고 알 수 없는 기계장치에 능숙했던 것 같다. 그들이 쓰던 물건을 파악해 보려고 했지만 용의 지혜로도 간파할 수 없었다."

신기하군. 과학이 발달했던 종족일까? 나는 궁금증이 치밀었는데 곧 이에 대한 답을 발견할 수 있었다.

"오, 이건……."

새로 도착한 장소는 거대한 원형돔 같은 넓은 공간이었고 천장 부분이 철로 뒤덮여 있었다. 또한 군데군데 파손돼 버려진 기계 장치가 뒹굴었는데 그것들은 분명 높은 수준의 과학을 입증할 것들이었다.

"스파르타인이여. 저 반대편 출구를 통해 계속 나아가면 잠든 인간이 머무는 장소가 있다."

"감사합니다. 그럼 저희는…."

"이름을 건 안내는 충분히 해줬다."

"음?"

어쩐지 갑자기 분위기가 이상했다. 카타플락투스는 명백히 입꼬리를 올리고 조소하고 있었기 때문이다. 용의 얼굴로도 꽤나 표정이 풍부하다. 그는 거대한 몸을 놀랍도록 재빨리 움직여 근처에 뒹굴던 커다란 기계 장치를 앞발로 밀었다.

콰직!

요란한 소리를 내며 밀려간 고철이 저쪽에 보이는 출구를 틀어막는다. 그리고 카타플락투스는 기계 장치를 하나 더 밀더니 우리가 들어온 입구도 막아버렸다.

"아, 이런 식으로 나온다 그거군."

사람이 눈치가 있는데 일이 어떻게 돌아가는지 짐작을 못할 리가 없다. 나는 피식 웃으며 고개를 절레절레 저었다. 어떻게 된 게 세상에 이렇게 정직한 새끼가 없는 건지. 나처럼 착한 사람들에겐 너무 가혹한 세상이군.

"스파르타인이여. 꽤나 일을 잘해줬더군. 귀찮은 아마조네스들을 치워주고 마지막에는 스스로 이 몸의 한 끼 식사가 되기 위해 찾아와주다니. 이 카타플락투스, 그대의 헌신에 감탄했다."

이 용은 처음부터 나와 아마조네스들을 이용하고 배신할 생각이 가득했던 모양이다. 용의 이름을 걸고 한 약속만 지키면 문제없다는 거겠지.

"카타플락투스. 아니, 이 늙고 추한 용아. 내가 신들의 호의를 사고 있다는 걸 알고 이런 짓을 하는 건가? 이 축축한 지하에 처 박혀 살다보니 현실 감각이 영 안 잡혀?"

내 말에 카타플락투스는 크게 웃음을 터뜨렸다.

"크하하하하핫! 알량한 트리톤 신을 믿고 그런 것이냐? 사실 마을에서 있었던 일을 모두 지켜보았다. 내 충실한 하인들의 도움을 받았지. 바다의 군대가 제법이라고 하나 동굴에 숨은 용을 어찌할 수는 없을 터. 무엇보다 아무리 신이라고 해도 오늘 여기서 있을 일을 알지 못할 것이다."

"음? 그게 무슨 소리지?"

"어리석은 것아. 이미 말하지 않았느냐."

카타플락투스는 이 공동이 철로 둘러싸여 있는 걸 가리키며 말했다.

"이곳은 지저인들이 신들을 피해 도망친 장소다. 그들은 버러지 같은 너희 인간과 비교할 수 없이 고등한 문명을 가진 존재였다. 신들의 시선이나 간섭을 피할 장소도 만들어낼 수 있었지. 이 거대한 유적 자체가 신들로부터 지저인을 보호하기 위한 보호소 같은 곳이다."

"뭐라고? 그게 가능한가?"

"충분히 가능하다. 설령 여기서 내가 신을 욕보인다고 해도 듣지 못할 것……."

그의 말을 듣자마자 있는 힘껏 소리를 질렀다.

"아르테미스, 이 주옥같은 년아아아아ㅡ!"

마음속에 있는 앙금을 한껏 쏟아내자 카타플락투스가 황당하다는 표정을 감추지 못했다.

"갑자기 무슨 짓인가?"

"가만히 좀 있어봐."

나는 무슨 일이 일어나지 않는지 집중했다. 신은 보통 인과율 때문에 인간 세계에 쉽게 개입할 수 없지만, 욕설을 날린 경우라면 다르다. 인간을 벌할 '원인'을 획득했기 때문에, 신벌이란 '결과'로 이어진다.

예전에 스파르타에서 교단의 책임자인 아르테미스의 여사제가 저주 받아 죽은 것도 같은 이치다. 그쪽에서 아폴론 교단과 갱스 오브 스파르타를 찍어댄 탓에 여신의 이름에 누를 끼쳤고, 이는 신벌을 내릴 수 있는 원인의 제공인 셈이다. 결국 여사제는 아르테미스의 저주를 받아 죽고 말았지.

"……."

"……."

내가 집중하고 있자 카타플락투스는 어이가 없는지 입을 다물었다. 그렇게 한동안 침묵이 이어졌지만 아무런 결과도 일어나지 않았다. 나는 무척 놀라워하며 주먹으로 손바닥을 때렸다.

"정말이로군! 신들이 듣지 못해!"

감탄을 금치 못하자 카타플락투스가 한 걸음 다가오며 비웃어댔다. 날 물어뜯기 위해서인 듯 주둥이를 요리조리 움직이며 풀고 있었다.

"크흐흐흐. 실로 아둔하구나. 어째서 즐거워하는 건지 이해하지 못하겠군. 신이 듣지 못한다는 건 트리톤 신이 널 돕지 못한다는 소리다."

"이봐, 이 뚱뚱한 도마뱀아. 내가 널 못 이길 것 같은가?"

"뭐라! 크하하하하!"

카타플락투스는 아주 재밌는 얘기를 들었다는 것처럼 폭소했다. 그리고 앞발로 땅바닥을 쾅쾅 때려댔다. 재밌다고 하는 행동도 어찌나 위력이 강한지 지하 공동이 요란하게 흔들렸다. 과연 용은 용이구나 싶었다.

"수하들을 보내서 네놈의 전투는 모두 지켜봤다. 인간치고 아주 제법이긴 하다만 결국 그뿐이겠지. 이 몸은 과거부터 너희 종족의 이름난 영웅과 수도 없이 겨뤄봤다. 이 상처가 장난으로 보이느냐!"

크게 외친 카타플락투스는 뒷발로 몸을 크게 일으켜 세웠다. 그러자 잘 보이지 않던 놈의 배면이 드러났는데, 온갖 상처로 가득했다.

"이 상처를 보라. 에퓨라의 왕 글라우코스가 남긴 것이지. 하지만 결국 그는 자신의 부하들을 제물로 삼아 겨우 도망칠 수 있었을 뿐이다. 그리고 이 상처는 글라우코스의 아들인 벨레로폰이 입힌 것이다."

"벨레로폰이라?"

"그래, 정식 이름은 벨레로폰테스였지. 그자는 너희 인간 중에선 전설적인 영웅이 아니더냐? 하나 그 벨레로폰 역시 내 목숨을 빼앗진 못하고 물러났다."

모든 상처에는 사연이 있었고 카타플락투스는 그걸 모두 기억하고 있었다. 빠짐없이 설명해대는 그를 보니 저 흉터를 훈장처럼 여기는 듯했다.

"이 모든 걸 보고도 이 몸을 쓰러뜨릴 수 있다고 자신하나? 크하하하. 너희 인간이란 하등 종족은 본래부터 용을 당해낼 수 없는 것이니라."

카타플락투스는 삼나무처럼 거대한 꼬리를 휘둘러 주변의 구조물을 몽땅 쓸어버렸다.

콰아아앙!

요란한 소리와 함께 먼지가 자욱하게 일었다. 그 속에 고고하게 서있는 용의 거대한 실루엣이 선언했다.

"이 몸은 너희 종족의 살아있는 한계이자 장애물이다. 이제 그것을 받아들이라.”

“헤라클레스랑 만나보지도 않았으면서 자신하네. 뭐, 너 정도는 내 선에서 해결할 수 있을 테지만.”

“뭐라?”

“신들이 여길 못 본다고 하면 이쪽에서는 절이라도 하고 싶을 정도로 감사하군.”

나는 아탈란테를 돌아보며 비밀의 서에게 부탁했다.

-잠시 쟤 좀 삼켜줘.

-오래는 안 된다.

-알아.

테마토스 같이 혼돈의 핏줄이 아닌 이상 비밀의 서 안의 공간에서 오래 버틸 수 없다. 하지만 잠시라면 별 피해를 입지 않으니 괜찮겠지.

“아탈란테.”

“응?”

“잠깐 딴 데 좀 가 있어.”

“나갈 곳도 없는데 무슨 소리인가?”

내 대답대신 비밀의 서가 주둥이를 크게 벌렸다.

쩌어억!

그리고는 두꺼비가 벌레를 삼키듯 단번에 아탈란테를 단숨에 먹어치웠다. 지켜보고 있던 카타플락투스가 화들짝 놀랄 정도로 이상한 광경이었다.

“으음? 대체 무슨 짓을 한 거지?”

비밀의 서가 안 보이는 그의 입장에선 아탈란테가 갑자기

사라진 걸로 보이겠지. 그는 아탈란테의 존재감을 찾아보려는 듯 주변을 두리번거린다. 하지만 전혀 감을 잡지 못해 당황하는 기색이었다. 자신이 파악할 수 없는 문제에 직면했다는 점이 그의 신경을 긁는 듯했다.

"이봐, 너무 당황하지 마. 하등종족 앞에서."

"이놈! 좋다. 네놈을 죽이면 답을 알 수 있겠지!"

나는 대답대신 본래라면 쓸 수 없는 힘을 끌어내기 시작했다. 신들이 내가 이 힘을 다루는 걸 봐서는 안 되기 때문이다. 과거 한 번 사용했을 때는 퓌톤이 한 짓으로 넘어갈 수 있었지만 그 뒤로는 기회가 없었다.

"크하하하! 좋군. 줄곧 한 번 거창하게 터뜨리고 싶어 근질근질했다!"

내가 가진 가장 강력한 <신성발현>이란 단계의 힘이다. 제우스의 신성과 불타는 이름 없는 자의 신성이 결합해 가공할 위력을 발현하는 능력이다.

"죽어라! 인간!"

카타플락투스의 거대한 입이 날 덮치는 그 순간, 내 전신은 불길로 휩싸였다.

화르르르륵!

과거 앙굴리퍼를 집어삼키고, 산지를 불바다로 만들었던 가공할 힘이 다시 한 번 발현된 것이다.

"오소서, 화염 무덤의 주인이시여!"

내 외침과 함께 대폭발이 일어나며 눈앞의 모든 게 새하얗게 불타올랐다. 신들에겐 들켜선 안 되는, 필멸자에게 허락되지 않은 권능이 폭발한 것이다.

일대가 화염으로 가득하다. 이건 마치 용광로 한 가운데 있는 듯한 느낌이랄까. 뺨이 타오르는 듯 화끈거렸다. 하지만 이 불길은 사방을 집어삼키고 있었지만 내겐 아무런 피해도 주지 않았다. 거칠긴 해도 적대적인 힘은 아니었다.

화르르륵.

언제까지 계속될 것 같은 화염이 곧 잦아 들어갔다. 주변에는 마치 불가마에서 불어오는 듯한 후끈한 열기가 가득했다. 반원형 공동 안에 널려있던 기계 장치들은 모두 찐득하게 녹아내려 처음의 형체를 알아볼 수가 없다.

하지만 가장 심대한 피해를 입은 건 늙은 용 카타플락투스였다. 몸을 동그랗게 말고 있는 그는 심각한 화상을 입고 축 늘어져 있었다. 몸의 여기저기에서 아직 불길이 타오른다.

"이거 완전 재가 되셨구먼."

뒷다리 부분은 제일 피해가 심각해 그야말로 석탄처럼 새카맣게 타들어갔다. 무릎 아래로는 완전히 바스러진 상태라 몸을 일으키지도 못했다. 그는 나를 보며 한탄을 터뜨렸다.

"신이었구나…. 본인의 어리석음을 통탄한다…. 상대가 신임을 알아보지 못하고 거들먹거렸다니. 크르르……."

아마 신성발현 단계의 힘을 보고 내가 이름 모를 신이라고 확신하는 모양이었다.

"신이 아니라 인간이다. 너는 인간의 한계를 운운하더니 꼴좋게 패한 셈이지."

"거짓말 하지 마라…. 믿을 수 없다. 이 폭발을 보라. 이런 고열을 어찌 인간이 다룰 수 있다는 것이냐. 늙은 용조차 일격에 쓰러뜨리는 열기 속에서… 그대는 머리칼 하나 상하지 않았군. 세상에 이런 인간이 어디에 있단 말인가……."

이거 참, 믿지를 않는군. 그때 아탈란테가 허공에서 튀어나왔다.

"꺄앗!"

비밀의 서가 위험이 가셨다 생각해 뱉어낸 것이다. 엉덩방아를 찧고 떨어진 그녀는 아픈 듯 엉덩이를 손으로 비비며 내게 묻는다.

"으익? 페, 펠레우스! 잠깐 이상한 곳에 갔다 왔다. 나는 살아있는 건가?"

비밀의 서 안쪽에 펼쳐진 혼돈의 세계에 다녀온 탓인지 아탈란테는 어리둥절하며 어쩔 바를 몰랐다.

"역시 네가 무슨 짓을 한 거구나! 펠레우스! 아, 아니? 이 불길은 대체? 용은 언제 저렇게 숯불구이가 된 것이냐?"

깜짝 놀라며 고개를 갸웃거리는 게, 아탈란테는 백치미가 한껏 폭발하고 있었다. 나한테 매달리는 듯한 표정이 좀 귀여웠다. 큰일이네, 내 눈이 삐었나? 어째 갈수록 아탈란테가 귀염둥이 같단 생각이 들지. 무서운 여자인데….

"다 설명해 줄 테니까 잠깐만 기다려."

일단 그녀를 달랜 뒤에 카타플락투스의 곁에 다가갔다. 그러자 용이 체면을 버리고 목숨을 구걸해 왔다.

"…구해다오."

"부탁하는 자의 말투가 공손하지 못하군."

"부디 살려 주십시오…. 위대한 존재시여."

아예 날 인간으로 인정할 생각이 없어 보이는군. 듣고 싶은 것만 듣고, 보고 싶은 것만 보는 옹고집 같아서 나도 더 설득할 생각을 포기했다. 끝까지 신이라는데 어쩌겠나.

"내가 널 살려주면 무슨 이득이 있지? 감히 날 배신하고 뒤통수를 후려친 고약한 놈을 말이야."

"어찌 이익이 없다고 하겠습니까? 저는 긴 세월을 살아 왔습니다…. 하여 오늘 날까지 익힌 재주가 적지 않습니다…. 또한 당신을 위해, 당신의 적들을 물리칠 수도 있습니다. 고귀한 위치에 계시니 범사에 뜻대로 움직이기 쉽지 않으실 겁니다. 더러운 일에 걸레처럼 쓰십시오."

"하긴 똥을 치우려면, 똥걸레가 필요한 법이지."

내 말에 카타플락투스는 표정이 일그러졌다. 스스로 자처한 일이니 부정할 수도 없는 노릇이지만 고고한 용의 자존심은 큰 상처를 입었겠지. 하지만 그의 생존욕구는 생각 이상이었다.

"살려만 주신다면 뭐든 못 하겠습니까…."

"대체 무엇 때문에 그렇게 생에 집착하는 건가?"

"그건…."

말끝을 흐리는 게 용은 무언가 비밀을 간직한 듯했다.

"꿍꿍이가 있는 모양이군. 마음에 안 드는군."

"크르르르……. 저를 살려주겠다고 맹세하면 알려드리겠습니다."

곤란한 제안이었다. 맹세라면 분명히 스틱스 강에 대고 하라고 할 테니까. 내가 무슨 수로 저 죽어가는 거대한 용을 살릴 수 있겠나? 내 신성은 파괴에는 특화돼 있지만 반죽음의 송장을 살릴 수 있는 치유력은 없다. 그런 건 산지기 퓌톤이 전문으로 하는 일이다. 비밀을 듣고도 맹세를 지킬 수 없으니 결국 나는 나락으로 떨어질 터.

"거절한다."

"어째서입니까? 분명 당신에게 이득이 될 일일 텐데…."

"내가 네놈이 생각하는 것처럼 신이 아니라 인간이기 때문이다. 그리고 그 알량한 비밀을 듣지 못해도 방법이 없는 건 아니지."

나는 비밀의 서를 불렀다.

-쟤 좀 먹어치워. 용도 혼돈에서 온 존재니까 테마토스처럼 보관이 가능하지?

-물론이다. 내 뱃속에 들어가면 시간이 거의 흐르지 않는다. 시간이 흐르지 않는다면 죽지도 않을 터. 저 빈사 상태로 머물게 될 것이다.

-좋아.

지금 떠오르는 가장 명확하고 확실한 용의 활용법은, 제1사서에게 제물로 바치는 것이다. 녀석이 무슨 비밀을 품고 있든 간에 어렵지 않게 들을 수 있을 터. 설마 자기 자신이 비밀을 위한 제물이 될 거라곤 생각도 못하겠지.

"아직도 그런 거짓말을… 크아아악! 이게 뭐야!"

갑자기 카타플락투스가 비명을 질러댔다. 그도 그럴 게 그의 하반신부터 통째로 비밀의 서에게 먹히고 있었기 때문이다. 아무리 비밀의 서의 주둥이가 크게 벌어진다고 해도 용을 삼키는 건 쉽지 않은 일이었다. 그래서 마치 사슴을 먹어치우는 비단구렁이처럼 꿀렁꿀렁 대며 카타플락투스를 일부분씩 삼켜갔다.

"대체 무슨 짓을 하는 것이냐!"

당하는 카타플락투스의 입장에선 기겁할 일임이 틀림없다. 산 채로 보이지 않는 미지의 존재에게 잡아먹히고 있으니 제정신을 유지하기도 어려울 터. 용은 이미 망가진 몸으로 어떻게든 발버둥을 쳐보려고 했지만 실로 무용했다. 비밀의 서를 상대로 물리적 공격은 아무런 의미가 없으니까.

"이렇게 갈 수는 없다! 이제 거의 다 돼 가는데! 대업의 완성이 조금 밖에 남지 않았는데! 크아아아!"

이미 몸의 상당수가 삼켜진 카타플락투스는 앞발로 땅을 긁으며 발악을 해댔다. 실로 처절한 광경이었다.

"대체 무슨 일이 일어나는 거지?"

아탈란테 역시 두렵다는 목소리였다. 그녀가 보기엔 용의 몸 대부분이 투명하게 사라지고 있는 걸로 보이겠지. 기괴하긴 하겠지만 차라리 지금 내 눈으로 보는 광경을 모르는 게 행운이라고 단언할 수 있었다.

"…괴상한 일이지. 크흠."

나는 신음을 삼킬 수밖에 없었다. 거대하진 비밀의 서가 카타플락투스를 집어삼키는 그로테스크한 광경이 눈앞에 선명하게 보였기 때문이다. 비밀의 서의 주둥이에선 끈적거리는 체액이 끊임없이 흘러나오며 용이 좀 더 매끄럽게 들어가도록 만들고 있었다. 또한 안에서 튀어나온 문어다리 같은 촉수들이 용의 이곳저곳을 붙잡고 당기는 중이었다.

"안 돼!"

카타플락투스의 눈동자가 공포로 물들어 있었다.

"평생 남을 잡아먹기만 했을 거 아냐? 이것도 다 업보라고 생각해. 생의 마지막에서 희생자들의 기분을 느껴보는 것도 나쁘지 않을 터."

"저주하겠다! 네놈을 저주하겠어!"

"미안하지만 그런 저급한 수작은 통하지 않는다네."

종말의 뱀인 '불타는 이름 없는 자'의 신성을 가진 게 나다. 일개 용의 저주가 통한다면 어이없는 일이다. 무언가 음침한 힘이 다가왔다가 저절로 튕겨나가는 게 느껴졌다. 그래서인지 카타플락투스는 더욱 절망했다.

"살려주십시오! 제발! 살려줘!"

극한에 물리자 그는 악을 쓰기도 했고 울며 빌기도 했다. 하지만 결국 생의 끝에서 남긴 건 볼품없는 한 마디 뿐이었다.

"제발!"

그게 끝이었다. 한때 영웅인 벨레로폰과도 싸웠다는 용은 삶의 마지막은 제발이란 구걸로 장식됐다. 이 얼마나 우스운 일인가. 위대한 존재라고 해도 항상 끝까지 아름다운 법은 없나 보다.

"펠레우스, 대체 이게 다 무슨 일인가?"

"아무래도 너에겐 설명이 필요하겠군. 아탈란테. 하지만 일단은 엔디미온부터 찾지 않을래? 그 뒤에 모두 말해줄게."

"…알겠다. 너에게도 사정이 있을 터. 답해줄 때까지 기다리 겠다."

"고마워."

아탈란테가 이해해줬기에 바로 엔디미온을 찾기로 했다. 이 공동의 끝에 있는 출구로 간 뒤 막혀있던 입구를 열고는 계속 나아갔다. 긴 통로와 갈림길, 함정이 이어졌다. 막다른 골목이 나 각종 생명을 노리는 함정 때문에 귀찮았지만 몇 시간 뒤에 드디어 목적지에 닿을 수 있었다. 엔디미온이 있을 걸로 보이 는 거대한 공동이었다.

"저것인가…."

넓은 지하 공간 안에 대리석으로 만들어진 커다란 영묘가 있었다. 마치 지구의 세계7대 불가사의 중 하나인 '마우솔로 스의 영묘'처럼 생긴 화려하고 아름다운 건물이었다. 마치 달 빛을 나타내는 듯한 하얀색 대리석으로만 지어진 영묘는 온갖 화려하고 아름다운 장식으로 가득했다. 그중 가장 크고 아름 다운 조각상이 눈에 띄었다.

"달의 여신 셀레네로군."

"저게 셀레네인가?"

금서의 지식이 없는 나와 다르게 아탈란테는 구(舊) 달의 여 신을 알아보지 못했다. 아르테미스가 그녀를 먹어치우고 신위 를 빼앗은 뒤에는 셀레네와 관련된 건 철저히 파괴했기 때문 이다. 나도 그녀의 모습을 금서에서 그림으로 봤을 뿐이니까.

"그래, 위대한 달의 여신이자 목동 엔디미온의 연인인 셀레 네다. 지금은 흔적만 겨우 남은 존재지. 들어가자고."

영묘 안으로 진입하자 아름다운 내부구조가 드러났다. 천장은 높았고 위에서 신령한 빛이 내려오고 있었다. 그리고 건물의 한 가운데 한 아름다운 남자가 조용히 누워있었다.

"찾았다."

틀림없이 저 자가 엔디미온일 터. 과연 듣던 대로 여신조차 사랑에 빠질 정도의 미남자였다. 그런데 잠든 엔디미온의 곁에 온갖 괴상한 기계 장치들이 가득했다. 또한 무언가를 열심히 기록한 양피지들도 보였다.

"이건 일종의 실험의 기록 같군. 누군가 엔디미온의 곁에서 오랜 세월 연구를 해온 모양인데."

엔디미온을 찾아내서 무언가를 하고 있던 자가 있다니. 설마 그게 늙은 용 카타플락투스였나? 용의 능력이면 사람으로 변할 수도 있을 터.

"그러고 보니 아탈란테."

"응?"

"카타플락투스는 섬의 인간과 협정을 맺고 오래간 불침의 약속을 했다고 했지."

"맞아. 기억이 나네."

"지하에서 벌이는 이런 실험을 방해받지 않고 싶어서였을까?"

가능성이 있는 이야기 같았다. 게다가 카타플락투스는 죽음을 무척 아쉬워했다. 이제 대업이 거의 다 됐다고 말하기까지 했었지. 의문이 꼬리를 물었다. 하지만 내겐 고민하는 것보다 훨씬 좋은 해결 방법이 있었다.

"비밀의 서. 바로 공양 의식을 시작하자."

내가 허공에 대고 말하자 아탈란테가 어리둥절해 했다.

"비밀의 서? 지금 누구에게 말하는 건가?"

그런데 허공에서 "알겠다." 라는 대답이 들려오자 아탈란테가 놀라서 펄쩍 뛴다.

"허엇? 지금 여기 누가 있는 건가? 감각에 잡히는 건 아무도 없는데? 귀신인가?"

"네가 대단한 건 알지만 비밀의 서를 감지하긴 무리지. 신도 알아채지 못하는데. 비밀의 서, 모습을 드러내 봐."

내가 아탈란테를 신뢰한다는 걸 아는 까닭인지 비밀의 서는 군말 없이 모습을 드러냈다. 그리고 아탈란테에게 인사했다.

"반갑군, 아가씨."

비밀의 서가 주둥이를 쩌억 벌리고 여러 가닥의 촉수를 늘어뜨리며 말하자, 아탈란테가 기겁을 했다.

"히익! 변태다!"

놀란 아탈란테는 얼른 내 등 뒤로 숨어버린다. 졸지에 오디세우스에 이어 2호 변태가 된 비밀의 서는 황당해했다.

"펠레우스, 잠깐만 그 건방진 계집애를 내놔봐라. 본인이 참교육을 해줄 필요가 있겠다. 어서 나와라, 꼬마 계집."

"싫어! 저리가! 변태 괴물!"

"뭐어? 지금 이 위대하신 비밀의 서에게 변태 괴물이라고?"

생각보다 둘 사이가 안 좋을 것 같은 예감이 들었다. 나는 얼른 아탈란테를 달랬다.

"생긴 건 저렇지만 아주 나쁜 놈은 아니야. 지금부터 알려줄 비밀을 듣고자 한다면 저 녀석이 꼭 있어야 해."

"…그렇게 말한다면 알겠지만."

말은 그렇게 해도 안심이 안 되는지 아탈란테는 떨어질 줄 몰랐다. 양손으로 내 옷을 꽉 잡고 등 뒤에 딱 붙어 있는지라, 결국 반쯤 그녀를 업는 느낌으로 의식을 진행할 수밖에 없었다. 음, 붙은 건 좋은데 두 개의 뭉클하고 강력한 푸딩은 정말 견디기 어려웠다. 정말 인정사정없는 여자라니까.

"흠흠."

괜히 헛기침을 한 나는 공양의식을 바로 시작했다.

"비밀의 신이시여. 갈림길에서 현명한 해답을 알고 계신 위대한 분이시여. 모든 혼돈에 단 하나의 진실로 마침표를 찍을 수 있는 분이시여……."

마법진을 그리고 정해진 주문을 외우기 시작하자 주변의 공간이 출렁였다. 아탈란테는 변화를 민감하게 느끼고 입을 꾹 다문 상태다. 비밀의 서도 긴장된 모습이 역력했다. 제1사서가 내 노예로 전락하긴 했지만 그의 상사란 점은 변하지 않으니까.

"이제 내가 그대의 종을 부르니, 여기 강림해 허공에 기록된 위대한 기록을 읽어 세상의 비밀을 선택 받은 사도에게 속삭여 주십시오."

주문이 끝나자 차원이 일그러지며 우리 셋은 이름 모를 공간에 도착했다. 악의가 일렁이고 혼돈이 가득한 위험천만한 장소였다. 그리고 그 속에서 거대한 덩치를 가진 민달팽이 형상의 제1사서가 나타났다. 아탈란테를 그를 보더니 날 있는 힘껏 붙잡기 시작했다.

"윽!"

그녀는 나직하게 신음성을 흘렸다. 얼굴이 창백해지고 슬쩍 코피를 흘리고 있었다.

"신… 신이 틀림 없… 아르테미스 이상의 신……!"

아마 제1사서의 엄청난 존재감에 아탈란테는 거의 기절하기 직전이었다. 이대로 두면 죽어버릴 것 같단 생각이 들었다. 내가 제1사서를 처음 봤을 때 힘들긴 했지만 저 정도는 아니었던지라 의아해졌다. 하지만 곧 혼돈의 신격을 만나면 인간은 이지가 부서져 죽는다는 걸 깨달았다. 그래서 한껏 위엄을 과시하고 있는 제1사서에게 소리쳤다.

"인간으로 변신해 바로 튀어온다. 실시."

그러자 위대한 신의 후광을 사방에 뿌려대고 있던 제1사서가 재빠르게 복창했다.

"실시!"

짧게 외친 제1사서는 대머리 중년인인 코이로스의 모습으로 변해서는 재빨리 달려왔다. 그리고는 간사한 모습을 손바닥을 비비며 웃어댔다.

"부르셨습니까요? 펠레우스 님."

"야! 누가 신의 모습으로 나타나래? 아탈란테가 맛이 가려고 하잖아. 이런 시불장 새끼가!"

나는 코이로스를 밟아대기 시작했다.

"아직도 주제 파악을 못하지? 어? 왜 공양의식을 하니까 좋았던 시절로 돌아간 거 같아?"

"꾸에엑! 아이구! 죄송합니다. 용서해 주십시오."

"용서는 무슨! 아직 내가 보니까 신격의 물이 덜 빠진 것 같아. 응, 확실히 그러네. 세상사는 법이 이렇게 허술해서야 더 가르침을 내릴 필요가 있다니까?"

"아이구! 각하! 제가 그간 각하의 농장에서 진 똥지게가 몇 개인 줄 아십니까? 그만 소인을 용서해 주십시오! 제가 죽으면 그 많은 똥지게는 누가 지겠습니까?"

"아, 그건 곤란하지."

나는 내년 포도 농사를 생각해서 손속을 멈췄다. 비밀의 서는 우주적인 거물이 똥지게 운운하는 모습을 차마 더 볼 수 없다는 듯 몸을 돌려버렸다. 그리고 제1사서가 인간의 모습으로 변한 탓에 정신을 차린 아탈란테가 아연실색해졌다.

"펠레우스, 지금 신을 패는 거야? 아르테미스보다 높은 분 같은데?"

도대체 상황을 이해할 수 없다는 듯 동공에 지진이 일어나 뺨을 파르르 떨고 있었다. 인간이 신을 마구 때리는 게 그녀의 상식으로 이해불가인 모양이었다.

"높은 분은 무슨! 우리 집 종놈이야."

"신이 인간의 종놈이라고?"

아탈란테는 점점 상황을 받아들이기 어려워하고 있었다. 하긴 그녀에겐 지금 이 모든 광경이 이해를 넘어선 일이겠지.

"이번 일이 끝나면 모든 걸 말해줄게. 일단 공양의식을 진행하자. 이해가 안 되겠지만, 이 자는 신이지만 동시에 인간이기도 해."

"그게 가능한가?"

"성육신이란 상태라서 그래. 신이면서 인간의 몸으로 격하된 거지."

그때 제1사서 코이로스가 끼어들었다.

"각하. 제가 신의 모습으로 나타난 것을 나무라셨지만 성육신 상태에선 허공의 기록에 접속할 수 없습니다. 부리실 요량이면 신의 형상으로 잠시 되돌아가게 허락해 주십시오."

"아탈란테가 네 존재감에 타격을 입는데?"

"그건 제가 조치하겠습니다. 그녀에게 존재감이 닿지 않도록…."

바로 코이로스의 정강이를 걷어찼다.

"아악!"

"처음부터 그랬으면 되잖아! 왜 존재감을 막 뿜어내서 우리 아탈란테가 코피 쏟게 해! 생각할수록 괘씸하네."

성질이 나서 그리 말했는데, 그때 뒤에서 살짝 부끄러워하는 음성이 들렸다.

"우리 아탈란테라니…."

어쩐지 싫지는 않은 듯한 목소리였다. 나는 말해놓고 보니 부끄러워서 뜨끔했지만 모른 척했다.

"코이로스, 사정이 그러니 한시적으로 신화(神化)를 허락한다."

"알겠습니다."

내 허락이 떨어지자 대머리 중년인은 사라지고 민달팽이 같은 거대한 신이 모습을 드러냈다. 이번에는 그가 얘기한 대로 존재감이 아탈란테에게 전혀 영향을 끼치지 않았다.

"각하, 각하께서 저 인간 여자를 무척이나 아끼고 계심을 잘 알겠습니다. 앞으로 조심하겠습니다."

"흠흠, 신경 좀 쓰란 말이야."

무척이나 아끼고 있다니, 노골적으로 그런 소리를 들으니 얼굴이 뜨거워졌다. 슬쩍 뒤를 보니 아탈란테도 부끄러운지 손부채를 부치며 날 외면한다.

"알겠습니다. 저도 최근에 성육신화 하면서 인간의 삶이나 감정을 조금 이해하게 되었습니다."

"그건 잘 된 일이로군."

이 고고한 존재가 인간의 삶을 약간이나마 이해했다면 다행이다. 사실 그런 이유 때문에 포도 농장에 박아놓고 일꾼들이랑 어울리게 한 거니까. 내가 조금 미소 지으며 칭찬을 하자 제1사서는 성과를 자랑하듯 쓸데없는 소리를 했다.

"그래서 저도 알 듯합니다. 요컨대, 각하께선 저 인간 여자를 교미의 대상으로 보고 있는 것이지요?"

"뭐어?"

순간 놀라서 턱이 빠질 뻔했다. 이렇게 갑자기 비수에 찔리는 듯한 기분은 처음이었다. 그러자 제1사서는 다 안다는 듯 음흉하게 웃어댔다.

"크르르르, 인간 남자는 마음에 든 인간 여자에게 무척이나 큰 소유욕과 지배욕을 느끼는 걸 저도 보았습니다. 때때로 여자 문제로 칼부림까지 일어나더군요. 제가 볼 때 인간은 한여름 밤의 꿈처럼 짧은 삶을 살아가는 존재입니다. 그런데 그런 잠깐의 인생을 교미 때문에 목숨을 건다니… 정말 놀라운 일이 아닐 수 없습니다."

제1사서의 목소리는 마치, 다큐멘터리에서 하루살이들의 삶이 신기하다고 하는 내레이션처럼 들렸다. 내가 할 말을 잊고 있자 제1사서는 더욱 신이 나 나불거린다.

"농장에서 한 청년이 마을처녀에게 사랑에 빠진 광경을 보았습니다. 그건 분명 뇌 속의 화학물질이 작용하는 것이겠지요. 인간은 그걸 사랑이라는 거창한 이름으로 부릅니다만, 제가 보기엔 페닐에틸아민의 분비더군요."

이제 보니 제1사서는 지식의 자랑을 상당히 좋아하는 모양이었다. 내 표정을 본 비밀의 서가 제1사서에게 그만하라고 맹렬히 신호를 보내고 있었지만 그는 자아도취로 멈추지 않았다. 그간 코이로스로 살다가 지식을 뽐낼 수 있을 기회가 오니 청산유수가 따로 없었다.

"사랑의 작용에는 페닐에틸아민이 뇌의 변연계에 작용함에서 비롯됩니다. 강력한 각성제의 일종이지요. 지금 각하께서 저 여성을 바라볼 때 뇌의 호르몬 분비가 아주 활발합니다. 이는 그녀를 적극적인 교미의 대상으로 바라보고 있다는 소리가 틀림없습니다."

우리 대단하신 제1사서께서 내가 가진 아탈란테에 대한 감정까지 정리해 주셨다. 그런데 어째서인지 내 심장이 크게 뛰었다.

두근두근.

뒤쪽의 아탈란테를 차마 돌아볼 용기가 나지 않을 정도였다. 제1사서의 말에 내가 생각 이상으로 동요하고 있는 모양이었다. 그때 제1사서가 다소 우려하는 목소리로 물어왔다.

"각하, 괜찮으십니까? 지금 각하의 뇌에서 도파민, 노르에피네프린, 세로토닌, 바소프레신 등등이 비정상적으로 분비되고 있습니다. 당장이라도 무척이나 아끼는 저 여성과 교미하고 싶으신 모양이군요. 하지만 참아주시길. 제가 한시적으로 신화한 까닭에 시간이 많지 않습니다."

그때 뒤쪽에서 마구 떨리는 듯한, 가냘픈 목소리가 들려왔다.

"페, 펠레우스… 날… 그그그그그렇게 보보보보고 있었던 거냐?"

"아니, 그게!"

서둘러 변명하려고 하자 아탈란테의 손이 내 팔을 살짝 잡는다. 손끝으로 그녀의 떨림이 전해져 왔다.

"나는 아직 마음의 준비가…."

"미안, 저 녀석이 갑자기 이상한 소리를 하네. 오해 하지 않아도 돼."

서둘러 변명해봤지만 안 먹혔다. 아탈란테는 늘 마이웨이였으니까. 그러고 보니 이 여자, 남의 말을 잘 안 듣는 타입이었지. 오해하지 말란 소리는 완전 귓등으로 듣고 새색시처럼 부끄러운 목소리로 작게 속삭였다.

"제대로 채, 책임지겠다면 생각을… 해보겠다. 다른 이도 아니라… 펠레우스 너니까……."

수줍게 다가와 귓가에 살짝 소곤거리는 그녀의 목소리가 꿀처럼 달콤했다. 이 녀석… 목소리가 굉장히 아름답구나. 혹시 지구로 간다면 성우라도 해보라고 권하고 싶은데. 이 정도라면 분명히 인기 성우가 될 거야.

"펠레우스?"

내가 아무 대답도 못하고 있자 아탈란테가 걱정스러운 목소리로 날 부른다. 그리고는 약간 걱정이 담긴 목소리로 묻는다.

"혹시 내가 너무 부족해서 그런가?"

"부족하다니, 말도 안 된다."

"하면 내가 마음의 준비를… 해야 할까?"

아… 여기선 어떻게 대답해야할지 모르겠구나. 아직 나도 내 마음을 모르겠는 것을. 한데 지켜보던 제1사서가 명쾌한 결론을 내려줬다.

"소녀여, 그리하라. 각하께선 소녀에게 완전히 반한 상태다. 본인이 무거운 과업을 짊어지고 있어 그를 부정할지 모르나, 저 뇌 속은 너희 인간의 표현을 빌리자면 실로 핑크빛이다. 걱정할 것 없다. 소녀는 각하와 교미할 수 있을 테니."

결국 참지 못하고 소리를 빽 지를 수밖에 없었다.

"그놈의 '교×' 어쩌고 좀 그만해! 내 모험은 19금이 아니란 말이다!"

"크허허허헛! 각하께선 직설적인 표현을 싫어하시나 보군요. 알겠습니다. 소녀여, 그대는 각하와 성적인 행위를 함께할 수 있을 것이다."

"좀 더 순화해!"

"알겠습니다. 흠, 소녀여, 그대는 각하와 사랑할 수 있을 것이다."

결국 간신히 노골적인 표현을 수습했지만, 이미 엎질러진 물이었다. 슬쩍 뒤를 보자 아탈란테는 날 마주보지도 못하겠는지 완전히 돌아서 있었다. 슬쩍 보니 목덜미 부분이 붉게 변해 있었다.

"아…."

실로 어찌 대처해야할지 모르겠구나. 더 당황스러운 건 제1사서의 의견에 반박하기 어렵다는 점이었다. 그의 말대로 정말 뇌 속에서 온갖 호르몬이 분비되고 있는지, 가뜩이나 여신 같은 아탈란테가 평소보다 더 예뻐 보였다. 뒤태 밖에 안 보이지만 길게 늘어뜨린 머리칼과 잘록한 허리만 봐도 아찔한 기분이다.

정말 내가 아탈란테를 좋아하는 건가. 하긴 그럴 수도 있겠지. 지금껏 어려움을 함께 해왔다. 이제 아탈란테가 곁에 없으면 엄청 쓸쓸할 거 같단 생각이 들었다.

-헤스티아 여신님 밖에 없을 줄 알았는데.

내가 속으로 중얼거리자 비밀의 서가 핀잔을 걸어왔다.

-바보냐. 헤스티아를 향한 네 마음은 사랑이 아니라 동경이다. 닿지도 않는 완벽한 아름다움을 가진 존재를 향한 경외감과 애정 말이다. 인간이 아닌 나도 알겠구먼.

부정하기 어려웠다. 신전 서기 시절에도 몰래 헤스티아 신전에 공양을 하러 가는 등 애정을 쏟았지만, 뭐랄까… 그건 아이돌에게 팬레터나 선물을 보내는 느낌이랄까. 헤스티아가 다가갈 수도 없는 초인기 아이돌이라면, 아탈란테는 옆집에 사는 미소녀 소꿉친구 포지션이었구나! 아, 그렇게 이해하니 상황을 알 듯했다. 그리고 나는 마침내 내가 아탈란테를 좋아하고 있다는 사실에 도달하고 말았다.

쿵. 쿵. 쿵.

결론을 내리고 나자 갑자기 모든 게 변했다. 단지 이 공간에 아탈란테가 서 있는 것만으로도 공기가 달라지는 것 같았다. 심지어 거대한 민달팽이형의 괴신이 촉수를 잔뜩 꿈틀꿈틀 거리고 있는 상황에서도 말이다.

"신보다 한 소녀의 존재감이 더 크다니…."

나는 경악을 금치 못해 중얼거렸다. 세상에는 참으로 내가 알지 못하는 일이 많단 생각이 들었다.

"후…."

나직하게 한숨을 내쉰 나는 아탈란테와의 일을 나중에 차분해질 때 다시 얘기해 보기로 했다.

"아탈란테, 이 얘기는 나중에 다시 이어서 하자."

"…알겠다. 기다릴게."

어쩐지 그녀의 말투가 좀 나긋나긋한 느낌이었다. 나처럼 아탈란테 역시 갑자기 모든 게 변해버린 건지도 모르겠다. 이건 여러 가지로 놀라운 일이었지만, 안타깝게도 지금은 중요한 할 일이 있었다.

"제1사서, 공양의식을 시작하겠다. 더 이상의 잡담은 허락하지 않는다."

"알겠습니다. 각하."

내가 진지한 기색으로 앞에 나서자 제1사서도 더는 쓸데없는 소리를 하지 않았다. 나는 비밀의 서를 향해 손짓을 했다. 그러자 녀석이 입을 쩍 벌리고 무언가를 토해냈다.

"우웨에에엑!"

여전히 더러운 소리네. 곧 불에 타서 반쯤 죽어있는 용이 땅바닥에 내던져졌다. 바로 늙은 용 카타플락투스였다. 의식을 잃은 듯 정신을 못 차리고 있었다. 나는 카타플락투스를 가리키며 제1사서에게 물었다.

"용을 공양하고자 한다. 제물로서 어느 정도의 가치가 있는지 측정해 보도록."

"흐음….."

제1사서는 기다란 촉수 중 하나를 뻗어서 반쯤 탄 용을 집어든다. 그리고는 이리저리 살펴더니 결론을 내렸다.

"상당한 업(業)을 쌓은 용이로군요."

"업?"

"네, 신체와 언어와 정신, 이 세 가지로 업이란 게 쌓입니다. 그걸 업인(業因)이라고 부릅니다. 그리고 그건 업과(業果)를 낳지요."

"그건 또 뭐야?"

"업과란 살면서 쌓은 업의 무게에 따라 얻는 고락의 과보를 말합니다."

"쉽게 말해봐. 뭐가 그렇게 복잡해?"

"간단합니다. 지은 죄가 많다는 거지요."

공덕을 쌓던 죄를 짓던 그게 켜켜이 쌓이는 걸 업이라고 한다. 제물은 업이 잔뜩 쌓였을수록 좋다고 했다.

"커다란 업과를 끌어낼 수 있는 제물일수록 가치가 있습니다. 이 용은 오래 살며 많은 일을 했군요. 더없이 훌륭한 제물입니다. 필멸에 속한 존재 중 이 정도 제물도 흔치 않을 겁니다."

카타플락투스는 상당한 고평가를 받았다. 그가 지닌 힘보다 그가 살아온 삶이 더욱 제1사서의 구미를 당기는 듯했다.

"좋군. 이 용의 이름은 카타플락투스다. 공양을 할 테니 원하는 비밀을 밝혀다오."

내 명령이 떨어지자 거대한 촉수들이 용을 휘감는다. 그제야 의식을 차린 듯 카타플락투스가 기겁한다.

"이게 무슨! 크아아아!"

당황한 용은 발버둥을 쳤지만 그래봤자 신 앞에서는 의미 없는 몸부림에 불과했다. 제1사서는 칼날 같은 이빨이 가득한 거대한 주둥이를 벌리며 촉수를 뻗는다. 그러자 카타플락투스가 반항하며 힘을 잃은 턱으로 제1사서의 촉수 하나를 힘껏 깨문다.

움찔.

갑작스러운 반격에 놀랐는지 제1사서의 점액질 몸 전체가 출렁였다. 하지만 그것뿐이었다. 그의 촉수에는 이빨 자국 하나 나지 않았다. 오히려 성질만 긁었을 뿐이다.

쩌억!

제1사서의 입이 크게 벌어지며 단번에 카타플락투스의 허리를 깨문다. 그러자 용의 비늘이 찢어지며 피가 쏟아진다. 또한 단단하기로 유명한 용의 뼈가 한꺼번에 부러져 나가며 갈

비뼈가 길게 튀어나왔다. 단 일격에 용은 거의 숨결이 끊어져 가고 있었다. 혀를 축 내민 채 힘없이 축 늘어지자 제1사서는 이번에는 용의 머리를 물어뜯었다.

우직! 뚝! 뚝!

두개골이 부서지는 소리가 요란하다. 용의 머리가 박살나니 눈알이 튀어나와 길게 늘어졌다. 제1사서가 한 번 씹을 때마다 용은 점점 형체를 알 수 없이 박살나더니 곧 신의 거대한 위장 속으로 사라져버렸다.

우적, 우적, 우적.

게걸스럽게 입맛을 다신 제1사서는 만족했다는 듯 표정이었다. 그리고 이제 대가에 해당하는 정보를 말할 수 있다고 했다.

"무엇을 알고 싶습니까? 각하."

"우선 엔디미온에 대해 알려줘."

내 요구에 제1사서는 허공의 기록에 접속해 정보를 읽기 시작했다. 그는 곧 재밌다는 얼굴이 됐다.

"호오, 엔디미온의 전승에 관한 얘기는 진실과 상당히 괴리가 있었군요."

"뭔데? 어서 말해봐."

"보통 엔디미온 이야기는 달의 여신 셀레네가 자신이 사랑한 목동의 아름다움을 보존하도록 잠재운 걸로 전해지지 않습니까?"

"그래."

심지어 잠든 엔디미온을 범해 아이를 낳았다고 하니 셀레네의 인성에 대해 말이 많았다. 하지만 제1사서는 그건 그저 진실을 가리기 위해 지어진 이야기일 뿐이라 했다.

"하면 진실은 무엇인데?"

"저 잠든 목동은 일종의 관문입니다."

"관문?"

"네, 꿈의 세계로 갈 수 있는 관문이지요. 달의 여신 셀레네는 아르테미스에게 포식을 당할 때 완전히 소멸하지 않았습니다. 그녀의 영혼은 용케 살아남았고 꿈의 세계로 피신했습니다. 그리고 엔디미온은 언젠가 그녀가 현실로 돌아올 수 있는 관문이라 할 수 있지요. 혹은 누군가가 셀레네를 구하러 꿈의 세계로 갈 수 있는 방편이기도 하고요."

이거 놀라운 이야기였다. 달의 여신 셀레네를 부활시킬 수 있단 소리잖아?

"만약 그렇게 된다면… 아르테미스는…?"

"최악의 순간을 맞이하겠죠. 크흐흐흐흐."

아르테미스가 최악의 순간을 맞이한다?

"아주 구미가 당기는걸."

내 사명은 종말의 집행자지만, 아르테미스와는 이미 감정싸움으로 상황이 번져 있었다. 그나마 다행인 건 내가 한 짓을 아르테미스가 아직 다 모른다는 점이다. 만약 퓌톤을 구해준 일에 대해 안다면 가만있지 않겠지.

"아르테미스를 상대함에 있어 중요한 점이 있다."

"그게 무엇입니까? 각하."

제1사서는 내 의견에 관심을 보였다.

"상대가 아직 내게 위협을 느끼지 못할 때 해치워야 한다는 거야. 사실 나는 아르테미스에게 적대적인 행위를 많이 했다. 슬슬 그 여신도 날 주시하기 시작했지. 하지만 아직까지는 거슬리는 인간 수준일 거다. 내가 자기한테 위협적인 대상은 아니니까."

지금 아르테미스의 관심사는 아레스의 부관인 전쟁의 여신 에니오다. 그녀와 싸움이 붙은 탓에 아마조네스까지 관심 밖으로 밀려났을 정도니까.

"하지만 각하께선 누구보다도 아르테미스를 위협하고 있는 자지요. 엔디미온은 말할 것도 없고, 셀레네의 일이 성사되면 아르테미스는 큰 타격을 받을 겁니다. 실로 재미있군요. 여신이라는 존재가 자기를 나락으로 떨어뜨릴 존재가 누군지 알지도 못하다니."

"내가 너무 하찮아서 그렇겠지. 아무래도 그렇잖아? 너희 신들에겐 인간은 벌레 정도일 테니까. 그래서 나는 이 싸움을 흰개미 전술이라 부르겠다."

"흰개미 전술?"

"그래, 보이지 않는 곳에서 나무를 갉아 먹는 흰개미들 때문에 대들보가 무너지는 법이야. 아르테미스가 본격적으로 흰개미를 박멸하겠다고 나서면 이미 늦을 것이다."

"훌륭하신 판단입니다."

일단 나는 나머지 정보도 계속 풀어보라고 했다.

"엔디미온을 통해 꿈의 세계로 진입하는 방법은 공양의 대가로 알려드릴 수 있습니다. 꿈의 세계에서 숨죽이고 있는 셀레네가 있는 장소까지 직통으로 도달할 수 있습니다."

"아마 셀레네는 이쪽의 도움을 받으려고 하겠지?"

"물론입니다. 어떻게든 손을 잡으려 할 테죠. 각하의 수완이면 그걸 잘 이용할 수 있으실 겁니다."

나는 이후 제1사서에게 공양의 대가만큼의 다양한 정보를 들었다. 그리고 의식은 끝이 났다.

"저는 각하의 포도농장으로 다시 가보겠습니다. 하아, 그놈의 똥지게를 다시…."

다시 성육신화한 제1사서는 허탈한 얼굴이었다. 위대한 신은 흔적도 없고 코이로스라는 중년인만이 남았다. 나는 그에게 작은 희망을 선물해주기로 했다.

"똥지게는 조만간 벗어날 수도 있을 거다."

"네? 그게 정말이십니까? 각하."

"그래, 신병이 갈 거거든. 똥지게는 신병에게 넘기도록."

"오오오! 새로운 인원이 오는 겁니까! 누가 각하에게 건방지게 굴다가 노예로 전락한 모양이군요. 크하하하, 참으로 운이 없는 자입니다. 각하의 인성은 악마도 그건 아니라고 할 정도인 것을!"

아무래도 이 자식이 아직 똥지게를 놓기 싫은 건가. 정신 교육이 더 필요할지도 모르겠다.

"하하, 농담입니다! 그럼 저는 이만 농장 일이 바빠서 그만!"

내 시선을 눈치 챈 건지 코이로스는 재빠르게 사라져버렸다. 하여간 약삭빠른 녀석이라니까. 혀를 찬 나는 일단 비밀의 서를 불렀다.

"네가 삼켜도 엔디미온은 죽지 않겠지? 비록 인간이긴 하지만 혼돈에 잠식됐잖아."

신의 힘은 혼돈을 근간으로 한다. 엔디미온은 셀레네에 의해 혼돈으로 물들었다. 그의 시간은 멈췄고 늙지도 죽지도 않는 존재가 됐다. 그래서 비밀의 서 안에 넣어도 괜찮을 것 같았다.

"말한 대로다. 내가 삼켜도 아무 문제없다. 그는 산 자도 아니고 죽은 자도 아니니까."

"좋아. 섬을 떠날 때 엔디미온을 너에게 맡기면 되겠네. 그렇게만 하면 아르테미스는 엔디미온을 영원히 찾을 수 없겠지."

셀레네를 부활시키는 일을 제외하더라도 이미 나는 대단한 승리를 거둔 셈이다. 비밀의 서가 엔디미온을 집어삼키면 아르테미스는 이제 완전해질 수 있는 방법을 잃어버리니까.

"내친김에 꿈의 세계까지 가봐야겠어. 바로 시작하지."

공양의식으로 얻은 지식 중에는 엔디미온을 통해 꿈의 세계로 가는 법도 있었다. 직접 셀레네와 접촉해 볼 작정이었다. 신들의 눈길이 닿지 않는 이 지저인의 유적은 그런 일을 하기 적당한 장소였다.

"네놈 행동력 하나는 알아줄 만하군. 하지만 꿈의 세계로 가는 건 만만한 일이 아니다. 아니, 아주 위험하다고 하는 게 맞겠지. 그곳이 어떤 장소인지 알고 있나?"

"알아. 관련된 내용을 읽어봤으니까."

"단지 아는 것만으로는 부족해. 꿈의 세계에서 죽으면 네 영혼은 치명타를 입을 것이다. 차라리 좀 더 준비하고 도전해 보는 게 어떻겠나?"

비밀의 서의 제안은 그럴 듯했다. 하지만 나는 고개를 저었다.

"그러면 늦을 걸. 이 일은 최대한 빨리 진행돼야 해. 그리고 말이야, 신을 엿 먹이기 위해선 당연히 목숨 정도는 걸어야 한다고."

"각오가 확실한 모양이군."

"세상에 쉬운 일은 없어. 오히려 기회가 생겼다는데 감사해야지."

솔직히 인생 날로 먹고 싶었지만, 종말의 집행자가 된 후 다 포기했다. 내가 꿈의 세계로 떠나겠다고 하자 아탈란테가 걱정스러운 얼굴로 손을 잡아왔다.

"펠레우스…."

"별 일 없을 거야. 꿈의 세계로 가면 내 몸은 잠들어. 그동안 잘 좀 지켜달라고."

아탈란테가 울상이 됐다. 곁에서 나와 제1사서의 대화를 다 들어서 내가 뭘 하려는 건지 잘 알고 있었지만 걱정되는 건 어쩔 수 없나 보다. 나는 달래듯 그녀의 뺨을 어루만졌다.

"처음에 왜 널 차가운 인상이라고 생각했는지 모르겠군. 이렇게 얼굴에 감정이 잘 드러나는데."

"지금 내 얼굴이 바보 같은가?"

"어."

"네가 무사히 돌아온다면 더 바보 같은 표정도 지을 수 있다."

흐음…. 묘하게 사람을 감동시키는군. 하마터면 얼굴에 동요가 나타날 것 같아 헛기침을 하고는 고개를 돌렸다.

"금방 갔다 올게."

꿈의 세계는 단순히 잠에 빠진다고 하기에는 너무 위험한 장소였다. 그곳은 악몽이 구체화된 차원이니까. 하지만 셀레네를 만나기 위해선 어쩔 수 없다. 나는 아탈란테와 작별한 뒤에 엔디미온의 곁으로 가 정해진 주문을 외우기 시작했다.

"꿈이여, 꿈이여, 꿈속이 악몽으로 가득 찬 것은 그곳에 죽은 자들이 살기 때문이다."

본래 이 주문은 셀레네가 훗날 자신과 접촉할 만한 극히 일부에게 남긴 것인데, 설마 인간인 내가 그걸 사용할 거라곤 그녀도 몰랐겠지. 세상의 모든 것은 허공의 기록에 남는다. 대가만 충분하다면 알아내지 못할 건 없었다.

"여신이여, 여신이여, 당신이 꿈속을 헤매는 것은 그들처럼 죽음을 맞이했기 때문이다. 하나 당신은 죽어서도 하데스의 나라를 피했으니 이제 약속된 방문객을 위해 문을 열어다오."

주문을 끝내자 저항할 수 없는 수면욕이 날 덮쳐왔다. 잠깐 정신을 잃는다는 느낌이 들더니 곧 시커먼 어둠의 공간에서 깨어났다. 어딘지 도대체 알 수 없는 장소였다.

"펠레우스."

옆에서 부르는 소리를 보니 비밀의 서가 둥둥 떠 있었다.

"뭐야, 너. 여기까지 따라오는 거냐?"

"우리는 유착한 이후에 한 몸이다. 어딜 가나 함께일 수밖에 없다고."

"저주로군. 아주 무서운 저주."

"걱정마라. 네가 아끼는 소녀와 교미할 때는 안 보이는 곳까지 피해줄 테니까."

"…너도 그 단어 사용 금지야."

고개를 설레설레 저으며 주변을 살폈다. 사방은 어둠이 가득한 공허의 공간이었는데, 바닥만은 구체적으로 물질화돼 있었다. 그건 대리석으로 만들어진 좁은 외길이었다. 만약 이 길을 벗어나 주변의 어둠 속에 빠진다면 다시는 돌아오지 못할 게 틀림없다.

"일단 이대로 가는 수밖에."

그렇게 한참을 나아가는데 비밀의 서가 오른쪽을 가리켰다.

"뭐야? 왜 그래?"

뭔가 싶어서 보니 저 멀리 계단이 보였다. 지탱을 위한 어떠한 구조물도 없이 허공에 둥둥 떠 있는 계단이다. 그리고 계단의 가운데에 검은 수도복을 입은 인물 둘이 나란히 서있었다.

"저들은 그건가?"

미리 들은 이야기가 있어서 저 미지의 인물들의 정체를 알 수 있었다. 본래 꿈의 세계로 가기 위해서는 '잠의 계단'이란 곳을 내려가야 한다고 했다. 그리고 그 계단에는 문지기 같은 존재가 가로막고 있다는 것.

저들을 통과해야 간신히 꿈의 세계로 갈 수 있는데 나는 셀레네의 안배 덕에 우회로로 가고 중이다. 그래서인지 저 멀리서 문지기 둘이 이쪽을 노려보는 게 느껴졌다.

"내가 마음에 안 드나본데?"

"그건 누구라도 그렇겠지. 저들이 특별한 게 아니다. 펠레우스."

"…알려줘서 고맙군."

문지기들은 건방진 필멸자가 자기들을 우회하니 상당히 분한 모양이다. 여길 보며 쇠를 긁는 듯한 목소리로 뭐라, 뭐라 외쳐댔는데 곧 소용없다 여겼는지 입을 다문다.

"웃기는 놈들이군."

나는 그들을 무시하고 계속 나아갔다. 몽환적인 분위기가 일대에 가득했다. 걷고는 있었지만 얼마나 걸은 건지 감을 잡을 수 없었다. 한 시간 같기도 했고, 일 년 같기도 했다. 이곳은 분명 인간의 감각이 엉망진창으로 변해버리는 장소였다. 그러다 나는 곧 주변의 광경이 달라진 것을 눈치챘다.

"동굴이로군. 이곳은 틀림없이 땅 밑이다."

꿈의 세계에는 여러 지역이 있는데 그중 가장 위험한 곳이 바로 이 지하 세계였다. 셀레네는 하필 쳐 박혀도 여기에 있는 건가. 그래도 크게 걱정할 필요는 없다. 엔디미온을 통한 탓에 셀레네가 있는 장소에 바로 도착할 수 있기 때문이다. 안 그랬으면 이 세계로 오지도 않았을 것이다. 꿈의 세계는 광활해서 평생을 헤매도 셀레네를 만나지 못할 확률이 높으니까.

[누구지? 누가 온 것이냐?]

그때 얼어붙은 듯한 차가운 목소리가 들려왔다. 아무리 담대한 사람이라도 심장이 멈춰버릴 듯한 음성이었다. 나 역시 각오를 다지고 왔음에도 식겁해서 우뚝 멈춰 설 수밖에 없을 정도였다.

[다시 묻겠다. 누가 그 길을 따라 온 것이지?]

실로 원령의 목소리 그 자체라 대답을 하고 싶지 않았다. 그냥 이대로 되돌아가만 싶은 기분이다. 순간 괜히 왔다는 생각이 들 정도였다. 하지만 여기까지 온 이상 어쩌겠는가. 부딪쳐보는 수밖에.

"저는 펠레우스라고 합니다."

내가 대답하자 잠시 침묵이 이어졌다. 하지만 나는 저 동굴의 깊은 어둠 너머에 무언가 강대하고 음산한 존재가 꿈틀대고 있음을 감지할 수 있었다.

[펠레우스? 나는 그런 자를 모른다. 그 길로 올 수 있는 자는 태양신 헬레오스와 몇몇 뿐…. 그대는 누구지?]

바짝 날이 선 적개심이 느껴졌다. 스멀스멀 다가오는 악의에 숨이 막힐 것만 같은 기분이었다. 이미 영락한지 오래지만 나 같은 인간은 간단히 압도해 버릴 듯한 거대한 존재였다. 아마 내가 자신을 노리는 자의 끄나풀인 줄 알고 민감하게 반응하는 것 같았다.

"저는 아르테미스와 대적하는 자입니다. 고고한 달의 여신 셀레네시여. 저는 당신을 찾아왔습니다."

상대는 대답이 없었지만 놀라는 기색이 느껴졌다.

[셀레네라… 그 이름을 불러준 이는 오래간만이구나….]

"달의 여신이시여. 부디 만남을 허락해 주십시오. 어찌 인간에 불과한 제가 이곳까지 왔는지 모든 걸 설명하겠습니다."

[그대는 정말 나를 찾아온 것인가?]

"네. 그렇습니다."

[놀라운 일이구나. 희망은 오래 전에 사라졌다고 생각했다.]

아무래도 그녀에겐 모든 게 당황스러울 터. 나는 조금 사정을 설명했다. 아르테미스가 엔디미온을 찾고 있고, 내가 그걸 막았다고 하자 그녀의 흉흉한 기세가 조금 줄어들었다.

"여신께서 엔디미온을 통해 안배를 남겨두신 걸 알게 됐습니다. 그 결과 여기까지 오게 되었습니다."

[의문이 많이 남는구나. 그 안배는 일개 인간이 알 수 있는 게 아닌 것을. 하지만 일단은 그대와 대화해 보겠다. 아르테미스의 손길로부터 엔디미온을 구해준 걸 감사한다. 그는 무사한가?]

"그렇습니다. 또한 아르테미스가 엔디미온을 영원히 찾지 못할 수단도 확보했습니다."

[아아…….]

잠시 흐느끼는 듯한 서글픈 기색이 느껴졌다. 셀레네는 한참이나 말이 없다가 다시 입을 열었다.

[엔디미온을 통해 꿈의 세계로 오는 주문은 태양신 헬리오스를 비롯해 오직 몇몇에게만 알려줬다. 하지만 그들 모두 올림포스의 신들에게 잡아먹히고 말았지. 한데 어찌 그대는 그걸 알고 온 건지 모르겠구나.]

"다른 위대한 신에게 도움을 받았습니다."

[그게 가능한 것인가. 만약 그렇다면 내게도 아직 길이 남아 있겠구나. 나는 이미 모든 걸 포기했었다. 꿈의 세계로 간신히 혼령만 도망쳐 왔지만, 누가 날 도울 희망이 없었기 때문이다.]

"제가 당신을 돕겠습니다."

[펠레우스여, 부디 선한 의도로 왔길 바라노라. 좋다. 일단은 그대를 만나보지.]

그 말과 함께 달의 여신 셀레네가 어둠 속에서 모습을 드러 냈다. 과거 그녀는 영광스럽고 아름다운 존재였다고 한다. 하지만 지금은 그저 갈기갈기 찢어진 천 조각을 몸에 싸맨 차가운 시체의 모습이었다. 키는 무척 커 5미터에 이르렀고, 두 눈은 썩어 없어진 탓인지 시커먼 구멍만 공허하게 뚫려 있었다. 실로 끔찍한 몰골이었다. 그녀는 노파처럼 허리를 굽혀 날 내려다보며 뼈마디만 남은 손가락을 뻗어온다.

[영웅이여. 나는 희망을 잃어버린 뒤 이 세계의 어둠에 동화 되었다. 점점 달의 여신이란 본질은 사라지고, 이곳을 떠도는 죽은 자들과 같은 꼴이 됐다. 이 저주받은 모습을 비웃으려면 비웃으라.]

셀레네에겐 깊은 한이 느껴졌다.

"제가 어찌 그러겠습니까. 달빛의 주인이시여."

[하면 이제 내 의문에 대해 설명을 해보라. 그대가 적인지, 친구인지 판단할 수 있게.]

"물론 설명은 하겠습니다. 하지만 그전에 저도 판단할 필요 가 있겠군요."

[뭐라?]

"당신을 구할 가치가 있는지에 대해서 말입니다."

솔직히 이렇게 셀레네가 희망을 잃고 엉망진창이 돼있을 줄은 몰랐다. 저주 받은 악귀 같다고 할까. 여전히 강하긴 했지만 이래서는 신이라고 할 수가 없었다. 당연히 셀레네는 이런 내 태도에 발끈한다.

[지금 감히 신을 평가하겠다는 것이냐!]

그녀가 격분하자 사방에 시커먼 악의가 구체화돼 소용돌이쳤다. 살아있는 생물을 바짝바짝 말려죽일 만한 힘이었다. 하지만 내가 재빨리 신성을 끌어내 버티자 셀레네는 놀라워했다.

[이제 보니 평범한 놈은 아니었군. 그렇다면 더더욱 놓칠 수 없지. 신을 위해 일하도록 하라!]

셀레네는 어둠으로 강하게 날 조여 오며 명령했다. 하지만 그녀는 전력을 다하고 있지 않았다. 자칫 날 죽이면 다시 없을 낭패기 때문이다. 겉으로는 저리 압박을 하면서도 내심 두려운 것이겠지. 마지막 희망이 사라질까 싶어서. 나는 그걸 잘 이용하기로 했다. 상대가 신이라고 해도 끌려갈 필요는 없다. 특히 나중에 셀레네가 신위를 되찾을 걸 생각해 보면 이때 족쇄를 아주 잘 채워놔야 한다. 본래 계약이란 이런 타이밍에 해야 한다. 내가 가장 유리하고, 상대가 가장 불리할 때.

"당신은 이미 신이라고 하기엔 나락으로 떨어진 존재군요. 쯧쯧."

일부러 도발하며 혀를 찼다.

[뭐라!]

"더 이상 절 압박하면 그만 돌아가 보겠습니다. 이 펠레우스, 비록 인간이긴 하나 그 혈통이 예사롭지 않습니다. 영락해 버린 당신에게 이런 무례를 당할 신분이 아니란 말입니다."

엄포를 놓은 나는 허리춤에 있는 제우스의 보검을 슬쩍 보여줬다. 그러자 셀레네가 크게 놀라며 힘을 거둔다.

[그건!]

당황했는지 거대한 몸을 웅크리기까지 했다. 당연히 저런 반응이 나올 수밖에. 이건 최고신 제우스가 그의 자손에게 내리는 보검이었으니까. 나는 슬쩍 보검에 살짝 힘을 일으켰다. 그러사 섬집에서 스파크가 튀었다.

[제우스의 아들이었는가!]

셀레네는 대경실색해서 한참이나 뒤로 물러났다. 이런 처지가 된 탓인지 제우스의 힘을 무척 두려워하는 기색이었다.

"지금부터 저를 존중해 주시길 바랍니다."

명령조에 가까운 내 말에도 셀레네는 곧 기가 죽어서 대답한다.

[……알겠다.]

물론 나는 제우스의 아들이 아니다. 내 입으로 제우스의 아들이라고 한 적도 없고. 항상 그래왔지만 나는 거짓말이라곤 모르는 첫눈처럼 깨끗한 남자다. 하지만 내가 여기까지 자선 사업 하려고 온 줄 아냐. 쓸모가 있어야 구하지.

"자, 이제 그러면 설명해 보십시오. 제가 당신을 구할 가치가 있는지."

얘기가 잘 된다면 셀레네 너는 영광스러운 달의 여신으로 되돌아가라. 물론 내 노예 같은 처지가 되겠지만. 생각만 해도 괜찮은 일이었다. 강력한 달의 여신을 하인으로 삼는다는 것은. 나는 그녀의 모든 걸 가질 것이다.

"크흐흐흐."

어쩐지 음침한 웃음이 입에서 흘러나왔다.

살아오면서 한 가지 느낀 게 있다. 사람이 자존감이 떨어지면 행동도 절로 비굴해진다는 사실이다. 그런 이들은 굴욕적인 처지를 기꺼이 받아들인다. 왜냐하면 내심 그게 비참한 자신에게 어울린다고 생각하기 때문이다. 한데 재밌게도 신도 마찬가지가 아닌가.

[무례했다면… 사과하겠다.]

키가 5미터나 되는 셀레네는 바짝 엎드려 나와 눈높이를 맞추고 있었다. 비밀의 서는 그런 셀레네의 태도를 혹평했다.

-그녀는 부활의 가능성만 가지고 있지 이미 신이라고 할 수 없는 존재인 것 같군.

나 역시 조금 위협한 것만으로도 그녀가 이리도 쉽게 무너질 줄은 몰랐다. 자신에게 남은 마지막 희망인 내가 사라질까 싶어서 어쩔 바를 몰라 하며 안절부절못한다.

[그대는 위대한 제우스의 아들…. 앞으로 예를 지키겠다. 마음을 풀도록 하라.]

웃기는 얘기였다. 제우스의 아들이 어디 한 둘이어야지. 만약 셀레네가 온전한 상태라면 제우스의 아들 한 트럭이 와도 콧방귀도 안 뀔 거다. 하지만 그렇다고 이런 입장을 한껏 이용하지 못할 건 없지. 오히려 반기는 바이다.

"여기까지 어떻게 왔는지 자세히 설명할 생각은 없습니다. 하지만 한 가지 말해드리지요."

셀레네에게 제1사서와 허공의 기록에 대해 말해줄 생각은 없다. 듣고 싶어 하는 눈치였지만 지금 갑과 을이 명확한데 지가 어쩌겠는가.

"저는 아르테미스의 대적자입니다. 당신을 구하는 일이 거기에 보탬이 되길 바라고 있습니다."

나는 몇 가지 아르테미스를 물 먹인 일에 대해 알려줬다. 그러자 침울해 하던 셀레네는 크게 기뻐했다.

[과연 제우스의 아들이구나. 그런 일들을 하다니 옛 신들의 복을 받을 것이다.]

"자, 이제 설명해 보시죠. 제가 당신을 구할 가치가 있는지에 대해서 말입니다. 만약 영혼만 남아 부활할 가능성이 없다면 더 이상 얘기할 것도 없겠지요."

셀레네를 부활시키겠다는 계획을 가지곤 있지만 그게 현실적으로 가능한 부분인지 확인할 필요가 있었다.

[부활은 충분히 가능하다. 만약 내가 달의 힘을 되찾으면 아르테미스는 크게 세를 잃어버릴 것이다.]

"그 정도는 예상하고 있습니다. 구체적으로 그게 어떻게 가능한지 계획을 털어놓으시란 말입니다."

[음…….]

셀레네에겐 비장의 수가 있겠지. 지금 같은 안배를 남겨둔 것만 해도 그녀가 후일을 도모하고 있었다는 인상이니까.

[그것은….]

셀레네는 솔직히 털어놓지 않고 망설이는 기색이었다. 아무래도 남은 카드를 훤히 보여주긴 꺼려지겠지. 그래서 조금 압박해줬다.

"할 말이 없다면 이만 가보겠습니다. 여기서 천년만년 오지도 않을 조력자를 기다리고 있어보시지요. 다만….."

[다만?]

"엔디미온을 누가 확보했는지 잊으신 겁니까?"

[아아……]

거기서 셀레네의 남은 의지력은 산산이 무너지고 있었다. 자신의 운명뿐 아니 엔디미온까지 내 손에 달려있다는 걸 절절히 깨달았기 때문이다. 그녀는 더 버텨봐야 의미가 없다는 걸 느낀 거겠지. 나는 실컷 채찍을 휘둘렀으니 셀레네를 조금 달래주기로 했다.

"당신이 그를 깊이 사랑함을 알고 있습니다. 제 일에 협조한다면 연인의 안전을 스틱스 강물에라도 맹세하지요."

나름대로 셀레네를 당근을 던진 셈이었는데 그녀의 반응이 의외였다.

[연인? 그대는 지금 무슨 소리를 하는 건가?]

"음?"

이상한 소리를 들었다는 셀레네의 태도에 나는 내심 당황했다. 엔디미온이 셀레네의 잠든 연인이란 얘기는 너무나 유명했기에 당연히 사실로 믿고 있었는데, 아닌가?

"엔디미온과 연인으로 알고 있습니다만."

[그대는 오해하고 있구나. 대대로 달의 여신은 순결의 상징과도 같다. 이 몸은 정숙한 보름달의 여신이라고도 불렸다. 남자를 연인으로 둘 리가 없지 않은가?]

아니, 그게 무슨 소리야. 내 혼란스러워하는 표정을 본 건지 셀레네가 설명해줬다.

[달의 여신의 위치에 있으려면 순결함은 필수덕목이다. 추삽한 아르테미스가 처녀로 남겠다고 선언한 것도 힘에 대한 탐욕 때문이지. 본디 그녀는 음탕한 짐승. 인격을 얻고 짐승의 몸을 벗어던진 이후에 처녀신을 연기하고 있는 존재다.]

"네? 그게 무슨 소리십니까? 아르테미스가 짐승이었다고요?"

그런 얘기는 금서에서도 보지 못한 내용이다.

[그대는 인간 중 상당한 위치까지 올라온 듯하지만 아직 신들의 비밀에 접근하진 못했군.]

"아르테미스에 대해 말해주십시오. 그것만으로도 당신의 가치는 차고 넘칩니다. 셀레네여."

나는 신들의 비밀을 말해주면 가타부타 더 따지지 않고 여기서 구해주겠다고 약속했다. 한데 어째서인지 셀레네는 고개를 저었다.

[미안하지만 그럴 수는 없다. 나 역시 그대에게 알려주고 싶지만 불가능하단 얘기다.]

셀레네는 앞뒤 재느라 안 알려준다는 게 아니라 말 그래도 불가능이라 했다. 나는 곧 그녀의 얘기를 이해할 수 있었다.

"비밀의 누설하는데 대가가 필요하다 그거군요."

[그렇다. 신이라고 해도 세상의 깊은 비밀을 마음껏 떠벌릴 수 있는 게 아니다. 우리는 맹약과 약속, 계약, 감시 등으로 묶여 있다. 서로가 서로의 음험한 비밀을 누설할 수 없게 만든 것이지. 내가 아르테미스의 본질에 대해 떠들면 고대의 약속에 의해 소멸하게 된다.]

"…이런."

[만약 그대가 그걸 막아줄 대가를 마련한다면 알려주지 못할 것도 없지. 솔직히 나는 그 추잡한 짐승에 대해 떠벌리고 싶어 입이 근질근질할 정도다.]

아르테미스의 비밀이라…. 그녀를 쓰러뜨리기 위해 반드시 알아내야 할 부분이란 생각이 들었다. 대가만 마련되면 꼭 셀레네에게 들을 필요는 없다. 허공의 기록에 접근할 수 있는 방법이 있으니까. 아마 그쪽으로 알아내는 게 더 싸게 먹힐 것 같기도 하고.

"알겠습니다. 하면 엔디미온과 무슨 관계입니까?"

[조카이다. 그 아이는 내 오라비인 태양의 신 헬리오스의 아들이지. 오라비가 한 인간의 여자와 통정하고 낳은 자식이다.]

"조카라니, 생각도 못했습니다."

[신들은 대개 그렇지만 무책임하다. 오라비도 예외는 아니었지. 자식을 돌보지 않기에 내가 거둬서 키운 것이다. 어릴 때는 귀여운 녀석이었는데 커가면서 지 오라비를 닮은 건지 시건방지기 짝이 없었지. 그런데 마지막에는 날 위해 영원한 잠에 빠져 스스로를 희생할 줄이야….]

셀레네의 말투에서 엔디미온을 향한 깊은 애정이 느껴졌다.

조카라기 보단 자식 같은 느낌이 아닐까 싶다. 자세한 사정은 모르지만 엔디미온이 잠든 게 셀레네를 위해서였던 것 같다.

"엔디미온은 안전할 겁니다. 제 이름을 걸고 보장하지요."

[고마운 일이로군. 좋다. 그대가 혹할 만한 얘기를 들려주지. 어차피 이제는 가릴 게 없을 터이니.]

결심을 세운 탓일까? 셀레네는 잠시간 신의 풍모를 비추었다. 잠깐이지만 과거 아름답고 고귀했던 달의 여신이 언뜻 보인 듯한 느낌이다.

[그대는 내게 오라비 말고 여동생도 있음을 알고 있는가?]

"새벽의 여신 에오스를 말하시는군요."

[맞다. 그 아이 역시 죽은 걸로 알려져 있지.]

태양의 신 헬리오스, 달의 여신 셀레네, 새벽의 여신 에오스, 이렇게 남매 관계. 모두 올림포스의 신들에게 살해됐다고 한다. 아니란 말인가?

"혹시 에오스가 살아있습니까?"

내 물음에 셀레네는 잠시 대답을 망설였다. 아무래도 여동생의 안위가 걱정되는 모양이다. 하지만 이미 결심을 한 탓인지 진실을 입에 담는다.

[그렇다. 살아있다. 과거 오라비와 난 대세가 기울었음을 느끼고 있었지. 올림포스의 신들에게 밀려 우리의 운명에 파멸만이 남았다는 걸 알아챘다. 그래서 이런저런 수단을 강구했고 그중의 하나가 에오스를 미리 피신시키는 것이었다.]

"잘 도망쳤나 보군요?"

끄덕.

[올림포스의 신들조차 그 아이를 찾지 못했지. 게다가 에오스는 든든한 아들들의 지원을 받고 있으니 더 건드리길 포기한 건지도 모른다.]

"아들이라 하심은…."

[바람의 신들인 제피로스, 보레아스, 노토스, 에우로스를 말한다.]

맞다. 북풍, 동풍, 남풍, 서풍을 담당하는 바람의 신들이 에오스의 아들들이었지. 그중 북풍의 신 보레아스는 나와 상당히 악연이기도 하다. 함께 태그매치를 뛰었던 무지개 신 이리스에게 당해 앞으로 수십 년은 거동이 어려울 지경이 됐으니까.

[에오스를 다시 찾아낼 수 있다면 나는 부활할 수 있다. 나뿐만이 아니라 오라비인 태양의 신 헬리오스 역시 마찬가지지. 우리 남매의 부활을 열쇠가 되어줄 귀중한 보물을 에오스가 가지고 있으니까.]

"헬리오스까지 부활이 가능한 겁니까?"

[물론이다.]

이거 상당히 혹하는 이야기가 아닌가. 셀레네뿐 아니라 헬리오스까지 편이 되어준다면 올림포스에 대항하기 더 없이 좋다. 게다가 둘은 아르테미스와 아폴론이라면 끝없는 원한을 불태울 테니까.

"좋습니다. 당신을 구할 가치는 충분하군요."

[아르테미스를 상대하고자 한다면 우리는 충분히 서로를 도울 수 있을 것이다.]

새로운 목표를 얻게 됐다. 새벽의 여신 에오스를 찾아내 셀레네와 헬리오스를 둘 다 부활시킨다. 그야말로 올림포스의 파멸을 위한 중요한 포석이라 할 수 있었다.

[한데 펠레우스여. 이 몸을 어찌 이 꿈의 세계 밖으로 데려갈 생각인가? 관문을 지키는 이들이 나 같이 거대한 영혼이 빠져나가는 걸 허락하지 않을 터.]

"우회로가 있는데도 그렇습니까?"

실제로 꿈의 세계로 오는 정석적인 길인 꿈의 계단을 통하지 않았다. 우회하는 대리석 길로 와 저 멀리서 문지기들의 따가운 눈총을 받아야했다. 그리로 되돌아가면 될 것 같은데.

[그대가 그저 인간에 불과하니 우회로를 묵인한 것이다. 특별한 허락을 받고 꿈의 세계를 드나드는 자로 여겼겠지. 하지만 신의 영혼이 동행한다면 반드시 막을 터. 문지기들이 힘이 없어 그대를 보고만 있었던 게 아니다.]

셀레네는 해결해야 할 부분은 그것만이 아니라고 했다.

[물질계로 돌아가서도 문제이다. 신의 영혼이 지상을 떠돌면 반드시 올림포스가 주목하게 될 터. 특히 아르테미스라면 절대로 가만있지 않을 것이다. 과거에는 미리 대비해 영혼이나마 꿈의 세계로 도망 올 수 있었지만, 이번에는 끝이겠지. 분명히 영혼조차 남기지 못할 것이다.]

그녀의 말투는 근심과 두려움에 젖어 있었다. 상당히 난처한 문제라고 여기는 것 같았지. 하지만 내겐 의외로 간단했다.

"어렵지 않습니다."

[뭐라? 신조차 고민하게 만드는 문제가 어렵지 않다고?]

"여신이시여. 제가 비록 인간이지만 여기까지 와서 이러는 걸 보면 뭔가 있는 놈이란 생각이 안 드십니까?"

나는 비밀의 서의 모습을 드러내게 하고는 그것에 대해 설명했다. 물론 비밀의 신이니, 제1사서니 하는 얘기는 말해주지 않았다.

[이 책으로 정말 신들의 시선을 피할 수 있단 말인가?]

"물론입니다. 심지어 이 안에 들어가면 꿈의 세계를 떠날 때도 문지기들이 당신을 발견하지 못할 겁니다. 당신조차 이 책이 근처에 있는지 모르지 않았습니까?"

[…생각해 보니 그렇군. 하면 시연해 보라.]

셀레네는 자신의 물건을 하나 던졌다. 오래된 그녀의 조각상이었다.

[이것은 내 신성이 깃든 물건이라 이게 어디에 있든 알아낼 수 있다. 한 번 감춰보도록.]

셀레네는 꽤나 자신만만한 모습이다. 무슨 짓을 해도 힘들거란 태도였다.

"좋습니다."

내가 비밀의 서에게 고개를 끄덕이자 녀석은 그걸 삼키고는 사라졌다. 그러자 셀레네가 탄성을 터뜨린다.

[허!]

그녀는 비밀의 서가 온데간데없어지자 당황한 기색이었다. 게다가 힘을 일으켜 신성의 위치를 가늠해보더니 더더욱 놀라워했다.

[이럴 수가! 그 신상은 설령 다른 차원에 떨어져도 반드시 감

지할 수 있는데!]

"이제 믿을 만하십니까?

그녀는 내게 상당히 놀란 듯 태도가 조금 공손해졌다.

[경악을 금치 못하겠군…. 펠레우스여. 그대는 정말 인간이 맞는가?]

"인간이 맞습니다. 적어도 신들처럼 양심이 없진 않으니까."

귓가에서 비밀의 서가 '그건 좀…'이라고 중얼거리는 소리가 들려왔지만 무시했다. 어쨌든 이걸로 셀레네는 내 제안을 받아들였다. 문지기들에게 걸리지 않을 거란 확신이 든 모양이었다. 나는 그 뒤에 셀레네와 매우 불공정한 계약을 맺었다. 어려운 처지에 있는 신을 후려쳐서 독소조항이 가득한 계약이었다. 셀레네는 자신의 이름을 걸고 계약을 지키겠다고 약조했지만 나는 고개를 저었다. 이게 어디서 약을 팔려고.

"티끌처럼 남은 신성을 다 거십시오. 아, 아까 그 신상에 깃든 신성도 걸고."

남은 밑천을 다 쓰란 소리였다. 전성기 때에 비해 정말 좁쌀만큼 남은 그 신성이지만 그녀에겐 다시 없이 소중한 힘이었다. 그게 사라지면 셀레네는 더이상 신의 영혼이라 할 수도 없어지기 때문이다.

[어찌 인간이 신들의 계약을 아는 거지?]

"그런 식으로 놀라다 훅 간 신이 하나 있죠. 얌전히 구시는 게 좋을 겁니다. 농장에서 똥지게 나르기 싫으면."

셀레네는 자신이 완전히 내 노예로 전락하게 됐다는 사실에 침울해졌다. 하지만 그녀에겐 어떤 수단도 없었다.

"말만 잘 들으면 후일 다시 영광스러운 달의 여신으로 살아가게 해드릴 겁니다."

[하지만 이래선 그대의 하녀나 마찬가지가 아닌가?]

"뭐 어떻습니까? 그런 사실을 아는 사람은 없을 텐데. 싫으면 관두시든가요."

[……정말 내 모든 걸 가지려고 하는군.]

결국 셀레네는 계약에 응했다. 그녀는 이제 완전히 내 손아귀에 들어온 셈이었다. 일이 잘 되면 후일 신위를 되찾아 위대한 존재로 돌아가겠지만 철저히 내 통제범위 안에 있게 된 셈이다.

"자, 들어가십시오."

셀레네의 영혼을 비밀의 서 안에 집어넣은 나는 휘파람을 불며 오던 길을 되돌아왔다. 그야말로 대단한 수확을 거둔 셈이다.

"기분이 좋아 보이는군?"

비밀의 서의 물음에 나는 고개를 끄덕였다.

"아르테미스를 물 먹이는 작전이 크게 진척된 데다가 셀레네를 내 걸로 만들었으니 그럴 수밖에. 이제 그녀는 말 잘 듣는 달의 여신이야. 참, 우리가 나누는 대화는 네 뱃속으론 안 들리지?"

"안 들린다. 음흉한 놈아. 하지만 들려주고 싶은 심경이로군."

콧노래를 흥얼흥얼거리며 꿈의 세계로 난 좁은 대리석 길을 따라 걸었다. 그러다 보니 저 멀리 꿈의 계단이 보였다. 문지기들 역시 같은 자리에 서 있었다. 나는 그들과 상관하지 않으려 시선을 거둔 채 대리석 길만 걸었다. 한데 생각지도 못한 일이 일어났다.

"펠레우스! 문지기들이 사라졌다."

"뭐?"

갑자기 무슨 소리인가 싶어 보니 저 멀리 꿈의 계단 중간에 자리 잡고 있던 문지기들이 정말 사라진 상태. 그리고 더 당황할 일이 있었는데, 대리석 길 한 가운데 문지기 두 명이 떡하니 나타난 것이다. 나는 놀라서 눈이 휘둥그레졌다.

"신?"

가까이서 보니 두 명의 문지기가 가히 하급신에 이를 정도의 힘을 가진 게 느껴졌기 때문이다. 이건 분명 아폴론 신의 아들인 퀴크노스에 필적하는 기운이었다. 회귀 전에 봤던 그 깡패신의 힘은 내게 반쯤 트라우마로 남았기에 소름이 절로 돋았다.

"무슨 일이십니까?"

당황했지만 침착을 가장한 채로 물었다. 그리고 저쪽에 보이는 꿈의 계단을 가리켰다.

"자리를 지키지 않으면 인간들이 마음대로 계단을 내려갈 겁니다."

아닌 게 아니라 벌써 어떤 인간이 문지기의 제재도 받지 않고 꿈의 계단을 내려가고 있었다. 불행하게도 그는 꿈결에 이곳에 온 듯 자기가 어디로 향하는 지도 모르는 듯했다.

[상관없다. 잠시간 꿈의 계단이 무방비가 된다고 해도.]

시커먼 로브를 뒤집어쓴 문지기 중 하나가 카랑카랑한 목소리로 입을 열었다. 그러자 그 옆에 있던 다른 문지지가 호응하며 선언했다.

[그대는 이곳을 떠날 수 없다.]

이게 어떻게 된 거지? 설마 셀레네를 감시하고 있었나? 만약 그렇다면 문지기들이 막아서는 게 이해가 된다. 셀레네가 외부에서 온 인간과 접촉했고 갑자기 사라져버렸다면 의심할 수밖에. 하지만 설마 셀레네가 그런 감시를 받고 있을 거라곤 생각하지 못했는데….

그도 그럴 게, 꿈의 세계에는 셀레네처럼 덧없이 떠도는 신의 영혼이 한 둘이 아니기 때문이다. 한때 위대했던 존재가 비참한 꼴로 헤매는 장소가 바로 이곳이니까. 그리고 꿈의 세계는 올림포스 쪽만이 아니라 수많은 차원과 연결돼 있다. 그 규모는 상상을 초월할 정도로 방대한데 겨우 셀레네 하나 가지고 이렇게 막아설 줄이야?

"제가 뭐라고 꿈의 계단을 방치하면서까지 막아서십니까?"

[설명해줄 이유는 없다.]

[그리고 그걸 판단하는 건 우리가 아니다.]

문지기 둘이 연달아 하는 말을 듣고 한 가지 정보를 얻을 수 있었다. 이들이 자의로 날 막아선 게 아니라 누군가의 부탁이나 명령에 의해 나선 게 틀림없었다.

[수상한 건 없어 보이는데…. 그는 왔던 대로 떠나고 있다.]

[뭔가 비보를 빼돌렸나 싶었지만 안 보이는군.]

그들은 날 살펴보며 고개를 갸웃거렸다. 아마 신의 눈길로 꿰뚫어보는 모양인데 역시 비밀의 서와 그 안에 감춰진 셀레네의 영혼은 알아보지 못했다.

"별 문제 없다면 떠나고 싶습니다만."

[네 뜻은 중요하지 않다.]

"그러면 절 어쩌실 생각입니까? 녹록히 당할 생각은 없습니다."

[어린 인간이 교만하군. 네 힘은 아직 신에게 미치지 못한다. 우리는 알지 못하겠으니 그분이 직접 판단하게 하는 수밖에.]

문지기 하나가 손가락을 튕겼다. 그러자 나는 손도 써보지 못하고 어딘가로 날아가고 말았다.

"뭐, 뭐야?"

정신을 차리고 보니 전혀 다른 공간에 있었다. 새삼 신의 힘에 전율하며 전신에 소름이 쫙 돋았다. 요즘 꽤나 강해졌다고 여겼는데 역시 신과 직접 대면하자 정말 할 수 있는 게 없었다.

"여긴?"

주변을 둘러보던 나는 처음 보는 공간 안에 있음을 깨달았다. 이곳도 꿈의 세계의 일부일까? 사방은 자욱한 짙은 녹색의 안개로 가득 차 있었다. 또한 하늘에는 일식이 일어나고 있어 마치 시커먼 태양이 떠 있는 듯한 모습이었다. 여긴 어떤 신적 존재의 공간인 것 같았다. 심해에 들어온 듯 묵직한 압력이 사방에서 날 짓누르고 있었다.

"신들은 왜 이리 내게 관심이 많은 건가."

요즘 이상하게 신이랑 만나는 일이 많다는 생각이 드는 걸.

당연하지만 별로 좋은 현상은 아니다. 절대자들의 수많은 변덕에 노출된다는 소리니까.

[그건 그대가 특별하기 때문이지.]

가래가 끓는 듯한 불쾌한 목소리가 대답해 왔다. 그리고 곧 이 공간 안에 거대한 형체가 솟아오른다. 마치 마천루처럼 높았다.

"오, 맙소사…."

예전에 지구에 있을 때 강남에서 초고층 빌딩을 본 적이 있다. 세계에서 6번째로 큰 빌딩이라고 했었지. 불쑥 솟아오르듯 나타난 신은 그때 그 빌딩보다도 더 컸다. 보고만 있어도 입이 쩍 벌어질 수밖에. 그는 황색의 로브를 걸쳤고 다리에는 수많은 촉수가 나무뿌리처럼 사방에 뻗어 있었다.

"당신은 누구십니까?"

두려움을 담아 묻지 않을 수 없었다. 그의 크기만큼이나 그의 존재감이 압도적이었기 때문이다. 이런 존재가 있을까 싶을 정도라 경탄이 터졌다. 최근에 마주쳤던 강력한 트리톤 신도 이에 비하면 어린애로 느껴질 정도였으니까. 지금까지 봤던 어떤 초월자보다도 압도적인 위압감이다. 이 정도라면 가히 과거 만났던 불타는 이름 없는 자를 떠올리게 하는군.

[보통은 성간공간의 군주라 불린다.]

그는 담담하게 대답해 왔다. 거대한 존재감에 비해 태도는 부드러운 편이란 생각이 들었다. 으레 이런 존재는 살아있는 재앙 그 자체라 말소리를 울리는 것만으로도 인간은 어쩔 바를 모를 고통을 겪는다. 하지만 그는 음색이 안 좋긴 했지만 태도는 나긋나긋한 편이라 이채롭게 여겨졌다. 마치 폭풍의 한 가운데서 볼 수 있는 고요함을 연상케 했다. 거대한 힘을 가졌지만 조용하게 소용돌이치는 신이었다.

"…어찌 저를 이곳에 부르셨습니까?"

[스스로 짐작 가는 바가 없나? 조금은 영민함을 보여 보라.]

역시 셀레네가 사라진 일 때문인가? 하지만 나는 일단 딱 잡아뗐다.

"제가 어리석어 높으신 존의를 쫓질 못하겠습니다."

[어리석은 게 아니라 음흉한 것이겠지. 인간. 셀레네를 어디에 숨긴 것이냐?]

아무래도 상대는 내가 셀레네에게 무슨 수작을 한 걸 확신하고 있는 모양이다. 슬슬 마음이 쫄리기 시작한다. 내가 여태껏 담대하게 배포 하나로 달려온 건 사실이나, 이 정도 초월자의 추궁 앞에서도 계속 담담하긴 무리였다. 하나 그렇다고 정직하게 토설할 일도 아니잖은가. 나는 끝까지 비밀의 신을 믿기로 했다.

"알지 못합니다."

[오리발이로군. 크크큭.]

다행스러운 건 성간공간의 군주는 노여워하는 기색은 없었다. 그저 수많은 촉수를 꿈틀대며 재밌어하는 듯한 모습이었다. 그리고 그는 놀랍게도 비밀의 서를 똑바로 쳐다보고 있었다. 설마 보인단 말인가? 만약 그렇다면 내 모든 밑천은 탈탈 털리는 것이나 마찬가지다. 갑자기 식은땀이 나며 천 길 낭떠러지에 선 기분이 들었다. 다리가 후들후들 떨려오기 시작했다.

[근심하고 있는 건가?]

하늘 꼭대기에 있는 신의 눈길이 날 오만하게 내려다본다. 초자연적인 일식을 배경으로 깊이를 짐작하기 어려운 신의 안광이 전신을 훑자 온몸이 떨려 제 자리에 서 있는 것조차 쉽지 않았다. 하지만 끝까지 쓰러지지 않고 버텨냈다.

[걱정할 것 없다. 사실 네가 셀레네를 어찌 빼돌렸는지 나 역시 모르니까. 물론 알아낼 방법이 없는 건 아니나, 그런 짓을 했다가는 본인 역시 손해를 입고 만다. 어쩐지 위쪽의 미움을 받을 거 같기도 하고 말이지. 크흐흐흐.]

위쪽이라? 이런 위대한 존재보다도 강한 이가 있는 건가? 스스로 성간우주의 군주라고 소개했을 정도인데? 대체 우주는 얼마나 넓은 것인가.

"그저 뜻대로 행하소서. 딱 보아하니 거칠 게 없으신 분 같은데."

[인간 주제에 태도가 삐딱하구나.]

아무래도 그럴 수밖에 없었다. 상대가 날 개미처럼 눌러 죽일 정도라는 걸 알고 나자 두려움 뒤에는 어쩐지 반골기질이 발휘되기 시작했다. 어차피 상대도 안 되는데 할 말이라도 맘껏 해야 한다는 생각이었다.

"용건이 있다면 꺼내놓으시든가요."

[크흐흐흐, 볼수록 즐겁게 해주는군. 좋다. 사실 이 몸은 셀레네 따위에겐 크게 관심이 없다. 본인이 주목한 건 셀레네가 아니다. 바로 그대이지.]

이상한 말이었다. 나를 왜?

"제가 좀 잘난 놈이긴 합니다만, 어찌 달의 여신보다 볼 게 있다고 하겠습니까? 성간공간의 군주께서는 너무 나이가 많으셔서 노망이라도 나신 모양입니다."

[뭐라? 으하하하하!]

별 것 아닌 얘기에 그는 크게 즐거워했다. 왜 그런가 했더니 곧 이해할 수 있었다.

[그런 농담은 수백 년 만에 처음으로 듣는군.]

"어찌 그렇습니까?"

[당연하지 않으냐? 누가 감히 이 몸에게 농을 던지겠느냐? 죽고 싶지 않은 이상. 아니, 죽음 이상의 파멸이 기다릴 텐데.]

"원래 하룻강아지가 범 무서운 줄 모르는 법이죠. 어린 인간이 아둔해서 그러니 이해하십시오."

내가 계속 뻔뻔하게 나가자 성간공간의 군주는 즐거워했다. 이런 반응이 신선한 모양이었다.

[그대는 배포도 있고 그 이상의 비범함도 지니고 있구나. 놀랍게도 그대가 이 공간의 악의와 이 몸의 존재감에 점점 적응하는 모습을 보이고 있다. 대체 그런 특별함은 어디서 오는 건지 모르겠군. 그대는 특별하고 특별하구나.]

특별하고 특별하다? 어디선가 들어본 적 있는 얘기인데.

"원래 개 중에도 유독 잘 짖거나 똘똘한 녀석이 있기 마련입니다. 잘난 척할 생각은 없으니 성간공간의 군주께서도 슬슬 용건을 털어놓으시지요. 보아하니 절 죽이거나 괴롭히려 데려온 건 아닌 것 같습니다만."

[물론이다. 죽이고 싶었으면 멀리서 그대를 바라보면 가능했겠지. 이 꿈의 세계에서 신들을 묶는 인과율이란 존재하지 않으니까.]

"그래서 제가 꿈의 세계를 싫어합니다. 사실 별로 오고 싶지 않았다니까요. 신에게 거슬리면 횡액을 맞이하니 어떤 필멸자가 좋아하겠습니까?"

꿈의 세계는 신들의 힘이 제한 없이 발휘될 수 있는 끝없이 거대한 차원이다. 인간에겐 너무나 위험했기에 셀레네와 용건을 끝내자마자 서둘러 귀향길에 올랐던 거다.

[하지만 그대, 생각을 바꾸면 이 세계의 유리함을 알 수 있을 것이다. 다시 말하지만 조금 영민하게 생각해 보라.]

성간공간의 군주는 마치 난해한 과제를 던지는 교수처럼 굴고 있었다. 나는 잠깐 생각해 봤다. 맞아, 인과율을 벗어던진 신들은 끔찍하지만 동시에 큰 도움이 될 수도 있겠군.

"그렇군요. 인과율에서 풀려난 신이란 재앙인 동시에 이득을 줄 수 있는 존재군요. 가령 물질계에선 하기 어려운 거래도 여기선 가능할지도 모르겠습니다. 게다가 다른 신들의 눈치도 볼 필요가 없고."

인과율은 신이 인간을 괴롭히는 걸 막아준다. 동시에 신이 인간을 돕는 것도 막아버린다. 마땅한 원인이 없으면 초월자의 개입에는 제한이 걸리는 거다. 하지만 여기서는 그런 게 없으니 신의 도움도 마음껏 받을 수 있다는 소리다.

[제대로 이해했구나.]

"하면 당신은 저를 돕고자 하십니까?"

[아니지. 우리는 서로를 도울 수 있을 것이다.]

드디어 그의 뜻이 뭔지 알 수 있겠구나.

"말씀하십시오. 성간공간의 군주시여. 만약 그게 이롭게 보인다면 응할 생각이 있으니."

[아마 마음에 흡족할 것이노라. 사실 본인은 그대에게서 어떤 운명을 보았다.]

"무엇을 보셨습니까?"

신은 잠시 입을 닫고 있더니 곧 의미심장하게 대답해왔다.

[신살의 운명이다.]

그는 거대한 양팔을 벌렸다. 그러자 거대한 그림자가 드리우며 일대가 밤이 된 것 같은 어둠으로 가득 찼다. 그의 황색 로브의 소매는 어두워졌고 곧 수많은 별들이 그곳에 박혀서 반짝이고 있다는 걸 보게 됐다. 어쩌면 저 신과 나 사이의 물리적 거리는 보이는 것과 달리 훨씬 멀지도 모르겠단 생각이 들었다.

[그대는 수많은 신을 죽일 것이다. 그리고 수많은 신을 노예로 만들 것이다. 그대는 신들의 죽음이며, 신들의 파괴자이다. 그대는 신화 속에 존재하는 무법자이다.]

"제가 과연 그런 일을 할 수 있겠습니까?"

[할 수 있다. 그리고 그건 그대도 내심 알고 있지. 이 몸은 그대 같은 자들을 알고 있다. 겉으로는 항상 자기가 과연 그런 일을 할 수 있겠냐고 앓는 소리를 하지. 하지만 마음속에는 그런 운명과 자신의 승리를 당연히 하는 오만함을 품은 존재이다. 보통 그런 심성은 신에게서 발견할 수 있으나 이번에는 한 인

간이 가지고 태어났군.]

성간공간의 군주는 생각보다 나에 대해 많은 걸 파악하고 있는 모양이었다.

[어떤 위대한 존재가 그대를 먼저 발견해 과업을 부여한 건지… 참으로 부럽다는 생각만이 드는군. 이토록 특별한 인간이 태어날 걸 알았다면 먼저 행동했을 것이다. 뭐, 아마 윗선의 존재가 한 일일 테니 본인이 당해내기 어려울 것이지만.]

잠시 아쉽다는 듯 말한 그는 손가락을 하나 들어 올려 보였다. 썩어버린 손가락에 수많은 구더기가 드글드글대고 있었다.

[하지만 계약이란 건 말이야. 꼭 한 명과 할 필요는 없는 법이 아니겠는가? 그대의 가치를 발견한 이가 아직 적으니 이 몸 역시 미리 한 자리 차지해 이득을 보고 싶군. 다른 신들이 뒤늦게 그대의 정체에 대해 알고 나서겠지만 그때는 늦을 것이다.]

"제우스 신께서 저를 주목하셨습니다만?"

[크하하하. 그 자의 안목은 무시하지는 않는다. 희극적이고 졸렬한 인상과 다르게 실제로는 누구보다도 강하고 무서운 존재라는 것도 알고 있지. 하지만 그대의 본질을 잘 알고 주목한 건 아니야. 그저 늘 그렇듯 괜찮아 보이는 영웅에게 슬쩍 한 발 걸쳐놓은 수준일 뿐이다. 제우스는 언제나 그런 식이니까.]

하긴 그리스로마 신화에 보면 제우스의 힘을 받거나, 제우스의 아들이란 존재가 한둘이 아니니까. 나도 그런 영웅들 가운데 하나란 거다.

[제우스는 그대에게서 가능성만을 발견하고 관망하는 수준

이다. 아직 상황을 알지 못하지. 하니 이 몸은 그 틈에 미리 포석을 두겠다는 것이다.]

"말씀은 알겠습니다. 저랑 뭔가 계약을 맺고 싶으신 모양이군요. 하지만 이 펠레우스, 그렇게 계약서에 도장을 쉽게 찍는 사람이 아닙니다. 계약서를 다룰 때 가장 좋은 건, 꼼꼼하게 내용을 읽어보고 마지막엔 도장을 안 찍는 게 제일입니다."

[하지만 이 계약은 나쁘지 않을 것이다.]

"일단 들어보지요."

[그대는 수많은 신들을 죽일 것이다. 많은 신의 육체와 영혼을 얻게 되겠지. 신들은 별과도 같아서 죽음에 이르면 많은 값진 것을 방출한다. 하지만 동시에 그것들은 극히 위험하기도 하다. 그것들을 처리하는 일을 도와주겠다.]

금서에서 이런 이야기도 본 적이 있다. 죽은 신의 육체를 며칠간 제사 없이 방치했는데, 저주 받은 언데드로 태어나 왕국을 멸망시켜버린 사연 말이다. 신들은 변덕스러움은 죽어서도 사라지는 게 아니니 극히 조심할 필요가 있었다. 쓸모는 많지만 위험스럽기 짝이 없다는 점에서 농축우라늄이라고 보면 비슷하달까.

"걱정해주신 건 감사하지만 저 혼자서 처리할 수 있습니다."

죽은 신의 육체와 영혼은 위험천만하지만 내게는 방법이 있다. 제1사서를 통해 공양의식으로 사용하면 그만이다. 그래서 성간공간의 군주가 한 제안을 거절하려고 했는데 이어진 말에 솔깃하고 말았다.

[단순히 처리해주겠다는 게 아니다. 그 신의 육체와 영혼의 가치만큼 네게 비보를 제공하겠다. 원하는 보물은 무엇이든 요구해도 좋다. 신을 죽일 수 있는 검, 순종적이고 사랑스러운 여신, 새로운 행성을 만들 핵, 세계수의 씨앗 등. 물질계에선 구할 수도 없는 보물을 내어주마. 이는 나쁜 거래가 아닐 것이다.]

"허……."

이 신이 원하는 바는 명확해졌다. 아무래도 상인의 기질이 다분한 모양이었다. 나로서도 나쁜 제안이 아니었다. 제1사서에게 공양하면 비밀을 알 수 있지만 물질적인 이득은 없다. 물론 비밀의 힘이 대단하다고는 하지만 뭔가 손에 쥘 수 있는 게 더 나을 경우도 있겠지.

즉, 나는 또 다른 형태의 공양의식을 할 수 있게 된다는 거다.

"뭐, 조금 더 들어보지요."

4. 귀양살이

꿈의 세계에서 돌아왔다. 셀레네를 얻은 것뿐만이 아니라 성간공간의 군주와도 앞으로 거래를 트기로 합의했다. 그가 내세운 조건은 꽤 구미가 당겼기 때문이다. 이후 나는 엔디미온을 비밀의 서의 주둥이 안으로 밀어 넣고 마을로 귀환했다. 그리고 사흘이 지났다.

"여왕 전하, 두문불출하며 인사를 올리지 못했으니 실로 송구한 마음뿐입니다."

아마존의 여왕 펜테실레이아가 계속 날 만나고자 했다고 들었다. 하지만 꿈의 세계로 갔다 온 뒤, 나는 극심한 정신적 피로를 느껴 며칠간 뻗어버린 상태였다.

"괜찮노라. 하지만 이제 우리 종족의 주신을 이리스 님으로 삼는 일을 진행하고 싶군."

"충분히 숙고하셨습니까? 이 결정은 아마존의 미래가 달린 일입니다."

"이미 가네이아를 연금하고 있다. 돌이킬 수 없는 상황이라 할 수 있다."

가네이아는 아르테미스의 사제니 여왕의 결심은 확고한 셈이었다. 나는 만족해서 고개를 끄덕이고는 이리스 신을 불러내겠다고 했다.

"아르테미스가 전쟁의 여신 에니오와 싸우느라 정신이 없으니 실로 시기가 적절합니다."

"과인 역시 그리 생각한다."

쇠뿔도 단김에 빼라지 않나. 이렇게 의견이 맞은 이상 바로 이리스 신을 불러내기로 했다.

"마을 밖으로 가는 게 좋겠습니다. 아무래도 이적이 일어나면 마을이 소란스러워질 테니까요."

"알겠다."

여왕은 아마조네스들의 중진을 이끌고 나와 함께 마을 밖의 공터로 향했다. 적당한 장소에 도착한 우리는 바로 이리스 신을 부르는 의식에 들어갔다. 나는 그와 친분을 쌓았기 때문에 거창한 의식은 필요하지 않았다.

"남성보다 강하고 멋진 이여. 여성보다 아름답고 우아한 이여. 무지개처럼 빛나는 영원한 아름다움의 소유자시여."

다만 그를 부르는 주문이 좀 메스꺼울 뿐이었다. 이전에도 그랬지만 지금도 영 적응이 되지 않는다.

"그대가 없는 세상은 어두운 밤과 같으니 여기 강신하여 꽃의 계절을 펼쳐주시옵소서."

정해진 주문을 외우기 시작하자 갑자기 푸른 하늘에 선명하고 아름다운 무지개가 드리워졌다. 그리고 창공에 호쾌한 사내의 웃음이 울려 퍼졌다.

"하하하하! 하하하핫! 하하하하하핫!"

어째서 등장할 때마다 저렇게 웃는 걸까. 사는 게 저리 즐겁다면 신도 한 번 해볼 만한 직업 같지 않은가. 내심 그런 생각을 하고 있을 때 하늘에서 덩치 큰 사내가 뚝 떨어져 내렸다.

쿠우웅!

땅이 흔들리는 듯한 충격과 함께 흙먼지가 자욱하게 일었다. 하지만 일진광풍이 불어 먼지를 걷어냈고, 그 가운데 상의를 탈의한 근육질의 남자가 팔짱을 낀 채 오롯이 서있었다. 턱은 사각턱이고 온몸의 근육은 한 가닥, 한 가닥이 섬세하게 꿈틀댔다. 그는 나를 보자마자 반색해서 외쳤다.

"소년, 우리 둘만의 허니 파라다이스로 떠날 결심이 든 건가?"

"음… 이리스 신이시여. 혹시 살면서 남에게 상처 받은 만한 소리를 들었던 적이 없습니까?"

"그건 왜 묻는가? 소년."

"알아두면 이럴 때 써먹을 수 있을 것 같아서 말입니다."

"역시 소년은 여전히 매정하군. 하하하. 그게 매력이지만. 한데 이곳에 있는 여자들은 무엇인가?"

역시 평범함을 거부하는 취향을 가진 이리스 신이라 그런가, 하나 같이 빼어난 미녀인 아마조네스들을 보고도 시큰둥한 반응이었다.

"아마조네스의 여왕과 부하들입니다. 아마존 전체가 이리스 님을 섬기길 원하고 있습니다."

"오? 놀라운 이야기로군."

"그나저나 얼굴이 꽤 좋아지셨군요."

"소년의 덕이다. 이 몸의 교단이 스파르타에서 세를 떨치게 된 탓에 자연히 신위 역시 높아지고 있지.”

“하면 이번에는 제게 도움을 좀 주셔야겠습니다.”

나는 아르테미스의 상황을 설명하고 아마존 부족을 구해줄 걸 청했다.

“새로운 신도를 확보해 신위를 올리는데 도움이 되겠지만 12주신 가운데 하나인 아르테미스와 척을 질 수도 있는 일입니다.”

“소년의 부탁이니 뭐든 각오할 생각이다만, 쉽지 않은 일이겠군.”

이리스가 최근 강해지긴 했지만 아직 아르테미스에겐 못 미친다. 아르테미스가 재수가 없긴 해도 올림포스 만신전의 최상위권에 위치한 존재니까. 하지만 이런 추세라면 이리스도 그녀를 따라잡을 수 있겠지.

“대책 없이 부탁하는 건 아닙니다.”

이번 건은 장기적으로는 이리스에게 이득이지만 당장은 꽤 부담을 지우는 일이다. 그래서 대응책 역시 생각해뒀다. 이리스만 아니라 나를 위해서이기도 하다. 낙소스 섬에서 아마조네스를 격파한 탓에 아르테미스가 이번 일을 곱게 넘어가지 않을 것 같았으니까.

“역시 소년은 총명하군. 무슨 방법이 있는 건가?”

나는 여왕과 아마조네스들이 듣지 못하게 해달라고 부탁했다. 그러자 신의 힘이 발현돼 우리를 감쌌다.

“소년과 나만의 비밀 공간을 만들었다. 저들은 듣지 못할 것이다.”

"……감사합니다. 아무튼 지금부터 제가 하는 이야기를 헤르메스 신에게 자연스럽게 흘려주십시오. 가능하시겠습니까?"

"헤르메스라? 어렵지 않다. 그는 쾌활하고 친절한 사내라 오래 전부터 편하게 지내왔다."

"좋군요. 지금부터 제가 들려드릴 이야기에 귀를 기울여 주십시오. 신들의 연회에서 헤르메스가 듣고 떠들 수 있게."

아마 헤르메스는 자기가 무슨 역할을 맡았는지 알면서도 기꺼이 이용당해줄 터. 왜냐하면 그는 아르테미스를 무척 싫어하기 때문이다.

올림포스 신들의 연회는 정기적으로 열린다. 넥타와 암브로시아가 넘쳐나고 사랑스러운 삼미신(三美神)이 춤을 추며 뮤즈가 노래를 부른다. 신들은 저마다의 위치에서 이 연회를 즐기는데, 가장 좋은 자리에 앉은 이들은 12주신이라 불리는 이들이었다.

"아하하하, 오늘은 실로 흥이 오르는구나."

제우스가 어색하게 웃음을 터뜨리며 연회에 대해 평했다. 하지만 곁눈질로 자기 부인의 눈치를 보며 이마에서 식은땀을 흘리고 있었다. 반면 신들의 여왕이자 최고신의 아내인 헤라는 눈에 쌍심지를 켠 상태. 지켜보던 이들은 또 제우스가 뭔가 여자문제를 일으켰구나 할 뿐이었다.

"또 사고를 치셨나 봅니다."

지켜보던 헤르메스가 피식 웃으며 헤파이스토스에게 말을 건넸다.

"하루 이틀 일도 아니지."

무심히 대답한 헤파이스토스는 아내인 아프로디테가 남편인 자신을 놔두고 여러 신들에게 눈웃음치고 다니는 걸 무심히 지켜보고 있었다. 그는 곧 코웃음을 쳤다.

"흥, 저것도 하루 이틀 일도 아니지."

헤르메스는 과연 헤파이스토스의 말대로란 생각이 들었다. 언젠가부터 올림포스는 정체돼 있었고 일어나는 일은 늘 비슷했다. 그만큼 안정됐다는 얘기겠지만 흥미로운 일을 쫓아다니길 좋아하는 헤르메스에겐 여간 지루한 게 아니었다. 하지만 최근 아주 재밌는 이야기를 무지개 신 이리스에게 들었다. 그래서 아까부터 언제 이 소문을 터뜨릴지 눈치만 보고 있었다.

"보십시오. 헤파이스토스. 아르테미스는 실로 의기양양하군요."

달의 여신 아르테미스와 전쟁의 여신 에니오의 다툼은 아르테미스 쪽으로 승세가 기운 상황이었다. 에니오가 발끈해서 싸움을 걸긴 했지만 애초에 그녀의 힘은 12주신 가운데 하나인 아르테미스에게 못 미쳤다. 이미 승리를 확신하고 있는 아르테미스는 기가 오를 수밖에.

특히 오늘 에니오의 문제를 수습하느라 아레스가 연회에 불참한 탓에 더더욱 콧대가 치솟는 중이다. 헤르메스는 그 꼴을 엉망진창으로 만들어주고 싶었다. 그때 마침 적당한 기회가 왔다. 헤라의 시선에 지친 제우스가 구원을 요청했기 때문이다.

"헤르메스! 내 부지런한 아들아. 여기저기 돌아다니는 게 너의 일이니 새로운 소식이 있으면 들려다오."

제우스의 말과 함께 연회에 참석한 많은 신들의 시선이 헤르메스에게 꽂혔다. 헤르메스의 이야기는 그 무엇보다 재밌었기 때문이다. 헤르메스는 자연스럽게 일어났고 이 기회를 놓치지 않을 작정이었다. 신들의 연회에서 자신이 이야기를 시작하면 누구도 껴들지 않는 게 오랜 불문율이었기 때문이다.

"그리 말씀하시니 몇 가지 이야기를 해보겠습니다. 최근에 아주 신기한 일이 있었습니다."

"무엇이더냐?"

헤라가 이야기에 빠져들게 하기 위해 제우스는 일부러 추임새까지 넣고 있었다.

"아마존의 용감한 여전사들이 자신들의 신을 바꿨다는 소식입니다. 그들은 본래 아르테미스를 섬겼으나 이제는 이리스를 받든다고 합니다."

"뭐라?"

제우스는 크게 관심을 보였다. 헤라 때문에 시킨 이야기가 생각보다 흥미를 끌었기 때문이다. 반면 아르테미스는 얼굴이 대번에 일그러졌다.

"대체…."

그녀가 뭐라 불평을 터뜨리려는 순간 헤파이스토스가 끼어

들어 말을 끊었다.

"왜 그런 일이 일어났나?"

"좋은 질문이십니다. 아마조네스들은 무거운 과업을 짊어지고 있었는데 결국 실패하고 말았죠. 하여 자기 주인의 분노가 두려워 이리스 신의 품에 숨은 것입니다."

이 말에 제우스는 언짢은 기색을 드러냈다.

"고약한 것들이 아닌가? 맡은 소임을 다하지 못하고 섬기는 이를 바꾸다니."

최고신의 그런 태도에 아르테미스는 얼굴이 다소 펴졌다. 분명 망신스러운 일이었으나 제우스가 자신을 두둔하고 있었기 때문이다. 하지만 헤르메스의 이야기는 끝난 게 아니었다.

"하하하, 너무 나무랄 일이 아닙니다. 그들은 불가능한 과업을 짊어지고 있었으니까요. 바로 잠든 목동인 엔디미온을 찾는 일이었습니다."

그 순간 아르테미스의 얼굴이 딱딱하게 굳어 버렸다. 반면 제우스는 궁금증이 인 얼굴이었다.

"엔디미온? 그게 누구지?"

"이제는 사라진 달의 여신 셀레네가 사랑했던 인간 목동입니다."

"아, 기억나는군. 자기 연인의 아름다움을 영원히 지키고 싶다고 잠재운 정신 나간 년이었지."

전대 달의 여신을 향해 제우스는 폭언을 퍼부었다. 그는 양갈비를 우적우적 뜯어먹으며 계속 해보라는 신호를 보냈다.

"아버님."

지금 얘기가 불편한 아르테미스가 끼어들어 막으려 했지만 제우스는 신경도 쓰지 않았다.

"시끄럽다. 지금 헤르메스가 이야기 중이잖느냐. 그의 얘기를 방해해서는 안 된다."

제우스가 살짝 꾸중하자 아르테미스는 입을 다물 수밖에 없었다. 설마 헤르메스가 엔디미온의 진정한 비밀은 알지 못할 거란 기대를 한 채. 하지만 이어진 얘기에 아르테미스는 안색이 창백해질 수밖에 없었다.

"한데 재밌는 점이 있습니다. 셀레네 여신의 그 탐욕스러운 사랑은 사실 진실을 가리기 위한 연막이란 것을요. 그녀는 엔디미온을 단순히 재운 게 아닙니다. 후일을 대비해 자기 힘의 일부를 엔디미온에게 남겨뒀다고 합니다."

"뭐라?"

제우스의 안색이 갑자기 급변했다. 전대 티탄의 잔재는 제우스에게 역린과도 같은 부분이다. 완벽히 티탄을 몰아내고 올림포스의 신화를 이룩했다는 게 그의 최고 업적이다. 그것은 최고신의 위엄에 어울리는 완벽한 위업이어야 한다. 한 점의 티끌도 없을 정도로.

하여 제우스는 늘 위험을 경고하는 아레스를 눈엣가시로 여기고 핍박했던 것이다. 한데 티탄이자 달의 여신이었던 셀레네의 힘 일부가 그대로 남아있다고? 제우스의 얼굴이 붉게 달아오르고 콧김이 세졌다. 화가 잔뜩 솟아오른 그는 아르테미스를 노려보았다. 그러자 아르테미스는 서둘러 입을 열었다.

"아버님, 그게…"

"닥쳐라! 아르테미스, 네게 변명의 시간은 허락하지 않았다!"

늘 자기에겐 부드러웠던 제우스가 격분한 모습을 보이자 아르테미스는 완전히 겁을 먹고 말았다. 그녀 역시 올림포스의 12주신 가운데 하나이나 최고신 제우스 앞에선 어린애나 마찬가지였다.

"헤르메스. 마저 이야기해 보거라. 그리고 만약 네놈 말이 거짓이라면 각오해야 할 거다."

"어찌 제가 아버지 최고신 앞에서 지어낸 이야기를 고하겠습니까?"

나름대로 헤르메스를 상당히 신뢰하고 있던 제우스라 고개를 살짝 끄덕였다. 자기 전령으로 쓸 정도로 총애하는 아들이기도 했다.

"계속하라."

"알겠습니다. 결국 그렇게 셀레네가 힘을 남겨둔 탓에 후대의 달의 여신은 그녀가 가진 것들을 완전히 흡수하지 못했다고 합니다. 즉, 아르테미스의 힘은 불완전하단 것이죠. 그래서 이 일을 함구한 채 잠든 엔디미온을 찾으려고 해왔습니다."

이제 아르테미스의 얼굴은 참혹하게 일그러져 있었다. 그녀는 죽일 듯 헤르메스를 쏘아보고 있었지만, 전령의 신은 눈 하나 깜빡하지 않았다. 오히려 아르테미스만이 볼 수 있게 미묘하게 입 꼬리를 올리기까지 했다. 헤르메스는 지금 상황이 즐거워서 죽을 것 같았다.

'펠레우스여, 펠레우스여! 어찌 이 모든 이야기를 알아냈단

말이더냐. 이 헤르메스가 네게 아주 큰 상을 내릴 것이다!'

이리스에게 듣긴 했지만 헤르메스는 이 모든 게 펠레우스에게서 온 걸 알고 있었다. 그는 펠레우스가 아마조네스들과 충돌하는 걸 모두 지켜봤기 때문이다.

"아마조네스들은 그 일에 동원됐습니다. 하지만 실패했고 엔디미온은 사라지고 말았습니다. 이제 아마조네스들은 자기 주인의 분노만을 앞두고 있으니 다른 신의 품에서라도 보호를 받고 싶었던 거겠지요."

"엔디미온이 사라졌다고?"

"네, 늙은 용 카타플락투스가 엔디미온을 가로채서 신들도 찾을 수 없는 장소로 떠났다고 합니다."

이 부분은 펠레우스가 지어낸 이야기였다. 물론 카타플락투스가 제1사서의 주둥이로 사라졌으니 신들도 찾을 수 없는 장소로 떠난 건 맞다.

"이런 말도 안 되는 일이 있나!"

제우스는 주먹으로 커다란 탁자를 내리쳤다. 그러자 탁자가 단번에 쪼개졌고 연회는 엉망이 됐다. 분노한 제우스의 흉흉한 기세를 쏟아내며 아르테미스를 질책했다.

"네년은 애초에 셀레네의 힘을 다 흡수하지 못한 것을 숨기다니! 용서하기 어렵구나! 이 어리석은 것아! 설마 완전한 달의 여신이 아닐 줄이야."

"아버지 부디 용서해주세요! 아주 조금일 뿐이에요!"

아르테미스는 필사적으로 변명했지만 오히려 제우스의 화만 돋을 뿐이었다.

"닥쳐라! 아직도 주둥이를 놀리고 있어!"

궁지에 몰린 아르테미스는 자신의 오라비인 아폴론을 보며 도움을 청했지만 아무 소용없었다. 약삭빠른 아폴론은 자신이 감당할 일이 아님을 알고 헛기침을 한 뒤 고개를 돌려버린 것이다. 심지어 신들의 여왕 헤라조차 끼어들지 않을 정도였다. 아르테미스는 자신을 도울 존재가 없다는 걸 깨달았다.

"어디 아직도 할 말이 있으면 해 보거라!"

제우스는 이번에는 정말 가만두지 않겠다는 표정이었다. 그 모습에 아르테미스는 절망할 수밖에 없었다. 아무리 총애 받는 자식이라고 해도 한 번 눈 밖에 나면 참으로 냉정한 아버지가 제우스기 때문이다. 실제로 적통 후계자인 아레스조차 찬밥 취급이지 않은가. 결국 아르테미스는 최후의 수를 꺼냈다.

"아버지, 제게 조금만 시간을 주세요. 사실 셀레네의 영혼이 어디에 있는지 알고 있어요. 워낙 위험한 장소에 있다 보니 섣불리 도모하지 않았을 뿐이에요. 일이 이리 틀어졌으니 저도 더 이상 망설이지 않겠어요."

"대체 셀레네의 영혼이 어디에 있는데 그러느냐?"

"꿈의 세계에 있어요. 제가 직접 그곳을 다녀올게요."

사실 아르테미스는 셀레네가 꿈의 세계에 있다는 걸 파악하고 있었다. 하지만 끝도 없이 넓은 꿈의 세계 어디에 있는지도 모르는 데다가 그 악몽이 구현된 장소에서 위험을 감수할 생각도 없었다. 하지만 상황이 이렇게 된 이상 더 이상 여유를 부릴 때가 아니었다.

"뭐라? 정말 화가 나는 말만 하고 있구나. 셀레네가 꿈의 세계에 있음을 알고도 어찌 보고하지 않았느냐!"

"아버지, 제발 용서해 주세요. 마지막으로 기회를 주세요."

아르테미스는 지켜보는 수많은 신들이 있음에도 비굴하게 애걸복걸했다. 실로 꼴사나웠으나 남들의 시선을 의식할 때가 아니었기 때문이다. 이런 정성이 통한 걸까? 제우스는 무척 화가 났지만 아끼는 딸이니 마지막으로 한 번 기회를 주는 것도 괜찮을 것 같다는 생각을 했다. 하지만 그때 헤르메스가 기다렸다는 듯 끼어들었다.

"제가 한 가지 알고 있습니다. 꿈의 세계에서도 이제 셀레네의 영혼은 사라졌다고 합니다."

그야말로 아르테미스가 누운 관짝에 못을 박는 일격이었다.

"뭐라?"

당연히 제우스는 헤르메스의 말에 민감하게 반응했다. 꿈의 세계에 있던 셀레네의 영혼이 사라졌다는 게 무슨 말인가.

"나의 아들 헤르메스여. 그 이야기를 자세히 해 보거라."

"말씀 올린 그대로입니다. 셀레네의 영혼은 꿈의 세계로 도망쳐 인고의 세월을 견뎌왔지요. 한데 이제 사라졌다 하면 재기의 발판이 마련됐다는 이야기가 아니겠습니까? 아르테미스 누님은 본디 이런 사실을 알고도 감시를 게을리 했으니 오늘의 사달이 일어난 셈입니다. 입을 다물고 있었을 거면 셀레네를 철저히 견제라도 했어야 옳은 일일 터. 한데 엔디미온을 잃은 걸로도 모자라 셀레네의 행방까지 모르고 있지 않았습니까. 참으로 애석하십니다. 누님."

헤르메스의 말은 구구절절 옳았다. 게다가 그의 달변과 어우러져 꽤나 설득력 있게 들렸다. 하니 성질 급한 제우스가 아르테미스의 변명을 허락하지 않게 불호령부터 내린 건 당연하다.

"정말 들을수록 한심하구나!"

"아버지, 제발!"

"제발은 무슨 제발! 좋다. 어디 무슨 변명을 하나 나도 궁금하구나. 할 말이 있으면 해 보거라."

할 말이 있을 리가 없다. 헤르메스의 지적은 사실 그대로였으니까. 아르테미스는 거짓으로 위기를 모면해 봐야 소용없다는 걸 깨달았다. 잠깐 시간을 벌 수 있을 진 몰라도 아버지를 계속 속이긴 무리였다. 임시방편으로 거짓말을 한 게 들켰다가는 그때는 정말 감당할 수 없는 상황이 될 터. 아르테미스는 입술을 깨물고 용서를 구했다.

"아버지, 용서해주세요."

"듣기 싫다!"

제우스의 태도는 단호하고 냉정했다. 딸의 애교에 흐뭇한 미소를 짓던 아버지의 모습은 온데간데없었다. 아르테미스는 새삼 자신이 아버지를 통제할 수 있다고 믿었던 게 교만이었음을 깨달았다. 아버지기 이전에 신들의 왕인 존재였다. 당연하지만 제우스는 신들의 왕이란 위치를 훨씬 중시한다.

"일이 이렇게 되도록 방치한 바 네 책임이 말할 수 없이 크다. 담당하고 있는 영역을 일시적으로 회수해 다른 신에게 맡기겠다. 자숙하고 있도록 하라!"

"아버지, 아무리 그래도 그럴 수는!"

아르테미스는 창백하게 질려버렸다. 그녀는 사냥과 달, 처녀성 등의 여신이다. 이런 담당 영역이 많을수록 신의 권세는 강해진다. 한데 제우스가 그걸 임시로 쪼개서 다른 신에게 맡긴다고 하니 그녀가 펄쩍 뛸 수밖에. 임시적이라지만 그동안 그녀의 신위가 추락하는 것이다.

"닥쳐라!"

급기야 제우스가 바닥에 있던 황동 잔을 집어던지자 아르테미스는 입을 닫고야 말았다. 제우스의 분노가 자기 생각 이상임을 안 까닭이다. 이렇게 된 이상 더는 아버지가 아니라 최고신일 뿐이었다. 곧 제우스는 탄식하듯 올림포스의 연장자에게 부탁했다.

"데메테르여, 딸자식이 못난 꼴을 보여 부끄럽소. 당분간 숲과 사냥, 님프들을 맡아주시오."

곡물과 수확의 여신 데메테르는 제우스라고 해도 무시할 수 없는 위치에 있는 고위 신격이다. 게다가 제우스와 사이에서 페르세포네란 딸까지 낳았으니, 아무리 화가 나는 상황이라도 최고신은 예를 지켜 말했다. 데메테르 역시 그걸 아는지라 가타부타 따지지 않고 고개를 끄덕였다.

"잘 관리하고 있겠어요."

"고맙소이다. 데메테르."

지켜보고 있던 아르테미스는 이 이상 표정이 나빠질 수 없을 지경이었다. 숲에 사는 수많은 님프들이 한순간에 모두 데메테르의 수하로 바뀌어버렸다. 임시조치라고는 하지만 저걸 다시 받아오는데 얼마나 힘이 들지 말하지 않아도 뻔하다.

설령 제우스가 후일 이 조치를 철회한다고 해도 데메테르는 차일피일 미루며 님프들을 돌려주지 않을 터. 분명히 막대한 대가를 치러야만 그때야 슬쩍 내놓을 게 뻔하니 아르테미스는 열불이 터졌다. 게다가 사냥이란 영역도 넘어갔으니 이제 사냥꾼들은 아르테미스의 신전에 불을 밝히러 오지도 않을 것이다. 하지만 제우스의 조치는 이게 끝이 아니었다.

"헤르메스."

"네, 아버지."

"헤스티아에게 전하라. 아르테미스가 갖고 있던 처녀성의 영역을 당분간 맡아달라고."

"아버지!"

듣던 아르테미스가 소리를 빽 지른다. 이제 그녀는 거의 울먹거리는 표정이 된 상태. 하지만 제우스는 얼음장처럼 차갑게 쳐다볼 뿐이다. 오히려 쓸모없는 녀석이라고 혀를 차고 있었다.

"그리 전하겠습니다. 아버지."

헤스티아는 12주신 자리에서 물러난 이후에 반쯤 칩거 상태다. 불러도 연회에 오지 않을 정도니 헤르메스를 보낼 수밖에 없었다. 제우스는 헤스티아의 행동이 자기 권위를 상하게 하는 게 마음에 안 들었으나, 사사로이는 누님이라 어쩔 수 없었다. 게다가 헤스티아가 출현하면 그 눈부신 미모 때문에 남신들이 자기 일을 팽개칠 정도니 그냥 안 보이는 게 속편하단 생각도 들었다. 제우스는 주변에 선언했다.

"본래 처녀신으로는 본인의 누이인 헤스티아가 유명했다.

하지만 누이께서 12주신 자리를 디오니소스에게 물려주고 떠나실 때 처녀성 역시 아르테미스에게 선물했지. 본디 누이의 것이니 이 조치에 문제는 없을 것이다."

처녀성의 영역을 잃어버린 아르테미스는 이제 소녀들의 지지가 붕괴하게 됐다. 독립적으로 살아가고자 하는 모든 여자들의 우상이었던 아르테미스의 근간이 철저히 무너져버린 것이다.

"아아……."

이제 아르테미스는 반쯤 넋이 나간 얼굴이었다. 데메테르도 데메테르지만 헤스티아는 훨씬 더 어려운 상대다. 전대 신들의 왕인 크로노스의 딸이니 아르테미스에겐 부담 그 자체다. 게다가 원래부터 처녀신으로 유명했던 헤스티아라 어쩌면 이 영역은 돌려받지 못할지도 모르겠단 생각이 들었다.

"아르테미스."

"…네, 최고신이시여."

반쯤 얼이 빠진 아르테미스는 차마 제우스를 아버지라고 부르지도 못했다. 그런 그녀에게 제우스는 냉정하게 나가라는 듯 손짓했다.

"달의 영역을 빼앗지는 않겠으니 돌아가서 달의 운행의 어긋남이 없게 성실히 일하거라. 이는 네 궁으로 돌아가 한 발짝도 나오지 말란 소리다. 알겠느냐!"

곁에서 지켜보던 아폴론이 결국 나서서 한마디 했다.

"아버지, 이건 과하신 조치…."

하지만 제우스는 아폴론에게조차 무시무시한 폭언을 했다.

"그 주둥아리를 다물어라! 네놈의 리라를 부서뜨려 버리기 전에!"

아폴론은 제우스의 기세에 질려 입을 다물었다. 본래 같은 삼주신인 포세이돈, 하데스를 제외하면 올림포스 신 전원이 덤벼도 이길 수 없다는 게 제우스가 아닌가. 그가 분노의 일갈을 터뜨리자 태양의 신 아폴론은 바로 꼬리를 말고 말았다. 제우스는 그런 아들을 보며 속으로 혀를 찼다.

'약삭빠른 녀석 같으니라고! 슬슬 눈치를 보다가 제 편인 누이가 너무 많이 잃을 것 같으니 끼어들어? 고얀 녀석. 나서려면 처음부터 나서던가.'

아들인 아폴론이 그런 녀석임을 알고 있었다. 하지만 큰 애인 전쟁의 신 아레스가 몇 번이고 자길 실망시켜 총애했을 뿐이다. 제우스는 아폴론이 밉상으로 보이자 상대적으로 아레스가 다시 좋게 생각됐다. 연회에 자기 부하 때문에 불참하긴 했지만 그것도 달리 보였다.

'그놈이 의리는 있단 말이지.'

자기 부하인 전쟁의 여신 에니오가 크게 다쳐 연회에 오지 못한 아레스다. 부하를 아끼는 마음 때문에 아버지에게 점수가 깎일 것도 개의치 않는 모습이었다.

'하여간 대쪽 같은 녀석이야. 아레스 그놈은.'

항상 티탄이 돌아올 거라고 얘기를 해대 신경을 거슬러서 그렇지 그 외에는 훌륭한 아들이었다. 제우스는 곰곰이 생각해 보니 아레스는 자기에게 한 번도 거짓말을 해본 적이 없다는 걸 깨달았다. 그리고 자기가 미워했던 아들이 얼마나 요

령이 없던 녀석인지 새삼 느꼈다. 괜히 아레스가 짠하게 생각
됐다.

'오래간만에 한 번 만나봐야겠군. 내 자식인데 너무 멀리했
지 않은가.'

아무래도 술이라도 한 잔 기울이면서 부자간의 대화를 해볼
필요를 느꼈다. 제우스는 자리에서 연회를 파하겠다고 하고는
자리에서 일어났다.

"헤르메스, 가서 아레스를 불러오도록."

"알겠습니다. 아버지."

평범할 것 같은 연회는 굉장한 화제를 일으키며 끝이 났다.
콧대 높기로 이름 높았던 아르테미스의 개망신에 내심 그녀를
싫어했던 신들은 고소를 머금었다. 하지만 상대가 상대인지라
삼삼오오 모여 뒷담화를 나눴는데, 꼭 모든 이가 그렇지는 않
았다

"헤르메스!"

사랑과 미의 여신 아프로디테가 본인의 미모를 한껏 과시하
는 듯한 웃음을 지으며 전령의 신 헤르메스를 불러 세웠다. 그
러자 헤르메스도 사람 좋은 미소를 지으며 멈춰 섰다. 그 미소
가 너무나 환해서 마치 헤르메스는 아프로디테에게 아주 특별
한 감정이 있는 것처럼 보일 지경이었다. 하지만 헤르메스에

대해 조금이라도 아는 자라면 그가 이런 미소를 언제나, 누구에게나 짓는다는 걸 알고 있을 것이다.

"대고모 님."

아프로디테는 헤르메스의 증조할아버지인 우라누스에게서 탄생했으니, 대고모가 된다. 하지만 늘 자신을 꽃다운 소녀라 일컫는 아프로디테인지라 그런 호칭을 질색했다.

"너어! 대고모라고 부르지 말라고 했지! 나이 들어 보이잖니, 얘."

"하하하…."

헤르메스는 속으로 할머니라고 부르지 않는 게 다행이라고 혀를 찼지만 겉으론 내색하지 않았다.

"종고조 님을 달리 뭐라 부르겠습니까?"

"음…. 누나? 그래, 누나 좋네. 누나라고 불러! 헤르메스."

"……."

넉살 좋은 헤르메스도 순간 말문이 막혀버렸다. 아무리 신들이 개족보라지만, 증조할아버지인 우라누스의 딸이다. 아버지의 아버지의 아버지의 딸이란 소리다. 하지만 아프로디테의 땡깡은 올림포스 제일인 데다가 한 번 삐치면 뒤끝이 쩔기로 악명 높다. 결국 그는 굴복했다.

"…누, 누나?"

헤르메스는 입매가 뒤틀리는 것 같았지만 용케 누나란 말을 내뱉었다.

"꺄르르르!"

그제야 아프로디테는 손뼉을 치며 좋아했다. 미의 여신답게 그 모습은 실로 천상의 아름다움이라 할 만하다. 아프로디테는 다정하게 다가와서 헤르메스의 팔짱을 끼고는 아르테미스가 연금당한 이야기를 꺼내놓기 시작했다.

"그 아이의 처녀성 영역은 내가 가져왔으면 좋았는데."

"…처녀성의 가장 반대편에 계시는 분이 무슨 소리세요."

"뭐? 꺄하하하. 헤르메스는 정말 말도 재밌게 한다니까! 으득!"

"지금 이를 가신 거죠?"

아프로디테는 농담이 재밌는지 한참을 웃어댔다. 하지만 헤르메스는 눈앞에 보이는 그녀의 경박한 모습을 그대로 믿지 않았다. 요즘에서야 그녀의 정체가 겉모습과는 다를 거라고 어렴풋이 눈치채고 있었으니까. 아니나 다를까 다른 신들의 시선이 닿지 않는 으슥한 곳에 오자 아프로디테가 팔을 풀고는 물어온다.

"어디 가는 거니?"

표정은 다정했지만 살짝 차가움이 묻어나는 소리. 헤르메스는 그제야 아프로디테가 팔짱을 자연스럽게 낀 뒤 자기가 원하는 장소까지 데려왔음을 깨달았다.

꿀꺽.

어쩐지 마른침을 삼켜야했다. 헤르메스는 본신의 실력에 자신이 있었지만 상대는 미지의 존재다. 거세된 우라누스의 정액에서 탄생한 아프로디테의 진짜 실력을 아는 이는 올림포스에 아무도 없으니까. 늘 헤프게 웃고 실속 없는 일에만 들락거려 그녀를 경계하는 이도 없었지만.

"가벼운 볼 일이 있어서 나갑니다."

헤르메스는 대수롭지 않은 말투였지만 아프로디테는 나긋하게 미소 지으며 눈을 반개한다. 지긋이 뜬 눈길이 새삼 무섭다고 헤르메스는 생각했다.

"가벼운 볼일이라…. 후후."

"대고모 님께선 신경 쓰지 않으셔도 괜찮습니다. 정말 별 것 아니니까요."

"글쎄? 하지만 신경이 좀 쓰이는구나. 얘야."

"정말 아무 일 아닙니다. 하하하."

아프로디테는 살짝 한 걸음 다가와 바짝 붙더니 헤르메스의 귓가에 속삭였다.

"좋아, 오늘은 그냥 가보렴. 하지만 말이야. 다음에는 내게도 그를 소개시켜줘야 한다. 너랑 헤스티아랑 디오니소스가 관심을 갖고 있는 그 인간 말이야."

"아니, 그는…."

"스파르타의 바실레우스라고 했지?"

어느 틈인지 이미 아프로디테는 펠레우스의 정체를 꽤나 정확히 알고 있는 듯했다. 제대로 한 방 당한 아르테미스도 모르는 일을 늘 사랑노름에 바쁜 그녀가 어찌 알고 있는 걸까? 헤르메스는 살짝 잔털이 곤두서는 느낌을 받았다.

"대고모 님께서 원하시면 의당 그래야겠지요."

"얘, 대고모가 아니라 누나란다?"

"…네, 누님."

아프로디테는 곧 헤르메스의 이마에 입술을 맞춰주더니 바람처럼 떠나버렸다. 남은 헤르메스는 어안이 벙벙한 느낌이었다. 하지만 빠르게 정신을 차리고는 태양을 바라봤다. 약속 시간이 슬슬 돼가기 때문이다. 늘 정확한 시간을 엄수하는 게 좌우명인 헤르메스는 신이라도 약속에는 늦어선 안 된다고 여기고 있었다.

"펠레우스가 기다리고 있겠군."

무지개 신 이리스를 통해 오늘 스파르타의 바실레우스 펠레우스와의 만남을 잡아 놨다. 되도록 편한 자리가 될 수 있도록 본체가 아닌 화신의 몸으로 내려갈 예정이었다. 오늘 만남은 헤르메스가 펠레우스를 상찬하는 자리기 때문이다. 또한 그 젊은 영웅이 늘 관심을 끌었기에 같이 술이나 한 잔 해보고 싶은 마음도 컸다.

"꽤나 대단한 사내였지."

헤르메스는 신이 한 인간에게 좀처럼 느낄 수 없는 감정을 품고 지상으로 내려갔다. 그리고 언제나 멀리서 지켜보던 스파르타의 바실레우스 펠레우스와 만나게 됐다.

"펠레우스."

자신을 기다리고 있었던 게 틀림없던 그는 한쪽 무릎을 꿇어왔다.

"헤르메스시여. 이리 존안을 뵙게 되오니 실로 무궁한 영광입니다."

예의바른 남자였다. 타고난 이야기꾼인 헤르메스는 신들의 연회에서 있었던 일을 생생하게 들려줬다. 말만 들어도 마치 영상을 보는 것처럼 대단한 묘사였다. 한데 어째서인지 아까부터 펠레우스의 표정이 좀 불만스러웠다. 의아해진 헤르메스는 묻지 않을 수 없었다.

"뭐가 마음에 안 드는 건가? 자네."

"솔직히 말씀드려도 될지 모르겠군요."

"기탄없이 말해보게."

한데 이때 펠레우스가 꺼낸 이야기는 헤르메스의 예상을 뛰어넘을 정도로 대단한 것이었다.

"아르테미스가 겨우 담당 영역 몇 개 빼앗기고 끝나다니요. 미진한 성과입니다."

"자기 궁에 연금됐네. 이는 신에게 다시없을 중형이야."

헤르메스의 말에 펠레우스는 건방지게도 검지를 까딱까딱거렸다. 하지만 헤르메스는 그게 무례하기보단 잘 어울린단 생각이 들었다.

"중형이라고요? 제가 그 자리에 있었으면 아르테미스를 아예 날려버릴 수 있었습니다."

이런 대담한 발언을 들을 줄이야. 하지만 이어진 말이 더욱 가관이었다.

"헤르메스 님께서 협조해 주신다면 제게 아르테미스를 멀리 보내 버릴 만한 계책이 있습니다. 도와주시겠습니까?"

"허……."

헤르메스는 기가 막혀 입이 살짝 벌어질 정도였다.

살다보니 이 펠레우스가 전령의 신인 헤르메스를 마주할 날이 올 줄이야.

"흐음….."

눈앞에 준수한 신을 보고 작게 감탄이 터졌을 정도다. 그는 단순히 제우스의 심부름이나 다니는 신이 아니다. 여행자의 신, 상업의 신, 도둑의 신, 웅변과 교활함의 신, 도량과 발명의 신 등 무수한 알짜 영역을 담당하고 있는 잘나가는 존재다.

올림포스 12주신 가운데 가장 어리면서도 이렇게 탄탄대로를 걷는 이도 없을 터. 제우스의 후계자에 대해 이런저런 얘기가 많지만 특별히 튀지 않으면서도 그에 가장 근접한 존재가 아닐까 싶었다. 하지만 그런 헤르메스조차 나와 대화가 진행될수록 당혹감을 감추지 못하고 있었다.

"아르테미스 누님에 대한 처분이 불만이라 그건가?"

재차 묻는 듯한 그의 말에 나는 고개를 끄덕였다.

"당연합니다. 적당히 한다면 후일 헤르메스 님께 화가 미칠까 걱정스럽군요. 본래 남을 밀어 쓰러뜨릴 때는 가장 세게 밀어야 합니다. 그래야 다신 못 일어나니까요."

나는 올림포스 신들 사이에 가족애가 희미하다는 걸 잘 알기에 거침없이 말했다. 게다가 헤르메스와 직접 대화를 나누고 나서 이정도 얘기는 해도 된다는 판단이 들었다.

"펠레우스여. 나무란 여러 번 찍어 넘어뜨리는 거다. 한 번에 넘기려고 세게 휘두르다가는 도끼만 부러지고 만다."

"일리 있는 말씀이십니다. 하지만 이번에는 가능합니다. 그럴 만한 계책을 갖고 있기도 하고요….."

나는 일부러 말끝을 흐렸다. 상대는 교활함을 사랑하는 신. 분명히 이건 흥미를 끌 수 있으리라 자신했다.

"호오?"

아니나 다를까, 내가 호언장담 탓인지 헤르메스는 눈에 띄게 관심을 보이고 있었다.

"펠레우스여. 본인은 이번 일이 이 정도에서 끝이라 여겼다. 오늘 이 자리를 마련한 것도 기지 넘치는 모습을 보여준 그대에게 상이라도 내릴까 싶어서였지. 하지만 그대는 무언가가 더 있다고 말하는군?"

"이런 말이 있습니다. 끝날 때까진 끝난 게 아니라고."

"아주 끝장을 보겠다는 태도로군."

"물론입니다. 그리고 오늘 제게 상을 내리러 오셨다고 하셨지요? 죄송하지만 정중히 거절하겠습니다."

"어째서인가? 신이란 상이든 벌이든 평범한 것을 내리진 않는데."

"간단합니다. 더욱 대단한 것을 받고 싶어서 그렇습니다. 그 상은 제가 아르테미스를 몰아낸 뒤로 미뤄주시지요."

"뭐라? 하하하핫!"

헤르메스는 대단한 소리를 들었다는 것처럼 박수를 치고 웃어댔다.

"펠레우스여. 그대는 정말 기대이상의 남자로군. 배포가 크고 담대하니 과연 큰일을 할 만한 인물이로세. 역시 지상으로 내려와 만나보길 잘했어."

"지상에서 보시면 뭔가 다릅니까?"

"다르지. 많이 다르다네. 저 하늘 위에서 막연히 내려다 볼 때와 이렇게 눈앞에서 대면할 때는 완전히 달라. 상대의 표정과 의지, 마음가짐 등 모든 게 전해져 온다네. 아마 아르테미스가 방심했던 것도 멀리서 자네를 하찮은 벌레처럼 내려다봤던 탓이겠지. 그러니 이렇게 위험한 남자인 걸 몰랐던 거야."

"이번 일이 끝나면 절 잊으려고 해도 잊을 수 없을 겁니다. 그래서 가능한 아르테미스를 세게 밀어야겠습니다. 여신의 원한을 사는 일은 아무래도 저 같은 인간에게 두려우니까요."

"그게 어디 두려워하는 사람의 얼굴인가."

킥킥 웃으며 포도주를 한 잔 한 헤르메스는 어디 계책을 말해보라는 듯 손을 내민다.

"펠레우스. 만약 아르테미스가 연금 정도가 아니라 완전히 실각하면 다시없을 비보를 내리지. 오늘 이 자리에서 주기로 한 상과 비교도 되지 않을 것이야. 나는 솔직히 아르테미스의 몰락을 기대하고 있다네."

"미천한 제게 보여주시는 그 관심, 실로 온 마음을 다해 감사드리겠습니다. 하면 제 계획을 말씀드리겠습니다."

나는 한 가지, 가장 중요한 전제에서 계획이 출발한다고 했다.

"제우스 신께서는 일단 분을 못 이겨 아르테미스를 처벌했지만, 반드시 일의 전말을 알아보시려고 할 겁니다. 분명히 아는 끈을 통해서 꿈의 세계와 연락하실 거라고 생각합니다."

"실로 옳게 보았네. 펠레우스."

"하지만 꿈의 세계는 실로 광활해, 현지의 신이라고 해도 살필 수 있는 곳이 제한적입니다. 한데 올림포스에 앉아서 연락을 해보는 건 어찌될지 뻔하겠지요. 제우스 신께선 나름대로 정보를 구할지는 모르겠으나 만족할 만한 수준은 아닐 겁니다."

최고신의 위엄이 있어 말은 이렇게 했으나 그가 허탕 칠 것을 난 확신했다. 제우스 정도면 다른 차원에도 연줄이 있겠지만 셀레네의 일은 그 정도만 가지고 알 수 있는 게 아니다. 가장 먼저 문지기들에게 뇌물을 주는 식으로 접근하려 할 텐데, 정작 그들은 비밀의 서 안에 있는 셀레네를 보지도 못했다. 아니, 애초에 내가 셀레네를 만났다는 것도 모르겠지. 그저 성간 공간의 군주가 요구해 내 귀향길을 막은 게 전부니까.

"그걸 이용할 수 있단 말인가?"

"맞습니다. 제우스 신께서 일을 알아보는데 어려움을 겪는다면 슬쩍 꿈의 세계의 거물 중 하나를 추천해 주십시오."

"그게 누군가?"

"성간공간의 군주입니다."

"뭐?"

헤르메스는 화들짝 놀란 얼굴을 감추지 못했다. 그도 그럴게, 성간공간의 군주는 엄청난 거물이기 때문이다.

"그자는 실로 위험한 존재다. 모르는가?"

"알고 있습니다. 하지만 그 정도 되는 존재가 아니면 제우스 신께선 꿈의 세계에서 있었던 일의 전말을 알기 어려울 겁니다."

"하지만 제우스 신께선 성간공간의 군주와 접촉하는 걸 꺼릴 것이다. 누구라도 그런 미지의 공포와 마주하긴 싫어하니까."

나는 그래서 단서를 달았다.

"옆에서 부추긴다면 좀 다르지 않겠습니까?"

"흐음⋯."

내 물음에 헤르메스는 바로 부정하지 않았다. 왜냐하면 그도 우리의 최고신께서 귀가 얇다는 걸 잘 알기 때문이겠지. 특히 헤르메스처럼 달변가가 말한다면 틀림없이 먹힌다고 생각했다.

"성간공간의 군주와 제우스 신께서 접촉하면 대체 자네에겐 무슨 이득이 있는 건가? 그게 어떻게 아르테미스의 실각으로 이어지는 것이지?"

헤르메스는 매우 지혜롭다. 하지만 지금은 가장 중요한 전제를 아예 배제하고 있었기에 사고가 확장되지 못하고 있었다. 바로 성간공간의 군주와 내가 거래를 튼 사이란 점이다. 헤르메스가 아무리 영민해도 그런 점을 예상할 수는 없을 테니까. 애초에가 헤르메스가 날 고평가하고 있다고 해도, 그가 보는 건 내 일부분에 불과하다.

"이제부터 그 점을 설명해 드리겠습니다."

나는 계책을 차분하게 설명했고, 헤르메스의 얼굴은 경악으로 물들었다.

"정신이 나갔군. 그런 이계의 대존재를 계략에 써먹으려고 하다니."

"원래 큰일은 정신 나간 것들이 이뤄내는 법 아니겠습

니까?"

이번에는 내가 포도주를 목으로 넘기며 킥킥거렸고, 헤르메스가 아연실색한 얼굴이 됐다.

헤르메스는 떠나면서도 몇 번이고 날 돌아보며 괴상한 표정을 지었다. 말하지 않아도 알 수 있다고, 그건 대체 내가 뭐하는 놈인가 고민하는 얼굴이었다.

"괜히 경계심을 품게 만든 게 아니냐?"

비밀의 서의 물음에 나는 고개를 가로 저었다. 일리는 있었지만 지금은 강수를 둘 때였다.

"어쩔 수 없어. 제우스가 성간공간의 군주와 접촉하게 만들려면 반드시 헤르메스의 도움이 필요해."

금서에는 제우스의 성격에 대해서도 평하고 있었는데, 그 신은 강력한 힘에 비해 사실 조심성이 많다는 것이다. 셀레네의 일을 파악하려고 하면서도 상대가 꿈의 세계의 거물인 성간공간의 군주라면 접촉을 포기할 확률이 높다. 그래서 헤르메스의 언변이 필수적이었다.

"이번에 아르테미스를 제대로 날려버리지 않으면 내가 끝장이야. 아무리 아르테미스가 바보라도 이 정도 일이 벌어지면 반드시 날 갈아 마시려고 할 테니까. 신을 상대로 하는 일이다. 모든 걸 걸어도 이길까 말까한 싸움이야. 헤르메스가 날 경계하게 된다고 해도 어쩔 수 없어."

"그 정도면 싼 대가라는 거군."

고개를 끄덕인 나는 엔디미온을 통해서 꿈의 세계로 다시 한 번 진입했다. 이번 계획을 위해서 성간공간의 군주를 만나야 하기 때문이다. 눈을 감았다 뜨자 시커먼 공간이 펼쳐졌고, 대리석으로 포장된 외길이 나타났다. 꿈의 세계로 진입하는 우회로였다. 나는 그 길을 걷다가 저 멀리 허공에 떠있는 계단을 발견하고는 인사했다.

"안녕들 하시오."

계단에 나란히 서있는 문지기들이었다. 그들은 날 발견하더니 와락 인상을 구겼다. 하지만 차마 뭐라 할 수 없기에 고개를 휙 돌려버린다. 내가 성간공간의 군주와 계약을 맺은 걸 알기 때문이다. 자신들보다 훨씬 위대한 존재와 인연이 닿았으니 전처럼 고압적인 자세를 보일 수도 없을 터. 그걸 알기에 나는 실실거리며 다시 외쳤다.

"앞으로 자주 볼 것 같은데 인사나 나누면 어떻소이까?"

결국 저쪽에서 폭발하듯 대답이 돌아왔다.

[말투를 조심하고 존경의 염을 표하라! 인간! 감히 신에게 그 무슨 무례한 어투인가!]

하지만 나는 그 말을 귓등으로 들었다. 애초에 그들은 내게 호의적인 존재가 아니라 맘에 안 들었으니까.

"거, 나이 들면 꼬장꼬장해지기만 하는 부류가 있다니 댁들을 두고 하는 소리인가 보구려."

[이런 정신 나간! 그게 감히 신에게 할 말인가! 이지를 상실

한 것이냐!]

"시끄럽소. 이 몸은 이제 위대한 '성간공간의 군주'를 뵈러 가야하니 더 이상 말 걸지 마시오. 나름 바쁜 몸이외다. 어흠!"

나는 한껏 거드름을 부렸다. 뒷짐을 지고 팔자걸음으로 대리석 길을 걷자 저 멀리 있는 문지기들이 긴 수염을 부르르 떠는 게 보였다. 말도 못하게 열 받은 것 같았는데 감히 성간공간의 군주 때문에 내게 손을 대지는 못할 터. 왜냐하면 그건 성간공간의 군주의 체면을 상하게 하는 일이기도 하니까.

"참, 잘 알겠지만 성간공간의 군주께서 꿈의 세계에서 내 안전을 보장하셨소. 어디까지나 정해진 길을 벗어나면 안 된다는 조건이지만."

성간공간의 군주는 이 대리석 길에서 내가 안전할 거라고 약속했다. 그걸 아는 문지기들이라 무슨 소리를 듣든 부들부들 떠는 게 다였다. 설령 내가 그들 부모의 안부를 묻는다고 해도 전혀 할 수 있는 일이 없었다.

"그럼 수고들 하시오. 어디 문지기가 일이 쉽다고 하겠소이까? 우리집 하인이나 하는 일인데! 크하하하하!"

저번에 날 멋대로 날려버린 탓에 문지기들에게 감정이 안 좋았다. 한데 이리 호탕하게 웃고 나니 마음속이 시원해지는 기분이었다. 역시, 가장 기쁨을 주는 웃음은 조소가 아닐까 싶었다.

"엣흠! 펠레우스 님. 나가신다."

들으라는 듯 거들먹거린 나는 대리석 길을 계속 따라갔다. 그리고 끝에 이르자 이번에는 과거와 다른 빛나는 초록색 문이 생성돼 있었다. 허공에 구멍이 난 것처럼 소용돌이치는 검은 연기였다. 이곳은 성간공간의 군주가 기거하는 장소로 갈 수 있는 일종의 전이문이었다. 나는 주저 없이 그곳으로 들어 갔다. 그러자 검은 태양이 뜬 절대자의 거처에 도착했다.

[신살의 운명을 가진 자. 아직 그대가 이룬 것이 없건데 어찌 찾아온 것인가?]

성간공간의 군주는 의아한 듯 물어왔지만 불쾌한 기색은 없었다. 오히려 흥미를 느끼는 듯, 그의 시커먼 얼굴 근처에 뜬 별이 전보다 더욱 반짝이고 있었다.

"꼭 신이 지금 죽어야 거래가 되는 건 아니지요."

[뭐라?]

성간공간의 군주는 대체 내가 뭘 원하는 건지 모르겠다는 듯한 말투였다.

"요컨대, 가불을 좀 하자는 것입니다."

[가불이라고? 크하하하!]

그는 어이가 없는지 크게 웃어재꼈다. 그러자 이 공간 전체가 마치 북을 치는 것처럼 함께 울려댔다.

[상당한 즐거움을 주는구나. 본래 이런 건방짐은 묵과하지 않으나 제법 재밌었기에 용서해주마. 가불을 정말 해줄지는 장담할 수 없으나 어디 용건이라도 말해보라.]

"실로 관대하신 결정에 감사드립니다. 아마 가까운 시일 안에 위대한 분께 올림포스의 제우스 신이 접촉해 올 겁니다."

[뭐라? 제우스가?]

"네, 셀레네 여신의 일에 관해서 알아내고자 할 테니 말입니다. 그때 절 좀 도와주셨으면 합니다.”

이쯤 되자 성간공간의 군주는 내가 뭘 원하는지 알아챈 듯했다. 하지만 일부러 즐기는 듯 물어온다.

[어떤 도움을 바라는가?]

“간단합니다. 지금까지 아르테미스가 한 모든 실패를 제우스가 알게 만들고 싶습니다. 또한 단순한 사실의 나열만이 아니라 직접 제우스를 비웃어 주십시오. 그가 자신의 딸 때문에 다시없는 수치를 당했다는 생각이 들도록.”

제우스는 현재 상황이 영 불만스러웠다. 나름대로 인맥을 이용해 꿈의 세계에 연락을 넣었는데 결과가 영 신통치 않았기 때문이다. 그는 눈앞의 시커먼 공허가 소용돌이치고 있는 신비한 거울을 향해 호통 쳤다.

[꿈의 세계에서 발이 넓다고 큰소리치더니 여신의 행방을 전혀 밝혀내지 못했는가. 참으로 잘나셨군!]

제우스의 역정에 거울의 소용돌이 속에서 저자세의 목소리가 들려왔다.

[면목이 없습니다. 이곳이 워낙 광활해 일이 쉽지 않습니다. 한 가지 확실한 건 셀레네가 꿈의 세계에 없다는 점입니다. 그건 제 이름을 걸고 보증할 수 있습니다.]

대답하는 이 역시 신이었다. 그는 꿈의 세계를 무대로 살아가는 자로 이전부터 제우스의 의뢰를 맡곤 했다.

[자네는 이번에 날 실망시키는군.]

[면목이 없습니다. 계속 찾아보겠습니다.]

[그만 가보게.]

제우스가 마법을 끊자, 시커먼 공허가 소용돌이치던 거울은 평범한 모습으로 되돌아갔다.

"쯧쯧, 쓸모없는 놈 같으니라고."

저자만 그런 게 아니었다. 제우스는 풍부한 자금과 인맥을 바탕으로 꿈의 세계의 정보를 수집 중이었다. 한데 모두 허탕이었다. 그저 셀레네의 영혼이 사라졌다는 사실만 반복해서 확인할 수 있었다.

'결국 헤르메스를 부를 수밖에 없는 건가….'

내키지 않았지만 어쩔 수 없었다. 제우스는 결정을 내렸고, 그의 호출이 떨어지자 전령의 신 헤르메스는 날개달린 샌들을 신고 신속하게 나타났다.

"부르셨습니까? 아버지."

"아들아, 네게 물어볼 게 있다."

제우스는 일전에 아르테미스를 향한 처분을 헤르메스의 말만 믿고 너무 쉽게 결정했다는 후회가 들었다. 아무래도 그때는 아르테미스가 자신을 속였다는 사실에 무척 흥분한 상태였다. 그 뒤 시간이 흘러 머리가 차분해지자 이 문제를 다시 얘기해 볼 필요를 느꼈다. 아들 녀석은 어떻게 먼저 그런 소문을 입수한 걸까?

'연회 때는 비범한 이에게 들었다는 말로 슬쩍 넘어갔었지.

워낙 소문을 많이 듣는 위치에 있으니 그럴싸하게 들리기도 했고.'

제우스는 턱수염을 쓰다듬으며 헤르메스를 예리한 눈을 쳐다보았다. 상대를 검사하는 듯한 이런 끈적끈적한 시선은 제우스를 상대하는 이라면 익숙한 것이었다.

"아버님?"

"하하하, 이런 미안하구나. 불러놓고 쳐다만 보다니."

"아닙니다. 하문하실 게 있으신지요?"

"그게 말이다…."

제우스는 특유의 의뭉스러운 말투로 물었다.

"아들아, 누이에 관한 이야기는 어디서 들었던 것이냐? 네가 무수히 많은 정보를 취급하며 이 아비보다 소문에 훨씬 밝음을 모르지 않는다. 또한 그것들의 출처를 감추고자 함도 알고 있지. 하지만 이번만큼은 사안이 엄중하니 자세한 이야기를 들었으면 싶구나."

"최고신의 크신 뜻을 어찌 모르겠습니까? 본디 그것은 제 밑천이라 할 수 있으나 지금만큼은 솔직히 털어놓겠습니다."

"좋구나. 허허허."

헤르메스가 협조적인 태도로 나오자 제우스는 기분이 흡족해졌다. 하지만 이어진 아들의 말에 얼굴이 딱딱하게 굳고 말았다.

"꿈의 세계에서 가장 강력한 존재 가운데 하나에게 얻은 정보였습니다."

"그가 누구냐?"

"성간공간의 군주입니다."

"뭐라?"

늘 두려울 게 없는 제우스조차 순간 눈동자가 커졌을 정도였다. 그는 곧 헤르메스를 호통 쳤다.

"이런 천둥벌거숭이 같은 놈을 보았나! 아무리 정보를 얻는 일이 중하다고 해도 상대를 가려야 함을 모르느냐! 어찌 그런 위험한 존재와 거래를 했단 말이야."

"죄송합니다. 아버님. 하지만 중요한 정보는 반드시 위험을…."

"듣기 싫다! 실로 경솔하기 그지없구나. 네놈만은 그래도 똘똘하다 여겼는데 그런 짓을 하다니! 설마 누이를 쳐내려고 그리 무리 한 것이냐!"

"아닙니다. 제가 어찌 그러겠습니까? 저는 후계자 자리에는 조금도 관심이 없습니다."

헤르메스는 성이 난 제우스를 달래며 성간공간의 군주가 규칙을 지키기만 하면 괜찮은 거래 상대라는 걸 강조했다.

"또한 그는 꿈의 세계의 일이라면 모르는 게 없으니 무시할 수만은 없는 상대입니다. 아버님."

"흐음…."

"꿈의 세계는 온통 일그러짐과 혼란으로 가득하죠. 하지만 오로지 그만이 명료한 정보와 지식을 갖고 있습니다. 결국 꿈의 세계에서 무언가 확실한 걸 얻으려면 성간공간의 군주와 마주하는 건 당연한 수순이겠지요."

처음에는 화를 내던 제우스도 점점 헤르메스의 달변에 넘어가 귀가 솔깃해지기 시작했다. 또한 헤르메스가 성간공간의 군주에게 정보를 청할 때 필요한 제물이나 절차 등을 자세히 말해주자 조금씩 생각이 바뀌었다. 하지만 여태 화를 내고 그런 내색을 할 수 없었기에 헤르메스에게 축객령을 내렸다.

"물러가 보도록 해라. 그리고 앞으로 이와 같은 경솔한 짓을 벌이면 이 아비가 엄한 벌을 내리겠다."

"소자가 어리석었습니다. 차후 사리를 분별해 행동할 터이니 용서해 주십시오."

"가보거라."

헤르메스가 공손하게 인사를 하고 떠나자 제우스는 심경이 복잡해졌다. 직접 성간공간의 군주와 접촉해 볼까 싶은 생각이 들었기 때문이다.

'하지만 그 자는 무척이나 위험한 존재….'

제우스는 성간공간의 군주에게 질 거라고는 생각하지 않았지만 그렇다고 이길 자신도 없었다. 피차 다른 신들을 오시할 위치에 오른 자들이다. 만약 전투가 벌어진다면 승부의 행방은 예측불가였다. 하지만 그래서 더더욱 서로 허튼 짓을 하기 어렵기도 했다.

'좋아. 한 번 만나나 보지. 이 일이 어떻게 된 건지 꼭 알아야겠다.'

결심을 굳힌 제우스는 성간공간의 군주를 부르는 의식을 시작했다. 그러자 차원을 뛰어넘어 저 멀리 있는 존재에게 제우스의 부름이 닿았다. 상대는 재밌다는 듯 먼저 인사를 해왔다.

[제우스. 올림포스의 지배자여.]

"명성은 익히 들었다. 성간공간의 군주여. 대화는 처음이로군."

[나 역시 그대의 명성을 들었지. 티탄의 학살자여. 물론 일처리가 좀 미숙한 모양이더군. 놓친 이들이 있는 걸 보니.]

"뭐라?"

[셀레네란 존재가 이곳에서 꽤나 느긋하게 자리를 부비고 있었는데 여태 몰랐지 않나? 일처리가 참으로 느긋한 게 역시 한 세상의 패자답군.]

시작부터 비아냥거림이 흘러나오자 제우스의 이마에 힘줄이 돋았다. 마음 같아서는 당장 한 판 붙고 싶었지만 최고신이 된 후로 늘 체면을 생각하는 그라 가까스로 참을 수 있었다.

"남의 느긋함에 감탄은 그 정도만 하지. 알고 싶은 게 있어서 연락했다. 대가는 충분히 지불하겠다."

[무엇을 원하는지 듣지 않고도 알겠다. 셀레네의 일에 대해 묻고자 함이로군?]

"그렇다."

[참으로 훌륭한 딸을 둔 탓에 고생이 많군. 아비가 되어 딸에게 이리 놀아나니 참으로 자네 집안의 앞날이 걱정스럽다. 하긴, 하루 이틀 일도 아니지만.]

결국 제우스는 참지 못하고 버럭 소리를 질렀다.

"무례함에도 정도가 있는 법이다! 당장 꿈의 세계로 가 네놈을 쳐 죽이기 전에 예절이 뭔지 생각해 봐라. 그리고 하루 이틀 일도 아니라니 그게 무슨 헛소리인가!"

세상을 덜덜 떨게 만들 제우스의 분노 앞에서도 성간공간의 군주는 느긋한 태도였다. 오히려 고소를 머금고 있었다.

[그대가 자기 딸에게 휘둘리는 얼간이 같은 아비임은 이 꿈의 세계까지 소문이 나 있다네. 다들 알고 있지. 자네만 모를 뿐이야. 제우스.]

"무슨 소문!"

[정 궁금하면 들어보게나.]

성간공간의 군주는 별 것 아니라는 듯 이야기를 시작했다. 먼저 꺼낸 이야기는 아르테미스가 퓌톤 사냥의 실패를 만회하기 위해 자기 오라비인 아레스에게 동굴 공략을 떠넘긴 일이었다.

[애초에 퓌톤의 동굴은 고대 티탄이 만든 장소니 신이라고 해도 돌파하긴 어렵다. 하지만 자네 아들은 융통성 없는 성격이니 그대로 부딪쳤다 실패하고 말았지. 물론 그는 그런 어려움을 알더라도 티탄의 일은 주저하지 않았을 것이다. 그 결과 자네에게 큰 호통을 듣고 말았지만.]

"크흠…."

지난 일이 기억난 제우스가 침음을 흘렸다.

[자네가 아레스에게 분노한 덕에 당시 퓌톤 사냥에 실패했던 아르테미스는 화를 피해갔지. 결국 다 자네 딸이 유도한 대로 된 것이라네. 우리는 이런 소식을 듣고 올림포스의 최고신이 자기 딸에게 휘둘리는 얼간이란 생각을 하게 된 것이야.]

제우스는 꿀 먹은 벙어리가 된 기분이었다. 할 말이 없었다. 아레스가 퓌톤의 동굴을 공략하는 일이 실패했을 때 아주 무섭게 화를 냈었다. 만날 티탄의 그림자만 쫓아다니더니 결국 꼴 좋게 됐다고 비웃기까지 했었다. 아비로서 해선 안 될 말이었다. 한데 그게 사실 아르테미스가 유도한 일이었다니. 알고도 우직하게 나섰던 아레스나, 전혀 사태를 몰랐던 제우스나 모두 아르테미스에게 놀아난 셈이었다.

"감히 이 아비를 농락해…?"

제우스는 몸이 덜덜 떨리는 걸 자제하느라 혼신의 힘을 다해야했다.

[제우스여. 그대는 막강하다네. 인정하기 싫지만 이 몸보다도 강할지도 모르지. 강철의 성벽 같던 전대 티탄들의 연합을 박살내고 그들을 모두 흩어버렸으니, 그대의 용맹과 무력에 범접할 신이 없음이야. 하지만 말이야. 자네는 머리가 부족해. 머리가. 언제까지 그렇게 자식들에게 이용당하고 살 텐가?]

너무 화가 나면 도리어 차분해진다고 하던가. 어느새 제우스는 냉정하고 차가운 표정이 돼있었다.

"충고가 참으로 고맙군. 하지만 나중에 혹시라도 올림포스의 세계로 올 일이 있다면 조심하게나. 산 채로 찢어줄 테니까."

[어이쿠, 미쳤다고 용의 주둥이로 기어들어가겠나? 내 꿈의 세계에서도 부끄럽지 않은 권능을 가졌지만 그대와는 정면으로 승부를 결할 자신이 없음이야. 우리 서로 이렇게 먼 거리에서 담화만 나누세나.]

"……."

[크흐흐흐흐. 그래야 이 몸이 얼굴에 피멍들 걱정 없이 그대를 비웃을 수 있을 테니까. 제우스, 그대는 참으로 재밌는 상대

야. 그 정도의 힘을 가졌으면서 아랫것들에게 이용할 만한 존재로 여겨진다는 게 말일세. 우주가 넓다고 해도 자네 같은 얼간이도 드물 것이네. 위대한 제우스여! 부디 가르쳐 주게나. 이 몸이 지혜롭다고 하나 도저히 찾을 수 없는 게 있군.]

"무얼 말이냐?"

[그대의 위엄 말일세. 말만 최고신이지 그게 대체 어딨는지 아무리 봐도 없는 것 같군. 크하하하하. 오늘의 대화는 즐거웠네. 이 정도로 끝내기로 하지.]

성간공간의 군주는 즐거운 대화를 하게 해줘 고맙다며 공짜로 정보를 알려주겠다고 했다.

[셀레네에 관해서는 자네가 짐작하는 게 모두 사실이네. 물어볼 필요도 없어. 언제나 그랬던 것처럼 이번에도 그대만 모르고, 그대만 속고 있었던 거야. 흐흐흐. 자, 그럼 작별이네. 어리석은 신이여.]

그걸 끝으로 성간공간의 군주와 제우스를 연결해주던 마법이 사라졌다.

"……."

그 뒤 제우스는 묵묵히 제자리에 서있었다. 이미 대화가 끝난 지 한참이 지났지만 제우스는 망부석처럼 움직일 줄 몰랐다. 그렇게 얼마나 흘렀을까? 제우스는 마침내 결정을 내렸다.

"최고신의 위엄을 다시 세워야겠군."

제우스는 그간 자신이 올림포스를 너무 널널하게 이끌어왔단 생각이 들었다. 티탄을 모두 몰아내고 독기가 빠진 것도 사실이었다. 가장 훌륭한 전사라 불렸던 그가 이제는 뱃살이 디

4. 귀양살이 **217**

룩디룩 쪘을 정도였으니까. 하지만 제우스는 오늘 부로 모든
걸 다잡을 작정이었다.

"잘 될 거 같냐?"

비밀의 서의 물음에 나는 포도주를 기울이다가 어깨를 으쓱
였다.

"글쎄, 솔직히 모르겠네."

"네겐 굉장히 중요한 일일 텐데 무사태평이로군. 펠레
우스."

대답대신 일단 잔에 포도주를 더 따랐다.

쪼로록.

술잔이 채워지는 소리가 꽤 괜찮았다.

"무사태평이라기보다 그저 하늘에 맡길 따름이지."

우리 둘은 낙소스 마을 외곽에서 나란히 저녁노을을 바라보
고 있었다. 홀로 산책을 나온 탓에 주변에는 아무도 없었다. 아
름다운 섬의 해변에서 석양이 지는 모습을 바라보는 건 실로
운치가 있었다. 나는 술잔을 저물어 가는 태양을 향해 들며 말
했다.

"왜, 좋은 말이 있잖아. 신의 뜻대로."

혼잣말에 가까운 말이었는데 그때 누군가가 대답해왔다.

"좋은 말을 하는군. 신의 뜻대로라."

얼음장처럼 차가운 여성의 목소리였다. 순간 목덜미가 뻣뻣하게 얼어붙는 듯했다. 아니, 그것은 단순히 그런 느낌만이 아니었다. 나는 소리가 들린 쪽으로 쳐다보려 했지만 전혀 그럴 수가 없었다.

파지직. 파직.

갑자기 세상이 새하얗게 얼어붙기 시작했기 때문이다. 석양은 지평선 너머로 사라지지 못하고 그대로 허공에 멈춰 섰다. 저 멀리서 부터 밀려들던 파도도 출렁이는 모양대로 굳어버렸고, 시원하던 해풍도 사라졌다. 그러는 사이 계속 세계는 얼어붙고 있었다. 나는 시간이란 게 이 공간에서 배제돼 가고 있음을 깨달았다. 아무런 소리도 들리지 않았고, 비밀의 서도 허공에 그대로 굳어 있었다.

"네놈을 그저 하찮은 존재로만 여겼다. 제법 대단한 영웅이긴 하지만 좀 귀찮은 녀석일 뿐이었지. 그리고 일이 이 지경이 되고 나서야 알게 됐다. 네가 어떤 존재인지를 말이다."

그리 말한 존재가 곧 내 앞에 섰다. 늘씬하게 키가 크고 날렵한 체형을 가진 여자였다. 머리칼은 잿빛이고 두 눈은 보석을 박아 넣은 것처럼 빛났다. 나는 묘하게 그녀가 아탈란테랑 닮았다는 생각을 하며 간신히 입을 열었다.

"아르테미스···. 미치셨습니까? 본체로 지상에 강신하다니···."

사냥과 달의 여신 아르테미스는 내 물음에 묘하게 침착한 어조로 대답해왔다.

"네놈이 그런 상황까지 몰아넣지 않았느냐? 이제 내게 남은 건 광기뿐이다."

나는 마침내 아르테미스와 대면하게 됐다. 칼리돈의 멧돼지로 시작한 악연이 이제 이곳에서 절정에 다다른 것이다. 아르테미스는 내 허리춤에 있는 제우스의 보검을 가리켰다.

"검을 뽑아라. 인간. 그리고 부질없는 반항을 해 보거라. 네놈의 눈앞에서 네가 이룬 것들을 모조리 박살내주마."

뷰노로 돌아버린 아르테미스는 날 철저히 능욕할 작정이었다. 검을 뽑으라고? 어이가 없는 얘기다. 상대는 올림포스 12주신 가운데 하나로, 지금 시점에선 대적불가의 존재다.

"인과율이란 게 있는데 어찌 이렇게 다짜고짜 강신을…."

"네놈이란 원인이 발생하지 않았는가? 그러니 이 몸의 강신이란 결과로 이어진 것이다."

"아니, 그 정도론 인과율이 충분하지 않습니다. 만약 그런 게 가능하다면 인간이 신을 욕보일 때마다 강신이 이뤄질 것 아닙니까?"

"부족한 인과율은 스스로 감당할 것이다. 대가가 필요하다면 치르겠다."

"어째서 그렇게까지 하십니까?"

아르테미스는 내 물음에 단호히 답했다.

"널 죽이는데 그 정도의 가치가 있기 때문이다."

조용하고 차분한 목소리라 더 무서웠다. 아르테미스는 얼어붙은 시공간을 가리키며 말했다.

"이리스에 대한 기대는 버리도록. 이상을 알아채고 네놈을 구하러 온다고 해도 늦을 테니까."

유감스럽게도 지금 날 구해줄 존재는 아무도 없었다.

"검을 뽑으라면 못 뽑을 것도 없지요. 그전에 절 좀 움직이게 해주시지요."

나는 완전히 얼어붙지는 않았지만 거동은 불가능한 상태였다. 아르테미스가 반쯤 얼려버렸기 때문이다.

"스스로 풀지 못하는 건가? 그딴 형편없는 기량으로 내게 대항했었단 말인가?"

이제 보니 날 조롱하기 위해 반쯤 얼린 뒤에 검을 뽑으라고 한 것이로군. 신이란 존재가 참으로 졸렬하기 그지없지 않은가. 어쩌면 계속 이런 식으로 조롱할지도 모른다는 생각이 들어 얼른 대답했다.

"소인이 그런 조롱이 어울리는 자입니다만, 검을 뽑게만 해주신다면 기대를 저버리지 않겠습니다. 여태껏 제 덕에 물을 많이 먹지 않으셨습니까? 오늘도 별로 다르지 않을 겁니다."

"뭐라? 정말 오만방자하기 이를 데가 없군. 신으로 오랜 세월을 살아왔지만 너 같이 주제파악 못하는 놈은 처음이다. 좋다. 자유롭게 풀어주지. 대신 고통이 무엇인지 알려주겠다."

아르테미스가 허락하자 나는 풀려났다. 이 하얗게 얼어붙은 공간에서 제대로 움직일 수 있는 건 나와 아르테미스뿐이다. 물론 겉으로 보이는 것은 말이다.

-비밀의 서.

-아, 깨어났다.

얼어붙어 버렸던 비밀의 서도 원상 복구됐다. 녀석과 나는 유착한 상태라 한 몸이나 마찬가지다. 아르테미스가 내게 자유를 허락한다는 건, 비밀의 서 역시 자동적으로 그런 권리를 얻음을 말한다. 고양이 손이라도 빌리고 싶은 시점이라 이 불쏘시개의 도움조차 간절했다.

"후우."

가볍게 한숨을 내쉰 나는 제우스의 보검을 빼들었다. 진짜 이번처럼 검을 들기 싫은 적도 처음이다. 하지만 아르테미스가 기다리고 있었기에 어쩔 수 없었다. 대체 어찌 이 난국을 극복한단 말인가. 그러나 늘 위기 상황에서 날 도와주던 잔머리도 지금만큼은 답이 없었다.

"음?"

그때 가만히 서서 날 노려보는 아르테미스의 앞으로 아지랑이 같은 무언가가 뭉치는 게 보였다. 나는 그게 포탄처럼 쏘아질 것 같다는 직감이 들었다. 아르테미스는 전혀 공격할 듯한 모습을 보이지 않고 있었지만 그녀의 앞에서 불온한 아지랑이가 일어나는 것이다. 나는 바로 비밀의 서를 불렀다.

-삼켜!

뭐라 작전을 논의할 틈도 없었다. 비밀의 서도 말귀를 알아듣고는 엄청난 속도로 날 집어삼켰다. 그러자 심해와 같은 흑암의 공간 속에 침전하게 됐다. 숨이 쉬어지지 않았지만 애써 참으며 비밀의 서에게 서둘러 물었다.

-밖의 상황은?

-지금 엄청난 위력의 파괴 마법이 네가 있던 자리를 긋고 지나갔다. 정말 간발의 차였다. 놀랍군. 어떻게 안 거지?

-아지랑이가 보였잖아. 힘이 모이고 있었다고.

-아지랑이? 무슨 뚱딴지같은 소리냐.

비밀의 서는 자기도 아르테미스를 눈 똑바로 뜨고 보고 있었다며 어리둥절해했다. 뭐야? 그 아지랑이가 보이지 않았던 건가?

-아무튼 용케 목숨을 구했구나. 펠레우스. 방금 그 파괴 마법은 극속을 지니고 있어 방출된 이후에는 도저히 피할 만한 게 아니었다.

-아르테미스는?

-눈에 띄게 당황하고 있다. 본래라면 네놈이 의식하지도 못한 사이에 반병신이 됐어야 할 텐데 갑자기 사라졌으니.

비밀의 서 안에 숨자 아르테미스라고 해도 찾지 못하는구나. 이대로 위기를 피하고 싶었지만 안타깝게도 그럴 순 없었다. 이 혼돈의 공간 안에서 인간은 오래 버티지 못하니까. 벌써부터 몸이 힘들어지고 있었다. 이대로라면 나 역시 이 심해 같은 곳에서 밑으로, 밑으로 가라앉고 말 터. 더는 견딜 수 없었기에 서둘러 뱉으라고 했다.

-나가면 위험하다.

-당장 죽겠는데 그게 무슨 상관이야. 밖에 아무리 상콤한 년이 기다리고 있다고 해도 어쩔 수… 그으윽!

비밀의 서가 날 토해내자 다시 하얗게 얼어붙은 세계가 나타났다. 정말 대단하군. 얼마나 오래 시간을 정지시킬 수 있는 건가. 나는 새삼 그녀의 힘에 경악할 수밖에 없었다. 분명 신위가 낮아졌다고 들었는데 이 정도인가? 하지만 아르테미스는 나보다 훨씬 더 놀란 듯 눈이 동그래져 있었다.

"뭐지? 네놈, 대체 어디로 사라졌다가…?"

아르테미스는 어안이 벙벙한 듯 살짝 입을 벌리고 있기까지 했다. 내가 자신의 일격을 피한 걸로도 모자라 잠시간 찾을 수도 없는 상태였으니 놀랄 수밖에. 특히 아르테미스처럼 자신감 넘치는 성격은 더할 거다.

"잠깐 급한 볼일이 있어서 다녀왔습니다. 이제 괜찮으니 마저 일 보시지요."

"네놈… 지금 농담이 나오는 것이냐?"

"농담이라니요. 언제나처럼 여신님의 기대를 저버리지 않았다는 걸 강조하고 싶었을 뿐입니다. 그렇게 제게 당해놓고도 간단한 공격 하나 성공시키지 못하시는군요. 어찌 그리 매사에 헛발질만 하시는지 놀라울 지경입니다."

신을 상대로 차마 감당 못 할 폭언이었다. 이대로는 죽음밖에 없기에 아르테미스를 흔들어서 어떻게든 여지를 만들어 보려는 의도였다. 물론 그렇다고 뭔가 틈이 생길 확률은 극히 낮았지만 손 놓고 있을 수만은 없지 않은가.

"말하라. 어떻게 내 공격을 예상했는지."

아르테미스는 상당히 충격적인 모양이었다. 추가로 공격하기보다 저런 걸 먼저 묻는 걸 보니.

"보였습니다. 힘이 아지랑이 치며 뭉치는 것이."

"힘이 보인다고? 그게 무슨 헛소리지?"

아르테미스가 되묻자 내가 오히려 어리둥절해졌다.

"헛소리가 아니라, 당신 앞에서 신성이 일렁이는 게…"

"보였다고? 그저 의지를 일으켰을 뿐이다. 네놈은 지금 이 아르테미스의 의지가 눈에 보였다고 말하는 것이냐?"

"허…."

이렇게 들으니 터무니없는 것 같긴 했다. 신이 의지로 일으킨 권능을 눈으로 보고 정확한 타이밍에 피했다는 거 아닌가. 아르테미스가 공격도 잊고 추궁하는 게 새삼 이해가 됐다. 하지만 그녀는 내 말은 전혀 믿지 않는 눈치였다.

"이제 보니 네놈은 지독한 거짓말쟁이로군. 뭔가 대단한 한수가 있는 건 알겠다. 하지만 허풍도 정도껏 떨어야지. 뭐? 신의 의지가 보인다고?"

아르테미스는 어이가 없다는 듯 헛웃음을 지었다. 그리고 이번에는 이변은 없다는 듯 다시 힘을 일으켰다. 아무런 준비 동작도 없다. 인간이라면 복잡한 기도나 주문을 외워야 할 대주문조차 그저 의지로 발현한다. 그게 신이었다. 하지만 어찌 된 영문인지 내겐 그녀의 의지가 와류처럼 소용돌이치며 뭉치는 모습이 보였다. 처음에는 아지랑이 같았다면 이제는 물이 길을 따라 흐르는 것처럼 더 구체적으로 인지됐다. 나는 뭉치는 물이 마치 둑이 터진 것처럼 앞으로 쏟아지려 할 때 비밀의 서를 다시 불렀다.

-삼켜!

비밀의 서가 다시 한 번 주둥이를 벌렸다. 하지만 이번에는 내 뜻대로 되지 않았다.

"어딜!"

아르테미스는 같은 수법에 당하지 않았다. 이번에는 즉각 방해하고 나선 것이다.

"크악!"

짧은 비명과 함께 나는 무형의 힘에 밀려 튕겨나갔다.

"그딴 잔재주를 두 번 허용할 것 같은가!"

분명 아르테미스는 비밀의 서를 볼 수 없다. 하지만 내가 어떤 모종의 공간으로 사라지려 했다는 건 알아챈 모양. 그래서 비밀의 서가 날 삼키기 전에 힘을 써 날려버린 것이다. 이런 식이라면 이제 비밀의 서 안으로 피하는 방법은 쓸모가 없어졌다.

"크으윽…."

하반신이 불에 타는 듯 화끈한 통증이 느껴졌다. 아래를 슬쩍 보니 두 다리의 무릎 아래가 사라져 있었다. 또한 피가 터진 호수에서 쏟아지는 물처럼 흘러나왔다.

"이런 젠장."

아주 넋 놓고 당한 것도 아닌데 이 정도라니. 비밀의 서 안으로 들어가는 게 방해받는 것 같을 때, 신성을 동원해 내 몸의 강도를 극도로 올렸다. 한데도 아르테미스의 가벼운 일격에 두 다리가 날아가다니.

"하하하, 어이가 없네…."

직접 당해보니 신의 힘은 가히 상상 이상이었다. 아마 감춰놓은 힘인 <신성발현>을 사용해도 승부에는 별반 영향이 없을 것이다. 물론 그 힘이 가공할 위력이라 아르테미스에게 생채기를 좀 낼 수는 있겠지. 하지만 그게 다일 터. 오히려 선 보여서는 곤란한 힘을 들켜 일이 더욱 틀어지기만 할 거다.

"정말로 볼 수 있는 건가? 이번에도 정확한 때에 도망가려

했군."

"사람 말을 영 못 믿으십니다요. 우리 여신께서는."

두 다리에서 피가 줄줄 흘러내린다. 일어설 수도 없고 더는 싸울 수도 없었다. 절망적인 상황이었다. 하지만 아직 죽음이 코앞까지 다가왔다는 생각은 들지 않았다. 아르테미스는 아까부터 고압적인 태도로 나오고 있으나 정작 중요한 용건이 남았을 터. 그녀는 나를 바닥끝까지 떨어뜨린 뒤에 묻고자 할 것이다.

엔디미온이 어디에 있는지, 셀레네의 영혼은 어찌된 건지. 분명 내가 관여했을 텐데 도대체 행방을 알 수 없으니 아르테미스도 답답할 터. 그걸 알아내기 전까진 날 죽이진 않을 거다. 물론 지옥과도 같은 고통을 주겠다는 건 진실이겠지만.

"계속 들어주기 거북하군. 일단 혀부터 뽑아주겠다."

"과연 그러실 수 있겠습니까? 듣고 싶은 것들이 많을 텐데."

"언제까지 그 여유가 계속될지 봐야겠군. 좋다. 네놈 눈앞에서 아탈란테를 조금씩 망가뜨려주마. 보고 있거라. 아름다운 꽃이 뜯겨나가는 광경을."

"이런 비열한! 그녀는 당신을 섬기던 이가 아닙니까!"

"한때는 그랬겠지. 하지만 네놈에게 붙어먹은 걸 모르지 않는다. 안 그래도 건방져서 마음에 안 들었다. 이 기회에 같이 징치해야겠군."

아르테미스는 차갑게 웃더니 손을 뻗었다. 그러자 그녀의 앞쪽에서 얼어붙은 아탈란테가 갑자기 나타났다. 지금 낙소스 마을에서 쉬고 있을 텐데 의지만으로 데려온 것이다. 아탈란테는 주변의 풍경처럼 하얗게 얼어붙어 있었다. 창문 너머의 바닷가라도 보고 있었던 듯 조용하고 부드러운 표정이었다. 아르테미스는 그런 아탈란테를 보고 말했다.

"신의 힘은 정지된 시간 속에서도 영향을 끼칠 수 있다. 자, 보고 있거라. 내가 이 소녀의 손가락을 하나씩, 하나씩 부러뜨리는 광경을."

이런 상황이 되자 나는 더 침착함을 유지하기 어려웠다.

"아르테미스!"

어떻게든 몸을 일으키려 했지만 두 다리가 망가져 허사였다. 아르테미스는 그제야 마음이 풀린 듯 유쾌하게 웃어댔다.

"하하하, 그래. 이제야 좀 버러지 같구나. 본디 네놈은 그런 모습이 어울렸다. 거기에 울부짖음을 더해주면 좋겠군!"

"그만 둬!"

이제 가진 힘을 들키는 걸 걱정할 때가 아니었다. 나는 모든 걸 쏟아내기로 했다. 그리 결심을 하자 내 안에 자리 잡은 혼합된 신성이 호응하듯 크게 요동쳤다. 나는 주저 없이 힘을 일으켰다. 바로 <신성발현>이라 부르는 단계의 능력이다. 하지만 이번에는 일전에 썼던 화염무덤의 주인을 부르는 방식이 아니었다. 그런 대폭발을 일으켰다가는 아탈란테까지 영향을 받을 수 있을지도 몰랐기 때문이다.

분명 아르테미스는 신의 힘은 정지된 시간에도 영향을 미친다고 했다. 그렇다면 <신성발현> 단계의 기술은 하얗게 굳어버린 아탈란테를 다치게 만들지도 모른다. 하니 좀 더 정교하고 조절된 기술이 필요했다. 어렵게 생각할 것 없었다. 마침 제우스의 보검이란 딱 좋은 물건이 있으니까.

"네년은 건드려선 안 될 걸 건드렸다!"

바로 <신성발현> 단계를 개방했다. 여태 숨겨놓은 힘이 드러나자 여유만만하던 아르테미스도 놀란 듯 움찔하며 뒤로 물러난다.

"네놈! 그 이상한 힘은 뭐지!"

아무래도 내가 일으킨 힘에 불타는 이름 없는 자의 신성이 융합돼 있어 놀란 모양이다. 나는 이때를 놓치지 않고 보검으로 번개를 쏘아 내려했다. 한데 생각지도 못한 일이 일어났다.

우우우웅!

갑자기 제우스의 보검이 무언가에 공명하는 것처럼 부르르 울리기 시작한 것이었다. 그리고 상상할 수 없이 거대한 존재가 이 공간으로 접근해 오는 게 느껴졌다. 동시에 하얗게 얼어붙은 풍경에 거미줄 같은 금이 가기 시작했다.

파직. 파지직.

마치 이른 봄에 강물의 얼음이 녹아 깨지는 듯한 소리가 이곳저곳에서 들려왔다. 주변을 둘러보던 아르테미스는 당황한 표정을 감추지 못하고 있었다. 그녀는 절망에 빠진 얼굴이었다.

"이럴 수가! 어떻게!"

나는 대체 왜 아르테미스가 그리 놀라나 알 수 없었다. 하지만 답은 아주 빠르게 나타났다.

와장창!

요란한 소리와 함께 허공의 일부가 유리창처럼 깨져나갔다.

마치 지금까지의 풍경이 그림이었던 것처럼 일부분이 지워져 버렸다. 그리고 그 균열을 건너 어떤 강대한 존재가 모습을 드러냈다.

"여기에 있었군."

아르테미스는 나타난 인물을 보고 크게 놀란 듯 털썩 주저 앉기까지 했다.

"아버지!"

"닥쳐라! 네 목소리는 듣기도 싫으니!"

바로 최고신 제우스였다. 그는 주변을 둘러보더니 날 발견 하고는 흥미로운 표정을 지었다.

"어떻게 이 몸의 보검이 울게 만든 거지? 신기한 일이로군. 덕분에 딸아이가 만든 이 공간을 빠르게 찾을 수 있었다."

"아…."

그 순간 나는 진행했던 일이 잘 풀렸음을 깨달았다. 분명 성 간공간의 군주가 잘해준 것이리라. 안도의 한숨이 절로 나오 려던 그때 아르테미스가 빽 소리쳤다.

"아버님! 저 인간이 티탄의 냄새가 나는 불길한 힘을 사용했 습니다! 제가 분명히 보았어요!"

아르테미스는 내 융합된 신성의 정체를 꿰뚫어 보진 못했지 만, 불타는 이름 없는 자의 잔향을 느낀 모양이었다. 하니 저 주장은 틀림이 없었으나 제우스의 격노만을 샀다.

"어리석구나. 저 보검은 내 힘에 의해서만 울림이 일어난다. 무슨 헛소리를 하는 것이냐!"

융합된 신성에 제우스의 것도 있으니 보검이 울음소리를 낸 것이다. 제우스의 입장에선 보검이 운 것에 문제가 있다고 생각할 리가 없었다. 오히려 검을 울린 내 기량에 다소 감탄한 표정이었으니 갑자기 티탄이 어쩌고 하면 어이가 없을 뿐이었다. 하지만 아르테미스는 포기하지 않았다.

"분명 그것은 예전에 본 기억이 있는 힘이었습니다. 저 인간을 당장 조사해서…."

짜악!

그때 아르테미스의 고개가 돌아갔다. 듣던 제우스가 결국 참지 못하고 뺨을 후려친 것이다.

"아르테미스, 도저히 더는 봐줄 수가 없구나. 인과율을 무시하고 제멋대로 강신한 것만 해도 용서하기 어렵거늘, 감히 그런 황당무계한 소리로 최고신을 기만하려고 해!"

"아버님!"

"그만하라! 네가 지금껏 이 아비를 속인 게 한두 번이 아니니 더는 인내해줄 수가 없구나!"

늑대와 양치기의 얘기는 모두 알 것이다. 계속 거짓을 말하게 되면 나중에 진실을 말해도 믿지 않게 된다는 교훈을 담은 얘기다. 지금 상황이 딱 그랬다. 아르테미스는 언제나 약삭빠르게 자기 아비를 속여 왔다. 그런 탓에 지금 그녀의 말은 제우스에게 작은 신뢰조차 주지 못하고 있었다. 결국 머리끝까지 화가 난 제우스는 파격적인 결정을 내렸다.

"아르테미스. 오늘 부로 달의 여신의 직을 해지하겠다."

제우스의 선언에 아르테미스는 얼음장처럼 굳어버렸다. 그녀 자신 역시 주변의 풍경처럼 하얗게 얼어버린 듯한 느낌이었다. 아르테미스가 다시 입을 여는데 한참이 걸렸다.

"…뭐라고요?"

도저히 믿을 수 없단 목소리였다. 오죽하면 손을 부르르 떨고 있었다. 하지만 제우스는 냉정했다.

"너는 오늘부로 더는 달의 여신이 아니다."

아르테미스는 한동안 말문이 막힌 듯 입을 열지도 못했다. 그러다 곧 눈을 치켜뜨고는 표독스럽게 외친다.

"최고신이시여! 이는 올바른 징치가 아닙니다. 비록 제 잘못이 있다고는 하나 지나칩니다."

"뭐라? 반성은커녕 적반하장이로구나!"

"이제야 알겠습니다. 최고신께선 처음부터 달의 영역을 탐내고 이런 일을 벌이신 게 아닙니까!"

아르테미스는 분을 참지 못한 탓인지 그만 선을 넘고 말았다. 격노해 딸에게 삿대질까지 하던 제우스가 일순간 딱딱하게 굳어버릴 정도였다.

"네 힘을 빼앗으려고 그랬다고?"

그는 엄청난 충격을 받은 듯 두 눈이 충혈된 채 손끝을 파르르 떨고 있었다.

-아비의 가슴에 못을 박았군.

지켜보던 비밀의 서조차 그리 평할 정도였다. 나 또한 금서에서 본 제우스의 성정을 떠올리며 동의했다.

-제우스가 좋은 아비인지 여부를 떠나 자식 사랑은 진짜지. 물론 신이란 위치 때문에 끊임없이 시험해 보고 경계하지만, 그렇다고 거기에 애정이 없는 건 아니니까.

아마 제우스가 아르테미스를 완전히 내치려는 건 아니었을 거다. 이 기회에 아주 본때를 보여준 뒤 후일 다시 올림포스로 불러들이려고 했겠지. 하지만 아르테미스는 그런 제우스의 뜻을 알 리가 없으니 저런 말을 뱉었겠지.

"그게 이 아비에게 할 말이냐!"

"오늘 제가 겪은 일 역시 딸이 아버지에게 받을 대접이 아니라고 생각합니다."

서로 말에 한 치의 양보도 없다. 나는 묵묵히 옆에서 지켜보며 두 신 사이에 깊은 감정의 고랑이 파인 걸 느꼈다. 하지만 아르테미스는 아직 끝나지 않았다. 평소에 참고 있던 게 오늘 다 폭발해 버리는 듯했다.

"제가 정말 당신의 딸이 맞습니까?"

"그게 무슨 소리냐!"

"하면 어찌 제 어머니에 대해서 말해주지 않으십니까!"

아무래도 아르테미스는 아폴론과 다르게 자기 어미에 대해 모르는 모양이구나. 아르테미스와 아폴론은 쌍둥이 남매라 당연히 어미가 같다. 지구에서 읽은 <그리스로마 신화>에서는 티탄족 여신인 레토가 둘의 어머니다. 하지만 이쪽 세계에선 레토 여신은 존재하지 않는다. 대신 아르테미스와 아폴론은 '천 마리의 새끼를 밴 염소'가 낳았다고 한다. 물론 이건 비밀스러운 이야기다. 나 역시 퀴크노스의 바보짓 덕분에 알게 됐으니까.

"……."

어미 얘기가 나오자 어째서인지 제우스는 침묵한다. 그러자 아르테미스의 얼굴에 증오가 번졌다.

"역시 저는 당신 자식이 아닌가 봅니다. 여기 이 인간을 보십시오. 당신의 자식이라고 소문이 나 있는 이국의 왕자입니다. 이제 보니 저 녀석을 구하려고 즉각 달려온 모양이군요? 역시 저 같은 가짜 자식과는 취급 자체가 다르니 참으로 놀랍습니다. 아버지. 아니, 아버지라고 불러도 되려나 모르겠네요."

그야말로 부모에게 하지 못할 폭언이었다. 제우스는 어안이 벙벙해진 상태다. 올림포스의 최고신이라 불리는 그지만 지금은 건드리기만 하면 털썩 쓰러져 버릴 것만 같은 모습이었다. 그만큼 충격이 큰 듯했기에 내가 나설 자리가 아님을 알면서도 끼어 들 수밖에 없었다.

"여신께선 말을 가려 하십시오."

당연히 내가 꼴 보기 싫어 죽겠던 아르테미스는 발끈했다.

"네놈이 뭘 안다고 끼어드는 것이냐!"

여신의 분노에 일진광풍이 불어와 하마터면 뒤로 날아갈 뻔했다. 간신히 힘을 일으켜 버텨내며 대꾸했다.

"제가 어찌 신들을 헤아리겠습니까? 하지만 부모와 자식의 일이라면 당연히 알고 있습니다. 여신께선 눈앞에 계신 분이 부모란 걸 잊으시면 안 됩니다. 이 세계에 죄가 삼천 가지나 되지만 그 중 불효가 가장 큰 죄라 했습니다."

내가 설마 살다, 살다 제우스에게 동정심을 느끼게 될 줄은 몰랐다. 여태 그가 자기 권력이나 이익을 위해서라면 부모도 자식도 없는 존재라고 생각해 왔다. 실제로 그런 행동을 하기도 해왔고. 하지만 면전에서 자식에게 저런 소리를 듣는 건 역시 충격인 모양이었다. 그래서 입을 열 수밖에 없었다. 하지만 아르테미스는 코웃음을 쳤다.

"하! 아주 가관이로군! 지금 제 아비라고 두둔하는 것이냐? 역시 너는 최고신의 아들놈이 맞구나."

"오해입니다. 저는 저분의 힘을 받긴 했지만 피를 잇지는 않았습니다."

"부정해도 소용없다. 아니, 설령 그 말이 진실이라면 더욱 웃기는구나. 피를 잇지도 않은 네놈이 나보다 더욱 친자식 같으니."

아르테미스에겐 무슨 말을 해도 소용없을 것 같았다. 사실 이대로 두고 나서지 않는 게 내겐 이득이다. 제우스와 아르테미스의 사이가 걷잡을 수 없이 변할 테니까. 하지만 맘이 동해 입이 열리니 어쩔 수 없었다.

"여신이시여. 당신과 제 사이가 험악한 건 잘 알고 있습니다. 하지만 그렇다고 제 충고를 무시하지 마십시오."

"이 몸은 신이다! 네놈 같은 인간의 잣대로 판단하지 마라!"

"부모와 자식의 관계는 하늘이 정한다고 했으니 설령 당신 같은 신이라도 그런 운명에서 자유로울 수 없는 것입니다. 당신이 태어날 때부터 홀로 오롯했던 게 아니라면 결국 누군가의 자식으로의 삶을 부정할 수 없겠지요. 하면 자식 된 도리로 구로지은에 보답해야 떳떳하다 하지 않겠습니까?"

내 말은 간단했다. 혼자 태어난 게 아니라면 닥치란 거다. 아르테미스도 말길을 알아들었는지 일순간 멈칫했지만 결국 고개를 저었다.

"과연 소문대로 네놈 언변이 교묘하구나! 하지만 공경하고 존경할 수 있어야 부모다. 그런 의미라면 분명 이 아르테미스에겐 부모가 없는 셈이다."

이미 그녀는 망가진 관계를 돌이킬 생각이 없는 것 같았다. 내가 다시 뭐라고 하려는데 제우스가 나서더니 막았다.

"펠레우스여. 그쯤이면 되었다."

제우스의 목소리는 슬픔이 묻어나고 있었다.

"그대가 이 몸을 위해 입을 연 것에 감사한다. 하지만 이건 우리 부녀간의 일이다. 물러나 있도록 하라."

나는 어쩔 수 없이 고개를 숙였다.

"뜻대로 하십시오."

슬쩍 보니 제우스는 이미 결심을 한 얼굴이었다. 그는 최고신답지 않게 감정이 풍부한 존재이긴 하나, 결단을 내린 뒤에는 단호하고 냉정하다. 나는 아르테미스의 운명이 실로 비참할 거란 생각이 들었다.

"아르테미스."

"말하시지요. 자애로우신 아버지."

이미 일이 틀린 걸 알 텐데 아르테미스는 비아냥을 멈추지 않는다. 이제 그녀에게 남은 건 그런 삐딱한 태도 정도인 듯했다.

"최고신인 이 몸을 기망한 죄와 지상에서 멋대로 행동한 죄 등을 물어 달의 여신의 지위를 박탈하고 올림포스의 12주신 자리에서도 물러날 것을 명한다."

아르테미스는 각오하던 바였던지 눈을 지그시 감는다. 하지만 그게 끝이 아니었다.

"또한 명계의 가장 나락에 있는 타르타로스로 널 유폐하겠다. 앞으로 세상이 끝날 때까지 다시 나올 수 없을 것이다."

묵묵히 듣던 아르테미스는 예상보다 훨씬 큰 벌에 충격을 받았는지 입술을 피가 날 정도로 깨물었다. 그녀의 긴 눈썹이 파르르 떨리고 있었다.

"참으로 훌륭한 결정이십니다. 갈채를 보내지요. 이걸로 제가 당신의 딸이 아니란 건 확실히 알겠습니다. 혹시 제 어미도 타르타로스에 보내셨습니까? 하늘과 땅을 아무리 찾아도 없던데 아무래도 그랬던 모양이군요. 꺄하하하핫! 참으로 잘 되었군요. 저 나락에서 제 어미를 찾아봐야겠습니다."

"……."

제우스는 더 이상 아무 말도 하지 않았다. 대신 오른손에서 장중한 신력을 일으켜 땅을 내리쳤다.

쿠우우우웅!

묵직한 소리가 울리더니 땅이 길게 갈라졌다. 마치 거대한 괴물이 주둥이를 연 것처럼 땅이 벌어진다. 저 아래는 깊이를 알 수 없는 어둠만이 가득했다. 설마 지금 타르타로스로 가는 길을 연 것인가? 저 나락은 너무나 깊어서 9일 밤낮을 떨어진 뒤 10일째가 되어야 닿는다고 했다.

"아르테미스. 마지막으로 할 말은 없느냐?"

제우스의 물음에 아르테미스는 한동안 감았던 눈을 떴다. 그리고는 차분한 목소리로 말했다.

"당신을 원망합니다. 그리고 만약 다시 돌아올 수 있다면 오늘 일을 백 배, 천 배로 갚겠습니다."

"다시 돌아올 수 없을 것이다."

"혹시 모르지요. 세상이 망할 때가 되면 가능할지."

그리 말한 아르테미스는 제우스와 날 한 번씩 보더니 나락으로 향하는 대지의 틈으로 몸을 돌렸다. 제우스가 망설이는 듯 손을 앞으로 뻗었으나 차마 입을 열어 딸을 부르진 못했다. 결국 아르테미스는 순식간에 대지의 틈으로 뛰어내려 사라졌다. 정말 잠깐 사이에 일어난 일이었다.

"마치 거짓말 같군…."

문득 그런 말이 나왔으나 저 지하에서 올라온 바람에 아르테미스의 끔찍한 비명이 섞여있는 걸 듣고는 이게 거짓이 아니란 걸 알 수 있었다. 진절머리 처질 것 같은 비명소리였다. 그건 더는 신의 목소리가 아니라 원한 가득한 악귀의 것 같았다.

쿠우우웅!

대지가 다시 움직였고 입을 닫았다. 갈라졌던 틈은 흔적도 없었다. 아르테미스는 정말로 가장 깊은 곳인 타르타로스로 사라진 것이다. 그것은 돌아올 수 없는 길이기도 했다.

캉!

그때 파열음과 함께 얼어붙었던 시간이 다시 원래대로 돌아왔다. 아르테미스가 미치던 힘이 사라졌기 때문이다.

좌아아아아.

파도 소리가 다시 들려오고, 해풍이 밀려온다. 갈매기의 울음과 선선한 날씨가 피부로 느껴졌다. 새삼, 세상에 이렇게 감각을 자극하는 요소가 많았나 싶었다. 반면 아르테미스는 자신이 얼렸던 세계처럼 감각을 느낄 수 없는 나락으로 추락하게 됐다. 대조적인 운명이로구나.

"펠레우스."

한참이나 말없이 서 있던 제우스가 그제야 입을 열었다. 그는 가볍게 손을 흔들어 박살난 내 다리를 고쳐줬다.

"최고신이시여."

"그대와는 하고 싶은 이야기가 많군. 이곳은 적당하지 않으니 함께 가겠는가?"

"동행하겠습니다."

제우스는 가볍게 고개를 끄덕였다. 그러자 우리는 전혀 다른 장소에 도착해 있었다. 놀랍군. 이렇게 간단하게 공간을 뛰어넘다니. 주변을 둘러보니 황량한 산이었다. 마치 칼날처럼 뾰족한 봉우리가 가득하고 풀 한 포기 제대로 발견하기 어려웠다. 실로 살풍경이라 과연 여기가 지상인가 의문이 들었다. 혹시 날 다른 차원으로 데려온 건가?

"여기가 어딘 것 같은가? 펠레우스여."

나는 주변을 다시 살피며 머리를 굴려봤지만 알 길이 없다.

"소인이 아둔해 모르겠습니다. 가르침을 주십시오."

"모르는 게 당연하다. 보통의 필멸자는 접근할 수 없는 장소니. 저것을 보아라."

제우스는 하늘을 가리켰다. 그의 손가락을 따라서 보자 저 멀리 창공에 독수리 같은 게 날아다니고 있었다. 커다란 날개를 가져 상승기류를 타고 유유히 떠다닐 수 있는 그런 존재.

"독수리군요."

"이상한 점은 없어 보이는가?"

"음?"

그 말에 집중해 보던 나는 독수리가 말도 안 되게 크단 걸 깨달았다. 저 하늘 위에 있어 크기를 제대로 가늠할 수 없었는데 독수리가 점점 아래로 내려온 탓에 알게 된 것이다. 저 정도면 사람이 타고 자유롭게 날아다닐 수 있을 듯했다.

"저건 대체…."

"저 독수리가 어디로 향하는지 보도록."

독수리는 마치 목적지가 있는 것처럼 어딘가로 향하고 있었다. 보니 어느 산봉우리 하나에 가는 것 같았다.

"저기로 가는군요?"

"우리도 그리 갈 것이다."

제우스는 다시 공간을 뛰어넘었다. 다음 순간 우리는 독수리가 향하던 거대한 산봉우리에 도착했다. 그러자 나는 눈앞에 펼쳐진 끔찍한 광경에 전율하고 말았다.

"세상에. 이 자는!"

뾰족하게 치솟은 산봉우리의 한쪽 절벽에는 어떤 거대한 자가 구속돼 있었다. 그 존재는 거인이었다. 키가 무려 50미터는 될 것 같은 장대한 키를 가졌다. 커다란 창이 그 거인을 절벽에 못처럼 박아 고정한 모습이었다.

"크으으윽!"

거인은 고통스러운 듯 몸서리를 치고 있었다. 창의 몸체에서는 시커먼 연기가 끊임없이 흘러나와 아래로 폭포처럼 떨어지고 있었다. 하지만 문제는 창이 아니었다. 아까 본 거대한 독수리가 그의 곁으로 날아오더니 찢어진 배에 주둥이를 집어넣고 간을 파먹기 시작한 것이다.

"크아아악!"

거인은 생간이 뜯어먹히는 고통에 비명을 질러댔다. 내 옆에서 제우스가 무심한 눈길로 그 꼴을 보며 다시 물었다.

"저 자가 누군지 알겠느냐?"

이 정도 상황이 되니 모르려고 해도 모를 수가 없었다. 인간의 창조자이자 누구보다 인간을 사랑했던 티탄족의 신. 그리고 그 인간에게 불을 전해줬다가 제우스의 분노를 사 영겁의 형벌을 받게 된 존재.

"…프로메테우스군요."

대체 제우스가 이곳에 나를 왜 데려온 건지 두려워지기 시작했다.

설마 프로테메우스를 직접 보게 될 줄이야. 신적인 존재의 처참한 몰골에 내심 전율이 일어났다. 만약 내가 격동하게 할 의도라면 아주 잘 먹혔다고 할 수 있다.

뚜둑, 찹, 찹.

거대한 독수리가 부리와 얼굴에 잔뜩 피를 묻힌 채 사정없이 프로메테우스의 뱃속을 헤집고 있었다. 거대한 티탄의 몸이 그때마다 격통으로 움찔거렸다. 인간에게 불을 전해준 결과로 이런 비참한 꼴을 겪다니. 그나저나 제우스 녀석. 분명히 대화를 위한 장소로 옮기자고 했으면서 이런 곳으로 데리고 와?

"대화를 위해선 썩 적당한 장소는 아닌 것 같습니다만…"

내 말에 제우스는 가타부타 대답도 없이 산의 절벽에 못 박혀 있는 프로메테우스를 가리켰다.

"대화란 교훈을 앞에 두고 해야 더욱 의미가 깊어지는 것이지."

속으로 뜨끔했다. 대놓고 협박하겠다는 기색이었기 때문이다. 아르테미스에 관해서라면 나도 찔리는 게 많다. 그녀가 비참한 최후를 맞이하는데 일조한 만큼, 그 부친 되는 자와 얘기가 편할 리가 없지.

"유익한 대화가 될 거네."

"그렇습니까?"

"대화는 상대의 많은 것을 알려주니까. 헤파이스토스는 금속을 두드려 그것의 성질을 파악한다. 쇳소리만 들어도 눈을 감고도 그것이 청동인지, 황동인지, 철인지 알아내는 것이야. 이 몸에겐 그런 재주는 없지만 대화로 사람을 파악하는 데는 일가견이 있다."

"하면 제게도 유익하겠군요."

"어째서인가?"

"소인 역시 올림포스의 최고신에 대해 알게 될 테니 말입니다."

"인간이 신을 헤아리겠단 말이냐. 실로 오만하군."

말은 그렇게 해도 기분 나빠하는 기색은 없었다. 오히려 알겠다는 듯 흰 수염을 쓰다듬으며 살짝 고개를 끄덕인다.

"그런 성품이니 아르테미스와 두려움도 없이 부딪쳤던 거겠지. 하지만 동시에 그건 신의 심기를 거스르는 일이기도 하다. 나는 그대가 지금까지 했던 일을 어느 정도 파악하고 있다. 일부는 직접 봤고, 일부는 소문을 들었다. 특히 스파르타에서 아르테미스 교단과 아폴론 교단을 이간질한 건 정도가 지나쳤다."

"부디 용서를 구할 따름입니다."

대답 대신 제우스는 고통스러워하고 있는 프로메테우스를 가리켰다.

"프로메테우스가 왜 저토록 가혹한 형벌을 받고 있는지 아는가?"

"…인간에게 불을 전해줘서입니다."

"그것은 내가 원하는 바가 아니었다. 하지만 프로메테우스는 나를 속이고, 누이인 헤스티아의 화로에서 불을 훔쳐 인간에게 가져다줬지. 결국 인간은 힘을 얻고 오만해졌다."

한 가지 사실을 알 수 있었는데, 제우스는 분명 철종족인 지금의 인간에게 불을 허락할 생각이 없었던 모양이다. 아마 이전 세대에 있었던 금, 은, 황동 종족처럼 현 인류가 강해지는 걸 원치 않았던 게 아닐까?

"프로메테우스는 신의 뜻보다 인간을 앞에 두었다. 그것을 위해 속임수까지 서슴지 않았지. 하지만 이는 순리를 거스르는 행동이다. 신이란 세상의 근본과도 같으니, 인간은 신의 도움과 보살핌으로 존재하는 것이다. 한데 어찌 선후를 구분하지 못하고 인간을 우선한단 말인가?"

제우스가 서늘한 눈빛으로 날 쳐다보고 있었다. 그래서 나는 마른침조차 제대로 삼키지 못했다.

"그대도 순리를 거스르고 인간을 위해 무언가를 하고 싶은 것인가?"

"어찌 그리 물으십니까?"

"지난 행동들이 의심을 자아내기 때문이다. 펠레우스여, 그대는 신에게 순종하기보다 신을 이기려고 한 자가 아니더냐?"

"절대 그렇지 않습니다. 비록 스파르타에서 두 교단의 다툼으로 이득은 본 게 사실이나, 이는 이리스 신을 위한 행동이었습니다. 또한 바다에서 삼두 해적단을 토벌한 뒤에 트리톤 신에게 공양해 감사를 표했습니다. 하니, 어찌 제게 신의 뜻을 거스르려는 오만함이 있다고 하겠습니까?"

"정말 아니란 말인가?"

"그렇습니다. 분명 아르테미스 여신과의 마찰은 불행한 일이었습니다. 하오나 이건 신에게 대항하는 인간의 오만이 아닌 정치적 충돌이었을 뿐입니다. 저는 올림포스의 신들께 충순하고자 하며, 특히 이리스 신과 트리톤 신을 받들고 있습니다."

"흐음……."

제우스가 미심쩍은 얼굴로 계속 바라보고 있자 나는 얼른 하나의 신앙을 추가했다.

"또한 온 마음을 다해 헤스티아 님을 숭배하고 있습니다."

헤스티아란 말에 제우스는 흠칫한 표정을 짓는다. 어째서인지 그는 자신의 누이인 헤스티아를 어려워한다. 프로메테우스가 굳이 불을 헤스티아의 화로에서 훔친 것도 그런 이유에서

다. 사실 헤파이스토스의 대장간이나 아폴론의 화염 수레 등, 인간에게 내릴 불을 훔칠 곳은 더 있었으니까. 프로메테우스가 헤스티아의 화로에서 불을 훔친 탓에, 그녀가 가정의 화로 역시 돌보게 됐고 제우스는 이를 어쩔 수 없이 인정해야했다.

"그런가. 한데 이 몸은 섬기지 않는 것이냐? 그대에게 힘을 내리기까지 했음에도."

제우스는 손가락으로 자신을 가리키며 묻는다.

"송구합니다. 올림포스에 신들은 많으나 한 인간이 품을 수 있는 신앙심은 반딧불의 빛처럼 자그마합니다. 신좌를 빛내는 건 아마도 그런 반딧불의 무수한 군집이겠지요. 최고신의 자리는 저 같이 미천한 자가 끼지 않더라도 결코 부족함이 없을 것입니다."

"말은 물 흐르는 것처럼 매끄럽게 하는구나. 흥!"

"그저 정직하고자 할 뿐입니다. 본디 거짓이란 눈덩이 같아서 굴릴수록 더욱 커지는 법입니다. 하니 저는 최고신의 앞에 선 작은 거짓이라도 말하지 않고자 합니다."

막힘없이 쏟아내는 내 말에 제우스는 뚱한 얼굴이 됐다. 뭔가 더 추궁하고 싶은데 꼬투리를 잡기는 애매해서겠지. 어쩐지 대화할수록 제우스의 성격이 더욱 잘 파악됐다. 말을 통해 한 존재의 본질을 파악하게 되는 건 오히려 내 쪽인 것 같았다.

"좋다. 그대가 그리 말한다니 믿어주도록 하지."

제우스는 맘에도 없는 소리를 하며 한 가지 얘기를 더 꺼냈다.

"그대는 절대 지금의 마음가짐을 잊지 마라. 스스로 오만해져 인간이 신보다 위에 있다고 믿는 순간 파멸하게 될 테니. 과거 세계 제일이라 불렸던 영웅이 있었다. 하지만 그는 인간을 위한다는 명분으로 도리에 어긋나는 행동을 했다. 결국 내 저주를 받아 하데스의 세계로 떨어졌다. 이후 그는 죽어도 죽지 않는 몸으로 영원한 슬픔을 되뇌게 됐지. 하니, 각별히 스스로 경계하라. 그게 필멸자의 몸으로 세상을 거스르려 했던 자의 마지막이니."

"그 말씀, 두려움을 품고 가슴에 새기겠습니다."

제우스는 고개를 끄덕이더니 높은 산 밑으로 내려다보이는 세상을 가리켰다.

"저 넓은 대지를 보라. 신들이 그대에게 허락한 세계니까. 저곳에서 얼마든지 날뛰어도 좋다. 괴물을 무찌르고 영웅이 되어 열국의 미희들을 얼마든지 품도록 하라. 공주가 좋으면 공주를 갖고 님프가 좋으면 님프를 가져도 좋다."

제우스는 이어서 날 물끄러미 보더니 결론을 내렸다.

"자세히 보니 확실히 펠레우스 그대는 내 아들이 아닌 것 같다. 하지만 필요하다면 최고신의 혈육을 자처해도 좋다. 이는 내가 직접 그대가 신의 존귀한 혈통이 갖는 지위를 인정한다는 얘기다."

이건 굉장한 특혜였다. 어느 날 왕이 찾아와 이제부터 왕자라고 자처해도 좋다고 한 수준이니까. 아마도 그건 내가 써먹을 만한 영웅으로 인정한다는 소리기도 했다. 여태 추궁을 해대더니 슬쩍 당근도 쥐어주는군. 아니면 이 당근을 쥐어주려고 여태 협박을 해댄 건지도 모르겠다.

"어찌 제가 최고신의 아들을 자처하겠습니까?"

"그렇게 해도 좋다. 내 신전에도 신탁을 내려놓을 테니, 오늘 이후로 세상은 그대를 최고신의 아들로 알게 될 것이다."

이건 굉장한 지위의 상승이었다. 그간 다들 긴가민가했지만 이제는 최고신이 직접 아들로 인정해 준다고 한 거니까. 이것은 신화의 세계에서 높은 귀족 작위를 얻는 것이나 마찬가지다. 님프나 켄타우르스, 사이클롭스 같은 신화 속 종족들은 이제부터 내게 감히 함부로 대하지 못할 터. 분명 최고신의 아들에 준하는 예를 다하게 될 것이다.

"과분하신 배려에 몸 둘 바를 모르겠습니다."

"하지만 분명 내가 허락할 수 있는 건 여기까지다. 아르테미스의 일에 관해선 펠레우스 그대는 참으로 위험한 수준까지 행동했다. 인간이 한 신의 파멸을 이끌어냈으니 이는 고금에서 찾아보기 어려운 일이다. 사실 그대도 타르타로스에 떨어지는 게 맞을 터. 감히 신을 속였던 시시포스처럼 말이야."

제우스가 그런 얘기를 하고 있을 때 갑자기 머릿속에서 낯선 목소리가 울렸다.

-크흐흐, 인간이여… 최고신의 아들로 인정받아 기쁜 것이냐?

갑자기 뭐야? 처음에는 비밀의 서가 말한 건줄 알고 녀석을 쳐다봤다. 하지만 비밀의 서는 아니라고 하더니 촉수를 하나 뻗어 절벽에 박혀있는 프로메테우스를 가리켰다.

-저분이시다.

-정말?

-확실하다.

설마 프로메테우스가 몰래 말을 걸어올 줄이야. 슬쩍 제우스의 눈치를 보니 꼰대답게 일장연설을 하고 있었다. 앞으로 내 마음가짐에 대한 이야기와 경고를 반복하는 내용이었다. 나는 그걸 주의 깊게 듣는 척하며 프로메테우스에게 대답했다.

-우리의 대화를 제우스가 들을 수 없습니까?

-물론이다. 이렇게 비참한 처지가 됐지만 여(余)에겐 그 정도의 능력은 남아있다. 매일매일 독수리에게 간을 뜯어 먹히면서도 끈질기게 감춰왔던 힘이지.

-하면 물음에 대답하겠습니다. 그럴 리가 있겠습니까? 저것은 제게 은혜를 내린 걸로 보이나 은근슬쩍 자신의 품으로 끌어들이려는 수작이니 말입니다.

-잘 보았다. 목줄을 기뻐하면 개새끼로 밖에 살 수 없지.

-하지만 나쁘지만은 않습니다. 제우스를 잘 속이는 동안에는 얻는 게 훨씬 많을 겁니다. 저는 최대한 제 지위를 누릴 작정입니다.

프로메테우스는 잠시 물끄러미 날 내려다본다. 그 순간만큼은 끈질긴 고통도 그를 방해하지 못했다. 커다란 눈동자는 심후했고 신의 지혜를 담고 있었다. 감히 해량할 수 없는 무언가가 느껴졌다.

-그분께서 예비한 인간이라 그런지 허당은 아니구나.

-그분이요?

-시치미를 딱 떼는군. 나 같은 자보다 훨씬 위대한 그분 말

이다.

　모른 척 대답하고 있었지만 내심 상당히 동요할 수밖에 없었다. 설마 프로메테우스는 비밀의 신을 아는 것일까? 하지만 이 세계에서 그 존재는 지워졌다. 그런데 어찌?

　-대체 누구를 말하는 겁니까?

　-짐작을 하면서도 직접 묻기는 꺼려하는군. 여도 쉽게 입에 담을 수 없다. 오늘은 적당한 날이 아니니 후일 다시 오도록.

　프로메테우스는 그때 따로 할 말도 있다고 했다.

　-자네가 궁금해 하는 그분에 대한 것과 추가로 제우스의 운명에 대해 말해주겠다.

　-제우스의 운명이요?

　-그래, 자신의 선조인 우라노스, 크로노스처럼 될 그의 운명을 말이다.

　-아!

　한 가지 사실이 떠올랐다. 본디 프로메테우스는 이 산의 절벽에 못 박힐 정도로 끝날 예정이었는데, 하필 제우스에게 자신의 아비를 따라갈 거란 예언을 남겨 분노를 샀다. 그 때문에 간을 쪼아 먹는 독수리까지 덤으로 얻은 것이다. 하지만 금서에서 말하길 프로메테우스는 그런 운명을 후회하지 않는다고 했다. 자신의 예언으로 제우스가 미래에 대한 두려움을 얻었기 때문이라나.

　-이 코카서스 산은 함부로 접근할 수 없는 장소다. 누군가 여를 자유롭게 풀어줄까 싶어 제우스가 입구에 무서운 괴물을 세워서 막고 있지. 하니 그대는 산에 오를 명분을 획득하고 홀

로 찾아오라. 그때 우리가 w제대로 된 대화를 나눌 수 있을 것이다.

슬슬 제우스의 잔소리가 끝나가고 있었다. 나는 잠시 고민하다가 그러겠다고 대답하고는 프로메테우스에게 고개를 돌렸다. 공연히 제우스에게 수상쩍은 모습을 들켰다가는 큰일이기 때문이다.

"펠레우스, 그대에게 늘 현명함이 함께하길 바란다."

"제우스시여. 오늘 해주신 말씀 마음속에 새겨 도리에 어긋남이 없도록 하겠습니다."

"좋다."

제우스는 나를 이 코카서스 산에 데려와 당근과 채찍을 모두 사용했다. 주제 파악 못 했다가는 가만두지 않겠다고 하면서도 은근히 자신의 아들로 인정하겠다고 포상하며 회유책까지 동원한 것이다. 나는 앞으로 기꺼이 그의 기대를 맞춰줄 작정이었다.

좋아, 사고 칠 때마다 이 잘난 아버지의 이름을 팔아야겠군. 제우스는 내게 그런 지위를 선물하면 자신의 명성이 올라갈 거라고 기대하는 모양인데, 실질적으로 악명만 더하게 될 것이다.

제우스는 나를 낙소스 마을로 데려다 주고는 올림포스의 궁전으로 떠났다. 오늘 하루 일어난 일에 참으로 얼떨떨한 기분이었다. 그 뒤로 섬에선 별일 없이 평온한 몇 주가 흘렀다.

"날씨가 좋으니 이제 돌아가 봐야겠군."

항해하기 좋은 날이었다. 낙소스 마을은 때 아닌 호황을 맞이하고 있었다. 아마조네스를 태우기 위해 수배한 상선들이 속속 도착하고 있었기 때문이다.

"펠레우스여, 아마존을 도와준 것에 대해 깊이 감사한다."

이리스 신에게 귀의하게 해준 탓인지 아마존의 여왕 펜테실레이아의 표정은 매우 밝았다. 게다가 아르테미스가 사라졌단 사실 때문에 완전히 근심을 놓은 듯했다. 처음에는 아르테미스가 나락으로 떨어졌다는 걸 도저히 믿지 않았으나 이리스 신의 신탁이 내려오자 받아들일 수밖에 없었다. 하지만 여전히 놀라움을 감추지 못했다.

"이 모든 게 그대의 덕이다. 펠레우스."

"그리 말씀해주시니 참으로 감읍할 따름입니다."

밝은 얼굴이던 펜테실레이아는 곧 조심스럽게 한 가지를 물어온다.

"히폴리테는 어쩔 생각인가? 그대에게 큰 죄를 지었으니 두둔할 뜻은 없으나 여동생의 일이라 신경이 쓰이는군. 그 아이는 이제 그대의 것이네. 여신과도 같은 미모를 가졌으니 앙금을 풀고 곁에 두는 게 어떻겠나? 과인이 잘 말해둘 생각이네. 왈가닥이긴 하나 그대가 정복하면 분명 사랑스러운 아이가 될 것이야."

은근히 나랑 엮어보려고 하는군. 그게 여왕에겐 구미가 당기는 일이겠지. 내가 히폴리테를 연인으로 삼으면 그녀의 죄를 용서하게 될 것인 데다가, 나와 아마존 사이에 끈이 생기는 것이니까. 펜테실레이아에겐 미안하지만 날 공격했던 히폴리테는 봐줄 생각이 없었다.

"하문하시니 답하겠습니다. 곁에 두긴 할 생각입니다만, 제 침대가 아니라 제 포도농장에 둘 것입니다. 앞으로 히폴리테는 농장에서 노역하며 지은 죄를 갚게 할 작정입니다. 정해진 기간을 채우지 못한다면 고향으로 돌아갈 수 없을 것입니다."

펜테실레이아의 얼굴에 안타까움이 번진다. 하지만 내 뜻을 받아들이겠다는 듯 반대하지는 않는다. 그래도 여동생의 일인지라 신경이 쓰이는지 다시 묻는다.

"하면 그대를 위해 농장 관리라도 하는 것인가?"

"관리라니요?"

무슨 그런 황당한 소리를. 신참이면 밑바닥부터 시작해야 도리에 맞지 않겠나.

"농장에 똥지게가 좀 많이 남습니다. 데려가서 똥지게를 실컷 지게 할 작정입니다."

품위 있는 여왕의 얼굴에 금이 가고 입이 멍하니 벌어졌다.

"똥지게?"

5. 스파르타의 광신도들

펜테실레이아 여왕은 경악을 금치 못했지만 나는 계획대로 일을 진행했다. 원래라면 히폴리테의 머리도 비구니처럼 빡빡 밀어버리려 했으나, 여왕과의 관계 때문에 그건 봐줬다.

"운 좋은 줄 알아라."

스파르타로 돌아가는 배에서 히폴리테에게 생색을 내자 그녀의 표정이 와락 구겨졌다. 하지만 아무 말도 하지 않는다. 이미 자신의 처지를 잘 알기 때문이었다. 나는 그런 히폴리테를 가리키며 소피티아에게 말했다.

"저 여자를 잘 감시하렴."

소피티아는 일전에 용이 살던 동굴에서 만났던 어린 아마조네스다. 더는 아마조네스로 살 수 없는 상황이 돼 약속대로 돌아가는 길에 데려가는 중이었다.

"소피티아. 어떤 기분이냐? 동료들을 배신하고 새로운 삶을 개척한 소감이."

곁에서 우리 말을 듣고 있던 히폴리테가 매섭게 소피티아를 노려본다. 아마조네스의 수치라고 생각하는지도 모른다. 하지만 아이는 큰 사건을 겪은 후 나름대로 강해져 있었다.

"나쁘지 않네요. 그리고 아저씨."

"응?"

"배신이란 의리나 믿음을 저버리는 행동을 말해요. 하지만 저와 아마조네스 언니들 사이에선 의리나 믿음이 없었죠. 그러니 어찌 이걸 배신이라고 하겠어요?"

"뭐라? 하하하하."

나는 소피티아가 똑 부러진 게 맘에 들어 크게 웃었다. 아마 그녀는 아마존의 여왕 펜테실레이아와 특별한 관계가 아닐까 짐작 중이다. 여왕은 이 아이를 여러 가지 면에서 편애했다. 어쩌면 여왕의 혈육일지도 모른다.

촤아아아아!

커다란 배가 시원하게 물살을 가르며 나아갔다. 어서 돌아가서 쉬고 싶었다. 스파르타를 떠날 때만 해도 돌아가는 게 이렇게 오래 걸릴 줄은 몰랐으니까.

그 뒤 닷새 정도 항해한 끝에 스파르타에 도착했다. 나는 왕궁에 사람을 넣어 기별을 한 후 도시 외곽의 포도농장에 머물렀다. 이 농장에는 내 대저택도 존재하기 때문이다. 농장과 함께 여왕에게 하사받았다.

"집에 오니까 좋구나."

사실 여기서 며칠 머문 적도 없다만 그래도 집이라고 편했다. 도시 안에도 저택이 있으나 실로 번잡하니 한적한 이곳이 나았다. 여장을 풀고 몸은 씻은 뒤 하인에게 제1사서를 불러오라 했다.

"농장의 똥지게 담당을 데려오도록."

"나리, 어찌 그런 똥냄새 나는 놈을 상대하려 하십니까? 소인에게 말씀하시면 가서 전하겠습니다.”

아무래도 불쌍한 제1사서는 하인들 사이에서도 더러운 놈 취급당하는 모양이었다.

“사람이 어찌 태어날 때부터 똥지게를 지고 태어났겠느냐? 옛날에 만적이란 사람이 이리 말했다. 왕후장상의 씨앗이 따로 있겠냐고.”

“마, 만적이요?”

한국사의 인물을 꺼내자 하인은 어리둥절해했다. 하지만 나는 신경 쓰지 않고 내 할 말만 늘어놨다.

“본디 고관대작의 무리도 비천한 이 중에서 많이 나왔다. 그러니 누구든 똥지게를 벗어던져 버릴 수 있는 것이다. 그가 스스로 인내했으니 이제 좋은 결과가 있을 터. 가서 불러오도록 하라.”

“쇤네는 뭔 말인지 모르겠으나 나리께서 시키신 대로만 하겠습니다요.”

“좋다. 그게 바로 내 바라는 바다.”

하인은 어려운 소리가 듣기 싫은 듯 도망치듯 자리를 떠났다. 그리고 얼마나 기다렸을까? 구리구리한 똥냄새가 저 멀리서 부터 다가오기 시작했다. 존재감 하나는 신이던 시절과 비견할 만하군.

“각하! 부르셨습니까!”

제1사서, 현재는 코이로스라 불리는 존재가 날 발견하더니 열심히 달려왔다.

“무사귀환을 실로 환영합니다. 헤헤헤.”

날 좋아할 리가 없는 이 녀석이 이렇게 맹렬히 반색하는 건 다 이유가 있다. 일전에 신참이 있을 거라고 한 언급 때문이다. 아니나 다를까 코이로스는 주변을 서둘러 둘러보고 있었다. 하지만 마땅한 인물이 보이지 않자 시무룩해지는 기색을 보였다. 그도 그럴 게, 내 옆에는 저택 안에서 일하는 하인 몇이랑 히폴리테가 서있었기 때문이다. 히폴리테는 아직 훌륭한 의복을 입고 있는 데다가 여신처럼 아름다운 외모였기에, 코이로스는 차마 그녀가 신참이라 여기지 못하는 듯했다. 그는 곧 뚱한 얼굴이 되더니 묻는다.

"옆에 아름다운 숙녀 분은 누구십니까?"

그는 성육신화 했기 때문에 인간의 미추는 명확히 구분한다. 하지만 그렇다고 미녀를 보고 마음이 동하는 건 아닐 터. 그는 어쨌든 위대한 신이었던지라 히폴리테가 예쁘든 말든 그냥 하등한 인간으로만 여기는 것이다. 요즘 농장 물을 많이 먹고 인간적 감성을 이해하게 됐다고 해도 달라지는 건 아니었다.

"이번에 새로 온 신병이다. 네 후임이라고 할 수 있지. 코이로스."

"네? 저분은 보통 귀한 혈통이 아닌 것 같습니다만."

"귀한 혈통이기로 따지면 여기서 네놈만한 자가 있겠느냐?"

"아……. 하긴 그렇습니다. 저 같은 이도 똥지게를 지고 있는데 저 여자가 뭐 그리 잘났다고 못하겠습니까?"

다시 코이로스의 얼굴은 밝아졌다. 반면 히폴리테의 얼굴은 참담하게 구겨졌다. 도저히 믿을 수 없다는 듯 입을 연다.

"스파르타의 바실레우스여. 정말 이 몸에게 그런 더러운 일을 시킬 셈인가? 그대를 성급히 공격했던 점은 깊이 반성하고 있다. 이곳에서 잘못을 뉘우칠 테니 부디 내 신분에 어울리는 대접을 해다오."

아무래도 히폴리테는 현 상황을 받아들이지 못하고 있는 모양이었다. 그리고 똥지게 운운하는 것도 어디까지나 자신을 희롱하는 것이지, 진짜 시킬 거라 믿지도 않는 모양이고. 하지만 내 성질을 잘 아는 코이로스가 간신배 기질을 발휘해 즉각 나서더니 히폴리테를 걷어찼다.

"무례한 놈! 감히 주인님께!"

"윽!"

뜬금없이 대머리 중년인에게 얻어맞자 히폴리테는 눈이 휘둥그레졌다. 피할 수도 있었겠지만 내 앞이라 가만히 있었는데 설마 정말 차일 줄은 생각도 못한 모양이었다.

"이게 무슨 짓이냐! 감히 아마존의 왕족인 본인에게!"

히폴리테가 진짜 화를 내자 기세 좋게 나섰던 코이로스가 겁을 먹은 듯 식겁한다. 하지만 내가 입을 여니 상황은 바로 정리됐다.

"히폴리테. 앞으로 코이로스가 네 선임이다. 그의 말을 어기지 말고 충순히 그를 따르도록. 만약 하극상을 벌이면 당초 12년을 약속한 형벌을 늘리겠다."

"정말 그리하려는 건가!"

그녀는 다시 항의했지만 내 지원을 받은 코이로스가 기세등등하게 날뛰었다.

"네년이 아직 분위기 파악을 못하고 있구나. 앞으로 천천히 교육해주지."

"코이로스, 만약 이 여자가 말을 안 들으면 언제든 보고하라. 그때마다 형벌의 기간을 늘릴 테니."

날 공격한 죄로 히폴리테는 12년간 농장 봉사를 하게 됐다. 그것만 해도 치를 떨고 있는데 기간이 늘어날 수도 있다고 하자 그녀의 태도는 급격히 공손해졌다. 그러자 약자에겐 강한 코이로스가 콧김을 내뿜으며 거들먹거렸다.

"우선 각하를 향한 호칭부터 고쳐야겠구나. 앞으로 저분을 '영예로운 주인님'이라고 부르도록 하라."

실로 극존칭이었다. 특히 왕족인 히폴리테에겐 받아들이기 어려운 요구였다. 당연히 뭐라 하려고 했으나 내가 노려보고 있자 결국 포기한 듯 고개를 숙인다. 그러자 옆에서 코이로스가 재촉한다.

"자, 어디 한 번 해보도록."

코이로스의 요구에 히폴리테는 아름다운 얼굴을 파르르 떤다. 그건 그렇고, 참으로 절색이구나. 대대로 아마존의 왕족이 신들의 탐욕의 대상이 된 게 이해가 갈 정도였다. 약간 기가 센 인상이긴 했지만 그녀의 미모는 아름다운 여자가 많기로 유명한 아마조네스 중에서도 가히 정점일 것 같았다. 언니인 펜테실레이아도 대단했는데 여동생은 한층 뛰어나군. 특히 화염처럼 아름다운 붉은 머리칼은 히폴리테와 대단히 잘 어울렸다. 사랑스러운 입술은 앵두처럼 붉었는데, 지금 입술을 깨물고 있어 그런지 색이 더 도드라졌다.

"영, 영예로운… 주인님…."

결국 히폴리테는 내게 공손히 예를 표하며 극존칭을 입에 담았다. 수치로 미녀의 얼굴이 엉망이 돼있었다. 얼굴은 홍시처럼 온통 붉어져서는 굴욕감 때문인지 눈가에 눈물이 글썽였다. 도도하고 긍지 높은 왕족 히폴리테에겐 다시없을 부끄러움이겠지. 평생 남자를 사냥하며 살아온 이기도 하니까.

"흥! 이제야 좀 낫군!"

코이로스는 콧방귀를 끼며 고개를 끄덕였다. 나는 그런 코이로스를 향해 직접 술 한 잔을 하사하며 격려했다.

"그간 고생이 많았구나. 앞으로는 고개를 숙이지 마라. 똥지게는 더는 너의 것이 아니니."

내 위로에 코이로스는 눈가에 눈물이 차오르고 있었다.

"크흑! 각하!"

"잘도 겨울 같이 힘든 시간을 견뎌왔다. 이제 너는 한 사람 몫을 할 수 있는 인간이 된 거야. 드디어."

나는 옆에 있던 히폴리테를 가리키며 말했다.

"명심보감이란 책에 이런 말이 있다. 위와 비교하면 부족하나 아래와 비교하면 남음이 있다고. 밑에 후임이 들어왔으니 이제 부족함 속에도 만족이 무엇인지 알 수 있을 것이다."

"어찌 그 말씀 모르겠습니까? 이 코이로스, 각하의 깊은 뜻 마음속에 잊지 않고 새기겠습니다."

우리 둘이 그렇게 화기애애한 분위기를 짓고 있자 지켜보던 히폴리테는 넋이 나간 얼굴이었다. 도저히 자신의 처지가 믿기지 않는 듯했다.

"12년간 똥지게를 날라야 한다니⋯."

안타깝게도 히폴리테는 눈가에 초점이 흐렸다. 그녀는 멍한 얼굴로 내게 물어왔다.

"똥지게를 다 지고 나면 어떻게 되는 건가?"

"모르는가?"

그녀의 말에 나는 내 잔에 포도주를 쫄쫄쫄 채우며 대답했다.

"다시 똥지게를 지는 일이 시작되지."

풀썩.

급기야 히폴리테가 바닥에 쓰러져 혼절하고 말았다. 그 모습에 옆에서 어깨를 펴고 있던 코이로스가 혀를 찼다.

"각하, 이 인간은 영 심약한 녀석이라 생각이 되는 겁니다. 하지만 걱정 마십시오. 제가 아주 잘 가르쳐 좋겠습니다. 농장의 풍요로운 수확을 위해 무엇을 주저하겠습니까?"

"아주 좋다. 코이로스. 내일 오전부터 바로 작업에 투입하도록. 똥이란 더럽지만 작물에 이로우니 누군가 반드시 수고해 줘야 할 것이다."

나는 근처에 시립해 있던 여자 하인을 불러 히폴리테를 처소로 데려다 주라고 했다. 그렇게 아마존 왕족 출신의 똥지게 인생이 시작이 됐다. 내일 아침 해가 뜰 무렵이면 여긴 어디고, 나는 누군가 싶을 거다.

"한 사람을 바른 길로 인도하는 건 역시 보람이 있군."

히폴리테를 떠나보내고 그리 중얼거리자 어디선가 나타난 아탈란테가 어이없어 했다.

"그대가 말하는 바른 길이란 게 대체 뭔지 모르겠다. 되도록 이면 나는 빼줬으면 좋겠군."

"하하하. 보고 있었어?"

"왕궁에서 연락이 왔다."

아탈란테는 전서를 갖고 왔는데 히폴리테 때문에 일단 지켜보고 있었던 모양이다. 그녀는 봉인된 양피지 두루마리를 내밀었다. 펼쳐보자 내용은 간단했다.

<오늘 즉시 입궁해 주세요. -당신의 헬레네.>

아무래도 오늘은 느긋하게 쉬긴 힘들 듯했다. 궁에 가봐야겠다고 자리에서 일어나자 아탈란테가 덧붙인다.

"아무래도 여왕이 힘든 모양이다. 자세한 건 나도 모르겠다만 사자에게 물으니 우리가 부재중에 무슨 일이 있었던 것 같다."

"정치적 문제인가."

신적인 존재로 말썽이 난 건 아닌 것 같았다. 국교 지정 이후에 이리스 신이 스파르타에 신경을 많이 써주고 있었기 때문이었다. 게다가 같은 남자 신들은 신위의 고하에 관계없이 이리스 신을 무척이나 두려워하니까 쉽게 시비를 걸지도 못한다. 잘못하다가는 사냥당하는 처지가 된다나, 뭐라나.

"일단 가볼게."

"같이 갈까?"

"아냐, 피곤할 텐데 좀 쉬고 있어."

말을 타고 바로 스파르타의 왕궁으로 향했다. 도착하자마자 기다릴 것도 없이 헬레네가 튀어나와 내 품에 쏙 안겼다. 아름다운 금발이 찰랑이고 좋은 향내가 확 풍겨왔다.

"서방님!"

"전하. 주변에 보는 눈이 많습니다. 그리고 서방님이라니요?"

여왕의 거처라지만 시녀들이 잔뜩 있는데 이래서 되나 싶었다. 한데 헬레네는 뭐가 문제냐는 태도였다.

"이리스 신께 맹세코 서방님이 아니면 시집가지 않겠다고 했습니다. 한데 제 행동 어디에 부끄러운 부분이 있나요?"

"허…."

이렇게 당당히 나오니 또 뭐라 할 말이 없었다. 나는 조금 민망해져서 그녀를 떼어낸 뒤에 무슨 일이냐고 물었다. 그러자 헬레네는 시녀들을 모두 내보낸 뒤에 입을 열었다.

"서방님이 낙소스로 떠난 뒤에 국내에 문제가 있었어요."

"안 그래도 그 부분을 듣고 싶군요. 말씀해 주시죠."

"아레스의 교도들이 정치적으로 절 압박 중이랍니다."

"전쟁의 신 아레스요?"

스파르타의 특성상 전통적으로 전쟁의 신 아레스의 교단이 강세를 보여 왔다. 싸움질이 업이니 당연한 일이라 하겠다. 다만 스파르타에는 신앙이 다양해서 맘대로 나서진 못했는데 최근 상황이 변했다고.

"흐음… 지난 사건으로 아폴론 신전과 아르테미스 신전의 세가 꺾여서 그렇습니까?"

"네, 기회다 싶어 아레스의 교도들이 들고 일어났습니다. 그들 중에는 스파르타의 권력자들도 여럿입니다."

"요컨대, 구신(舊臣)들과 결탁해 여왕 전하를 압박하고 있다는 거군요?"

헬레네는 여왕으로 즉위한 이후 새로운 인재를 등용하고 정치적인 물갈이를 대폭 진행했다. 당연히 아레스의 교도로 대표되는 옛 세력이 가만히 있을 리가 없다. 이에 아직 기반이 확고하지 못한 헬레네는 어려움을 겪고 있다는 것.

"이상하군요. 아레스 신이라면 이런 일은 관심이 없을 텐데."

나는 그 전쟁의 신의 성격을 안다. 대쪽 같아서 옳지 않은 일이라면 결코 하지 않는다. 설령 제우스의 미움을 사도 상관 않을 정도다. 한데 그가 교단을 움직여 타국의 정치적 상황에 간섭할 리가 없잖은가.

"옳게 보셨어요. 아레스 신은 이 일에 무관심해요. 제가 그분의 의중을 알아보기 위해 코린토스의 아레스 신전에 공양을 하고 신탁을 부탁했어요. 아레스 신께선 자신은 상관없다고 짧은 답을 내리셨답니다."

하긴 아레스 신에게 그럴 여유는 없을 터. 부관인 전쟁의 여신 에니오가 아르테미스와 싸우다 크게 다쳤다고 하니까.

"어쨌든 그렇다면 스파르타의 아레스 교도들을 건드려도 아레스 신께서 분노하지 않는다는 거지요?"

"그럴 거라고 생각해요. 서방님."

"흐음… 그러면 이 문제를 처리하는 건 어렵지 않겠군요."

이번에 조금 쉬다가 내 고향 마을에 가볼 생각이었다. 회귀 후에 비밀의 신 하포크라테스가 사라졌다. 당연히 내 고향에 있던 비밀의 신의 신전도 없을 텐데, 대체 그곳에 있던 금서가 가득한 비밀 서고는 어찌 됐을까? 게다가 고향 마을을 탐사해 보면 혹시라도 비밀의 신의 흔적을 발견할 수 있을지도 모른다. 꼭 한 번 가볼 필요가 있었다. 그런데 이번 문제와 함께 묶어서 같이 해결할 수 있을 것 같았다.

"여왕 전하. 델포이 쪽으로 가봐야 할 듯합니다."

"아니! 또 어디를 가시게요!"

내가 떠난다고 하자 헬레네는 섭섭한 얼굴이 됐다. 안 그래도 그녀가 날 잡을 것 같단 생각이 들었는데 좋은 핑계가 생겼구나.

"이번 문제를 해결하기 위해서 제가 고향으로 가볼 필요가 있습니다."

"네? 그거랑 이게 어떻게 연결되는 거지요?"

헬레네는 이해할 수 없다는 표정으로 어리둥절해 했다. 아무리 똑똑한 그녀지만 지금은 바로 추론을 할 수 없는 모양이었다.

나는 헬레네에게 이 문제를 해결할 수 있다고 자신했다.

"전하, 걱정하실 것 없습니다."

"아… 서방님. 정말 소녀는 서방님뿐이에요."

가슴이 풍만한 금발 미소녀가 초롱초롱한 눈빛으로 나만 바라보고 있으니, 심장에 적잖은 무리가 온다. 나는 애써 태연한 척하고는 아레스 교도들에게 연락을 넣었다. 권력의 뒤편으로 밀려나기 싫다는 꼬장꼬장한 늙은이들이라 상대하는데 어려움이 예상됐다. 아니나 다를까, 만나자고 하니 간단한 대답만이 돌아왔다.

"각하. 저희 원로들의 뜻은 간단합니다. 아레스 교단을 스파르타의 제2국교로 삼아주지 않으면 더 이상 대화할 생각이 없습니다. 이 뜻은 이미 전달했으니, 받아들일지 여부는 여왕 전하의 의지에 달렸습니다."

사자로 온 자는 태도가 단호했다. 이미 이리스 교단이 정식으로 인정받았으니 제2국교라는 희한한 방식을 요구하는 건가. 저쪽에서도 나름대로 머리를 굴린 셈이었다. 하여간 늙은 여우 같은 것들이.

저 아레스 교도인 구신들은 스파르타 원로원 소속이기도 하다. 국가의 원로란 놈들이 개인적인 욕심 때문에 새로운 여왕의 다리를 붙잡고 있으니 참으로 고약한 것들이다. 게다가 내가 전향적인 자세로 먼저 대화를 제의했는데 칼 같이 거절해?

"이런 식으로 야비하게 나왔다 그거지?"

사자가 떠난 뒤에 비밀의 서에게 불평을 내뱉듯 말했다. 그러자 비밀의 서를 혀를 찼다.

"가여운 놈들이군. 지상을 활보하는 악마의 성질머리를 건드리다니. 이제 놈들은 파멸뿐이다."

어째서인지 비밀의 서는 원로들을 안타깝게 여기는 듯했다.

"야, 비서. 지금 누구 편이야?"

"놈들이 어찌 당할지 뻔히 아는데 동정심이 생기는 게 당연한 거 아닌가?"

"어이구, 아주 부처님 나셨네."

"부처? 그게 누구냐? 네가 살던 곳의 신격이냐? 혹시 너는 원래 진짜 악마였는데, 그 부처라는 자에게 퇴치 당해서 이쪽 세계로 날아온 건지도 모른다. 펠레우스, 잘 생각해 봐라. 기억을 잃은 모양이지만 넌 틀림없이 지옥에서 손꼽히는 악마였던 거다."

"뭐어?"

어이가 없어 대꾸하자 비밀의 서는 진지한 태도로 촉수를 끄덕거렸다.

"그래, 과연 그래야 말이 되지. 그 인성. 내가 널 볼 때마다 항상 드는 생각이 과연 이게 사람 새끼인지 뭔지 모르겠다는 거였다. 허허! 그 부처란 자도 참으로 고약하군. 이런 악마를 이쪽 세계로 넘기다니."

울컥!

가슴팍에서 열이 올라왔지만 부처님 말씀을 떠올리며 간신히 화를 참았다.

"대자대비(大慈大悲)… 대자대비…."

"응? 그게 무슨 뜻이냐."

"시끄러워. 내가 저쪽 세계에 있을 때 불교도는 아니었지만 부처님 말씀 때문에 산 줄 알아."

참고로 지금은 열렬한 헤스티아 교도다. 조만간 도시 최고의 장인에게 헤스티아 여신상을 주문해 내 침대 옆에 세워놓고 싶다. 불경죄로 천벌을 받을까 걱정이긴 하다만…. 비밀의 서가 이런 날 보더니 혀를 찬다.

"또 뭔가 얄팍하고 쓸데없는 걸 생각하는 얼굴이로군."

"흠흠!"

괜히 찔려서 헛기침을 한 뒤, 비밀의 서에게 작전이 있다고 했다.

"눈에는 눈, 이에는 이다."

"그건 또 무슨 끔찍한 소리냐?"

"끔찍하기는. 위대하신 함무라비 선생님의 말씀이시다. 지금은 그 말씀을 적극적으로 따를 때야. 치사함에는 치사함이다."

그날 밤. 아레스 교도와 원로원의 구신들이 회동을 한다는 정보를 입수한 나는 시커먼 야행복을 입고 염탐에 나섰다.

"바실레우스란 자가 이렇게 도둑처럼 엿들으러 가는 건가?"

비밀의 서는 기가 막힌다는 태도였다. 그러다 납득했다는 듯 중얼거린다.

"하긴 높은 지위에 올라도 비천한 자세를 버리지 않는 게 실로 너답긴 하다만."

"역시 이 모든 모험이 끝나면 제일 먼저 할 일이 떠올랐다."

"그게 뭐냐?"

"널 태워버리는 거지. 아주 활활 타오르게 해주마."

하지만 그전까지 이 녀석은 쓸모가 많으니 참을 수밖에. 나는 비밀스러운 발걸음으로 아레스 교도들이 모였다는 건물에 도착했다. 10미터 정도 떨어신 으쓱한 위치라 안에서 무슨 짓을 하는지 보이지도 않는다. 말소리 역시 들리지 않고. 하지만 내겐 좋은 방법이 있었다.

"자, 갔다 와라. 비서."

근거리라면 비밀의 서가 가서 보고 올 수 있는 거다. 이번에는 특이하게 소리를 직접 전해줄 수 있다고 했다. 서로간의 유착이 강화돼 그렇다나? 상당히 기분 나쁜 얘기였다. 하지만 확실히 쓸모는 있었다.

지지직.

마치 라디오 주파수를 잡는 듯한 소리가 나더니 곧 건물 안의 대화가 생생히 들려오기 시작한 것이다.

-여왕이 총애하는 이국의 왕자가 돌아왔습니다. 이는 우려해야 할 일이 아닙니까? 그가 자리를 비운 틈에 여왕의 양보를 얻어내려 했는데, 예상 외로 완고해서 말이지요. 일이 어렵게 됐습니다.

-흥! 그깟 놈이 무슨 상관입니까? 바실레우스가 된 것도 침대에서 힘 좀 쓴 모양이지요. 혼자선 똑바로 서지도 못하는 빈자루처럼 실속 없는 놈입니다.

-그렇게 가볍게 볼 자가 아닙니다. 공주가 여왕이 된 것도 다 그의 솜씨라고 봅니다. 게다가….

-게다가?

-바실레우스가 제우스 신의 아들이란 소리가 있습니다.

누군가 그리 말하자 잠시 정적이 일더니 곧 폭소가 이어졌다.

-으하하하하!

-카하하핫!

사람들은 재밌다는 태도였고 못 참겠는지 탁자를 두드리는 소리까지 들렸다. 그러다 곧 한 사내가 대꾸했다.

-그것은 헛소리일 뿐이오이다. 이거 순진한 양반이로군. 권력을 강화하기 위해 본인이 소문을 퍼뜨린 모양이오. 어린놈이 생각보다 영리하군.

-만약 제우스의 아들이라면 어쩌실 것이오?

-뭐라? 하하핫! 아레스 신께 맹세코 그 어린놈의 종이 되겠소이다. 하지만 만약 이 소문이 거짓이라면 당신은 가지고 있는 섬을 내놓으셔야 할 것이오.

-이제야 속셈을 드러냈군! 이런 욕심 많은 작자가!

회의는 그들의 탐욕이 잔뜩 드러나는 내용으로 가득했다. 여왕의 것을 빼앗으려는 것뿐만이 아니라 자기들끼리도 이권 때문에 승냥이처럼 으르렁대고 있었다.

"참으로 개판이군."

나는 고개를 설레설레 내저으며 비밀의 서에게 계속 중계하라고 부탁했다.

-제2국교는 사실상 어려운 이야기 아니오? 무리수잖소이까?

-당연하오. 그랬다가는 이리스 신이 가만있지 않을 텐데 여왕이 받아들이겠소이까? 다 협상력을 향상시키기 위한 포석일 뿐이오. 실제로 제2국교가 되면 우리도 곤란하오.

-어째서 그렇소?

-교단 본부에서 고위 사제들이 파견 나올 텐데 그게 반갑소이까?

-흠! 과연 그렇구려. 사실 우리가 아레스를 섬기는 건 다분히 요식행위가 아니오?

-쉿. 그분께서 들으실까 두렵소.

-하하하! 간이 콩알만하시군! 아레스 님께서 이런 사소한 일에 신경도 쓰지 않으시오이다.

-하면 타협안으로 뭘 요구할 작정이오?

여기가 중요한 내용이었기에 나는 귀를 쫑긋했다.

-간단하오. 게루시아(원로원)의 인원을 늘려달라고 할 것이오이다.

-오오오! 참으로 명안이오.

게루시아는 스파르타의 원로원을 말한다. 현재 60세 이상의 28인으로 이뤄져 있다. 한데 그들의 얘기를 들어보니 55세 이상의 35인으로 변경하고 싶어 했다. 이렇게 하면 당연히 왕권이 약해진다.

과거 스파르타는 왕권을 견제하기 위해 왕이 두 명이던 시절도 있었다. 그게 선대 왕 시절에 간신히 한 명으로 줄여 왕권을 강화할 수 있었다. 헬레네는 그런 기조를 계속 이어가고자 하는데, 귀족들이 왕을 다시 늘릴 수 없으니 원로원의 입김을 더하고자 하는 것이다. 교활한 놈들이었다.

-게루시아의 인원이 더 늘어난다면 우리 가족들을 밀어 넣을 수 있겠구려.

-흠흠, 내 아들놈이 나잇살을 꽤 먹었는데 말이오….

이것들이 나랑 헬레네를 아주 생선 살 발라먹듯 먹어치울 생각이구나. 좋다. 이놈들. 어디 두고 보자. 감히 이딴 식으로 나와? 지옥이 뭔지 보여주겠다. 아, 그리고 종이 되겠다고 한 놈, 너는 농장 입소 확정이다.

이후 며칠 동안 원로들이랑 줄다리기 같은 밀당이 이어졌다. 우리 쪽에선 협상 테이블로 나와 달라고 부탁했고, 상대는 더할 말이 없다고 버텨댔다. 하지만 나는 그들이 나설 걸 알고 있었다. 그래서 겉으로 저자세를 보이며 방심을 유도했다.

"바실레우스. 원로원에서 당신이 소문보다 심약하다는 얘기가 돌고 있다네요."

헬레네 여왕의 말에 나는 피식 웃었다.

"맘대로 생각하게 두십시오. 오늘 그들이 오면 본때를 보여주겠습니다.

결국 원로들과의 만남을 성사시켰는데, 잠시 뒤 그들이 대전으로 올 예정이었다. 아마 제2국교의 요구를 끈질기게 하다가 헬레네가 지쳐 나가떨어질 때쯤 슬쩍 원로원 인원 증강을 꺼내겠지. 원래라면 당하기 십상이었겠지만 이번에는 적의 속셈을 아니 어림도 없다.

"여왕 전하! 게루시아의 의원들께서 방문하셨습니다."

그때 근위병의 외침이 들렸다.

"왔군."

헬레네와 나는 눈을 마주치며 살짝 고개를 끄덕였다. 오늘 일을 위해 서로 입을 맞춘 상태다. 그녀는 내가 맘껏 원로들을 압박하도록 지원해줄 예정이었다. 곧 늙은 권력자들이 거들먹거리며 하나둘 들어왔다.

"전하."

"여왕 전하."

저마다 예를 표하고는 자리를 잡는다. 의원들은 그 탐욕스러운 대화를 떠올리지 못할 정도로 인자한 인상들이었다. 하긴 저런 겉모습을 가졌으니 긴 세월 정적들의 뒤를 비수로 찌르며 살아남은 것이겠지. 그리 생각하고 다시 보자 늙은 마두들 같기도 하군.

"게루시아의 존경받는 원로님들을 뵙습니다."

내가 먼저 인사를 하자 다들 껄껄 웃으며 고개를 끄덕인다. 만족한 얼굴인 게 협상이 생각대로 될 거란 기대가 느껴졌다. 그때 의원들 중 대표로 보이는 자가 일어섰다.

"위명이 자자한 바실레우스를 만나니 반갑군. 나는 게루시아의 의장 안테노디우스라고 하네."

그는 넉넉한 미소가 멋진 자로, 근사하게 콧수염을 기르고 품위 있는 의복을 입었다. 눈가는 나이가 들어 처졌고, 턱과 목은 마른 과일의 껍질처럼 쭈글쭈글했다. 이놈이 저 승냥이 떼의 대장이구나.

"의장님이라 부르면 되겠습니까?"

"그리 해주면 고맙겠군."

겉으로는 일단 분위기가 좋았다. 하지만 다들 서로의 살점을 뜯어내기 위해 칼을 든 상황이다. 늙은이들이 하나 같이 입가는 웃고 있는데 눈은 흉흉하다.

"모두 들으세요."

헬레네가 입을 열었다.

"오늘 일은 제 총신(寵臣)인 펠레우스 경에게 일임했습니다. 그대들은 부디 그와 왕국의 미래를 위한 협의를 부탁드립니다."

"말씀대로 하겠습니다. 여왕이시여."

원로들은 헬레네에게 깍듯하게 예를 표했으나 입가에 살짝 비웃음을 머금은 게 보였다. 역시 여왕은 별 볼 일 없다고 여기는 모양이겠지. 다들 처음부터 나랑 협의할 생각이었던 모양이다. 일단 게루시아의 의장 안테노디우스가 운을 띄웠다.

"자, 바실레우스. 오늘 안에 얘기가 아름답게 마무리됐으면 좋겠군. 원로원이 원하는 건 간단하네. 아레스 교를 부디 스파르타의 제2국교로 삼아주길 간청하는 바이야. 우리가 전쟁의 신을 섬긴 건 도시의 시작과도 함께였네. 여태 국교로 지정되지 않았던 게 이상할 정도니 부디 자네는 원로들의 뜻을 헤아려 주게나."

말은 정중했지만 늙은이의 표정이 음흉했다. 마치 내 곤란해하는 얼굴을 보고 싶어 하는 듯한 악의가 가득하다. 분명 인자한 인상임에도 숨길 수 없는 가학성이 드러나고 있었다.

"이리스 신을 섬기기로 여왕의 등극과 약속했는데 어찌 그런 요구를 하십니까?"

"그 점에 관해서 여왕 전하의 선택에 원로들은 다소의 우려를 나타내는 바이네. 국교는 중대사인 만큼 우리들과 충분히 논의하셨으면 어땠을까 싶군. 우리가 나이만 먹은 노인들이긴 하나, 이 늙은이들의 잔소리에 귀를 기울인다면 어디 가서 경솔하단 소리는 듣지 않을 것이야."

은근히 여왕을 향한 비난에 헬레네가 살짝 입술을 깨무는 게 보였다.

"참으로 곤란한 말씀이시군요. 여왕 전하께서도 입장이란 게 있습니다."

내가 난색을 보이는 듯한 연기를 했다. 우리는 그렇게 유려한 대화를 앞세워 한 시간 이상 밀고 당기기를 반복했다. 내가 지친 얼굴을 할 때쯤 안테노디우스가 기다렸다는 듯 치고 들어왔다.

"정 그렇다면 여왕 전하의 체면을 봐서 우리 원로들이 양보하지 못할 것도 없네. 단, 우리가 요구할 다른 조건은…."

안테노디우스가 뭐라고 하려는 그때 딱 말을 자르고 들어갔다.

"아니, 괜찮습니다."

"뭐?"

생각지도 못한 말에 그가 의아해하며 되물었다.

"지금 뭐라고 했나?"

"아레스 교를 스파르타의 제2국교로 받아들이겠다고 했습니다."

"아니, 자네…."

웅성웅성.

설마 일이 이렇게 돌아갈 줄은 몰랐던지 원로들이 당혹해하는 게 보였다. 어디 이제부터 당해봐라. 네놈들 뜻대로 될지. 적의 의중을 알고 있으니 머리 위에 서서 가지고 노는 건 식은 죽 먹기니까.

"단 저도 조건이 있습니다. 제 조건을 들어주신다면 반드시 제2국교 건을 처리하겠습니다."

설마 일이 이렇게 풀릴 줄은 몰랐던지 달변이었던 안테노디우스가 입을 다물고 동료들을 본다. 다들 어쩔 줄 모르겠다는 듯 고개를 젓는다. 아무래도 다시 논의가 필요한 모양이다. 안테노디우스가 뭐라 입을 열려던 그때 근위병이 다시 힘차게 외쳤다.

"제우스 교단의 최고 사제께서 방문하셨습니다!"

마침, 딱 왔군. 저 최고 사제는 당연히 내가 불렀다. 좋아, 일단 협상을 계속 진행하기 전에 지난번에 내 종이 되겠다고 한 새끼부터 찾아볼까. 안 그래도 쓸데없는 설전 탓에 스트레스가 많이 쌓인 상태다.

으득. 으드득.

나는 주먹을 풀며 근처에 숨겨뒀던 큼직한 방망이를 주워들었다. 소라도 때려잡을 것 같은 흉흉한 것이었다.

"아니, 그걸 왜 드는 건가! 자네."

놀란 안테노디우스가 눈을 크게 뜨자 나는 그에게 상냥하게 웃어보였다.

"의장님께선 상관하지 마시지요. 여기 제 종이 하나 도망쳐 나와서 잠시 그놈 좀 두들겨 잡고 진행하겠습니다."

어디, 장 지진다고 한 새끼 얼굴 좀 보자.

갑작스러운 상황에 원로원의 의원들은 당혹감을 감추지 못하고 있었다. 저들은 나를 얕잡아 봤지만, 날 둘러싼 소문까지 모르지 않는다. 그래서 일부러 무용담을 들먹이며 공포 분위기를 조성했다.

"여러 의원님들. 이 방망이는 제게 친숙한 것입니다. 저 바다의 잔인한 해적들을 때려잡을 때 손에 쥐고 있었기 때문입니다. 그때 방망이가 적들의 피로 번들번들거리던 걸 보여드리지 못해서 참으로 아쉽습니다."

꿀꺽.

누군가 마른침을 삼키는 소리가 들렸다. 하지만 원로들도 만만치는 않은 자들이었다. 이들도 한 때는 위대했던 스파르타의 전사들. 그 담력이 어디가면 뒤지지 않을 자들이라 곧 목소리를 높이기 시작했다.

"감히 원로들 앞에서 무슨 불손한 발언인가?"

"우리를 압박하기라도 하겠다는 건가!"

"그렇게 안 봤는데 참으로 건방지구나!"

뭐라 하던 나는 일단 무시하고 근위병에게 말했다.

"제우스의 최고 사제님께 잠시 기다려 달라고 전해주게나. 무척 송구하다는 말씀도 함께."

"알겠습니다! 각하!"

원로들은 불평을 쏟아내고 일부는 대전을 떠나겠다고 했지만 그런 반항도 오래가지 못했다. 내가 물리적인 수단을 동원했기 때문이다.

구우우우우웅!

갑자기 대전 전체가 미세하게 흔들리기 시작했다. 그리고 점점 그 강도는 더해져 천장에서 먼지가 떨어지고 근처의 기물이 흔들거렸다.

"이 무슨!"

원로들 중 하나가 비명에 가까운 외침을 지르더니 무릎을 꿇으며 쓰러졌다. 내가 신성을 응용한 힘으로 무형의 압박을 펼쳤기 때문이다. 일전에 아마조네스들을 상대로 만든 기술인데 다방면에 쓸 곳이 많았다.

"바실레우스! 지금 무슨 짓을 하는 것이오!"

오늘 찾아온 원로들은 총 12인이었는데, 의장인 안테노디우스만 빼고 모두 삽시간에 무릎을 꿇은 상태였다. 저 의장이란 양반은 그래도 좀 강단이 있구나. 반면 헬레네와 근위병들은 섬세한 힘의 조절로 전혀 영향을 받지 않았다. 그들은 엎드려서 괴로움을 토로하는 의원들이 신기하다는 표정을 감추지 못하고 있었다.

"무슨 말씀이신지 모르겠군요?"

나는 의뭉스러운 태도로 귀를 후비며 모른 척했다.

"지금 이 힘 말이오! 대체 무엇을 한 것이란…. 크억!"

끝까지 버티던 원로원의 의장 안테노디우스가 몸을 휘청였다. 그는 악착같이 버티고 있었지만 이미 한쪽 무릎이 땅에 닿은 상태다. 나는 그런 악전고투에는 관심도 없다는 태도로 어깨를 으쓱였다.

"노환으로 무릎이 안 좋으신 듯하니 의자라도 가져다 드리오리까?"

"이, 이제야 알겠다. 그건 분명 신의 힘…!"

오? 안목은 좀 있구나. 의장이 젊은 시절에 모험을 좀 다녔다고 하더니 본 건 있는 모양이다.

"설마 제우스의 아들이란 소리가 진짜였나!"

안테노디우스는 낭패한 기색이었다. 나는 무심히 그를 보다가 힘을 거둬들였고 그제야 바닥에 쓰러진 원로들은 숨을 몰아쉬며 헐떡였다. 다들 땀으로 범벅이었고 토악질을 하는 자도 있었다

"허어억! 헉!"

"으아아윽!"

아직도 충격을 벗지 못한 듯 허우적대는 게 우습다. 한때 이들도 전사였는데 권력을 맛 본 뒤로 배때기에 기름만 가득해져서 이런 꼴이라니. 사실 무형의 기운을 제대로 일으키지도 않았는데 말이야.

딱!

손가락을 튕기며 근위병에게 명했다.

"제우스 신전의 최고 사제님을 모시도록."

제우스의 신앙은 위세가 대단해 지역마다 최고 사제들이 있다. 카톨릭으로 치면 추기경 같은 느낌이다. 지금 부른 분은 스파르타와 근처의 도시를 총괄하는 거물로, 그의 말은 공신력이 확실했다. 대전의 문이 열리자 장대한 실루엣이 나타난다.

"허허, 이게 무슨 꼴인지 모르겠군."

곰 같이 큰 덩치를 가진 늙은 사제가 껄껄 웃으면서 대전 안에 나타났다. 그는 아주 화려한 차림에 호화스러운 장신구를 더하고 있었다. 제우스 교단의 교세를 맘껏 드러내며 과시하는 모습이랄까.

"최고 사제님. 이리 오시라 하여 죄송한 마음뿐입니다."

"각하. 그런 말씀 마십시오. 최고신의 뜻을 이미 전해 받았습니다. 각하께서 부르시면 저 먼 오지라도 가야 마땅한데 이리 대전으로 불러주시니 감사할 뿐입니다."

이 최고 사제는 꽤나 오만하기로 유명한 성정인데 내게는 아주 깍듯했다.

"비켜라! 이놈!"

심지어 근처에 굴러다니던 원로 하나는 걷어차는 대범함을 보여준 직후라 더 그렇다. 원로들은 아연실색해졌으나 최고신 제우스의 사제라 그런지 찍 소리도 하지 못했다. 종교 지도자의 권위란 원래 큰데, 심지어 이 세계의 신이란 마른하늘에 날벼락을 직접 던지는 존재니 말 다했다. 그는 헬레네에게도 인사를 한 뒤 자리를 떡 잡고 서서 외쳤다.

"오늘 각하께서 이 몸을 부른 건 제우스 신의 뜻을 만방에 알리도록 하기 위함이다. 너희 무도한 멍청이들이 상황 파악을 제대로 못하는 것 같아 이 어르신이 직접 가르침을 내리겠으니 귓구멍을 잘 파고 듣도록!"

"저, 저런 무도한!"

일국의 원로들에게 할 수 없는 폭언이었지만 듣는 이들은 제대로 항의도 못했다. 제우스 신전의 최고 사제인 데다가 원래 저 양반 성정이 저럼을 알기 때문이다. 만약 그를 건드렸다가 제우스의 분노라도 사면 가문이 풍비박산이 날 터. 이 최고 사제는 왕들도 두려워하지 않는 자인데 원로 주제에 무슨 수가 있겠는가.

"각하께선 너희 우매한 놈들이 짐작도 못할 만큼 고귀한 분이시다. 바로 이 세계의 절대자이자 지존이신 최고신의 아드님이란 말이다! 이는 제우스 신전의 최고 사제인 이 어르신이 보증하는 사안이다."

곁에서 묵묵히 듣던 헬레네가 탄성을 터뜨리며 날 쳐다본다.

"아!"

놀란 건 그녀뿐만이 아니었다. 원로들은 경악을 금치 못하고 있었다.

"세상에!"

"정말 최고신의 아들이라니."

그 와중에도 태세전환이 빠른 자가 있었다. 웬 쥐새끼 같은 수염을 가진 원로 하나가 갑자기 역정을 냈다.

"이보시오! 아들이라니! 아드님이라고 부르시오. 저분이 그대 같은 중늙은이가 함부로 부를 분이라고 생각하시오?"

곁에서 핀잔을 들은 원로 하나가 놀라서 눈이 찢어져라 커졌다.

"이, 이런 미친! 그 사이를 못 참고 배를 갈아타?"

"시끄럽소. 처음부터 이 일은 영 마음에 들지 않더이다."

그리 외친 원로 하나가 허리를 연신 굽실거리며 내 곁으로 다가왔다.

"각하. 헤르도도스라고 하옵니다. 오늘 기휘를 거슬려 드린 점 깊은 사죄드립니다. 그저 개와 말처럼 부려주시면 국가의 안위를 위해 최선을 다하겠습니다."

당연히 이런 태도에 원로들에게서 쌍욕이 터졌으나 이어진 내 태도에 다들 말문이 막혀버렸다. 나는 헤르도도스란 자의 손을 잡으며 퍽이나 감사하다는 듯 웃어보였기 때문이다.

"자나 깨나 국가의 안위만을 생각하는 그대의 모습이 참으로 아름답군. 부디 지금처럼 나라를 위해 올바른 결정만 내려주시길 바라겠네."

어느새 하대로 말투가 바뀌었지만 헤르도도스는 감사하다는 듯 허리를 직각으로 구부렸다. 우리가 서로 그렇게 하하호호, 좋은 분위기를 연출하자 지켜보던 원로들은 사정없이 눈동자가 흔들리기 시작했다.

"크흠, 꼭 이리 일을 시끄럽게 하겠다는 건 아니고…."

"제2국교라니 좀 우리 요구가 무리했소이다."

저마다 딴청을 피우던 그때 나는 방망이를 손에 쥐고 앞으로 나섰다.

"어제 재밌는 이야기가 있다고 들었소이다. 그대 원로들 중에 누군가가 이 몸이 만약 제우스의 아들이면 손에 장이라도 지지겠다고 했다더군. 심지어 내 종이 될 걸 자처했다고 하는데 그대들은 그런 망발을 내뱉은 위인이 누군지 아시오?"

딱. 딱.

방망이로 손바닥을 툭툭 치며 묻자 모든 원로들의 시선이 한 명으로 향했다. 단번에 주목을 받은 그는 긴 수염을 파들파들 떨며 얼굴이 새파랗게 질려버렸다.

"그, 그런 일은 없습니다. 각하."

서둘러 변명하는 그에게 나는 경고했다.

"지금 제우스 신의 최고 사제님이 앞에 계시네. 그분 앞에서 끝까지 거짓을 말할 작정인가?"

"어찌 그런 소문을… 흐윽!"

"예로부터 낮말은 새가 듣고 밤말은 쥐가 듣는다고 했다. 경솔히 입을 놀리는 자는 대가를 치르기 마련. 어디 변명이라도 해보라."

상대는 쉽게 무너졌다.

"어흐흐흑! 죄송합니다! 각하! 부디 용서를!"

퍼억!

방망이부터 바로 집어던졌다. 눈에 날아온 방망이를 맞은 그는 비명을 내지르며 쓰러졌다. 나는 성큼성큼 다가가서 쓰러진 그를 붙잡고는 뺨을 때리기 시작했다.

짜악!

"뭐? 내가 여왕 전하의 침대에서 힘 좀 쓴 것 같다고!"

목소리를 들어보니 헬레네랑 나를 묶어 음담패설을 내뱉었던 그놈이다. 나만 욕했다면 적당히 넘어가려고 했는데 여왕의 명예를 훼손한 죄는 용서하기 어려웠다. 나는 대전에서 마구 놈을 두들겨 패기 시작했다.

퍼억! 퍽! 퍽!

"살려주십시오! 으아아악!"

"감히 여왕 전하를 향해 입에 담기 힘든 말을 내뱉었으니 본디 혀를 잘라야 맞다."

"제발 그것만은! 아아아!"

"듣기 싫다! 이놈!"

늘씬하게 놈을 두들긴 나는 근위병들에게 끌고 가서 옥에 가두라고 했다.

"이 망할 놈은 헤일로타이(노예)로 강등해 내 농장에서 노역을 시킬 작정이다. 불만이 있는 자는 나오도록."

누구 하나 나서는 기색 없이 고개를 돌리고 있었다. 그나마 가장 강단이 있던 의장 안테노디우스는 내 신성을 본 이후로 넋이 나간 상태. 이미 자신과 같은 인간이 아니라고 생각하는 것 같았다. 그래도 상황을 수습해야 하는 건 자신뿐이라고 여겼는지 어렵사리 입을 연다.

"각하, 저희 원로원의 요구가 무리했던 것 같습니다. 제2국교 얘기를 비롯해 모든 걸 철회할 테니 부디 자비를……."

"아니지. 아니야."

어디서 이렇게 끝내려고 해? 싸움을 걸어온 놈들을 이렇게 후퇴하게 해줄 생각은 없었다.

"네?"

"본인은 제2국교 건을 꼭 받아들일 생각이네. 어찌 바실레우스의 위치에 있는 자로서 국가원로들의 의견을 흘려듣겠는가?"

"아니, 그게?"

다들 혼란이 극에 달한 얼굴이었다. 이렇게 위압해 놓고 제2국교를 받아들인다니 이해하기 어렵겠지. 하지만 다 생각이 있으니 그렇다.

"대신 조건이 있다. 본인은 그대들이 아레스 신에 대한 열렬한 신앙으로 주저함 없이 이 조건을 받아들일 거라고 확신한다."

"대체 무슨 조건이기에⋯."

말끝을 흐리면서도 안테노디우스는 이제 불안감을 감추지 못하고 있었다.

"아닌가? 진실로 그대들은 아레스 신을 섬기고 그분의 신앙을 위해 전력을 다하고 있는 게 아니란 말인가? 설마 그런데도 이런 소란을 일으킨 것인가?"

"아니, 그렇진 않습니다."

여기서 아니라고 하면 이 난리를 친 명분을 잃어버린다. 안테노디우스는 뭔가 함정이란 걸 눈치채고는 울상이었지만 이제 그도 어쩔 수 없었다.

"하면 좋다. 제2국교의 조건을 밝히겠다. 우리의 현명하신 여왕께서 명하시길, 국교의 위치는 실로 중하니 모두를 바르게 인도할 고귀한 스승의 존재가 필수불가결이라 하셨다."

"네?"

아직 다들 무슨 소리인지 몰라서 어리둥절해 한다. 나는 그런 그들에게 호통을 치듯 말했다.

"겉으로만 신앙을 외치는 자들이 아니라 정말 고명한 사제가 필요하다 그것이다. 만약 그런 분을 모실 수 있다면 제2국교를 허락하겠다는 실로 합리적이고 현명한 의견이시다."

"그, 그렇군요."

생각보다 훨씬 납득할 만한 의견에 다들 고개를 끄덕였다.

"본인이 이에 수소문을 해보니 델포이 옆에 있는 작은 마을에 그런 고명한 스승께서 계시다고 한다."

당연히 이 마을은 내가 서기로 있던 곳이다.

"분명 이분을 스파르타로 데려온다면 현재 체계가 잡히지 않은 스파르타의 아레스 교단이 백성 모두를 감화할 위치에 올라갈 터. 하여 본인은 그대들의 의견을 받아들여 델포이까지 직접 가서 스승을 초빙하고자 한다."

"네?"

설마 내가 직접 나서다니, 다들 이게 어떻게 된 영문인지 고개를 갸웃거렸다. 하지만 이어진 내 말은 다들 아연실색함을 감추지 못했다.

"이것은 쉬운 여정이 아니니 신앙의 열정으로 뭉친 동반자들이 필요하다. 하면 아레스 신앙의 열렬한 수호자들인 그대들이라면 더없이 적합하겠지."

"네? 네엣?"

"모두 나와 함께 델포이로 간다. 당연한 얘기지만 넘치는 신앙심을 보건대 사양하는 일은 없으리라 본다."

계획은 간단했다. 델포이로 가는 김에 여왕의 정치에 방해가 되는 구신들을 모조리 잡아갈 작정이었다. 가는 길에 잡일도 시키고 짐도 나르게 하면서 말이다. 그리고 헬레네는 그 사이 가문의 수장을 잃은 각 가문을 철저히 해체해 버릴 작정이었다.

"모두 내일까지 완전군장으로 집합한다. 젊은 시절 그대들은 먼 거리를 행군해 전쟁에 나갔다고 들었다. 이제 다시 검을 차고 전사의 위치로 돌아가는 거다."

당연히 열외는 한 명도 인정할 수 없었다.

스파르타에 때 아닌 소란이 일었다. 원로원의 의원들 중 아레스 신앙을 가진 이들이 갑자기 완전군장을 한 채 집합했기 때문이다.

"이게 무슨 일이오? 저 늙은 양반들이 전사처럼 완벽히 차려입었소."

"갑옷과 방패의 무게에 팔다리가 후들거리고 있소만?"

"반나절은 걸을 수 있을지 모르겠구려."

왕궁 앞에 원로들이 젊은 시절 입었던 갑주차림으로 집합하자 그것은 참으로 희한한 볼거리가 됐다. 시민들은 점점 몰려와 저마다 이 괴상한 광경에 수군거렸다. 본디 원로란 것들은 거들먹거리기나 하고 싸움을 잊은 지 오래된 부류기 때문이다. 그때 지켜보던 시민들 사이에서 왁자지껄하게 웃음이 터졌다.

"와하하하! 저것 좀 봐!"

한 원로가 무구를 점검하려는지 자기 칼을 뽑으려 하고 있었다. 하지만 하도 오래 검을 뽑지 않아, 칼은 녹이 잔뜩 슬어 빠지지 않았다. 끙끙거리던 원로는 급기야 엉덩방아를 찧고 넘어졌고 지켜보던 시민들은 조소를 감추지 못했다.

"저런 것들을 국가 원로라고 믿고 따랐다니!"

"스파르타 인이라면 전쟁에 나가지 않더라도 늘 검을 관리해야 한다. 우리에게 그리 가르친 자가 저 늙은이들이 아닌가!"

원로들은 한 순간에 웃음거리로 전락하고 말았다. 하지만 다들 수염을 파들파들 떨면서도 별다른 대꾸를 하지 못한다. 시민들의 비아냥에 틀린 말이 하나도 없었기 때문이다. 그나마 전사이던 과거를 기억하던 이들은 부끄러움으로 고개를 푹 숙인다. 시민들에게 불호령을 내렸던 게 자신들이기 때문이다.

"서방님, 의도하신 대로 된 것 같네요."

멀리서 나는 헬레네와 함께 이 광경을 내려다보고 있었다. 원로들을 모아놓고 웃음거리로 만든 건 내 생각이었다. 이들의 권위를 실추시키기에 이것보다 좋은 방법이 없을 것 같아서였다.

"아직 반항하는 이들이 있지만 잘 정리될 것 같습니다. 전하."

모두가 어제 일에 수긍한 건 아니다. 돌아가서 저택에서 농성을 시작한 자도 있었으니까. 나는 군대를 이끌고 이들을 차례로 격파할 작정이었다. 집구석이 활활 타는 꼴을 본다면 그때서야 오늘 재깍 나오는 게 현명했다는 생각이 들 터. 나는 은은한 분노를 나타내며 헬레네에게 말했다.

"전하, 제가 전하의 침실에서 힘을 썼다니, 참으로 망측한 말을 내뱉은 놈들입니다. 이는 용서할 수 없는 일로…."

"저는 좋은데…."

갑작스러운 헬레네의 말이 훅 치고 들어오자 나는 숨이 막혔다.

"전하?"

헬레네가 말없이 검지를 내 가슴팍에 빙글빙글 돌리며 올려다본다. 오늘따라 입술이 촉촉해 보인다. 특히 우유 빛깔의 하얀 피부라 그런지 분홍색으로 달아오른 볼이 눈에 확 들어왔다. 그녀는 곧 한 마디만 남기고 도망치듯 사라졌다.

"힘 좀 쓰셔도 되는데…."

"이봐, 펠레우스. 멍하지 않는가?"

아탈란테의 말에 나는 말없이 고개를 끄덕였다. 어디 사는 금발의 가슴 큰 여왕님께서 내 가슴에 불을 지르셔서 그렇다. 그렇게 사람 심란해지는 소리를 아무렇지도 않게 하다니. 실

로 요망하신 분이 아닌가.

"별 일 아니야."

나는 고개를 저으며 대오를 살폈다. 완전군장을 한 원로들이 줄줄이 따르고 있었다. 안 가겠다고 반항하는 자들도 있어 무력으로 해결하느라 출발은 며칠이 더 걸렸다. 하지만 결국 알짤 없이 모두 잡혀왔다. 내 포도농장에 가기로 한 자도 이 성지순례(?)가 끝나면 입소할 예정이다. 하지만 이런 행렬 속에서 유일하게 제때 자기 살 길을 찾은 자가 있었다.

"각하."

바로 부침개 뒤집는 것처럼 자기 소신을 바꾼 헤르도도스란 원로 의원이었다. 그는 유일하게 의원 중에 나처럼 말을 타는 걸 허락받은 인물이다. 역시 통수는 타이밍이란 걸 다시 한 번 느끼게 하는 자라 할 수 있었다. 시기절적하게 동료들을 헌신짝처럼 버린 탓에 일신의 안위를 허락받았으니까.

"각하, 이 늙은이가 가문에 대대로 내려오는 귀한 술을 가져왔습니다. 풍광이 아름답고 바람이 선선하니 말 위에서 즐기는 음주도 가히 풍류라 하겠습니다."

"허허, 의원께서 참으로 운치를 아시는군."

우리 둘은 주거니 받거니 술을 나눴다. 뒤에선 스파르타 특유의 중갑을 걸친 의원들이 열이 받은 얼굴로 우리를 쳐다보는 게 느껴졌다. 다 늙어서 완전군장을 꾸려 행군하고 있으니 다들 얼굴빛이 반쯤 죽은 상태. 내가 헤르도도스와 화기애애한 분위기를 만드는 건 이 간신배 같은 놈이 맘에 들어서가 아니라, 원로들의 속을 뒤집기 위해서다. 한데 이런 상황을 맘에 들지 않아하는 건 원로들만이 아니었다.

"각하, 마상에 술이라니요. 혹여나 낙마하실까 걱정입니다. 허허, 의원께서도 참 생각이 없으시오. 각하께 이런 걸 권하고."

괜히 트집을 잡으며 끼어드는 이는 바로 해적선장 아이토스. 낙소스 섬에서 여기까지 날 따라왔다. 하지만 간신배는 간신배를 알아보는 법. 여태 손의 지문이 없어져라 아첨을 떨던 놈이니 헤르도도스의 등장이 반가울 리가 없다.

"하찮은 해적 나부랭이가 감히 이 몸에게 뭐라 하는 것이냐!"

"비록 내 출신이 천하나 현재는 각하의 부관이오. 반면 그대는 다른 원로들과 마찬가지로 죄인이라 하겠으니 어찌 자중하지 않는 것이오!"

두 간신배가 티격태격하는 걸 지켜보는 것도 여행의 무료함을 달래기 괜찮았다. 델포이 옆에 있는 내 고향마을까지 꽤나 기일이 걸릴 것 같았기 때문이다.

그도 그럴 게, 예전에 한 번 델포이에 갔던 것처럼 코린토스 만을 지나지 못하고 육로로 빙 돌아가야 했기 때문이다. 이유는 간단하다. 지금 코린토스 만에 수신이 출몰하고 있다고 해서 배가 완전히 끊겨버렸다. 트리톤 신에게 얻어터진 수신이 코린토스 만에서 자리를 잡고 농성 중이라는 얘기가 들려오고 있었다.

"걷기에는 정말 좋은 날씨로군."

물론 나는 말을 타고 있었지만. 힘들게 걸을 생각은 조금도 없었다.

"그렇습니다. 속보를 명할까요?"

곁에서 아이토스가 한 술 더 뜨고 있었다. 혹하긴 했지만 갈 길이 먼데 벌써 퍼지면 곤란하니 고개를 저었다. 이번 순례 길에 오른 이들은 상당한 숫자였다. 원로 의원들만 온 게 아니라 그들의 식솔과 사병, 하인까지 따라왔으니 그 수가 삼백을 넘었다. 이탈란테는 그게 좀 걱정스러운 모양이나.

"저들이 여정 중에 반란을 일으키지 않을까?"

"걱정할 거 없어. 제우스의 아들을 감히 공격하려고?"

"분명 도움은 되겠지만 너무 그걸 믿지 않는 게 좋을 거다. 펠레우스."

"알고 있어. 하지만 저들 가문이 여왕에게 인질로 잡혀있지. 울며 겨자 먹기로 날 따를 수밖에."

"참으로 너다운 해결책을 갖고 있었군…. 걱정한 내가 바보 같다."

아탈란테와 나란히 말을 타며 그런 소리를 하고 있는데 저 앞에서 한 무리의 백성들이 달려와 엎드린다.

"나으리! 나리!"

"나리! 저희 좀 도와주십시오!"

백성들은 숨을 헐떡이고 있었다. 특히 화마를 뚫고 온 듯 얼굴에 그을음이 가득하다.

"대체 무슨 일인가?"

"흐흐흑! 저희 마을이 이 앞으로 한 시간 거리인데, 도적놈들이 습격했습니다요. 마을을 불태우고 사람의 머리에 칼을 휘두르니 극악무도하기 이루 말할 데가 없습니다. 어흐흐흑!"

대표로 고하는 백성이 원통하다는 듯 가슴을 퍽퍽 쳐댔다. 치안이 개판인 이 세계에서 이런 일은 흔하다면 흔하다. 평소라면 오지랖 넓게 끼어드는 걸 고민해 보겠지만 지금은 딱 좋은 인재들이 있었다. 나는 슬쩍 뒤를 돌아보고는 씩 웃었다.

"원로들이여! 그대들이 자기 몸처럼 사랑하는 백성들이 도탄에 빠졌다. 하여 부탁하노니, 신속히 저들을 구원하고 도적을 쳐 죽이도록!"

갑작스러운 내 명령에 행군으로 지친 원로들은 눈이 휘둥그레진다.

"언제 쉬나 기다리고만 있었는데 이 나이에 도적놈이라 싸우라니…."

누군가 허탈하게 중얼거렸지만 나는 가차 없이 명령했다.

"투입!"

그것이면 충분했다. 원로들은 사병과 가솔을 이끌고 백성들의 안내를 따라 먼저 출발했다. 나는 간신배 헤르도도스에게 감독을 맡겼다.

"저들이 일을 잘하는지 살펴보도록. 어영부영 태업을 한다면 그대가 치도곤을 당할 것이야."

"명심하겠습니다. 각하."

그는 남이 불행해져야 자기가 편해진다는 인생의 법칙을 누구보다도 잘 아는 자였다. 어디서 구했는지 채찍까지 손에 들더니 의욕을 불태우고 있었다. 실로 악당의 교과서였다.

"우리는 느긋하게 따라가자고."

나는 아탈란테, 아이토스, 전향한 해적 노예들을 이끌고 천천히 말을 몰았다. 세월아 네월아 하며 가니 저 앞에서 불길이 오르고 전투의 함성이 들려왔다. 열심히 하는 모양이었다. 그리고 막 마을에 도착하자 마지막 도적놈의 목이 떨어지고 있었다. 역시 다 늙어도 스파르타의 사자들이라 그건가. 게다가 원로들의 가솔과 사병은 전성기의 인간병기들이니 도적놈들이 상대가 될 리가 없었다. 하지만 다들 행군 후의 싸움이라 지친 기색이 역력했다. 그들은 피칠갑을 한 채 날 보고 있었다. 그때 옆에 있던 아이토스가 갑자기 미친놈처럼 크게 외쳐댔다.

"펠레우스 각하 만세! 각하께서 도적놈들을 평정하셨다!"

응? 갑자기 무슨? 나는 이제 왔는데? 하지만 사정을 잘 모르는 백성들은 기뻐하며 내 이름만 외쳐댔다.

"펠레우스 각하! 만세!"

"만세! 만세!"

나는 얼떨결에 찬사를 받으며 말 위에서 손을 흔들어 보였다. 그러자 여태 싸운 스파르타의 원로들은 허탈한 표정이 됐다. 아니, 제일 당황한 건 감독관으로 파견됐던 헤르도도스였다. 그는 눈이 커져서는 당했다는 표정이었다. 반면 아이토스는 득의양양하게 그를 쳐다보며 피식 웃고 있었다.

"펠레우스 각하 만세!"

마을이 떠나가라 외쳐대는 백성들을 보며 내 안에서 순수한 기쁨이 피어올랐다. 사람을 돕는다는 게 이렇게 행복한 일일 줄이야. 게다가 내가 직접 할 필요도 없잖아? 바로 이거다 싶었다. 적성에 딱 맞는 일이었다.

"각하, 부족하나마 저희가 대접하겠습니다."

나는 실상 한 것도 없는데 마을 사람들의 융숭한 대접을 받았다. 이게 꽤 기분이 괜찮았다. 하여 다음날 출발할 때 아이토스에게 슬쩍 언질을 해놨다.

"흠흠…. 어디 곤란한 사람들 있으면 또 알아보도록."

곁에서 듣던 간신배 헤르도도스도 이 얘기를 놓칠 리가 없었다. 결국 둘은 각자 부하들을 풀어서 행군 간에 곤경에 빠진 백성들의 소문을 수집하기 시작했다. 그리고 이틀 뒤에 이번에는 헤르도도스가 한 건 물어왔다.

"각하! 아르카디아 왕국으로 향하는 관도에 거대한 괴물이 나타나 행포를 부리고 있다는 소식입니다! 어서 펠레우스 각하의 이름으로 토벌해야 합니다!"

"오호! 이런 흉흉한 일이! 정의를 위해 도저히 지나칠 수 없겠군!"

우리가 희희낙락하며 이런 이야기를 나누자 곁에서 듣고 있던 스파르타의 원로들이 안색이 새파랗게 변했다. 한 원로는 손에 든 창을 파들파들 떨며 중얼거렸다.

"또 지가 명예는 쳐 먹으려고!"

당연한 얘기다. 나는 말 위에서 손뼉을 쳤다.

"투입!"

일단 명령이 떨어지자 원로들은 어쩔 도리가 없었다. 스파르타에서 상명하복은 가히 신성한 법칙이라 할 정도로 엄격하기 때문이다. 게다가 가도를 막는 괴물을 처리하는 일이니 거절할 명분도 없었다.

"여왕 전하를 위해!"

나는 말 위에서 우리 용감한 전사들을 전송한 뒤, 이후 다시 느긋하게 뒤따라갔다. 도중에 배가 고파 밥을 먹기도 했다. 그리고 괴물이 있는 곳에 도착해 보니 스파르타 인들이 하늘로 날아다니고 있었다.

"으아아악!"

"늙은이 살려!"

괴물은 키가 6미터나 되는 쌍두 거인이었다. 녀석이 나무 몽둥이를 휘두를 때마다 철갑을 입은 스파르타 전사들이 새처럼 날아올랐다. 물론 추락할 때는 날개가 없었다. 하지만 역시 스파르타의 인간 병기라고 할까? 기어코 6미터나 되는 거인을 쓰러뜨리고 말았다.

쿠웅!

육중한 소리와 함께 쌍두 거인이 땅에 쓰러졌다. 간신히 과업을 완수한 원로들이 환호성이라도 질러보려는 그 찰나, 간신배 아이토스와 헤르도도스가 경쟁하듯 미친놈들처럼 외쳐댔다.

"펠레우스 각하 만세!"

"펠레우스 각하 만세!"

입에 거품까지 물고 소리를 질러대는 것이었다. 그러자 구경을 나왔던 인근 백성들은 멋도 모르고 따라했다. 높으신 분들이 외치니 마땅히 따라해야지 싶었던 거다.

"펠레우스 각하 만세!"

"펠레우스 각하 만세!"

인파는 그야말로 열광적으로 소리를 질러댔다. 이제 제법 이 상황을 즐길 줄 알게 된 나는 손을 흔들며 말을 몰아갔다.

"저분이구나! 저분이 펠레우스 님이셔!"

"각하께서 부하들을 보내 괴물을 쓰러뜨리셨다!"

나는 머쓱한 표정으로 겸양을 떨었다.

"백성들에게 도움이 돼 기쁘구나. 여왕 전하의 이름으로 오늘의 승리를 거두었다."

"겸손하시기도 하구나! 각하, 만세!"

이번에도 내가 날로 먹자 여태 죽을 둥 살 둥 싸웠던 원로들은 허탈한 얼굴을 감추지 못했다. 이후 우리는 북상하는 동안 계속 이런 상황이 반복됐다. 아이토스와 헤르도도스가 경쟁하며 괴물의 소식을 모아왔고, 그때마다 나는 손뼉을 쳤다.

"투입!"

그러면 스파르타 인들이 괴물에게 얻어맞아 하늘로 날아오르길 반복했다. 그리고 마지막에는 늘 똑같게 펠레우스 각하 만세로 끝이 났다. 이쯤 되자 원로들은 날 사람이 아닌 다른 무언가로 바라보기 시작했다. 어느 날 내가 또 손뼉을 치려는 그때 원로원의 의장인 안테노디우스가 두 손을 빌며 앞으로 나섰다.

"살, 살려주시오. 제발 그만해!"

의장이 체면도 잊고 울음을 터뜨리기에 나는 마음이 좀 약해졌다. 슬슬 그만할까 싶었는데 뜻밖의 소식이 전해져왔다.

"각하! 각하!"

해적선장 아이토스가 호들갑을 떨며 나타나기에 무슨 일이냐 물었다.

"왜? 이번에는 머리가 셋인 거인이라도 나타났느냐?"

"아닙니다! 아닙니다요! 헉헉!"

꽤나 급하게 온 듯 아이토스는 숨을 몰아쉬었다. 그러더니 어렵사리 헐떡이며 입을 열었다.

"헤라클레스라고 합니다! 헤라클레스! 코린토스 쪽에 대영웅 헤라클레스가 나타나 어떤 신과 싸우고 있다고 합니다!"

"뭐?"

"도시의 삼분지 일이 날아간 뒤에 둘이 황야에서 싸움을 계속하는 중이랍니다. 벌써 이틀 밤낮으로 대결 중이라고 합니다요!"

6. 강의 신 아켈로오스

"뭐라고? 헤라클레스가!"

회귀 후에 제일 놀라운 소식 가운데 하나였다. 나도 모르게 심장이 쿵쿵, 뛰었다. 헤라클레스는 내게 단순히 영웅이 아니라 뒤늦은 후회를 상징하는 인물이기 때문이다.

그때 헤라클레스를 따라갔으면 어땠을까?

이것은 신전 서기로 살아가던 시절 주기적으로 떠오르던 물음이다. 그는 내게 시작하지 못한 이야기이며, 되돌릴 수 없는 선택이다. 그 사실은 늘 나를 괴롭게 만들었다.

"…그때 헤라클레스는 도와달라고 했었지."

회한이 묻어나는 내 중얼거림에 아탈란테가 고개를 갸우뚱거린다.

"무슨 소리야? 아는 사이였나?"

나는 고개를 저으며 결심을 다졌다. 이번에는 헤라클레스를 도와주자. 나는 그에게 마음의 빚이 있다. 딱히 헤라클레스가 도움을 요청한 건 아니지만 이 기회에 그걸 청산하고 싶었다.

"아탈란테. 일행을 통솔하고 있어. 혼자 다녀올게."

"위험하다. 펠레우스."

"모두가 같이 가는 게 더 위험해. 신이 나타났다고 하잖아."

어떻게 인과율을 획득해 강신한 건지 모르겠지만 범상치 않은 일일 터.

"하지만…."

"신과 약간이라도 비벼볼 수 있는 건 나밖에 없잖아. 여의치 않으면 그냥 돌아올 테니까 기다리고 있어."

"알겠다."

아탈란테는 분한 듯 입술을 살짝 깨물었다. 그는 아르테미스에게 버림받은 후에 약간 붕 떠버렸다. 새로 섬길 신을 찾아보는 게 좋을지도 모르겠단 생각이 들었다. 그에 관해 한 가지 생각이 떠올랐다. 나중에 한 번 얘기해 봐야겠군.

"갔다 올게."

길안내로 해적선장 아이토스만을 앞장세우고 말을 급하게 몰았다. 처음에 어떻게 찾나 싶었는데 두 시간 정도 나아가니 금방 발견할 수 있었다.

쿠우우우웅! 쿠웅! 쿠웅!

수 킬로미터 앞에서 마치 포탄이 터지는 것처럼 묵직한 소음이 들려오고 있었기 때문이다. 때때로 빛 같은 게 하늘로 치솟고 대지가 진동할 정도의 대폭발도 일어났다. 그럴 때면 충격파가 여기까지 밀려와 말이 놀라서 울음을 터뜨릴 정도였다.

"저길 꼭 가셔야겠습니까?"

아이토스가 걱정스러운 듯 물어왔다. 나는 고개를 끄덕인 뒤 그를 돌려보냈다. 타고 온 말까지 맡겼다.

"각하, 하면 부디 존체 보존하십시오."

아이토스와 일별한 뒤 폭음이 터지는 방향으로 달렸다.

쿠우우웅! 쿠우우웅!

대체 어떤 상황일지 궁금증을 참기 어려웠다. 하지만 그런 심경인 건 나만이 아니었는지 곧 비밀의 서에 메세지가 떠올랐다.

<무지개 신 이리스가 흥미를 보입니다.>

<전령의 신 헤르메스가 흥미를 보입니다.>

<청춘의 여신 헤베가 흥미를 보입니다.>

이들은 알겠는데, 뜻하지 않은 존재가 있었다.

<수신 다곤이 당신을 노려봅니다.>

세상에, 수신 다곤이라니? 그는 바다에서 원한을 사서 내가 꺼리는 신이다. 그런데 이렇게 주시할 줄은 상상도 못했다. 아르테미스에 비하면 피라미에 불과하지만 내 입장에선 상당히 무서운 적이었다. 게다가 강력한 해저인을 잔뜩 거느려, 트리톤 신을 상대로도 제법 버티고 있고.

"어째 판이 커지는군."

신들의 시선이 몰리고 있으니 긴장하지 않을 수 없었다. 나는 더욱 서둘렀고 마침내 전투의 현장에 도착했다. 그곳에선 장대한 덩치의 두 존재가 천지사방을 흔들며 난투를 벌이는 중이었다.

"내 주먹이 두려운가!"

크게 외치는 인간은 역시 헤라클레스가 맞았다. 과거의 기억 그대로 네메아의 사자 가죽을 몸에 두른 근육질의 장사였다. 그의 화려한 몸놀림을 따라 길게 기른 머리칼이 흔들리고 있었다.

"닥쳐라! 인긴 주제에!"

반면 헤라클레스와 싸우는 신은 소머리에 인간의 몸을 가진 미노타우르스 형태였다. 키는 3.5미터가량으로 헤라클레스를 내려다보며 거대한 도끼를 눈에 보이지도 않게 휘두르고 있었다.

"음…. 저 신은 대체?"

상황을 지켜보던 나는 지금 헤라클레스와 싸우고 있는 신이 누군가에 대해 고민했다. 그러다 회귀 전 역사에서 헤라클레스가 신과 싸운 유명한 일화가 있음을 떠올렸다.

설마 그 강의 신인가?

"아켈로오스?"

문뜩 신의 이름을 입에 담자 저 멀리서 싸우던 미노타우르스 외형의 신이 날 힐끔 쳐다본다. 신의 눈길에 뭐라도 하려나 싶어 순간 움찔했다. 하지만 그는 내가 별 볼일 없다 여겼는지 다시 헤라클레스에게 집중했다.

"맞네, 맞아."

저 신의 반응을 보니 확실해졌다. 원래 역사에서 헤라클레스는 '데이아네이라'라는 여자 때문에 강의 신 아켈로오스와 격돌한다. 그때 아켈로오스는 황소로 변해 헤라클레스와 맞붙었다고 한다. 금서에서 읽은 지식에 의하면 아켈로오스는 본디 물고기의 하반신을 가진 미남자라 했다. 하면 저 미노타우르스의 모습은 육지에서 싸우기 위한 외형인 것 같았다.

일단 자세한 사정은 모르겠지만 난 헤라클레스를 돕기로 했다. 과거 내가 만난 그는 강하지만 배려심 있는 사내였다. 분명 그런 자가 불의한 일을 했을 리 없단 생각이 든 것이다. 반면 신이란 족속들은 하나 같이 구리지 않은가.

"신이 된 자가 어찌 인간과 이리 치열하게 다투신단 말입니까! 지상에서 신이 힘을 쓰면 무고한 인간들이 다칠 수 있습니다. 부디 자중해 주십시오."

내 부탁에 미노타우르스의 모습을 한 강의 신 아켈로오스는 코웃음을 터뜨렸다.

"하핫! 그깟 인간이 죽든 말든 무슨 상관이냐! 어차피 봄에 강물을 범람 시킬 때마다 떼로 죽는 게 너희 인간이거늘! 남의 일에 상관하지 말고 꺼져라!"

<수신 다곤이 아켈로오스의 말에 적극 동의합니다. '부글부글, 뽀글뽀글.'>

아무래도 수신의 말은 거품이 끓어오르는 것 같아서 알아먹을 수가 없구나. 신경 쓰지 말아야지. 그때 헤라클레스는 황급히 내게 외쳤다.

"물러나시게! 그대가 감당할 존재가 아니니!"

헤라클레스는 예전에 봤던 그대로의 성품이었다. 거대한 힘을 가졌으면서도 품성은 따뜻한 자였다. 나는 헤라클레스를 도와야겠다는 생각이 더욱 확실해졌다.

"강의 신이시여! 말을 듣지 않겠다면 각오하십시오!"

내 일갈에 아켈로오스는 비웃음을 터뜨렸다.

"크하하하! 오늘따라 별 버러지가 꼬이는군! 타핫!"

그는 어이없다는 듯 가볍게 힘을 방출했다. 마치 바쁜 와중에 벌레를 밟아 죽이는 듯한 태도였다. 하지만 이 몸, 비록 신과 겨룰 실력은 없다고 하나 저런 잔 공격에 당할 만큼 약하지도 않다. 앞으로 손을 내밀어 보이지 않는 사각의 방어막을 만들어냈다.

카아앙!

제때 막아낸 탓에 요란한 충돌음이 터졌다. 그리고 내 눈에 허공에 신성을 응용해 만들었던 사각의 방어막이 마치 포탄이라도 맞은 것처럼 뻥 뚫리는 게 보였다. 하지만 방어막을 돌파하느라 아켈로오스가 쏘아낸 힘은 궤적이 틀어졌고 결국 내 옆을 스쳐지나갔다.

콰아아아앙!

뒤쪽에서 커다란 폭음이 터져 나왔다. 빗나간 무형의 힘이 커다란 폭발을 일으킨 것이다. 머리칼이 마구 흩날렸고 화끈한 열기가 뒤통수에서 느껴졌다. 식은땀이 날 정도의 위력이다.

<수신 다곤이 매우 애석해 합니다.>

살짝 공격한 것 같은데 내 방어막을 뚫고 가 저런 폭발을 일으키다니. 무협 소설로 치면 탄지공이라고 해야 할까? 그렇게 손가락을 튕기는 듯한 느낌이었는데 말이지. 역시 거대한 아

켈로스 강의 주인인 정식 신이라 그런지, 여태 본 반신이나 하급신과는 차원이 달랐다. 그나저나 그런 신과 싸우는 헤라클레스는 대체 뭔지….

"네놈! 대체!"

이쪽만큼이나 저쪽도 꽤 놀란 모양이다. 아켈로오스 신은 바쁘게 싸우면서도 눈이 커져있었다. 헤라클레스도 주먹을 내지르면서도 의외란 얼굴로 날 힐끔 쳐다본다.

"신성을 가진 놈이로구나!"

아켈로오스는 자신의 공격을 막은 게 신성이란 걸 바로 알아본 모양이다. 그래서인지 미간을 좁히고 날 경계하는 기색이었다. 헤라클레스는 그런 상황에 반색했다.

"뜻하지 않는 도움을 받는군!"

예상 외로 내가 한 가닥 하자 아켈로오스는 날 신경 쓰지 않을 수 없었다. 그래서 헤라클레스에게 다소 여유가 생겼다. 반면 소의 머리를 한 아켈로오스는 콧김이 거칠어져 있었다.

"감히 신의 일을 방해하려 하다니! 네놈! 이 일을 절대로 그냥 넘어갈 거라 생각하지 마라!"

"글쎄…."

아르테미스와 데스 매치를 했을 정도로 간덩이가 부은 나인데 저런 협박이 먹힐 리가 없다. 나는 아켈로오스의 고성을 무시하고는 신성을 끌어내 투창을 만들기 시작했다. 이번에는 눈으로 확실히 보이는 힘이다.

지이잉!

빛의 입자가 사방에서 몰려들며 이형(異形)의 투창이 만들어지기 시작했다. 머리만 비대하게 큰 형태로 일전에 테티스의 오라비인 반신 오이테스와의 대결에서 사용했던 것이다.

"헤라클레스여! 제가 이 투창을 던지면 기회가 생길 것입니다! 그때 저 강의 신을 날려버리십시오!"

내 말에 소머리를 하고 있는 아켈로오스가 크게 웃음을 터뜨렸다. 그는 헤라클레스와 공방을 지속하면서도 날 비웃어 댔다.

"그런 작은 신성을 다룬다고 오만방자하기 그지없구나! 어디 마음껏 던져보아라!"

아마 신성을 응용해 만든 창이라도 간단히 막을 수 있다고 생각하겠지. 하지만 내게는 그가 생각하지 못하는 두 가지 강점이 있었다. 하나는 헤라클레스의 보석을 흡수한 탓에 괴력을 가지고 있다는 거고, 두 번째는 과학의 힘을 사용할 줄 안다는 거다.

"하면 어디 막아보시길!"

나는 꼴뚜기 장군 오이테스의 허를 찔렀던 이형의 투창을 힘껏 집어던졌다. 그러자 아켈로오스는 별 것 아니라는 듯 방어막을 전개한다. 하지만 이 투창은 날개안정분리철갑탄의 원리가 적용된 것이다. 형태는 이전보다 더욱 정교해졌다. 당시에는 급하게 만드느라 원리만 간신히 적용할 수 있었다면, 이번에는 몇 번의 시행착오 끝에 나름대로 최적화를 이룬 상황이었다.

퍼엉!

날아가던 투창이 공중에서 폭발을 일으키며 분리된다. 날카로운 관통자가 돌출되더니 그대로 아켈로오스가 만든 방어막을 관통해 버렸다. 그리고 아켈로오스의 이마에 직격됐다.

캉!

짧고 높은 소리와 함께 아켈로오스의 소머리가 옆으로 돌아간다. 설마 정말 이렇게 될 줄은 몰랐던지 헤라클레스도 놀라서 공격을 멈췄을 정도였다. 한데 당사자인 아켈로오스는 어떻겠는가? 천천히 고개를 다시 돌린 그는 도저히 믿을 수 없단 표정이었다.

"뚫렸다고? 방금 방어막이?"

주륵.

그때 아켈로오스의 이마에서 한 줄기 선혈이 흘러내렸다. 물론 내가 만든 상처는 그게 다였다. 아무리 신성을 써 철갑탄의 원리를 응용해 던졌어도 신의 몸에 살짝 생채기를 낸 게 전부다. 하지만 그게 동시에 충격적이기도 했다. 어쨌든 신에게 상처를 냈으니까.

<수신 다곤이 대경해서 물고기 입을 쩍 벌립니다. '부글부글! 뽀글뽀글!'>

아켈로오스도 수신 다곤만큼 놀란 듯했다.

"말도 안 된다… 고작 인간에게."

물론 이것은 그가 날 철저히 얕본 결과기도 하다. 신의 힘이라면 의지로 일대의 투사체를 금지해버리는 것도 가능하니까. 만약 그렇게 했으면 내 투창은 날아가다 소멸했을 터. 하지만 그는 날 우습게 본 데다가 힘을 아끼기 위해서 손쉬운 방어막을 만들었다. 물론 그 방어막도 대단한 것이겠지만 철갑탄에겐 간단히 뚫려버렸다.

"이놈! 절대 살려놔서는 안 될 놈이로구나!"

아켈로오스는 격분해서는 내게 달려들려고 했다. 하지만 감정에 휘둘린 대가는 컸다. 그는 큰 빈틈을 노출했고 지켜보고 있던 헤라클레스는 놓치지 않았다.

퍼어억!

둔탁한 소리와 함께 헤라클레스의 철권이 아켈로오스의 옆구리에 꽂힌다.

"커억!"

거대한 아켈로오스의 허리가 꺾인다. 그리고 헤라클레스는 그 틈에 그의 소뿔을 잡아서 단번에 부러뜨려버렸다.

투각!

"음머어어어어!"

고통에 찬 소의 울음이 사방을 쩌렁쩌렁하게 울렸다. 아켈로오스는 머리에서 피를 철철 흘리며 사방에 뿌려댔다.

<청춘의 여신 헤베가 헤라클레스를 몽롱하게 바라봅니다.>

<무지개 신 이리스가 헤라클레스를 몽롱하게 바라봅니다.>

두 신은 헤라클레스의 용력에 깊은 인상을 받은 모양이었다. 그건 그렇고, 이리스 신이시여… 자중하시옵소서.

"너희 두 놈! 오늘의 원한은 결코 잊지 않겠다!"

결국 아켈로오스는 싸움을 포기하고 몸을 돌리더니 달아나기 시작했다. 헤라클레스는 장기인 활을 쏴 몇 방이고 아켈로오스의 등에 꽂아 넣었다.

퉁! 퉁!

좋은 공격이었으나 작정하고 도망치는 신을 막기에는 부족해서 결국 놓치고 말았다. 하지만 아쉬워할 건 없었다. 신을 상대로 인간이 이겼다는 건 정말 대단한 승리였으니까. 그래서인지 지켜보던 신들도 놀란 기색이 역력했다.

<전령의 신 헤르메스는 혹시 자신이 헤라클레스를 섭섭하게 한 건 없는지 고민해 봅니다.>

<무지개 신 이리스가 거들먹거립니다. '저 놀라운 펠레우스가 날 섬기고 있다네.'>

<청춘의 신 헤베가 놀라움을 표합니다. '아테나 여신이 노리는 영웅이라더니, 과연 대단하군요!'>

하지만 제일 눈에 띄는 반응은 마지막에 올라왔다.

<수신 다곤이 한숨을 내쉽니다. '뽀그르르….'>

<수신 다곤은 요즘 되는 일이 없다고 시무룩해 합니다. 그는 곧 어깨를 늘어뜨린 채 떠납니다. '뻐끔뻐끔….'>

수신 다곤은 그렇게 쓸쓸이 사라졌다. 그리고 다곤을 시작으로 다른 신들도 시선을 거뒀다.

<무지개의 신 이리스가 언젠가 당신이 헤라클레스를 소개해 주길 바랍니다. '후훗, 기대하겠다. 소년.'>

<전령의 신 헤르메스는 어떻게 하면 당신과 친해질 수 있을지 생각합니다.>

<청춘의 여신 헤베는 당신에게 좋은 인상을 받았습니다.>

강의 신도 떠나고 지켜보던 신도 떠났다. 이제 헤라클레스와 나만 벌판 위 남아 있었다. 그가 이쪽을 강렬한 눈빛으로 쳐다보고 있었다. 부리부리한 눈매와 목탄을 칠한 듯 굵고 검은 눈썹, 그리고 사자 갈기 같은 검은 머리칼은 기억 속의 모습 그대로였다.

인간 중 가장 강한 존재이며, 전설에 의하면 지상의 누구도 그를 이기지 못했다고 한다. 심지어 몇 년 뒤, 헤라클레스의 힘이 절정에 달하면 아폴론을 상대로 물러나지 않을 정도가 된다. 기억에 의하면 그때쯤 유명한 사건이 일어나는데, 헤라클레스는 델포이에서 아폴론의 여사제에게 신의 뜻을 묻는다. 하지만 아폴론이 대답하지 않자, 그는 여사제의 신물을 빼앗고 그깟 태양신의 신탁 따위는 필요 없다고 일갈한다. 당연히 아폴론은 대노했고 둘이 충돌하기 직전까지 가는데, 제우스의 중재로 겨우 상황이 마무리된다. 도저히 일개 인간이라고 할 수 없는 위용이다.

"젊은 용사여. 그대의 도움에 온 마음으로 감사하네. 하지만 어찌 날 도운 건가?"

헤라클레스는 내 앞까지 다가오더니 근심어린 표정을 짓는다. 강인한 인상에 어울리지 않는 순박한 얼굴이었다. 그는 힘에 취해 폭주하지 않을 때는 언제나 이런 호인이라고 한다.

"강의 신 아켈로오스는 옹졸하기로 이름 높은 자라네. 자네의 용기가 화로 보답 받을까 걱정이군."

나는 아니라는 듯 고개를 저었다. 헤라클레스를 도울 수 있어 진심으로 기쁘기도 했고.

"헤라클레스여, 당신의 위명은 평소 듣고 있었습니다. 시시비비를 알지 못하나 싸움을 멈춰야겠단 생각이 들어 나섰습니다."

"이 헤라클레스가 자네에게 큰 빚을 졌군. 부디 이름이라도 알려주시게."

"저는 스파르타의 바실레우스인 펠레우스라고 합니다."

이름을 밝히자 예상 외로 헤라클레스가 화들짝 놀란다.

"펠레우스! 요즘 만나는 시인들마다 그 모험담을 노래한다는 영웅 말인가! 진정 자네가 삼두 해적단을 소탕하고 낙소스에서 아마조네스들을 점령한 그 펠레우스?"

헤라클레스는 매우 반갑다는 듯 내 손을 잡고 마구 흔들어 댔다. 그 때마다 나는 휘청거려서 혼이 났다.

"윽!"

내 비록 헤라클레스의 보석을 흡수했다고 하지만 본류인 그의 힘에는 역시나 미치지 못하는군. 하긴 아까도 강의 신에게 철권을 먹여 응징했을 정도니 말 다했다.

"알아봐 주시니 영광입니다."

"알다 마다! 내 자네에게 크게 고마운 마음을 갖고 있다네."

"제가 당신을 만난 건 오늘이 처음인데…."

"칼리돈의 멧돼지 말일세!"

응? 아르테미스의 신수인 칼리돈의 멧돼지가 헤라클레스랑 관계가 있었나?

"내 친우인 멜레아그로스가 칼리돈의 멧돼지 때문에 큰 골치를 앓고 있었네. 그대가 멧돼지를 잡는 바람에 그가 한시름을 놓았지."

이제야 어떻게 된 건지 알 수 있었다. 원래 역사에서 칼리돈 왕국을 습격했던 아르테미스의 멧돼지는 아탈란테와 멜레아그로스가 합작해서 쓰러뜨린다. 그런데 생각해 보니 칼리돈의 왕자 멜레아그로스는 대영웅 헤라클레스의 둘도 없는 친구기도 하다. 내가 자기 친우의 근심을 해결해줬으니 저렇게 반가워하는 것이로군. 이거 뜻하지 않게 헤라클레스와 좋은 분위기구나.

"펠레우스! 그대에게 깊은 감사를 표하고 싶네. 오늘 일을 어찌 보답하지 않고 견딜 수 있겠나."

"보답을 바라고 한 일이 아닙니다."

"이 사람! 그렇게 말하면 안 돼!"

헤라클레스는 어림없다는 듯 내게 어깨동무를 하고는 껄껄 웃어댔다. 다행히 그는 내가 스파르타의 바실레우스라고 해도 전혀 신경 쓰는 기색은 아니었다. 하긴 여러 왕과 왕자를 친구로 두고 있는 대영웅이니 자기 힘만큼이나 인세의 신분을 초월한 거겠지.

"아니, 잠깐! 그러고 보니 코린토스에서 소문으로 듣기론 자네가 제우스 신의 아들이라고 들었는데 맞나?"

듣자니 제우스 신이 자기 신전 곳곳에 신탁을 내려 나를 아들로 공인한 것 같았다. 그래서 헤라클레스도 들은 모양이다.

"맞습니다."

"크하하하! 잘 됐군. 사실 이건 비밀이네만, 나 역시 최고신의 자식이라네."

헤라클레스는 대외적으로는 유명한 장군 암피트리온의 아들로 알려져 있다. 하지만 사실 그는 양부에 불과하고, 헤라클레스는 제우스의 자식이 맞다. 나는 이런 인연의 끈을 재빠르게 이용했다.

"하면 저와 형제나 마찬가지군요."

내 얘기에 헤라클레스는 반색했다.

"참으로 옳은 말일세. 목숨을 구해준 이를 형제로 여겨도 바른 일 텐데, 같은 핏줄이니 더 말할 것도 없네. 앞으로 내 자네를 아우로 여기도록 하지."

"감사합니다. 저도 형님이라고 부르겠습니다."

뜻하지 않게 헤라클레스랑 호형호제하게 됐구나. 생각보다 그와 깊은 인연을 맺게 될지도 모르겠다. "한데 형님, 어찌 강의 신 아켈로오스와 싸움을 벌이셨습니까?"

"아, 그게 말일세."

헤라클레스는 인상을 찌푸리더니 쓰고 있던 네메아의 사자 가죽을 벗어 바닥에 깔고는 털썩 주저앉았다. 나는 옆에 앉아서 비밀의 서 안에서 포도주와 빵을 꺼내주었다. 그러자 그는 매우 놀라워했다.

"아우는 매우 신기한 능력을 가졌구먼. 어찌 허공에서 음식을?"

"형님의 힘에 비하면 잔재주에 불과하지요. 시장하실 텐데 어서 드시지요."

우리는 함께 음식을 나눠먹었다. 배가 고팠던 듯 한참 허겁

지겹 먹던 헤라클레스는 포도주를 자루째 뱃속에 들이부은 후에야 만족한 듯 입을 열었다.

"후우, 이제야 살만 하군. 하면 아우의 의문에 답해줘야겠지. 사실 강의 신 아켈로오스가 내 친우의 여동생을 납치했다네."

"여동생이요?"

"그렇다네. 칼리돈의 왕자 멜레아그로스의 여동생인 데이아네이라 공주라네."

칼리돈의 왕자인 멜레아그로스란 이름이 다시 등장했다. 아, 맞다. 그제야 나는 원래 역사가 생각났다. 그 데이아네이라는 여자가 후일 헤라클레스의 부인이 되는구나. 헤라클레스는 강의 신과 싸워 친우의 여동생을 지켰고, 결국 그녀를 아내로 삼게 된다. 나는 어쩌다 그 싸움 한 가운데 끼어들게 된 것이다.

"공주는 지금 어디에 있습니까?"

헤라클레스는 내 물음에 길게 한숨을 내쉬었다.

"현재 강의 신의 궁전에 갇혀 있다네. 다만 자신의 정조를 지킨 채로 버티고 있지."

나는 그 말에 의문을 품고 조심스럽게 물었다.

"어찌 그게 가능합니까? 무력한 여인이 신의 탐욕 앞에서? 제가 알기로 데이아네이라 공주는 대단한 미인이라 들었습니다."

"그리 생각하는 게 당연하네. 하지만 이번에는 헤스티아 여신께서 보고 계시기 때문이지."

"헤스티아 님께서요?"

"그렇네. 헤스티아 여신께서 처녀성의 영역을 아르테미스에 넘겨받은 이후 이전과 다르게 세상사에 조금씩 관여하고 계시지."

아, 헤스티아 님께서 아르테미스를 대신해 처녀의 수호자가 된 것이로군. 얘기를 들어보니 공주가 자발적으로 받아들이지 않는 이상 강의 신 아켈로오스는 헤스티아의 눈치를 보느라 어쩌질 못하고 있다고. 현재는 자기 궁전에 잡아두고 있는 게 다라고 한다.

"언제까지 버티지는 못할 텐데요?"

"한동안은 문제가 없을 거네. 하지만 결국에는 공주도 지쳐서 강의 신 아켈로오스를 받아들일 수밖에 없겠지. 특히 그 고약한 신이 그녀의 고향인 칼리돈의 물줄기를 마르게 하겠다고 협박 중이라, 고결한 공주가 나라를 위해 희생할까 싶어 친우가 걱정 중이라네."

듣자니 여동생을 아끼는 칼리돈의 왕자 멜레아그로스는 방방 뛰고 있다고 한다. 하지만 강의 신의 궁전이 거대한 아켈로스 강 아래 있으니 어쩔 도리가 없다고. 심지어 헤라클레스조차 고개를 내저을 정도였다.

"내 지상에서의 용력은 누구에게도 뒤지지 않으나 물속에서 강의 신과 싸우는 건 자살 행위네."

맞는 말이다. 심지어 강의 신은 미노타우르스로 변해 지상에서도 헤라클레스랑 비등비등하게 싸우지 않았나. 그는 아켈로스 강의 주인인 만큼 결코 약한 신이 아니었다.

"흐음…."

헤라클레스는 하늘을 멍하니 올려다보며 고민하다가 내게 조언을 구했다.

"면목 없는 일이네만 지혜를 빌려주면 안 되겠나? 소문을 들으니 아우는 꾀돌이라 불리는 오디세우스도 혀를 내두를 정도의 인물이라 들었네. 아우라면 묘책이 있을 것도 같네만."

쉬운 일이 아니었기에 나도 생각에 잠겼다. 묵묵히 눈을 감고 있자 헤라클레스는 마음이 조급해 졌는지 내게 제안을 해왔다.

"이 일을 도와주면 오늘 일에 더해 크게 보답하지. 설령 신과 싸우는 일이라고 해도."

"정말이십니까?"

신과 정말로 싸워야 하는 내 입장에선 아주 반색할 만한 제안이었다. 헤라클레스는 아마 자기 제안이 어떤 결과를 초래할지 상상도 못하는 모양이었지만 껄껄 웃어댔다.

"물론이네. 나는 신조차 두려워하지 않는다네."

"좋습니다. 형님. 그 약속을 잊지 마십시오. 형님의 문제를 해결해 드릴 테니 후일 제가 신과 싸우게 된다면 반드시 도와주셔야 합니다."

"좋네! 좋아! 이토록 골치 아픈 일보다 누군가를 쳐부수는 게 훨씬 간단하니까."

헤라클레스의 도움은 그야말로 내 목숨을 한 번 살려줄 비장의 카드다. 이번에 그를 도와서 반드시 얻을 필요가 있었다. 게다가 헤라클레스는 몇 년만 지나면 최전성기에 이르지 않

나. 그때가 되면 삼주신(제우스, 포세이돈, 하데스)이나 헤스티아, 헤라 같은 크로노스의 자식이 아니라면 누구든 두려워하지 않을 위치에 이르게 된다. 지상에서 구할 수 있는 가장 강력한 아군이라 할 수 있었다.

"으음…."

잠시 생각할 시간을 달라고 하고 숙고에 들어갔다. 헤라클레스를 돕는 것만이 아니더라도 이번 일은 헤스티아 여신님에게 점수를 딸 절호의 찬스니 놓칠 수 없다. 헤스티아가 칼리돈의 공주를 돌보고 있으니, 그녀를 구해준다면 크게 호감을 얻을 수 있을 터.

"일단 아켈로스 강은 델포이의 서쪽에 있군요."

"아우, 델포이에 볼 일이 있나?"

"네, 그 근처에 용무가 있어 일행을 이끌고 가는 중입니다. 들러서 일을 처리하고 아켈로스 강으로 가도 될까요?"

잠시 생각하던 헤라클레스는 고개를 끄덕였다.

"괜찮을 것 같네. 공주도 하루아침에 무너지지는 않을 테니까. 본디 나도 몇 달의 여유가 있다고 생각하고 행동 중이었네. 게다가 아켈로오스는 도망치며 내 화살에 몇 발을 얻어맞았지. 한동안 치료해야 할 테니 공주를 압박할 여유가 없을 거야."

대단하군. 헤라클레스의 화살이 치명적인 건 알고 있었지만 신에게 그 정도의 상처를 입히다니.

"그렇다면 제가 형님을 도울 수 있을 것 같습니다."

"정말인가!"

다행히 묘책이 떠올랐다.

"네, 이 부족한 아우가 한 번 나서보겠습니다."

"고맙네! 정말. 이 은혜는 잊지 않겠네."

내가 좋아하는 말 중에 '영원한 적은 없다'란 게 있다. 마침 나랑 척을 진 자가 이번 일을 해결할 열쇠가 돼줄 것 같았다. 장대한 아켈로스 강은 코린토스 만의 입구 쪽에 위치해 있으니까.

"아우, 대체 무슨 방법을 준비한 건가?"

"그저 신들의 처지를 이용하려는 것입니다."

나는 헤라클레스에게 간단한 설명을 해줘야함을 깨닫고는 막대기로 바닥에 지도를 그리기 시작했다.

"현재 수신 다곤이 트리톤 신의 군세에 쫓겨 이 코린토스 만에 갇혀 있는 상태입니다."

"맞네. 그 때문에 코린토스 만에 해저인들이 들끓어 배가 모두 끊겼다고 하더군."

"그런데 여기 아켈로오스가 다스리는 아켈로스 강은 코린토스 만으로 들어가는 입구에 위치해 있습니다."

그제야 제우스는 강의 위치가 오묘함을 깨닫고는 감탄사를 내뱉는데.

"호오…."

"코린토스 만을 공격하려는 트리톤 신이나, 이를 막으려는 수신 다곤이나, 양자 모두에게 중요한 가치를 가지는 게 바로 이 아켈로스 강입니다. 어떻게든 둘 다 이곳을 점령하고 싶을 것입니다. 우리는 그걸 이용해야 합니다."

아켈로오스가 다스리는 강을 갖고 싶어 하는 신이 둘이나 있다니, 이 훌륭한 카드를 쓰지 않는다면 바보다. 그들 모두 탐욕스러워 이번에 아켈로스 강을 얻는다면 다신 내놓지 않을 위인들이니까.

"형님, 이 부족한 아우가 그간 느낀 것이 온데, 신을 상대하는 데는 같은 신의 힘을 빌리는 게 제일이었습니다. 강의 신의 궁전이 물속에 있다 걱정하지 마십시오. 물속에서 누구보다 강한 이들의 도움을 받으면 될 테니."

일이 참 재밌게 흘러갈 것 같았다. 설마 내가 수신 다곤과 화해하게 될 거라곤 생각도 못했으니까. 하지만 그를 위해서 전제 조건이 필요했다.

"형님, 일단 수신에게 바칠 만한 공양물을 마련해야 합니다. 적당한 게 없겠습니까?"

내가 공양의식을 통해 수신 다곤과 협상하겠다고 하자 헤라클레스는 상당히 놀라워했다. 그리고 무언가 제물로 적당한 게 없냐는 말에 턱을 괴고 생각에 잠겼다.

"공양의 제물이라…"

그가 고민하는 사이에 비밀의 서가 속으로 말을 걸어왔다.

-펠레우스, 물속의 일이라면 그냥 트리톤 신에게 도움을 청하면 되는 게 아니냐?

상식적으로 당연한 물음이었다. 하지만 신들의 사정을 잘 아는 나인지라 수신 다곤을 교섭의 대상으로 삼은 것이다.

-그게 좀 어려워. 트리톤 신이랑 아켈로오스 신은 서로 사돈이거든.

-이런, 그래서 그랬군.

신들은 결혼동맹으로 복잡하게 엉켜있는데 이것 역시 그런 한 가지 예 중 하나다.

-내심이야 트리톤 신은 아켈로오스가 다스리는 아켈로스 강을 갖고 싶겠지. 하지만 사돈지간이니 아무리 신들의 세계가 막장이라고 해도 적극적으로 나서긴 힘들 거야. 설령 트리톤을 설득한다고 해도 간접적인 도움에 그칠 것 같아서 말이지.

-호오…. 역시 이런 부분에선 네놈 잔머리가 쌩쌩 돌아가는구나. 착한 일에는 한없이 백치에 가깝더니.

-시끄러워. 아무튼 수신 다곤은 트리톤과는 달라. 그에겐 반드시 아켈로스 강이 필요하니까.

-왜?

-생각이란 걸 좀 하고 살아라. 아니, 책이라서 뇌가 없는 건가. 아켈로스 강의 코린토스 만의 입구에 있어 마치 요새 같은 역할을 해줄 수 있다.

-요새?

-만약 해저인들이 아켈로스 강에 머문다고 생각을 해봐. 그리고 얻을 수 있는 이점을.

나는 바닥에 대강 그린 지도를 슬쩍 가리키며 설명했다.

-트리톤의 군대가 코린토스 만으로 들어간다면, 아켈로스 강에 있는 해저인들이 몰려나와 뒤통수를 치는 게 가능해진다. 수신과 앞뒤에서 협공할 수 있단 소리지. 반대로 트리톤이 아켈로스 강을 공략하는 건 쉽지 않다. 강은 바다에 비해 좁으니 길목을 잡고 버티면 방어에 유리하거든. 그 사이 수신 다곤

이 지원을 올 수도 있고.

이건 궁지에 몰린 수신 다곤에겐 절호의 기회라 할 수 있었다. 그래서 회의적인 비밀의 서의 반응에도 나는 확신했다.

-내가 살던 세계에 이런 말이 있다. 물에 빠지면 지푸라기라도 잡는다고. 수신 다곤은 절박하다. 대화에 응할 수밖에 없어. 그러니 공양의식에 필요한 걸 구할 필요가 있다는 거지.

-이해하겠다. 하지만 그런 행동은 트리톤 신을 향한 배신이 아닌가?

-아까 말했지? 영원한 적은 없다고. 다시 말해 그건 영원한 아군도 없단 소리다.

내 단언에 비밀의 서는 기가 막혀 했다.

-허허, 이런 고약한.

-어디까지나 나는 이 일의 여파에 대해 아둔해서 예상하지 못한 거다. 그저 강의 공략을 위해 수신의 손을 빌렸는데, 예상치 못하게, 본의 아니게 트리톤에게 피해가 가고 마는 거야.

산다는 게 다 그런 거 아니겠나. 때때로 갑자기 날아온 공에 얼굴도 맞고 그러는 게 인생이다.

"괜찮은 제물이 있긴 하네."

그때 헤라클레스가 입을 열었다.

"상념이 길어져서 미안하군, 아우. 제물에 대해 생각하다가 내 처지에 대한 게 떠올라 그만 마음이 가고 말았네."

어쩐지 뭔가를 오래 생각하더라. 역시 아무리 강한 이도 깊은 시름은 어쩔 수 없는 건가.

"괜찮습니다. 형님."

"이해해주니 고맙구먼. 사실 나는 지금 어떤 과업을 수행하고 있다네."

헤라클레스의 말에 바로 알 수 있었다. 아마 지금 그는 그 유명한 12가지 과업을 수행 중인 모양이다. 어느 정도까지 진행했는지는 궁금했지만 아는 척 티를 낼 수는 없어서 천연덕스럽게 물었다.

"과업이요?"

"후우… 그렇다네. 내 씻을 수 없는 죄에 대한 처벌이자 속죄이지."

나는 그 씻을 수 없는 죄가 무엇인지 알고 있다. 그건 바로 헤라클레스가 광기에 빠져 자기 아내와 자식을 때려죽인 일이다. 헤라클레스는 그 일로 충격을 받아 자살을 하려 했으니 아테네의 영웅 테세우스의 간곡한 설득으로 그만두게 된다. 그런데 헤라클레스가 참으로 가여운 게 그가 어느 날 미쳤던 건 신들의 여왕 헤라가 내린 저주 때문이었다. 하지만 그는 모든 죄를 자신의 탓으로 돌리고 있었다.

"속죄입니까?"

내 물음에 헤라클레스는 슬픈 얼굴로 고개를 주억였다.

"그렇다네. 나는 속죄로 티린스의 왕 에우리스테우스에게 12년간 봉사하게 됐네. 현재 그를 위해 두 가지 과업을 완수했다네. 첫 번째 과업은 네메아의 사자를 죽이는 일이었고, 두 번째 과업은 히드라를 사냥하는 일이었지."

아, 그렇다면 지금은 12가지 과업 중 세 번째로구나. 바로 황금 뿔을 가진 사슴을 생포하는 일이다. 아니나 다를까 헤라클레스가 그 말을 꺼냈다.

"내게 부여된 세 번째 과업은 케리네이아 산에 사는 황금 뿔을 가진 사슴을 잡는 것이네. 하지만 사냥감이 신수인 탓에 그간 섣불리 도전하지 못했네."

"누구의 신수입니까?"

"달의 여신 아르테미스라네."

"아!"

그제야 나는 헤라클레스가 12가지 과업 이야기를 왜 꺼냈는지 알게 됐다.

"황금 뿔의 사슴을 공양물로 쓰자는 말씀이시군요?"

"맞네. 본래라면 주인이 있는 동물이나, 아르테미스는 나락으로 떨어져 버렸지. 이제 그 사슴의 처리에 대해 뭐라고 할 자는 없다는 이야기야."

얘기를 듣다보니 이 과업은 에우리스테우스 왕의 나쁜 의도가 가득했다. 분명 왕은 헤라클레스가 황금 뿔의 사슴을 건드려서 아르테미스의 분노를 사게 할 작정이었겠지. 애초에 티린스의 왕 에우리스테우스는 신들의 여왕 헤라에게 후원을 받는 자다. 헤라클레스가 미쳤던 것도 그 헤라 때문이니, 왕이 나쁜 짓을 꾸며도 이상한 일은 아닐 터.

"확실히 형님 말씀대로입니다. 황금 뿔의 사슴은 더 이상 아르테미스의 신수가 아니니 저희가 잡는다고 해도 누구도 뭐라 하지 않을 것입니다."

"왕에겐 과업을 완수했다는 증명으로 뿔 한쪽만 잘라서 보내고 나머지는 수신에게 공양하면 될 걸세."

황금 뿔의 사슴은 본디 신수였으니 제물로는 딱 좋다. 신수는 단순한 동물이 아니라 신의 힘이 깃든 존재니 수신은 아주 기꺼이 받을 것이다.

"좋습니다."

나는 헤라클레스의 제안을 받아들여 황금 뿔의 사슴을 잡기 위해 케리네이아 산으로 가기로 했다. 그 산까지는 거리가 상당하다. 대도시 테베에서 동북쪽으로 계속 나아가야 하는데, 여기서 델포이에 가는 것과 비슷한 거리였다. 고향 마을에 가는 게 보름 정도 늦어질 듯했으나 일의 순서를 가늠하면 케리네이아 산으로 가는 게 맞았다.

"형님, 이제 동행하게 되었군요. 진중으로 가시지요. 저를 따르는 자들이 여럿 있습니다."

헤라클레스는 기꺼이 그러겠다는 듯 고개를 끄덕이다가 자리에서 일어나 네메아의 사자 가죽을 다시 뒤집어썼다.

"위치만 알려주고 먼저 가 있게. 잠깐 할 일이 있네."

"알겠습니다."

나는 사정을 묻지 않고 기꺼이 그러겠다고 했다.

헤라클레스와 일별한 뒤 일행이 있는 곳으로 돌아오자 분위기가 매우 어수선했다. 무슨 일이라도 난 모양이다.

"아탈란테?"

내 물음에 그녀가 한숨을 내쉬며 입을 열었다.

"펠레우스, 네가 없던 사이에 스파르타의 원로들이 생각을 바꿔 먹은 모양이다."

"뭐? 잠깐 사이였는데?"

반나절 만에 돌아왔는데 당장 반란이라도 일으킬 것 같은 분위기였다. 저들은 한 데 뭉쳐서 뭐라, 뭐라 소리를 질러대고 있었다. 나는 그 소음에 귀를 기울였다.

"여러분! 이대로는 힘듭니다! 반드시 그에게 우리의 요구를 전달해야 합니다!"

"옳소! 찬동한다!"

아무래도 그간의 일에 대한 불만이 터진 듯했다. 설령 내가 제우스의 아들이고, 스파르타에 자신의 가족들이 잡혀 있다고 는 하나 할 말은 해야겠다는 태도였다. 그들은 곧 원로들을 앞 세우고 돌아온 내 앞으로 와르르 몰려왔다.

"바실레우스여! 우리의 얘기를 들어보시오."

원로원의 의장 안테노디우스가 이번에도 모두를 대표하고 있었다. 그는 더 이상은 참을 수 없다는 듯한 얼굴이었다.

"듣도록 하지."

"이대로 계속 싸움질만 한다면, 델포이 땅을 밟아보기도 전 에 태반이 죽고 말 것입니다."

원래 그러라고 데려온 건데, 이렇게 생각 없이 따지기나 하 다니. 좀 교육을 시켜줄 필요를 느꼈다. 몰려온 이들은 고성으 로 더는 못 하겠다고 소리를 질러댔다. 그간 꾹꾹 참아온 게 내 가 자리를 비운 사이에 결국 참지 못하고 터진 것 같았다. 한데 그때 거대한 멧돼지를 어깨에 걸린 헤라클레스가 나타났다.

"아우, 아무래도 빈손으로 오는 건 아닌 것 같아서…."

헤라클레스는 멋쩍게 웃는다. 그는 괴력으로 유명하지만 사실 활이 특기였다. 실제로 강의 신에게 연달아 화살을 박아 넣기도 했고. 그 정도 솜씨를 갖고 있으니 멧돼지는 잠깐 사이에 잡아왔다. 나는 헤라클레스에게 감사하며 선물을 받아들였다.

"감사합니다. 형님."

"아우가 기뻐하니 보람이 있구먼."

몰려온 스파르타 인들은 당황한 얼굴이 역력했다. 다들 헤라클레스를 알아보지는 못해도 전신에 풍기는 그의 기세에 질려버린 듯 말이 없어졌다. 방금까지는 우르르 몰려와 소리소리 외치더니, 이제는 도서관 안처럼 조용해졌다. 곧 원로원의 의장이 묻는다. 그의 목소리는 처음보다 훨씬 정중해져 있었다.

"저 장사 분께선 누구십니까?"

"헤라클레스라네."

순간 스파르타 인들이 경악을 감추지 못하는 얼굴이 되는 게 보였다.

"헉! 그 헤라클레스?"

"이게 무슨!"

헤라클레스라고 하면 지혜를 숭상하는 아테네인을 제외한 다른 열국의 모든 이들이 닮고 싶어 하는 영웅이다. 특히 스파르타에서 인기가 많았다.

"정말 헤라클레스 님이십니까?"

의원들은 입이 떡 벌어져 있었다. 설마 내가 그 유명한 헤라클레스와 호형호제할 줄은 몰랐겠지. 헤라클레스 하나 때문에 다들 날 선망과 질투, 두려움이 섞인 눈동자로 쳐다보고 있었다. 나는 그들의 그렇게 주눅 든 상황을 이용하기로 했다.

"다들 아까 무슨 불만이 있다고 하지 않았습니까?"

내 물음에 원로회의 의장 나리께서 시선을 슬쩍 피한다. 하지만 후들거리는 다리까지는 감추지 못하고 있었다. 나는 괜찮다는 듯 그의 곁에 다가가 어깨에 손을 올렸다.

"불만이 있으면 쉬게 해줘야지. 이보라고. 한 번 말고 영원히 쉬게 해줄까?"

나직한 내 목소리에 어째서인지 의장뿐 아니라 다른 의원들도 화들짝 놀라서 자긴 아니라고 부인했다.

"여기 계신 헤라클레스 형님이 사람 허리라면 기가 막히게 잘 접으시니까 필요하면 언제든 말하게."

내가 이렇게 헤라클레스와 둘도 없는 친분을 과시하자 원로들은 재빨리 태도를 바꾸었다.

"불만이라니요? 저희는 사실 지금의 휴식도 많다고 생각합니다."

"뭐야? 힘들지 않겠어?"

"아닙니다. 저희는 불타는 신앙심으로 꺼지지 않는 불과도 같습니다. 어떤 적이든 상대할 각오가 돼있습니다."

정말 놀라울 정도의 태세전환이었다. 헤라클레스에게 이런 사정을 설명하자 그는 크게 감탄하는 눈치였다.

"과연 스파르타의 전사들이구나. 명불허전이다. 이 헤라클레스가 그대들에게 탄복했소."

오해로 인해 뜻하지 않게 헤라클레스에게 칭찬을 받자 다들 무슨 표정을 지어야 할지 모르겠단 얼굴이었다. 그러거나 말거나 헤라클레스는 한술 더 떠서 덧붙였다.

"앞으로 그대들의 명예를 존중해 산으로 가는 동안 일절 끼어들지 않겠소. 부디 모든 괴물을 처리를 양보할 터이니 명예로운 전투를 한껏 즐기시오."

헤라클레스는 짐짓 아쉽다는 듯한 표정이었다. 나는 그런 헤라클레스의 오해를 고치는 대신 더해주기로 했다.

"본래라면 완급을 조절하려 했으나, 그랬다가는 신앙의 열정으로 가득한 그대들을 실망시키고 말겠지. 본인 역시 형님의 말을 따를 터이니 앞으로 그대들의 분투를 기원한다."

이런 상황에서 아니라고 할 수는 없는 노릇이다. 그래서인지 새로 원로원의 의장 안테노디우스는 눈에서 한 줄기의 물방울을 주륵 흘렸다.

"흑흑, 감사합니다."

너무나 기쁜 건지 그는 볼에 뜨거운 눈물을 흘리고 있었다.

우리는 헤라클레스와 함께 황금 뿔의 사슴을 잡기 위해 케리네이아 산으로 향했다. 동경하는 대영웅과 함께 한다는 사실에 나는 들뜬 기분을 감출 수 없었다.

"여정 간에 불편하신 건 없습니까? 형님."

"하하하, 지금까지 온갖 괴물과 싸우며 풍찬노숙을 해온 나야. 밤마다 스파르타의 전사들이 막사를 세워주니 궁궐이 따로 없더군."

헤라클레스는 흐뭇하다는 듯 미소를 지으며 한 가지 감상을 덧붙였다.

"참, 역시 소문은 믿을 게 못 된다는 생각이 들더군. 아우."

"어찌 그러십니까?"

"내 일찍이 듣기론 스파르타의 전사들은 자신들의 힘을 과신해서 무례하고 거칠어 예의를 아는 이가 드물다고 하더군. 한데 막상 스파르타의 전사들을 만나보니 정말 친절한 자들이었어."

"아, 그건⋯."

나는 말을 흐렸다. 과연 헤라클레스에게 친절하지 않은 자가 있을지 의문이었다. 맞아 죽기 싫다면 말이지. 아무리 까칠한 사람이라도 헤라클레스 앞에 서면 없던 상냥함이라도 생길 테니까.

"혹여나 무례한 자가 있다면 도리를 알려주려 했으나, 그들의 겸손한 태도는 오히려 내가 배울 만하더군. 역시 소문은 소문일 뿐이었네. 아우."

도리를 알려주려 했다니⋯. 다른 누구도 아니고 그 헤라클레스가 하는 말이라 평범하게 들리지 않았다. 분명히 이 인간이라면 사람을 접어서 축구공 만하게 만들 수 있을 것 같다.

왜, 인체의 70~90%는 물이라고 하지 않나. 저 거대한 손의 악력으로 수분을 완전히 짜낸 뒤, 뼈와 살을 경단처럼 반죽하면 그 정도 크기가 될 것 같았다. 한데 헤라클레스에 대해 그런 망상에 가까운 공포를 느끼는 건 나만이 아니었던 모양이다.

"저….'"

앞서 정찰을 나갔던 해적선장 아이토스가 곤란한 얼굴로 보고를 하러 왔다.

"무슨 일이야? 또 뭔가를 발견했나?"

"그게, 앞쪽에 산적들의 산채가 있있는데…, 없었습니다."

"뭐?"

무슨 괴상한 얘기냐고 물으니 아이토스가 머리를 긁적이며 설명을 한다.

"테베로 가는 이 황무지에는 유명한 도적놈들의 산채가 있습니다. 300인이나 머물고 있어 작은 마을이나 마찬가지지요. 하여 제가 사전에 정찰을 하려 했으나, 그들이 헤라클레스 님께서 오고 있다는 소리를 듣고 모조리 짐을 싸서 떠나버렸습니다."

"허….'"

어이가 없어 말이 안 나온다. 헤라클레스란 이름만 듣고도 그런 거대한 집단이 뿔뿔이 도망쳐 버린 것이다. 이래서는 토벌이란 개념 자체가 성립하지 않는 것 같았다. 헤라클레스라는 존재는 무슨 움직이는 자연재해랑 같은 등급으로 여겨지는 모양이다. 이후에도 계속 그런 식이었다.

"저 언덕에는 이름난 외눈거인들이 살았다고 하는데 하룻밤 사이에 모조리 야반도주를 했습니다."

"저 숲에는 불을 뿜는 용이 살고 있는데, 헤라클레스 님이

온다는 소식을 듣고 보물을 모조리 버리고 도망갔습니다."

목적지까지 가는 동안 여러 전투와 시련을 예상했었는데, 헤라클레스란 이름 덕에 완전히 프리패스였다. 그는 이런 상황이 익숙하다는 듯 씁쓸하게 웃었다.

"요즘 괴물들은 예전과 달라 기개가 없더군. 크게 한 판 벌이고 싶은데 도무지 상대해 주는 놈들을 못 찾고 있다네. 아우."

"……."

딱히 괴물들을 비난하고 싶지 않았다. 헤라클레스가 강의 신과 싸우는 모습을 본 뒤론 오히려 그들의 생존본능을 칭찬하고 싶을 지경이니까.

"용이 버리고 간 보물이나 주우러 가시지요. 형님."

산적, 외눈거인, 용이 급하게 도망가느라 버린 재물은 꽤나 많았다. 나는 그것들을 긁어모아 상당한 재산을 불릴 수 있었다. 긴 여행을 하더라도 노잣돈 걱정은 없을 것 같았다. 아니, 초호화판으로 다녀도 문제없을 것 같은데 말이지. 어쩐지 헤라클레스 덕에 호가호위하는 느낌이었다.

"아무래도 어렵지 않게 케리네이아 산까지 도착할 거 같군요."

대체로 조심성이 많은 나조차 헤라클레스와 함께한다는 생각에 마음이 풀어지는 걸 느꼈다. 하지만 항상 문제는 이럴 때 터지는 법이었다.

"음?"

헤라클레스가 말의 고삐를 잡아당겼다. 그리고 앞을 보더니 안색이 딱딱하게 굳어버렸다. 순간 나는 의아할 수밖에 없었다. 대체 무엇이 이 두려움 없는 대영웅을 긴장하게 만든 걸까?

"형님?"

내 물음에 헤라클레스는 손가락으로 앞을 가리켰다. 그의 손끝을 따라간 나는 놀랄 수밖에 없었다.

"응?"

저 도로 앞쪽에 작은 여자애가 홀로 서있었던 것이다. 대체 언제? 방금 전까지만 해도 전혀 발견하지 못했던 아이다. 나는 서둘러 일행을 정지시켰다.

꿀꺽.

긴장감에 마른침이 삼켜졌다. 아이는 겉으론 특별한 점이 없었으나 어쩐지 느낌이 좋지 않았다. 게다가 여자와 아이, 노인은 조심하라는 이야기가 있지 않나.

"형님, 대체 왜 그러십니까? 저 아이가 누군지 아십니까?"

헤라클레스는 미간을 좁힌 채 좀처럼 입을 열지 않았다. 늘 자신만만한 그의 성정을 고려해 볼 때 이례적인 일이었다. 나는 일이 잘못됐음을 깨달았다.

"아우. 저 작은 여자 아이의 본질이 보이지 않는 것인가?"

"이 아우가 부족하여…."

"아우도 신성을 갖고 있으니 알겠지. 시야에 신성을 집중해 안력을 강화해 보게."

그리 말하면서 헤라클레스는 재빨리 자세한 방법을 설명해 줬다.

"단번에 하긴 힘들겠지만…."

"되는군요."

헤라클레스가 말해준 요령대로 하자 갑자기 개안한 것 같은 변화가 일어났다.

"허허, 저 여자 아이도 그렇지만 아우도 날 놀라게 하는군."

옆에서 내가 존경하는 대영웅이 감탄을 터뜨렸지만 솔직히 기뻐할 틈도 없었다. 아니, 내심 원망스럽다고 할까? 보이지 않던 게 보인다는 건 꼭 좋은 게 아니었다.

구우우우웅.

전방에 거대한 기운이 일어나 시간과 공간이 일그러져 있었다. 그리고 그 중심에는 그 여자아이가 있었다.

"…놀랍군."

솔직히 감탄하지 않을 수 없었다. 여자 아이를 중심으로 내가 서 있는 장소보다 시간이 천천히 흐르는 게 느껴졌다. 또한 빛이 굴절돼 마치 물 안에 있는 것처럼 실제 위치와 보이는 위치가 다른 것도 알게 됐다.

"아우도 이제 보이는가 보군. 그녀의 어마어마한 기운이."

"모르는 게 약이란 소리가 떠오르는군요."

여자아이의 모습도 아까와 다르게 보였다. 그녀의 본질이 보이자 더는 평범하다는 말을 할 수가 없었다. 겉모습은 여전히 12세 정도의 꼬맹이였지만, 머리칼은 비현실적인 연보라색이었다. 머리에는 백금으로 된 화려한 왕관을 쓰고, 눈은 검은 천으로 가렸다.

또한 검은 날개 네 장을 등 뒤로 드리운 채, 오른손에는 검을, 그리고 왼손에는 작은 저울을 들고 있었다. 나는 그 모습에 상대가 누군지 어렵지 않게 알아챘다. 실제로 한 번도 본 적 없지만 검과 저울을 들고 다니는 저런 신적 존재는 뻔하기 때문이다.

"복수의 여신 네메시스…."

내 중얼거림을 들은 듯 네메시스가 고개를 돌려 날 쳐다본다. 하지만 검은 천으로 가려져 눈동자는 보이지 않았다. 그녀는 곧 차가운 목소리로 내게 인사했다.

"만나서 반갑군. 펠레우스. 그대를 지켜봐 왔다."

"존귀한 여신이시여. 오늘의 만남을 영광스럽게 생각합니다. 하오나 제가 미천한 필멸자이니 당신의 방문을 마냥 환영할 수 없는 점을 이해해 주십시오."

네메시스 여신은 필멸자에게 분수를 가르쳐주는 존재. 그냥 안 만나는 게 가장 바람직하다. 본인도 그 점을 아는지 작은 입술로 살며시 호선을 그린다.

"두려워할 것 없다. 그대가 아직 분수를 지키고 있음을 알고 있으니까. 오히려 여(余)는 그대에게 호의를 갖고 있다."

다행히 난 아직 기준 아래인가 보다. 그렇다면 이 자리에 나타난 건 헤라클레스 때문이라는 건가? 슬쩍 헤라클레스를 보니 네메시스의 고개도 돌아가 그를 향했다. 그녀는 냉랭한 목소리로 선고하듯 입을 열었다.

"헤라클레스여, 그대가 아무리 제우스 신의 자식이라고 해도 인간에 불과하다."

"무엇을 문제 삼고 싶은 것인가?"

헤라클레스는 말에서 내려 네메시스 쪽으로 걸어갔다. 나는 재빨리 아탈란테에게 모두를 데리고 뒤로 최대한 물러나라고 했다.

"왜?"

아탈란테가 보기에는 평범한 여자 아이 한 명이 있을 뿐이니 헤라클레스와 내가 사색이 된 게 이해가 안 되겠지. 나는 재빨리 그녀에게 다가가 속삭였다.

"신이야."

그 한 마디면 충분했다. 나는 말에서 내려 헤라클레스를 따라갔다. 뒤쪽에선 일행이 물러나는 소리로 소란스러웠다. 네메시스는 그들에게 관심도 없었지만, 고래 싸움에 새우등 터진다고 하지 않는가. 여기서 싸움이 벌어지면 파리처럼 죽을 테니 목숨줄 붙어 있고 싶으면 물러나는 게 좋다.

"네메시스여, 다시 묻노라. 내 무엇을 문제 삼고 싶은 것인가?"

"정말 모르는가? 그대는 인간이면서 어찌 신과 동등하고자 하는 것인가? 얼마 전에 강의 신을 쫓아버린 일을 모르지 않는다. 이런 일이 정말 인간에게 허락된다고 생각하는 것이냐?"

네메시스의 칼끝이 헤라클레스를 향해 뻗었다.

"그대에게 인간의 분수를 알려주겠다."

쉽게 말해 저건 제거하겠다는 소리다. 네메시스는 일정한 기준선을 갖고 있어서 인간이 그 위로 고개를 내밀면 저 검으로 가차 없이 쳐버린다.

"분수라고? 좋다! 할 수 있으면 해보도록!"

헤라클레스는 이미 긴장감을 털어낸 듯했다. 전투를 피할 수 없다고 생각하는 듯 주먹을 서로 부딪치며 앞으로 나섰다.

-타이밍이 좋지 않군.

-그게 무슨 소리냐? 펠레우스.

비밀의 서의 물음에 나는 지금 헤라클레스가 엄청난 속도로 성장 중이라는 점을 언급했다.

-몇 년만 뒤에 왔으면 그는 오늘의 이 만남을 두려워할 필요가 없었을 거야.

-그러니까 여신이 지금 나선 거겠지.

-하긴 그렇군.

그때 헤라클레스가 더 기다리지 않고 고성을 지르며 네메시스에게 돌격했다. 엄청난 속도와 기세다. 가히 포탄이 쏟아지는 것과 같은 위력으로 가서 네메시스에게 격돌한다.

콰아아앙!

단 한 번의 주먹이 꽂혔을 뿐인데 거대한 폭음이 터지며 네메시스를 꼭짓점 삼아, 뒤쪽으로 거대한 원추 형태로 땅이 파여 날아갔다. 그 길이가 100미터가 넘어보였으니 가히 인간이 할 수 있는 주먹질이 아니었다. 어마어마한 흙먼지가 일어났고, 뒤쪽의 모든 풍경이 먼지로 가려졌을 정도다. 하지만 네메시스는 미동도 하지 않고 저울을 들어 그것을 막아냈다.

우우웅.

나직한 진동음과 함께 네메시스가 왼손에 든 저울이 황금빛 방어막을 만들고 있었다. 그리고 특이하게 저울이 한쪽으로 크게 기운 모양이었다. 마치 헤라클레스가 가한 주먹의 위력을 측정하기도 하는 것처럼 말이다.

"역시 그대는 소문대로 대단한 인간이구나. 헤라클레스."

"겨우 이 정도로 날 막을 수 있다고 생각하지 마라!"

첫 번째 공격이 빗나가자 헤라클레스는 성난 황소처럼 변했다. 하지만 네메시스 여신은 얼음장처럼 차가운 목소리로 무심히 선언했다.

"무게를 좀 줄이겠다."

갑자기 저울의 눈금이 움직이더니, 반대편으로 기울기 시작했다. 저게 대체 뭐지? 의문이 피어올랐는데 금방 답을 알 수 있었다. 헤라클레스가 이어서 날린 주먹질은 어째서인지 처음 같은 위력을 전혀 발휘하지 못했던 것이다.

쿵! 쿵!

여전히 방어막을 거세게 두들기긴 했지만 마치 솜주먹으로 변해버린 것처럼 힘이 빠진 모양새였다. 헤라클레스 본인도 꽤나 당황한 모습이다.

"선수는 충분히 양보한 것 같군. 그럼 여의 공격을 받거라."

네메시스는 오른손에 든 칼을 가볍게 휘둘렀다. 헤라클레스는 도검 따위가 해할 수 없는 피부를 가졌기에 그냥 왼손을 들어 그걸 막아냈다.

카앙!

불꽃이 튀었지만 신이 휘두른 검도 이 대영웅의 피륙에 상처를 입히지 못했다. 하지만 네메시스의 공격은 그게 끝이 아니었다.

"무게를 좀 늘리겠다."

이번에도 저울의 눈금이 움직이더니, 헤라클레스의 팔뚝에 선명한 혈관이 두드러지기 시작했다.

"크윽!

헤라클레스가 나직이 신음을 터뜨리나 싶더니 그가 딛고 있던 대지가 움푹 파여 들어갔다. 뭐랄까, 갑자기 네메시스의 검이 엄청난 무게를 갖고 헤라클레스를 짓누르는 것 같았다.

"크아압!"

헤라클레스는 자신을 누르는 가공할 무게를 잘 견뎠지만 그 이상은 하지 못했다. 네메시스가 왼발로 걷어차자 그대로 수십 미터나 뒤쪽으로 날아가 거대한 바위를 무너뜨리며 처박혔다.

"크악!"

짧은 비명과 함께 먼지가 자욱하게 일어나 그가 부딪친 바위를 뿌옇게 가렸다. 반면 네메시스 여신은 여유로운 태도로 미동도 없다. 대체 이게 어떻게 된 거지? 상대가 아예 상대가 안 되잖아?

-펠레우스, 네메시스란 여신이 이렇게나 강한 거냐? 그 강의 신이란 작자도 거물이었는데 저 여신에 비하니 어린애 같구나.

비밀의 서의 물음에 나는 고개를 절레절레 저을 수밖에 없었다. 이건 도저히 내가 끼어들 싸움이 아니었다.

-이상해. 네메시스가 강한 신은 맞지만, 설마 이 정도일 줄이야. 헤라클레스가 비록 인간이라고는 하나 어지간한 신과 비견할 정도의 힘을 가졌어. 아무리 네메시스라고 해도 이렇게

일방적으로 두들겨 팰 수 있을 리가 없는데….

뭔가 잘못됐단 생각만이 들었다. 철저히 잘못됐어. 아무리 회귀 전의 기억을 떠올려 봐도 헤라클레스가 복수의 여신 네메시스와 대결한 이야기는 없다. 즉, 이것은 본래 역사에는 존재하지 않는 격돌인 것이다. 게다가 네메시스가 이상할 정도로 강하기도 하고.

"크합!"

그때 짧은 기합성과 함께 먼지 구름을 뚫고 헤라클레스가 수십 미터나 위로 치솟아 올랐다.

쿠웅!

요란한 소리가 나며 헤라클레스가 다시 원래 위치로 착지했다. 크게 얻어맞긴 했지만 아직 괜찮아 보였다. 그는 본격적으로 싸우기로 다짐했는지 자신의 애병인 놋쇠 몽둥이를 꺼내더니 땅을 내리찍었다.

"저울의 간섭을 거부하겠다!"

헤라클레스는 태어날 때부터 받은 거대한 신성을 폭발시키며 네메시스의 힘을 무력화하려고 했다. 그의 기세는 실로 대단해 어지간한 신조차 굴복시킬 수 있을 것 같이 보였다. 하지만 이번에도 네메시스는 견뎌냈다. 슬쩍 한 발자국 뒤로 밀렸을 뿐이다.

"정말 네메시스가 맞는지 궁금하군."

헤라클레스는 이제 상대의 정체를 의심하고 있었다.

"여는 복수의 여신 네메시스가 맞다. 하지만 이전과는 조금 다른 존재지."

그리 말한 네메시스 여신의 머리 뒤로 후광이 떠올랐다. 지켜보던 나는 경악할 수밖에 없었다. 그 후광이 은은한 달빛이었기 때문이다. 그제야 나는 모든 사정을 파악할 수 있었다.

"세상에…."

입에서 한탄에 가까운 신음이 흘러나왔다. 그 정신 나간 제우스가 아르테미스의 힘을 네메시스에게 준 게 틀림없었다. 순간 어이가 없어 벙찌고 말았다.

"이런 전대미문의 괴물을 만들어 버리다니…."

본래 막강했던 네메시스가 달의 힘까지 얻었다. 지금 시점의 헤라클레스가 도저히 상대가 안 되는 게 당연한 일이었다. 즉, 이대로 두면 큰일이 난다는 소리다. 나는 뭔가 대책을 마련할 필요를 느꼈다.

"아, 그래!"

그때 간과하고 있던 중요한 부분이 떠올랐다.

바로 네메시스 여신이 어떻게 인과율을 획득해 강신했냐는 것을 되짚어 볼 필요가 있었다.

물론 답은 간단하다. 헤라클레스란 존재 자체가 그녀의 인과율이다. 인간의 분수를 넘는 그 힘이 복수의 여신 네메시스가 움직일 수 있는 원인이 됐다.

하지만 만약 헤라클레스란 존재가 사라진다면 어떨까? 결론 역시 간단하다. 원인이 사라지니 네메시스는 더 이상 본체로 강신을 유지할 수 없게 되는 것이다.

-비밀의 서. 일단 무슨 짓을 해서든 헤라클레스를 구해야겠어. 이대로라면 반드시 죽는다.

-뭐가 필요하지?

-날 집어 삼켜줘. 셀레네랑 대화하게.

비밀의 서는 바로 날 삼켰다.

구우우웅.

귀에 이명이 울리며 시커먼 어둠의 펼쳐진다. 이제는 제법 익숙해진 이 혼돈의 공간 안에 셀레네가 올림포스 신들의 눈길을 피하기 위해 숨어있다.

-셀레네.

내 부름에 깊은 바다 같은 이 어둠 속에서, 마치 심해어처럼 발광하는 커다란 영혼이 저 아래에서부터 솟아오른다. 셀레네의 영혼은 힘을 잃은 상태임에도 어마어마하게 커서, 순간 일대가 그녀의 영혼이 발하는 빛으로 가득 찼다. 어둠의 세계가 단번에 빛의 세계로 바뀌었다. 실로 환상적인 광경이었지만 그런 감상을 늘어놓을 여유가 없었다.

-펠레우스, 무슨 일인가?

이 안에서는 밖의 사정을 모른다. 그래서 나는 재빠르게 설명을 한 뒤 의견을 구했다.

-헤라클레스를 꿈의 세계로 보낼 수 있겠습니까?

-호…. 뛰어난 발상이군. 상당히 극단적인 처방이긴 하지만.

본디 엔디미온이 꿈의 세계로 가는 관문 역할이었으나 셀레네의 영혼이 돌아온 이상 그럴 필요가 없어졌다. 셀레네가 엔디미온에게 남겨놨던 힘을 회수하기도 했고. 하여 이제 꿈의 세계로 가는 건 셀레네에게 부탁하면 된다.

-확실히 헤라클레스를 꿈의 세계로 보내면 네메시스의 인과

율은 소멸할 것이다.

-네메시스에게 들키지 않고 보내야 합니다. 그녀가 당신의 존재를 알아채면 곤란합니다.

셀레네는 이 조건이 가능한지 가늠해 보다가 곧 고개를 저었다.

-그게 쉽지 않겠구나. 뭣보다 헤라클레스가 거부하면 난처해진다. 현재 내 힘으론 그자를 강제로 꿈의 세계로 날려버릴 수 없다.

-이런.

헤라클레스의 성정이라면 도망치는 것보다 싸우다 죽는 걸 택할 확률이 높았다. 괜찮은 방법이라 생각했는데 실현 가능성이 없다니…. 하지만 셀레네는 인과율에 관해 접근하는 방법 자체는 옳다고 평했다.

-지금의 네메시스를 상대로 승리할 수 있는 신은 거의 없을 것이다.

-전성기의 당신이라도 불가능합니까?

-물론이다.

셀레네가 저렇게까지 말하자 대꾸할 말이 없었다. 정면승부는 절대 피해야겠다는 생각을 하고 있던 그때, 갑자기 비밀의 서가 날 불렀다.

-펠레우스! 펠레우스!

늘 호들갑스러운 녀석이지만 이번만큼은 특히 더했다.

-무슨 일이야?

-신들의 반응이 떴다. 서둘러 확인해라.

-대체 누군데 그래?

-삼주신이다! 삼주신의 반응이라고.

-뭐? 대체 누군데?

-저승의 신 하데스다!

나는 놀라서 눈이 휘둥그레졌다. 삼주신이라고 하면 올림포스를 대표하는 제우스, 포세이돈, 하데스, 이 셋을 말한다. 큰 어른들이라 할 수 있는 그들은 좀처럼 세상사에 나서는 일이 없다. 제우스야 오지랖의 상징과도 같으니 최고신의 위치에 있으면서도 적잖이 반응을 볼 수 있었지만, 포세이돈과 하데스는 철저히 신비주의 노선이었다. 솔직히 있는 것도 까먹을 정도였다. 한데 갑자기 하데스가 나타나다니?

-셀레네, 도움이 필요하면 다시 말씀드리겠습니다.

일단 달의 여신과 작별하고 밖으로 튀어나왔다. 슬슬 안에서 버티는 것도 한계였고.

"하아! 하아!"

밖으로 나오니 숨이 턱 끝까지 차올랐다. 여태 호흡을 제대로 못하고 있었기에 머리가 어질어질했다.

콰아아아앙! 쿠아앙!

내가 잠깐 부재중인 사이 헤라클레스와 네메시스는 열심히 싸우고 있었던 모양이다. 주변이 수많은 운석이라도 떨어진 것마냥 거대한 구덩이가 잔뜩 파여 있었다. 그리고 저 앞에서 빛과 폭음이 번쩍거리는 게 격렬한 충돌이 계속 이어지는 모양이다. 하지만 나는 그들의 싸움보다 비밀의 서의 글씨에 집중했다.

<저승의 신 하데스가 네메시스를 매우 고깝게 생각합니다.>

이건 내게 희망적인 반응이었다. 하데스는 네메시스를 언짢게 여기고 있었다. 그렇다면 이쪽 편을 들어줄 수도 있을 터.

<하데스는 싸움을 지켜보며 혀를 찹니다. '제우스가 네메시스를 너무 밀어줬어. 밤의 여신 닉스의 눈치를 아직까지 보고 있기 때문이겠지. 하지만 짐은 다르다.'>

오, 이건 흥미로운데. 하데스가 저렇게 생각하고 있었나. 하긴 내가 아는 지식으로도 하데스는 닉스와 불편한 관계다. 서로 호시탐탐 노리는 사이라고 할까? 그런데 놀랍게도 저승의 주인인 하데스가 밀리는 느낌이었다. 하여 하데스는 닉스를 깎아내릴 기회만 생기면 언제든 놓치지 않는다고 들었다. 이거 잘하면 이용할 수 있겠는데? 당연한 얘기지만 금서에서 하데스를 부르는 방법 역시 익혀 놨다.

<하데스가 입맛만 다십니다. '그렇지만 삼주신의 위치에 있는 짐이 먼저 끼어들기도 체면상 애매한데. 누가 불러내면 옳다구나 하고 갈 텐데. 쩝….'>

지켜보던 나는 이거다 싶었다. 그렇게 속으로 쾌재를 부르고 있는데 네메시스가 내 근처에 착지한다.

"대체 어디를 갔었던 거지?"

그녀는 매우 뚱한 표정을 짓고 있었다. 눈을 천으로 가리고 있어 표정이 다 보이지 않았지만 뾰족 나온 입이 심각한 상황임에도 귀엽게 보였다.

"왜 못 찾으셨습니까? 복수의 여신 정도 되시는 분이?"

살짝 비아냥거리자 바로 발끈한다.

"흥! 어쩐지 네놈도 분수를 모르고 오만한 것 같군!"

"식겁할 소리를 하시는군요. 하지만 제가 보기엔 여신께서 오만하시군요."

"무어라?"

"오늘 싸움은 여신께서 패퇴하실 것입니다. 망신살이 뻗치기 전에 이쯤에서 물러나시는 게 어떻겠습니까?"

네메시스는 갑작스러운 내 말에 어이가 없어서 대답도 못하고 입만 붕어처럼 뻐끔 뻐끔거렸다. 그러나 겨우 물어온다.

"여가 진다고? 대체 무엇 때문에? 저길 보아라. 헤라클레스가 거의 넝마가 됐지 않느냐?"

아닌 게 아니라 헤라클레스가 거친 숨을 몰아쉬며 구덩이에서 기어 나오고 있었다. 아까 하늘에서 수직으로 내리꽂히더니 한동안 보이질 않더라.

"헤라클레스는 상관없습니다."

"하면 무엇이?"

"바로 제가 여기 있기 때문이지요. 바로 이 펠레우스 말입니다."

손가락으로 나를 가리키며 대답하자 네메시스는 곧 성대하게 웃음을 터뜨린다.

"뭐라? 꺄하하하하! 혹시 그대는 영웅이 아니라 광대였느냐? 아이고 배야."

"왜 안 믿기십니까?"

"꺄하하, 꺄앗! 비록 여가 그대를 좋게 본 건 사실이지만 그런 말을 하기엔 역량이 한참 부족하지 않느냐. 요즘 성공이 이

어지다보니 눈에 뵈는 게 없는 모양이구나."

"만약 제 말대로 되면 어쩌시렵니까?"

"끝까지? 꺄하하! 좋다. 만약 오늘 여가 패퇴하면 그대의 소원을 하나 들어주지. 하지만 그게 허언으로 그친다면 그대는 여의 종이 되는 거다. 사실 여는 그대가 맘에 든다. 어떻느냐?"

"좋습니다."

"무르기는 없다. 하면 거기서 보고 있거라. 네가 경외하는 대영웅이 쓰러지는 꼴을!"

네메시스는 다시 검을 들고 헤라클레스에게 날아갔다. 하지만 그녀는 모르고 있었다. 내가 무엇을 할지 말이다. 하데스가 체면 문제로 망설인다면 기꺼이 도와줘야겠지. 지체할 것 없이 바로 그를 부르는 의식을 시작했다. 마침 의식의 쓸 제물도 적당한 게 있었다.

-테마토스의 허리띠를 줘.

내 앞에 비밀의 서의 입에서 거대한 벨트가 튀어나온다. 겉모습은 투박하지만 이 벨트는 특별한 보물로 티탄들의 가호가 깃들어 있다. 식인거인 테마토스는 이걸 허리에 차야 본래의 힘이 다 나온다. 그는 훗날 해방될 때 벨트를 돌려받길 희망하지만 어림없는 이야기다.

"땅밑 보석의 주인이시여, 모든 죽은 자들의 왕이시여. 여기 어리석은 필멸자가 죽음을 앞에 두고도 미리 당신을 부릅니다."

나는 정해진 절차대로 하데스를 부르는 의식을 시작했다. 아니나 다를까 상대가 반색했다.

〈하데스가 왕좌에서 일어나 서둘러 장비를 챙깁니다. '아이구! 저 예쁜 새끼 같으니라고!'

몸이 근질근질했던 그는 즉각 소환에 응했다. 물론 본체가 강신하는 건 아니라 화신이지만, 지금 상황에 영향력을 발휘하긴 충분했다.

콰직!

의식이 진행됨에 따라 갑자기 땅이 지진이 난 것처럼 크게 갈라졌다. 그리고 땅의 틈에서 시커먼 연기가 무섭게 피어올랐다. 마치 석유시추공에 붙은 불처럼 매캐한 연기가 일대를 자욱이 가릴 정도였다. 그리고 그 속에서 시커먼 전차를 탄 창백한 얼굴의 남자가 나타났다. 그의 말들은 입에서 연기를 토하며 허공을 마음대로 뛰어다녔다. 저승의 신 하데스의 등장이었다.

"펠레우스! 그대가 날 불렀느냐!"

허공으로 치솟았던 전차는 반원을 그린 뒤 내 쪽으로 쇄도해 오고 있었다. 나는 저승의 왕에게 공손한 태도로 대답했다.

"그렇습니다. 땅밑 모든 것의 주인이시여."

곧 하데스의 전차는 근처에 멈춰 섰다.

"고개를 들라, 펠레우스."

"네."

허락이 떨어지자 비로소 하데스의 얼굴을 제대로 관찰할 수 있었다. 나는 예상과 완전히 다른 그의 모습에 속으로 적잖이 놀랐다. 덩치 크고 수염이 성성한 제우스와 다르게, 하데스는 늘씬한 체형의 미남자였기 때문이다. 흑단 같이 검은 머리칼

은 여성처럼 길게 길렀고, 두 눈은 선명한 홍옥 같았다. 뭣보다 제일 인상적인 건 창백한 피부의 이 미남자가 놀랄 정도로 퇴폐적인 느낌으로 가득하다는 사실이었다.

"어찌 날 불렀느냐?"

그리 물으면서 하데스는 싸움을 멈춘 채 이쪽을 보고 있는 헤라클레스와 네메시스를 쳐다보고 있었다. 갑작스러운 하데스의 등장에 둘 다 놀란 기색이다. 아닌 밤중에 홍두깨겠지. 여태 여유만만이던 네메시스의 얼굴에 파장이 일어난 것에 나는 속으로 매우 만족했다.

"땅밑의 주인이시여. 네메시스 여신은 헤라클레스가 오만하다 평했습니다. 하지만 저는 이 결정에 이의가 있으니 부디 땅밑의 주인께서 도와주십시오."

내 부탁에 어째서인지 하데스는 비실비실 웃으며 바로 수락하지 않는다. 그리고 마치 날 시험해 보는 듯한 태도로 묻는다.

"짐은 화신이니 네메시스를 당해낼 수 없다. 하면 논리로 설득해야 할 텐데, 어찌 얘기를 꺼내면 좋겠느냐?"

당연히 하데스를 소환할 때 저런 물음에 대한 대답을 준비하고 있었다. 신을 여럿 상대하다보니 깨달은 건데 그들은 무작정 도와 달라, 해결해 달라고 매달리는 인간을 좋아하지 않는다. 나름대로 입가에 미소를 지을 정도의 통찰력을 보여줘야 도와줄 가치가 있다는 듯 나서곤 했다.

"간단합니다. 본디 인과율이란 원인과 결과가 함께해야 합니다. 하지만 하데스께서 오셨으니 결과가 성립하지 않을 것입니다. 당신께서 '거부'하실 테니까."

내 대답에 하데스는 크게 웃음을 터뜨렸다.

"명쾌하다! 크하하하하! 그대의 생각이 짐과 같노라. 역시 명성 높은 펠레우스로군. 그대를 둘러싼 소문이 헛된 게 아니라서 좋구나."

하데스는 더 물을 것 없다는 듯 고개를 끄덕이고 있었다. 나는 충분한 대답을 돌려줬다. 그러니 이제 그가 나설 차례였다.

"네메시스!"

하데스의 목소리는 듣기 좋으면서도 위엄이 있었다. 네메시스는 안 그래도 무슨 일인가 싶어 이쪽을 보고 있었는데, 하데스가 부르자 재깍 다가왔다. 그녀는 우아하게 날아 근처에 착지했지만 눈가는 초조해 보였다.

"저승의 주인이시여. 이곳에 어쩐 일이십니까?"

네메시스는 날이 잔뜩 선 게 심기가 불편한 목소리였다. 그리고 날 쏘아본다. 직감적으로 내가 하데스를 부른 걸 눈치챈 것이다.

"펠레우스, 과연 믿는 구석이 있었구나. 여가 방심했던 건 인정하겠다. 하지만 아무리 하데스를 불러도 오늘은 안 될 것이다."

"그거야 지켜보면 아시겠지요."

나는 여유만만한 태도였다. 옆에 있는 하데스도 마찬가지로 느긋하기 짝이 없었다.

"헤라클레스가 오만하다고 판단했느냐?"

하데스가 묻자 네메시스가 더 얘기할 필요도 없다는 듯 대답해 왔다.

"물론입니다. 그는 오만합니다. 지극히 인간답지 않으니 제 검이 그에게 분수를 가르칠 것입니다."

"그는 오만하지 않다. 네 판단은 잘못됐다. 네메시스."

대번에 자기 결정을 부정하는 말에 여태 침착하던 네메시스가 크게 동요했다. 그녀는 얼굴이 붉게 달아올라 항의한다.

"아무리 삼주신이라고 해도 각 신의 고유한 영역에 간섭할 수는 없는 법입니다. 인간의 오만을 판단하는 건 제 일입니다."

"간섭하고자 함이 아니다. 그저 그가 오만하지 않고, 오늘 죽는 일도 없을 것이란 걸 친절히 알려줄 뿐이다."

"궤변이로군요! 결과는 집행될 것입니다!"

네메시스의 단호함에도 하데스는 크게 웃음을 터뜨렸다.

"크하하하!"

급기야 참지 못하겠다는 듯 전차 위에서 손뼉을 치기까지 했다.

"네메시스여. 그대는 짐이 누군지 잊었느냐? 바로 명계의 왕이다. 이제 죽음이 그를 거부할 것이다. 허니 헤라클레스는 결코 죽지 못하리라."

인간의 죽음은 하데스의 영역이다. 그런데 헤라클레스를 저승에서 받지 않겠다고 하니, 네메시스는 당황한 듯했다. 지금까지 그녀가 오만을 벌하면서도 이런 일이 없었기 때문이겠지. 하데스는 상대가 주춤한 틈을 놓치지 않고 계속 언변으로 밀어붙였다.

"인과율에서 원인과 결과 중 어느 것 하나 빼놓을 수 없지.

이는 반드시 함께한다. 원인이 없이 결과만 있을 수 없고, 결과가 없이 원인만 있을 수도 없다."

"무엇을 말하고 싶은 것입니까? 하데스."

"인과율에 결과는 필수적이란 거다. 하지만 지금 네게 결과란 존재하지 않는 일이 돼버렸다. 이는 더 이상 네 강신이 인과율에 의지할 수 없다는 소리이기도 하다."

네메시스 여신의 징벌에는 오로지 한 가지, 죽음 밖에 없다. 하지만 저승의 주인이 헤라클레스의 죽음을 거절해 버림으로써 그건 성립할 수 없게 됐다. 만약 여신의 징벌에 죽음 말고 다른 게 있었으면 인과율은 계속됐을 것이다. 하지만 모 아니면 도란 극단적인 태도가 이번에 제대로 함정이 됐다.

"이제야 알겠느냐? 짐이 헤라클레스의 죽음을 거절함으로써 이미 너는 인과율을 잃어버린 것이다. 세상천지 어디에 결과가 없는 인과율이 있더냐?"

"아아악! 이럴 순 없어! 아무리 하데스 당신이라도 이런 식으로!"

비명이 네메시스의 입에서 튀어나왔다. 하지만 그녀를 강신 가능하게 했던 인과율이 사라지자 점점 그 형태가 흐릿해지기 시작했다. 하데스는 그 모습을 턱을 쓰다듬으며 만족스러운 미소를 지은 채 바라본다. 나는 잠시 하데스에게 양해를 구하고 분노로 뺨을 파르르 떨고 있는 네메시스에게 가까이 다가갔다.

"복수의 여신이시여. 결국 제 말대로 됐군요."

"으으윽!"

네메시스의 볼이 온통 붉어진 상태. 그리고 분했던 건지 눈을 가린 검은 천 쪽이 살짝 촉촉하게 젖어 있었다. 새로운 힘을 얻어서 자신만만하게 나타났는데 일개 인간의 방해에 이리 어이없게 패퇴할 줄은 몰랐겠지.

"여신이시여. 광대에게 당하니 어떤 기분입니까?"

"어디 맘대로 여를 더 조롱해 보시지!"

"하하, 제가 어찌 그러겠습니까? 저를 마음에 든다고 히는 여신님 앞에서요."

나는 무례하게도 여신의 고운 머리칼을 쓰다듬어주며 그녀의 귓가에 속삭였다.

"하지만 소원을 들어주기로 한 약속은 지켜주셔야겠습니다. 물론 이 일은 여신님의 체면을 위해 끝까지 비밀로 하겠습니다."

부들부들.

네메시스는 입술을 깨물고 몸을 떨고 있었다. 복수의 여신이 높은 자존심이 엉망이 돼버린 까닭이다. 하지만 약속은 약속인지라 애써 분노를 참는다.

"무슨 소원을 빌어야 적당할까요?"

"좋다. 원하는 게 생각나면 말하라. 하지만 언젠가는 오늘이 무례와 굴욕을 갚아주겠다! 펠레우스."

지금 당장은 수치를 당했지만 그녀는 복수의 여신이 아닌가. 반드시 세상에서 가장 강력한 보복이 올게 뻔했다. 다른 누구도 아니고 복수의 여신의 원한을 산다는 건 상상도 못할 일이다. 하지만 이미 나는 그 점에 대해 생각해 놓은 바가 있다.

"여신님의 뜻을 어떻게 거역하겠습니까? 하지만 한 가지 소원은 반드시 들어주셔야 합니다."

"말하라. 이 네메시스, 지금껏 약속을 어겨본 적이 없다."

네메시스는 애써 망가진 자존심을 회복하려 부질없는 노력을 하며 가슴을 폈다. 어쩐지 나는 이 작은 여신이 귀엽다는 생각이 들었다. 그래서 그녀의 머리를 쓰다듬으며 소원을 빌었다.

"소원은 이렇습니다. 제게 복수하지 마십시오."

"……뭐?"

네메시스는 순간 말문이 막힌다는 듯 멈칫하며 되묻는다. 도저히 믿을 수 없는 말을 들었다는 듯이.

"간단한 얘기입니다. 복수의 여신은 이제 복수를 하지 못한다는 것입니다."

네메시스는 엄청난 충격을 받았는지 왼손에 들고 있던 신물인 저울을 떨어뜨리기까지 했다. 그리고 넋이 나가서는 입을 멍하니 벌린 채 굳어버렸다.

"……이대로 끝이라고?"

"이제 저랑 언제나 사이좋게 지내는 것입니다."

"사이좋게?"

"네, 베스트 프렌드입니다."

주륵.

급기야 네메시스의 눈을 가리던 천까지 반쯤 풀어져 흘러내렸다. 그러자 그녀의 예쁜 눈이 드러났는데, 어쩐지 지금은 죽은 동태마냥 칙칙해져 있었다. 넋이 나가버린 것이다. 눈가에 손을 흔들어 봐도 반응이 없었다. 그러자 모든 걸 묵묵히 지켜 보고 있던 비밀의 서가 혀를 찼다.

-쯧쯧, 가엾기도 하지. 어쩌다 이 악마한테 걸려가지고.

멍하게 있던 네메시스는 잠시 뒤에야 퍼뜩 정신을 차린다.

"헛!"

그리고는 눈을 가리던 천을 더듬고는 화들짝 놀란다.

"테미스가 벗지 말라고 했는데!"

서둘러 다시 천으로 눈을 가린 네메시스를 보며 나는 의문이 피어올랐다. 테미스라? 그녀는 법과 정의의 여신이다. 눈을 가리고 천칭과 검을 들고 있다고 한다. 지금 네메시스의 행색과 똑같았다.

이상한데? 네메시스는 본디 오만을 주시하는 자. 딱히 눈을 가리고 있을 이유가 없지 않은가. 테미스가 눈을 가린 것은 보이는 것에 현혹되지 않기 위해서라고 들었으니까. 게다가 이쪽 세계의 테미스 여신은 수백 년 전에 사망했다고 알고 있다.

"뭔가 구린 냄새가 나는데?"

직감적으로 음모의 냄새가 났다. 그런데 냄새란 말에 네메시스가 발끈한다.

"이놈! 싸움을 하면 여신이라도 땀이 나는 것이다. 사이좋게 지내자고 하더니 이제 보니까 거짓말이었구나!"

네메시스는 작은 코로 자기 몸을 킁킁거렸다. 어쩐지 입가가 씰룩거리는 게 울상이 된 거 같다.

"그 얘기가 아닙니다. 한 가지 묻고 싶은 게 있습니다. 테미스께서 어찌 눈을 가리라고 하신 겁니까?"

"흥! 누가 네놈에게 말해줄까 보냐! 사람을 좋게 봤는데 오늘 보니까 여가 틀렸다. 다시는 네놈을 보고 싶지 않다!"

쉽게 대답을 들을 거라고 생각하진 않았지만 예상 이상으로 까칠하다. 되게 삐친 것 같았다.

"네메시스 님. 우리는 베스트 프렌드가 아닙니까?"

"베스트? 뭐시기? 그게 무슨 뜻이냐? 아니, 듣기 싫다. 약속이 있어 복수는 포기하마. 하지만 저 하늘 위에서 네놈이 실패하고 꼬꾸라지길 언제까지 지켜볼 것이야!"

유치하게 악담을 내뱉은 네메시스는 날개를 펴고 도망치듯 떠나버렸다. 뒤에서 이 꼴을 지켜보던 하데스가 껄껄거리며 웃어댔다.

"하하하핫! 아이 같은 건 예나 지금이나 똑같군."

몸을 돌린 나는 하데스에게 공경을 표했다. 올림포스의 어른인 데다가 날 위기에서 구해준 은인이기도 하니까. 그는 닉스의 딸에게 한 방 먹였다고 꽤나 즐거운 모양이다.

"저승의 주인이시여. 다시 한 번 인사 올립니다. 스파르타의 바실레우스 펠레우스라고 합니다."

"반갑군. 펠레우스. 익히 그대의 명성은 들었다. 특히 트리톤이 자네 얘기를 많이 하더군."

"과분하신 말씀에 몸 둘 바를 모르겠습니다."

하데스는 꽤나 소탈한 것 같아 보였다. 그나저나 기묘하군. 태도는 가볍고 발랄하면서도 어쩐지 음험해 보이는 인상을 지울 수가 없다.

양면성을 다 가졌다고 할까? 그러고 보면, 온갖 방탕한 짓거리는 다 했을 것처럼 퇴폐미가 뚝뚝 떨어지는데도 사실 그는 올림포스 최고의 순정남이라 불리지 않는가.

하데스는 명계의 안주인인 페르세포네만 아끼는 탓에, 신들의 여왕 헤라에게 가정의 모범으로까지 불리고 있다. 물론 헤라의 그런 칭찬은 바람 잘 날이 없는 남편을 은근히 비난하는 것이지만.

"저승의 주인이시여!"

그때 몸을 추스른 헤라클레스가 다가왔다. 네메시스와 싸우느라 온통 엉망이었다. 하데스는 그 꼴에 혀를 쯧쯧, 차더니 손가락을 튕긴다.

딱!

짧은 소리와 함께 헤라클레스의 온몸에 난 상처가 사라졌다. 심지어 넝마가 된 그의 장비와 의복도 원상 복귀 됐다. 실로 감탄이 나오는 솜씨였다.

"신경 써 주셔서 감사합니다."

"아니다. 헤라클레스. 그대는 후일 종말의 때에 활약할 인물이니 이 정도는 해줘야지."

"때가 되면 운명이 이끄는 대로 따를 것입니다."

하데스는 좋다는 듯 고개를 끄덕였다. 그러고 보니 원래 <그리스로마 신화>에서 헤라클레스는 종말의 때인 기간토마키아에서 대활약해서 올림포스를 구한다. 이 대가로 신좌에 오르고 청춘의 여신 헤베와 결혼하게 된다.

하지만 헤라클레스가 올림포스를 구한다는 건 내겐 썩 반가운 이야기가 아니다. 왜냐하면 나는 올림포스를 멸망시킬 작정이기 때문이다. 오로지 인간에 의한 평화, 신들의 변덕에 시달리지 않는 세계를 위해선 올림포스는 사라져야 한다.

"흐음⋯."

그때 하데스가 뭔가 생각하는 듯한 표정으로 머리카락을 손가락으로 빙글빙글 꼬았다. 그리고는 지나가는 듯한 말투로 중얼거린다.

"네메시스가 끼어 든 게 괜한 일은 아닐지도 모르겠군. 이런 예언을 알고 있으니 헤라클레스, 자네가 성장하기 전에 싹을 자르려던 게 아닐까 싶네만⋯ 아무리 올림포스에 순종하고 있다지만 본질적으로 그 아이는 닉스의 딸이니까."

묵묵히 듣던 나는 그렇다면 혹시 네메시스와 손을 잡을 수 있지 않을까 싶었다. 어째 하데스의 말로는 네메시스는 현 올림포스에 순응하는 듯 보여도, 내심 체제 전복을 꿈꾸는 불순분자 같았으니까.

"헤라클레스, 계속 12가지 과업을 수행해주게. 그 시련이 자네를 강하게 만들어 줄 거야."

하데스는 헤라클레스를 격려한 뒤 이번에는 내게 말을 걸었다.

"펠레우스. 그대의 기지는 소문 대로였다. 오늘 짐을 불러준 덕분에 닉스의 딸을 상대로 꽤 유쾌한 꼴을 볼 수 있었어. 하여 포상하고 싶군."

"어찌 포상까지 하시렵니까? 거두어 주십시오. 형님을 구해 주셨으니 내려주신 은혜가 넘칩니다."

"아닐세. 이는 짐이 그대에게 호의를 표하고 싶어서기도 하네. 많은 신들이 그대를 주목하고 있다는군. 하여 짐은 언젠가 그대가 저승을 방문해줬으면 하네. 자, 받도록."

그리 말한 하데스는 품에서 특이하게 생긴 황금 동전을 꺼내 내밀었다. 받아보니 예상 외로 차갑고 묵직했는데 동전에는 하데스의 얼굴이 새겨져 있었다.

"이것은?"

"저승으로 올 수 있는 동전이네. 꼭 짐을 찾아오는 게 아니라도 필요할 때 사용하게나."

생각 이상으로 귀한 물건을 받았기에 나는 반색했다. 이 세계에서 저승을 가기란 굉장히 어렵다. 그러니 이 동전은 하데스의 상당한 호의가 담긴 것이었다. 어쩌면 무언가 내게 바라는 게 있는지도 모르겠다.

"혹시 소인에게 시키실 일이라도 있으십니까?"

"하하, 사람 성급하기는. 그저 저승이 자네의 방문을 환영할 거란 소리네. 후일 인연이 닿으면 우리가 무언가 함께할 수 있겠지. 그저 그 만남이 좋은 것이기를 바랄 뿐이야."

"내려주신 은혜에 감읍할 따름입니다."

"자네 정도 되는 인물이라면 이 동전의 의미를 알고 충분히 잘 쓸 수 있겠지. 후일 동전이 어떤 방식으로 사용되는지 흥미롭게 지켜보겠네."

저승에 가서 할 수 있는 건 여러 가지인데, 그중 가장 대표적인 게 누군가를 살릴 수 있다는 거다. 하데스의 허락이 떨어져야 하겠지만 대가만 충분하다면 죽은 이의 영혼을 저승에서 데려와 부활시킬 수도 있다. 그러니 이 동전은 굉장히 중요한 물건이었다.

"자, 그러면 제우스의 아들들이여. 지상에서 앞으로 그대들이 펼칠 모험을 기대하겠다. 또 보세나."

하데스는 검은 군마가 이끄는 마차를 타고 땅의 갈라진 틈으로 떠났다. 그가 사라지자 입을 벌렸던 땅도 다시 달라붙어 흔적도 없어졌다.

"후우…."

드디어 끝났다는 생각에 나직이 한숨이 나왔다. 네메시스에 하데스까지. 오늘이 대체 무슨 마가 낀 건가 싶다.

"형님, 괜찮으…."

"고맙네. 아우."

헤라클레스는 대답대신 다짜고짜 날 껴안는다. 거대한 팔이 날 휘감는다. 나도 나름 단련된 신체를 갖고 있는데 헤라클레스에 비하면 마른 거나 마찬가지라, 그의 대흉근에 폭 안기는 신세가 됐다.

"앗! 아앗, 형님."

부끄러움에 헤라클레스를 밀어내려 하지만 꼼짝도 하지 않는다. 그렇다고 이리스 신 같은 어둠의 판타지가 느껴지진 않았기에 일단 가만히 있었다.

"아우가 하데스를 불러준 바람에 오늘 이 목숨을 구했군."

"…형님께 도움이 돼서 기쁩니다."

이건 내 진심이었다. 헤라클레스에게 감사를 받자 못난 과거의 나 자신이 용서받는 듯한 기분이 됐다. 예전에는 용기가 없어 그와 함께하지 못했다. 하지만 이제는 다르다. 오히려 내가 헤라클레스를 구해줄 정도가 됐다. 가슴 속에서 무언가 치밀어 오르는 기분이었다.

"아우에게 이걸 주지."

헤라클레스는 내게서 떨어지더니 갑자기 몸에 걸치고 있던 네메아의 사자 가죽을 벗기 시작했다. 네메아의 사자는 극악한 명성을 떨쳤던 괴물로 어떤 도검으로도 상처 입힐 수 없다고 한다. 심지어 헤라클레스조차 불가능해 결국 목을 졸라 죽였다고 했다. 아닌 게 아니라, 네메시스와의 싸움에서 헤라클레스의 무구가 엉망진창이 되는 와중에도 이 사자 가죽만은 멀쩡했다. 대단하긴 대단한데, 이걸 왜?

"형님?"

헤라클레스는 대답대신 시원하게 씩 미소 짓는다. 그리고는 내게 네메아의 사자 가죽을 걸쳐줬다.

"잘 어울리는군!"

"아니, 이런 값으로도 따질 수 없는 물건을 어찌 제가 입혀주십니까?"

그 네메시스의 공격에도 견딜 정도의 가죽이다. 지상에서 이 정도 내구도를 가진 물건이 있을까 싶다. 게다가 이 사자 가죽은 헤라클레스의 상징과도 같으니 함부로 남에게 줄 수 있는 게 아니었다.

"오늘부터 아우의 것이네. 본래 그 사자 가죽은 평생 누군가에게 건네줄 생각이 없었어. 나 외에는 누구도 그걸 입을 자격이 없다고 생각했으니까. 세상에 여러 영웅을 보았으나 그들은 모두 이름값을 못하는 미천한 자들이었네."

실로 헤라클레스니까 가능한 오만한 발언이었다. 하지만 그가 말하니 어쩐지 고개를 끄덕일 수밖에 없었다.

"하지만 아우는 다르다네."

"저는 아무 것도 아닙니다. 형님과 겨뤄서 1분도 못 버틸 것 같습니다만…."

"당장은 그럴지도 모르지. 하지만 아우는 나보다 뛰어나질 거야."

"어찌 그리 말씀하십니까? 신들이 절 주목하기 때문입니까?"

"아닐세. 그저 전사의 직감이야."

"직감이요?"

직감이라니…. 결국 근거는 없단 거지만 헤라클레스가 하는 말이라 무시할 수도 없었다.

"이 아우가 정말 네메아의 사자 가죽을 받아도 되겠습니까?"

"그래, 언젠가 이 형보다 위대해질 동생에게 주는 것이니까."

"흐흐흐…."

내가 며칠째 계속 웃음을 흘리자 옆에서 나란히 말을 타고 가던 아탈란테가 어이없어 한다.

"그렇게 좋아?"

내가 네메아의 사자 가죽을 뒤집어 쓴 채 계속 만지작거리며 웃고 있는 까닭이다.

"물론이지."

"짐승의 노랑내 나는 가죽이 뭐가 그렇게 좋다고?"

"단순히 이걸 가죽이라고 생각하면 안 된다. 아탈란테. 나는 대영웅에게 인정받은 거야. 생각해 봐. 누가 헤라클레스에게 이런 걸 받을 수 있겠어?"

아탈란테는 피식 웃는다. 핀잔은 줘도 내가 밝은 표정인 게 싫지는 않나 보다.

"곧 테베야."

"아, 벌써 그렇게 됐나?"

네메시스와의 전투 후 일주일간 무탈한 여정이 이어졌다. 그리고 우리는 대도시 테베를 눈앞에 두게 됐다. 전설에 따르면 영웅 카드모스가 전쟁의 신 아레스의 아들인 커다란 뱀을 무찌르고 이 도시를 창건했다고 한다. 헤라클레스는 테베의 왕에게 초대를 받아 먼저 도시로 들어갔다. 나 역시 권유를 받았으나 할 일이 있어서 정중히 사양했다.

"뭘 하려는 거야? 테베에서?"

아탈란테는 왕의 초대까지 거절한 이유가 궁금한 모양이었다.

"지금 왕이 문제가 아니야. 아탈란테. 도시로 들어가자마자 나랑 같이 네메시스 여신의 신전으로 가자."

"네메시스? 그렇게 당하고 거긴 왜?"

"그야 베스트 프렌드니까 가봐야지."

"베스트 프렌드? 대체 어떤 의미인가?"

아무래도 영어라 무슨 뜻인가 싶겠지. 나는 설명이 귀찮아 짐작해 보라고 하고는 먼저 말을 몰았다. 그러다 도시 앞에서 양떼를 만났는데, 주인이 보여서 그에게 모두 사겠다고 했다.

"총 쉰다섯 마리입니다. 나리께서 큰 잔치라도 하시려고 합니까?"

"아닐세. 신전에 번제로 드리려고 하네."

"허허! 어떤 신께서 받으실지 흡족해 하실 겁니다. 신이 나리를 복되게 하시길 바랍니다."

"고맙네."

양 주인에게 금으로 셈을 하고는 모두 넘겨받았다. 나는 스파르타 전사들에게 양을 끌고 오게 했다. 그러자 여기저기서 나직이 한탄이 터져 나온다.

"하아… 국가 원로인 내가 양치기가 된 건에 대해 시라도 써봐야겠군……."

"이젠 뭐를 시킬지 두렵소이다."

궁시렁 거리던 그들은 내가 슬쩍 뒤를 돌아보자 헛기침을 하며 입을 다문다.

"사람 앞에선 떠들지도 못할 것들이."

"흠흠!"

나는 이 양을 모두 이끌고 네메시스의 신전으로 향했다. 그런데 어째서인지 신전에 당도하자 사제들이 양을 보고 반색한다.

"서, 설마 이걸 다 바치려는 것입니까?"

"당연히 그렇습니다. 한 마리도 남김없이 네메시스 여신님의 것입니다."

그 말에 다들 놀라서 입이 쩍 벌어진다. 왜 이런 반응인지 이해가 가는 게 보니까 네메시스 여신의 신전은 작고 살림은 가난해 보였다. 그도 그럴 게, 복수의 여신은 그렇게 인기가 많은 신이 아니기 때문이다. 가끔 원한에 불타는 자들이나 맹세가 필요한 자들이 찾아올 뿐, 대체로 파리가 날리는 곳이 여기다. 인간에게 분수를 가르치는 무서운 신인데 좋아할 리가 없다.

<복수의 여신 네메시스가 화들짝 놀랍니다. '양을 이렇게 많이 받아본 게 대체 언제지?'>

그때 바로 네메시스 여신의 메세지가 떴다. 역시 하늘 위에서 나 망하는 꼴 지켜본다고 하더니 반응이 빠르다. 이거 공양하는 재미가 있네. 신위는 높은데 어째 꽤 가난하게 살아왔던 모양이다. 나는 사제들에게 양을 넘겨주고는 신전 안에 들어가 불을 피우며 조용히 기도했다.

-여신님, 저랑 친하게 지내주세요.

네메시스의 반응이 빨리 나타났다.

<네메시스 여신이 노골적인 말에 당황해 합니다. '나한테 친해지자고 한 영웅, 네가 처음이야….'>

하지만 한 번 삐쳤던 지라 쉽게 마음을 풀지는 않는다.

<네메시스 여신이 거의 넘어갈 뻔하다 급하게 정신을 차립니다. '흥! 딱히 네가 아니라도 양을 바칠 사람은 있는 걸! 그 정도로 여의 화가 풀릴 거라고 생각하면 오산이야!'>

말은 저렇게 해도 네메시스는 이 양떼를 거절하지 않았다. 진짜 내가 맘에 안 들었으면 신전에 들어오지도 못하게 했겠지. 그나저나 내가 실시간으로 자신을 들여다보고 있다곤 상상도 못하는 모양이다. 그래서 나는 들으라는 듯 말했다.

"네메시스 여신님, 제가 무례했으니 마음이 쉽게 풀리지 않으실 겁니다. 하지만 저도 포기하지 않겠습니다. 테베에 머무는 동안 몇 번이고 찾아오겠습니다. 반드시 여신님의 마음을 얻고 말겠습니다!"

그리 말하고 신전을 나서는데 비밀의 서에 새로운 글씨가 떠올랐다.

<네메시스 여신이 볼이 붉어져서는 매우 부끄러워합니다. '베스트 프렌드란 말이 뭔지 모르겠는데, 설마 사귀자는 이야기인가?>

테베에 머무는 동안 내 목표는 하나다. 바로 복수의 여신 네메시스의 마음을 얻는 일. 그래서 틈나는 대로 자주 네메시스 신전에 출근했다. 물론 맨입으로 가지는 않았다.

"여신님께 공양하고 싶습니다."

이번에는 어마어마한 양의 곡물을 바쳤다. 테베 전체가 한 달 동안 먹을 밀을 매입했으니 도시가 시끌벅적 난리가 났다. 모두 저 많은 밀이 어디로 가냐고 궁금해 했다. 당연히 이런 관심에 네메시스의 사제들은 좋아서 입이 헤벌쭉 벌어졌다.

"많은 사람들이 신전을 기웃거리고 있습니다. 여신님께서 기뻐하실 겁니다. 사실 그간 신도가 없어서 쓸쓸해하시는 것 같았거든요."

늙은 사제의 말에 갑자기 비밀의 서에 메시지가 떠올랐다.

<복수의 신 네메시스가 발끈합니다. '아앗! 저 영감탱이가 쓸데없는 소리를! 혼을 낼 수도 없고.'>

속으로 웃음이 나왔지만 내색하지 않고 근엄하게 고개를 끄덕였다.

"여신님께 도움이 된다면 그저 기쁠 따름일세."

"참으로 그 뜻이 아름다우십니다. 각하."

사제들은 날 아주 극진하게 대해줬다.

"불편함이 없도록 성소를 깨끗하게 청소해 놨습니다. 각하, 존귀한 분이 연이어 신전을 방문해 주시니 저희에게 실로 큰 흥복입니다."

내가 손 크게 공양하는 데다가 스파르타의 바실레우스였기에 그들은 허리를 90도로 굽히고 날 맞이했다.

"고맙군."

성소 안도 모두 출입 금지된 상태에서 나만 공양의식에 참가할 수 있게 배려해줬다. 또한 사제들이 밖을 둘러싸고 지키기까지 하니 이 작은 신전에서 해줄 수 있는 최대의 의전이었다.

"아름답고 정의로운 여신이시여. 제 성의를 받아주십시오."

나는 곡물을 도자기에 담고 공양의식을 시작했다. 사실 곡물이나 양 자체가 신에게 큰 의미가 있는 건 아니다. 그들은 초월자이며 물질 같은 건 얼마든지 창조할 수 있기 때문이다. 한데도 이런 공양을 달가워하는 건 물질계에서의 '가치'를 받았기 때문이다.

설령 양이나 곡물이 아니라도 좋다. 공양을 하는 곳에서 귀하게 여겨지는 걸 바친다면 가치는 충분히 전달된다. 그리고 그 가치는 신위를 올리는데 요긴하게 쓰이는 것이다. 많은 이들이 신앙의 대상으로 삼을수록 신이 강해지는 것처럼, 물질계의 많은 가치를 받은 신도 강해진다. 그래서 이 공양은 의미가 있었다.

<네메시스 여신이 연이은 공양에 의문을 표합니다. '사실 저놈, 좋은 녀석인가?'>

나 망하는 꼴 기어코 보겠다는 네메시스가 혼란스러워 하고 있었다. 아주 좋군. 나는 내심 이런 변화에 흡족해하며 오늘의 공양은 이걸로 끝내기로 했다.

"여신님, 다시 오겠습니다."

<복수의 여신 네메시스가 다음 만남을 은근히 기대하다 고개를 흔듭니다. '앗, 속아 넘어가면 안 된다!'>

분명히 네메시스가 날 보는 시선은 점점 달라지고 있단 생각을 하며 숙소로 돌아왔다. 숙소는 테베 왕실에서 우리를 위해 내어준 것이다. 다 헤라클레스 덕이다.

"아우. 어딜 다녀오는가? 또 그 신전에?"

숙소에는 웬일로 요즘 공사다망한 헤라클레스가 쉬고 있었다.

"네, 요즘 형님 얼굴 보기 힘드네요."

"하하하, 찾는 사람이 많아서 말이야."

헤라클레스는 이 테베 출신의 영웅이다. 여기가 고향이니 사람들이 그에게 열광할 수밖에. 나라도 자기 고향에서 세계 제일의 영웅이 나왔다면 비슷한 반응을 보였을 거 같다. 그 때문에 요즘 헤라클레스는 도시의 여기저기로 초대받느라 눈코 뜰 새 없이 바빴다.

"참, 아우. 오늘 재밌는 이야기를 들었네. 안 그래도 이것 때문에 아우를 기다리고 있었어."

"뭔데 그러십니까?"

"우리가 지금 황금 뿔의 사슴을 잡으려고 여행 중이지 않나?"

"그렇지요. 이제 테베에 닿았으니 앞으로 사나흘 정도만 가면 황금 뿔의 사슴이 사는 케리네이아 산에 닿을 겁니다."

중간에 네메시스를 만나 난리가 나긴 했지만, 헤라클레스 덕에 도망간 용의 금화나 주우며 평화롭게 왔다. 테베에도 예정보다 며칠 빠르게 당도했다. 이제 케리네이아 산으로만 가면 되는데 무슨 문제라도 있는 걸까?

"아우, 그런데 그 황금 뿔의 사슴을 사냥하는 일 말일세."

"네."

"경쟁자가 생겨버렸네."

"아니, 그게 무슨 소리입니까?"

"궁에 가서 아프로디테의 사제에게 들었어. 자기들도 황금 뿔의 사슴을 잡으러 가려 한다는군."

"허, 이런…!"

나는 어이없어 하다가 일이 왜 그렇게 돌아가는지 알 것 같았다. 본래 황금 뿔의 사슴은 아르테미스의 신수라 아무나 건들 수가 없다. 그런데 아르테미스가 사라지자 그 귀한 사슴은 더 이상 아르테미스의 보호를 받지 못하게 됐다. 당연히 탐이 날 수밖에.

결국 이것도 내가 벌인 일의 여파라고 할 수 있으니 억울해도 어디 하소연할 길도 없다. 아르테미스의 실각 때문에 네메시스가 쳐들어오지 않나, 아프로디테 신도들이 사슴 사냥에 나서지 않나, 기존의 역사와 다른 일이 잔뜩 일어나고 있었다.

"듣자니 아프로디테 여신에게 바칠 거라고 하더군. 아우도 알겠지만 이 테베에선 아프로디테 교단이 가장 강력하고 융성했네. 그들의 위세가 만만치 않으니 많은 전사와 사냥꾼을 파견할 것 같더군."

"언제 출발한다고 합니까?"

"나흘 뒤라더군. 몰래 우리가 먼저 가는 게 좋겠나?"

"흐음… 구미가 당기긴 하지만 안 되겠습니다. 형님의 명성이 달린 일입니다."

어디서 슬쩍 들은 것도 아니고 아프로디테의 사제가 헤라클레스에게 직접 말해준 내용이다. 이런 상황에서 헤라클레스와 내가 몰래 먼저 사슴 사냥에 나서면 사람들에게 손가락질을 당할 터.

"아무래도 정면 승부를 해야 할 것 같군요. 다만, 어떤 식으로 시비를 걸지 명분이 문제네요."

"나는 12가지 과업을 수행해야 해."

"물론 그렇습니다만, 아직 세상에 잘 알려진 이야기는 아니지요. 사람들은 그 구실을 납득하지 않을 겁니다. 뭔가 더 그럴듯한 얘기가 필요합니다."

"하면 아우가 좀 생각해 보게나. 그런 쪽에선 이 형보다 훨씬 나으니."

"알겠습니다. 맡겨주십시오."

말은 그렇게 했지만 어떤 식으로 나서야 대중에게 인정받을 만한 대결구도를 만들 수 있을지 쉽게 떠오르지 않았다.

다음날 나는 다시 공양물을 가지고 네메시스의 신전으로 향했다. 네메시스 여신의 마음을 얻어야 하는데, 뜻밖에 아프로디테 교단과 경쟁이 붙어버려서 일이 꼬였다. 그래도 준비한 물건은 공양 해야지. 나흘 뒤라니까 아직 시간도 있고. 이번에 나는 향유와 몰약, 황금, 정향을 네메시스 여신에게 바쳤다.

<복수의 여신 네메시스가 기뻐합니다.>

이 가치 있는 물건은 그녀를 즐겁게 했다. 하지만 단기간에 바친 게 너무 많던 걸까? 지나친 호의라고 생각했는지 네메시스에게 의심을 사고 말았다.

<기뻐하던 네메시스가 당신을 미심쩍게 쳐다봅니다. '이 녀석, 역시 물건으로 간편하게 자기 기반을 다지려는 건가?'>

아무래도 성급했나? 물건 위주로 나간 탓에 신심이 부족하다는 생각이 들게 한 모양이었다. 어쩜담. 고민이 들었다. 여기서 네메시스 여신의 마음을 꼭 얻어야 하는데….

잠시 생각하던 나는 쐐기를 박기로 했다. 이럴 때 가식 어린 충성심을 보여주는 게 제격이다. 지구에 있을 때 보면 사원들이 "사장님, 사랑합니다!"라고 맘에도 없는 소리 외치는 꼴을 보곤 했다. 나도 여신에게 충성심을 보여 줘야겠단 생각이 들었다.

"네메시스 여신님! 사…!"

내가 그렇게 철저히 아부로 점철된 소리를 입에 담으려는 그 때 새로운 메시지가 떠올랐다.

<처녀신 헤스티아가 당신을 지그시 쳐다봅니다. '사……? 설마 아니겠죠?'>

아니, 갑자기 헤스티아 여신님이 나타나다니. 생각지도 못한 난입에 숨이 턱 막혀왔다. 근자에 안 보이시더니 어찌 이리 갑자기 오셨습니까.

주르륵.

갑자기 비지땀이 비 오듯 흘러내리기 시작했다. 뭐랄까, 경험은 없지만 바람피우다 여친에게 걸리면 이런 기분일지도 모르겠다. 물론 헤스티아 여신님이 내 연인은 아니지만, 유일하게 내게 사랑한다는 소리 들은 분이기도 하고.

<처녀신 헤스티아의 시선이 강해집니다.>

큰일 났다. 뭐라고 변명이라도 해야 한다. 섣부르게 아부를 하려다가 이거 갑자기 궁지에 몰린 기분이다. 헤스티아가 그

러자 덩달아 네메시스도 궁금해 했다.

<복수의 여신 네메시스가 고개를 갸웃거립니다. '사? 무슨 말을 하고 싶은 거냐. 이 녀석?'>

삐질삐질삐질.

이제 내 이마에서 샤워기라도 튼 것처럼 식은땀이 줄줄 흘러내리고 있었다. 절체절명의 위기. 회귀 후에 이렇게 위험을 느낀 적은 없었다. 잠깐의 사이 오만가지 망상이 다 들기 시작했다.

주로 헤스티아 여신님이 썩은 표정으로 당신이 그렇게 가벼운 남자인지 몰랐어요, 정말 실망했답니다, 라고 내게서 관심을 거두는 상상이었다.

후달달달!

갑자기 뼈마디 곳곳이 떨려온다. 꿈의 세계에서 성간공간의 군주 같은 초월자를 만났을 때도 이런 압력은 받지 못했었는데. 대체 '사'로 시작하는 적당한 말이 무엇이 있지? 대충 사탕 드실래요, 같은 실없는 소리로 넘어갈까? 바보 소리 듣겠지만 지금은 그렇게 넘기는 게 좋겠단 소리가 들었다. 그래서 막 입을 열려는 찰나 새로운 메시지가 떴다.

<처녀신 헤스티아가 당신을 걱정합니다. '어머, 별일이네요. 펠레우스가 저렇게 긴장을 하고… 무슨 말을 하려고?'>

<복수의 여신 네메시스가 긴장합니다. '이 녀석, 뭔가 터뜨리려는 거구나.'>

잠깐 타이밍을 놓치는 바람에 두 여신이 내 결연한(?) 모습을 보고 오해하기 시작했다. 안 된다. 여기서 사탕 먹을래요?

같은 속없는 소리를 해서는. 만약 그랬다가는 두 신 모두 내게 실망하게 될 터.

대체 어떻게 해야 한다는 말인가? 비장한 표정으로 연기를 해서 넘길 수 있는 시간도 얼마 남지 않았다. 지금이야 두 여신이 뭔가 싶어서 날 보고 있지만 계속 이러면 어이없어 할 터. 한껏 고민하던 중 갑자기 한 줄기 서광이 비추듯 활로가 보였다.

번쩍!

그래, 아프로디테 교단을 걸고넘어지는 거다. 마침 어제 헤라클레스를 만나고 온 게 천만다행이었구나. 내가 알기로 네메시스는 아프로디테를 무척 싫어한다고 하니 딱이다. 일단 머릿속으로 재빨리 생각을 정리해 나갔다.

이번 일은 네메시스의 환심을 사면서도 황금 뿔 사슴의 경쟁자인 아프로디테 교단을 물 먹여야 한다. 이참에 한꺼번에 해결해 버리면 좋겠구나. 나는 비장한 각오로 외쳤다.

"네메시스 여신이시여! 사생결단을 내겠습니다!"

내가 고른 '사' 자 음절로 시작하는 말은 사생결단이었다. 당연히 듣고 있던 두 여신은 어리둥절해 했다. 하지만 나는 마치 처음부터 그럴 계획이었던 것처럼 두 주먹을 불끈 쥐고 열변을 토했다.

"여신이시여. 부족한 제가 테베를 둘러보니 아프로디테 교단의 위세가 참으로 놀라웠습니다. 반면 네메시스 교단은 초라하고 빈궁하니 이는 사리에 맞지 않겠다 하겠습니다. 본디 오늘날의 이런 쇄락이 어디에서 왔습니까? 아프로디테 교단의 탐욕 때문이 아니겠습니까?"

실제로 탐욕을 부렸는지는 잘 모르겠다. 하지만 일단 네메시스가 반색하며 호응해왔다.

<복수의 여신 네메시스가 고개를 열심히 끄덕입니다. '맞다! 역시 여가 생각한 대로 이 녀석은 좋은 놈이었구나!'>

뭐, 이러면 괜찮은 거겠지. 역시 아프로디테를 싫어해서 그런지 반응이 남다르다.

"하여 저는 결심했습니다. 네메시스 여신님을 향한 제 마음을 증명하기 위해서 테베의 아프로디테 교단에게 겸손이 무엇인지를 가르쳐주기로! 그리하여 모든 것을 올바른 자리로 돌려놓겠습니다!"

사실 아프로디테 교단과 부딪치려는 건 황금 뿔의 사슴 때문이지만, 네메시스 앞에선 이런 식으로 포장할 필요가 있었다. 당연히 그녀는 기뻐했다.

<복수의 여신 네메시스가 기립박수를 칩니다.>

지켜보던 헤스티아 여신님의 반응도 올라왔다.

<처녀신 헤스티아가 네메시스를 부러워합니다. '좋겠다…. 나도 펠레우스에게 공양 받고 싶은데…….'>

아무래도 가까운 시일 안에 헤스티아 신전에도 거창하게 뭔가 할 필요가 있겠는 걸. 그런 생각을 하며 나는 계획을 밝혔다.

"네메시스 여신이시여!"

<복수의 여신 네메시스가 귀를 쫑긋합니다.>

"마침 아프로디테 교단과 대결하기 좋은 기회가 찾아왔습니

다. 최근 아프로디테 신전에서 케리네이아 산에 사는 황금 뿔의 사슴을 잡아 여신에게 바치려 한다고 합니다. 하지만 제가 보기에 그것은 가당치도 않은 이야기입니다. 그 아름다운 사슴의 황금 뿔에 가장 잘 어울리는 건 필시 네메시스 여신님이기에!"

이렇게 된 이상 어쩔 수 없다. 아프로디테 교단이여, 내 야망의 희생양이 되어다오.

"네메시스 여신이시여! 허락해 주신다면 제가 직접 아프로디테 신전에 대결을 청하는 편지를 보내겠습니다. 네메시스 여신의 이름으로 반드시 승리하겠습니다!"

그렇게 철저히 사적 이익을 위한 싸움이, 고귀한 성전으로 바뀌는 순간이었다.

7. 두 교단의 대결

테베가 떠들썩해졌다. 이유는 간단하다. 바로 펠레우스가 아프로디테 교단에 황금 뿔의 사슴을 양보할 수 없다는 도전 장을 보냈기 때문이다. 그것도 네메시스 여신의 이름으로 말이다. 당연히 테베 전체가 신분의 고하를 막론하고 뜨겁게 달아올랐다. 하지만 이 일에 들썩인 건 인간만이 아니었다.

"헤르메스, 그를 소개시켜 달라고 했더니 이런 식으로 나오니?"

아프로디테의 추궁에 전령의 신 헤르메스는 손사래를 쳤다.

"누님. 저는 이 일과 무관합니다."

"그래? 그러면 대체 왜 펠레우스가 네메시스의 편을 드는 거야?"

"저도 모르겠습니다. 다만 최근에 네메시스가 펠레우스를 공격했다가 물러난 일이 있습니다. 하데스 님께서 개입했다고 하더군요."

"흐응…."

아프로디테는 영 마음에 안 든다는 듯 콧소리를 냈다. 신이라고 모든 걸 아는 것도 아니고, 모든 걸 지켜보는 것도 아니다. 이번 일에 대해 아는 바가 없어 아프로디테는 영 마음에 들지 않았다.

"뭐 아무래도 좋아. 테베에서는 이 누나도 양보할 생각이 없으니까. 원래라면 지켜만 보겠지만, 살짝 끼어들어 볼까나. 호호호."

아무래도 아프로디테는 교단을 지원할 생각인 듯했다. 헤르메스는 이래서는 펠레우스가 불리하게 됐다고 여겼다. 본디 그는 세간의 시선과 다르게 펠레우스가 가세한 네메시스 교단의 승리를 점쳤었다. 그 스파르타의 바실레우스가 얼마나 비범한지 알고 있었기 때문이다. 하지만 아프로디테가 개입한다면 얘기가 다르다.

'그래도 좀 이상한데?'

헤르메스는 고개를 갸웃거렸다. 본디 아프로디테는 자기 교단을 살뜰히 챙기는 성향이 아니기 때문이다. 대체 무슨 바람이 분 걸까?

'역시 펠레우스와 관련이 있겠지.'

그런 추측은 타당한 것이었으나, 대체 펠레우스의 무엇이 아프로디테의 관심을 끄는 건지 알 수 없었다.

'생각해 보면 헤스티아 님도 펠레우스에게 관심이 지대하다.'

여기까지 생각이 미치자 헤르메스는 미간을 좁힐 수밖에 없었다. 대체 자신이 무엇을 놓치고 있는 걸까, 무엇을 못 보고 있는 걸까 싶었기 때문이다. 스스로 지략이 부족하지 않다 생각하는 그인데, 가진 정보가 부족해서인지 제대로 판단할 수가 없었다.

'아무래도 두 여신 다 내가 모르는 걸 알고 있는 게 틀림 없어.'

헤르메스는 이 일을 조사해 봐야겠다고 결정했다.

"하하핫! 아우는 참 재미있군. 언제나 좌충우돌이니 같이 다니면 심심할 틈이 없어."

내가 네메시스의 이름으로 아프로디테 교단과 대결을 천명한 것에 헤라클레스는 박장대소했다. 그러다 생각났다는 듯 묻는다.

"한데 사슴은 한 마리인데 원하는 이가 너무 많지 않나. 네메시스 여신에게 바칠 것, 수신에게 공양할 것, 내 과업을 위한 것. 괜찮은 건가? 아우."

"걱정하지 마십시오. 형님."

이건 생각보다 간단히 해결할 수 있다. 황금으로 된 사슴뿔은 두 개다. 그중 하나는 헤라클레스가 과업을 증명하기 위해 갖고, 다른 하나는 네메시스 여신이 갖는다. 그리고 마지막에 남은 뿔 잃은 사슴은 수신에게 공양하는 걸로 끝난다.

"어차피 수신은 아름다운 황금 뿔이 필요한 게 아닙니다. 신수였던 짐승의 몸에 남은 신의 잔향을 원하는 거죠. 뿔을 두 개 잘라내도 사슴에겐 아르테미스의 힘이 남아있을 테니 걱정할 것 없습니다."

"아주 알차게 쓸 작정이군. 허허."

"그렇습니다. 형님과 함께라면 승리도 어려울 것 없겠지요. 하하하."

다른 누구도 아닌 헤라클레스가 같은 편이라 나는 아주 자신이 넘쳤다. 나는 발끝으로 근처에 앉아있던 아이토스의 의자를 툭 건드렸다.

"아이토스! 시킨 대로 했나?"

"네, 각하. 빵을 잔뜩 준비했습니다."

"좋아. 스파르타 인들을 데리고 거리로 나가자."

나는 스파르타의 원로들에게 빵 바구니를 잔뜩 짊어지게 했다. 그들은 이제는 놀랍지도 않다는 표정이었다. 일부는 체념한 기색으로 빵 바구니를 나른다. 오히려 누구 짐이 가볍네, 마네로 다투고 있었다.

"정말 놀라워. 사람은 적응의 동물이라니까. 스파르타에서 호의호식하던 원로들이 이제는 노동자랑 다를 바가 없어 보이는군."

"다 각하의 위대한 영도력 때문이 아니겠습니까?"

"시끄럽다. 가서 대중에게 전하도록. 네메시스 여신의 승리를 기원해 주는 자에겐 일인당 빵 두 개씩을 주겠다고."

"알겠습니다!"

이런 내 행동에 도시의 광장은 금세 시끌벅적해졌다. 이곳은 고대사회라 먹을 게 귀한 시대다. 하층민들은 하루 종일 일해도 빵 몇 개를 얻는 게 고작이다. 한데 빵 두 개를 주겠다고 하니 사방팔방에서 몰려들 수밖에. 금방 구름떼처럼 모인 사람들은 우리를 향해 걸신들린 듯 손을 내밀어댔다.

"네메시스 여신 만세! 내게도 빵을 주시오!"

"네메시스 여신님의 승리를 기원합니다!"

"네메시스! 네메시스!"

전통적으로 아프로디테 신앙이 발달한 테베지만 사람들은 금방 노선을 변경했다. 본디 인간이란 멀리 있는 위대한 신보다 가까이 있는 빵 두 개가 더 와 닿는 법이니까.

＜복수의 여신 네메시스가 흡족해 합니다. '살면서 이렇게 만세 소리를 많이 들은 날은 처음이야.'＞

다행히 우리 꼬맹이 여신님께서도 만족스러워한다. 도시에서 분위기도 띄우고 네메시스에게 호감도 얻고, 그야말로 일거양득이다. 그런데 그때 생각지도 못한 일이 일어났다.

술렁술렁.

갑자기 군중들이 어딘가로 몰려가기 시작했다. 그리고 새로운 소식이 들어왔다.

"각하!"

"어찌된 거야? 아이토스."

"아프로디테 교단에서 빵 세 개와 포도주를 나눠주고 있다고 합니다."

"이런 고약한! 금세 따라하다니."

"그것만이 아닙니다. 새로운 소문이 돌고 있습니다. 아프로디테 여신이 케리네이아 산에 사는 님프들에게 협력을 약속받았다고 합니다."

"뭐!"

당연한 얘기지만 케리네이아 산에서 무언가를 찾는데 있어서는 그 산에 사는 님프들에게 도움을 받는 게 제일이다. 아마 님프들이라면 황금 뿔의 사슴도 금방 찾아내겠지. 아르테미스가 실각한 이후 데메테르가 님프들의 충성을 이어받았지만, 모든 님프들이 충실히 그녀를 따르는 건 아니다. 케리네이아 산의 님프들 역시 마찬가지라 이번에 아프로디테 쪽에 붙어버린 모양이다.

"이거 곤란해졌군."

내가 혀를 차던 그때 광장에서 점차 아프로디테를 외치는 목소리가 커진다.

"아프로디테 여신님께서 반드시 승리하실 것입니다!"

"아름다운 사슴은 아름다운 여신께!"

"만세! 미의 여신 만세!"

분위기가 이렇게 달라질 줄이야. 마침 비밀의 서에 아프로디테의 반응이 떴다.

<미의 여신 아프로디테가 고개를 끄덕입니다. '펠레우스, 제법이긴 하지만 아직 날 못 당할 거예요.'>

예상외의 글씨에 나는 잠시 멈칫했다. 어쩐지 사랑과 미의 여신이 날 잘 알고 있는 듯하지 않은가? 새삼 내가 유명해졌다 싶었다.

"아니지. 지금 그게 중요한 게 아니야."

이대로는 본격적인 대결도 시작하기 전에 완전히 밀리는 느낌이 아닌가. 초장부터 분위기가 이래서야 일이 잘 풀릴 리가 없지. 뭔가 특단의 대책이 필요했다.

"흐음….."

고민하던 나는 일단 광장에서 물러난 뒤, 테베에 있는 헤르메스 신전을 찾았다. 그리고 기도를 올렸다.

-위대한 헤르메스시여. 일전에 제게 상을 내리겠다 하셨지요. 하지만 그때 아르테미스가 실각한 후에 더 크게 받겠다고 한 일을 기억하시는지요?

나는 여태 그 상을 요구하지 않고 있었다. 언제고 요긴하게 써먹을 때가 있을까 싶어서였다.

<전령의 신 헤르메스가 뜨끔해 합니다. '하필 이 타이밍에….'>

상대가 난색을 표했다. 하지만 나는 가차 없었다.

-기억력이 좋으신 분이니 생각나실 겁니다. 하여 간절한 마음으로 원합니다. 이번 대결에 승리할 수 있도록 세 가지 부탁을 들어주십시오.

큰 상을 내리겠다고 했으니 세 가지 정도는 요구할 수 있을 것 같았다. 다만 무리한 부탁이란 소리를 듣지 않기 위해, 그것을 이번 대결에 관한 걸로 한정했다.

<전령의 신 헤르메스가 난처해합니다. '요구를 들어주면 미움을 살 텐데.'>

아무래도 그는 아프로디테에게 한 소리 들을까 걱정인 모양이었다. 하지만 그는 상을 내리겠다고 공언했다. 거절하긴 어려울 터. 그때 성소 안에 있던 성화가 거세게 일어나며 타올랐다.

[펠레우스여.]

성화 안에서 헤르메스의 목소리가 들려왔다.

"헤르메스 님."

[꼭 지금 부탁해야겠느냐? 다른 때에 상을 달라하면 반드시 곱절로 내리겠다.]

"괜찮습니다. 어찌 두 배로 달라, 무리한 요구를 하겠습니까?"

[지금 충분히 무리한 요구를 하고 있다만⋯]

"이런, 저는 헤르메스 님께서 한 입으로 두 말하는 분인지 몰랐습니다."

[아니, 그게 아니라⋯.]

"앞으로는 다른 분께 기도하는 게 낫겠군요."

[사람이 왜 그렇게 성격이 급해? 안 한다는 게 아니잖아.]

"그럼 믿고 부탁드리겠습니다."

[⋯⋯.]

비록 성화를 통해 대화중이었지만 헤르메스가 똥 씹은 표정인 게 보이는 듯했다. 나는 그가 마음 변하기 전에 즉각 원하는 바를 털어놓았다.

다음날 테베에 특별한 소문이 돌았다. 두 교단의 대결 때문에 새로운 소식에 귀를 쫑긋하고 있던 사람들이 다시 떠들썩해진 건 말할 필요도 없다.

"뭐? 도박의 신 헤르메스가 네메시스 교단의 승리를 점쳤다고!"

"이거 확실한 거 아냐? 헤르메스는 자기 판돈을 잃는 법이 절대 없으니까."

"와, 아프로디테 교단이 이길 것 같았는데 생각 다시 해봐야겠는데?"

나는 시장의 귀퉁이에서 신분을 감춘 채 사람들의 이야기에 귀를 기울였다. 헤르메스는 도박의 신이기도 하다. 그래서 한판 승부에 나서는 이들은 모두 헤르메스에게 승리를 빌 정도로 영험하다고 알려져 있었다. 한데 그런 헤르메스가 네메시스 교단의 승리를 점쳤으니 사람들이 술렁일 수밖에.

"아무래도 이변이 일어나려나 보다."

"하긴 네메시스 교단에서도 자신이 있으니까 승부를 걸었겠지."

"이번에 네메시스 교단에서 그 유명한 스파르타의 펠레우스와 우리의 동향인인 헤라클레스가 활약할 예정이라고 하더라. 전체적인 규모는 작을지 몰라도 인선의 질에 있어선 아프로디테 교단을 압도하는 것 같아."

다시 분위기가 바뀌는 게 느껴졌다. 그리고 신들의 반응만 봐도 지금 상황이 좋다는 걸 알 수 있었다.

<미의 여신 아프로디테가 헤르메스를 잡으러 출발합니다!>

<전령의 신 헤르메스가 눈치를 채고 잽싸게 도망갑니다!>

헤르메스는 나 때문에 도망자 신세를 면하지 못할 것 같았다. 물론 그 덕에 한동안 아프로디테의 간섭을 피할 수 있을 듯

했다. 아무래도 그 사이에 황금 뿔의 사슴 사냥을 마무리하는 게 좋을 것 같았다.

"형님, 내일이 약속한 날짜입니다. 새벽에 바로 떠나시죠."

"알았네. 한데 님프는 어떻게 당해내려고 하는 건가? 그들은 단순히 아프로디테 교단에게 사슴을 찾아주는 걸로 그치지 않을 거야. 못된 장난으로 우리를 방해하려 할 게 뻔해."

헤라클레스는 지혜로운 사내는 아니었지만 경험에서 오는 통찰력은 갖고 있었다. 나는 그의 의견에 고개를 끄덕였다.

"확실히 그렇겠군요. 하지만 걱정하지 마십시오."

헤르메스에게 아직 두 가지의 도움을 더 받을 수 있으니 님프들이 방해해도 어렵지 않을 것이다. 원체 종잡을 수 없는 님프들이라 어떤 상황이 펼쳐질지 예측하기 어려웠으나 즉석에서 대응할 예정이었다.

-임기응변이야 말로 내 특기지.

-자신의 무계획성을 놀랍게도 포장하는군. 펠레우스.

비밀의 서의 딴죽을 무시하고 나는 일찍 잠자리에 들었다. 그리고 꼭두새벽에 일어나 케리네이아 산으로 출발했다. 새벽 공기가 선선하니 무척 좋았다. 지구에 있을 때는 미세 먼지 때문에 고생했던 기억이 나는데, 여긴 공기 하나만큼은 끝내주는군.

"각하!"

한창 기분 좋게 말을 타고 가는데 해적선장 아이토스 녀석이 목청껏 소리를 지르며 달려온다. 그리고는 화급히 보고해 왔다.

"각하!"

"무슨 일이냐? 새벽부터 경망스럽게."

"아이구, 지금 그걸 따질 게 아닙니다요. 그 망할 아프로디테 교단 놈들이 우리를 속이고 전날 먼저 출발했다고 합니다요. 아, 글쎄 그놈들이 삼삼오오 모여서 변장을 하고 성문을 나섰다네요! 저희가 당했습니다!"

아이토스는 가슴팍을 손으로 두들겨댔지만 듣는 나는 귓구멍을 손가락을 후빌 뿐이었다.

"아니, 각하! 어찌 그리 태평하십니까?"

"그놈들이 고약한 수를 쓸 줄은 진즉 알고 있었다."

이번 대결은 교단의 명예가 걸린 총력전이다. 신들까지 관심을 갖고 있는 사안인데 그까짓 꼼수 하나 쓰지 못할까. 나는 아이토스의 자리를 위협하는 또 다른 간신배인 헤르도도스에게 고개를 끄덕였다.

"자네 말대로 됐군."

"도움이 됐다니 다행입니다."

헤르도도스가 기가 살아서 어깨를 쭉 펴며 아이토스를 비웃는다.

"어리석은 해적인 자네는 모르겠지. 하지만 권모술수의 한가운데서 살아온 내게 이런 일은 아무 것도 아니네. 이미 아프로디테 교단이 이럴 줄 알고 각하께 한 발 빠르게 보고해 놨지. 그리고 어제 하나둘씩 빠져나가는 그들을 확인까지 했다네. 흐흐흐, 자네도 참으로 순진하군."

"어엇……."

대놓고 면전에서 조소를 흘리며 손가락을 까딱거리는 헤르도도스에게 아이토스는 아연실색해져 할 말을 잃어버린 듯했다. 확실히 이번에는 더러운 정치판을 헤쳐 나온 스파르타의 원로 헤르도도스의 수완이 앞섰다. 그가 제때 보고해준 덕에 나도 대비할 수 있었고.

"헤르도도스, 참으로 믿음직하군."

"흐흐흐, 각하. 앞으로 저런 못 배운 해적나부랭이는 멀리하고 저를 부려주십시오."

스파르타 원로원의 의원인데도, 살기 위해 권력자의 하수인 노릇까지 유능하게 해내다니… 역시 짬밥은 괜히 먹는 게 아니로구나. 나는 새삼 헤르도도스와 아이토스의 기량차이를 느꼈다.

"아이토스, 분발하도록."

"네……."

원조 간신배인 해적선장 아이토스는 어깨가 추욱 처져서는 물러났다. 역시 간신배도 능력이 뒤따라줘야 한다. 아무리 혓바닥을 잘 놀려도 쓸모가 없으면 저리 뒤처지는 법이다.

"펠레우스."

그때 아탈란테가 말을 몰고 가까이 다가와서 묻는다.

"먼저 출발한 건 어쩌려고? 확인만 한다고 되는 게 아니잖아."

"걱정 마. 이미 대비해 놨어."

헤르메스가 약속한 세 가지의 도움 중에 두 번째 걸 이번에 사용했다. 그는 전령의 신이자 도박의 신이면서, 여행자의 신이기도 하다. 전령이란 이미지가 부각돼서 그렇지 실제로는 온갖 알짜 영역을 담당하고 있는 신인 것이다.

"아프로디테 교단 놈들은 우리보다 먼저 출발했지만 늦게 도착할 거야."

여행을 나서는 자는 여행자의 신인 헤르메스의 가호가 필요하다. 한데 그 신이 방해를 한다면 어찌되겠는가? 여행은 엉망이 되고 길을 잃어버릴 것이다. 아예 목적지에 도착하지 못하게 할 수도 있겠지만, 이번에는 아프로디테가 있어 그 정도까진 어렵다. 대신 며칠 늦게 케리네이아 산에 도착하게 해달라고 부탁했다. 헤르메스는 그 정도는 도망 다니면서도 충분히 가능하다고 했고.

"느긋하게 가자고, 아탈란테. 우리가 무조건 먼저 산에 당도할 테니까."

펠레우스 일행이 한창 이동 중일 무렵, 목적지인 케리네이아 산도 님프들의 회동으로 시끌벅적했다. 주요 의제는 '황금 뿔의 사슴을 노리는 네메시스 교단을 어찌 막을까'였다.

"정숙하도록."

님프 여왕의 말에 모두 입을 다물었다. 이 산지에 모여 사는 님프는 무려 200여 명으로 그 수가 많았다. 종족도 다양해서 산의 님프인 오레아드스, 골짜기의 님프인 나파에아스, 떡갈

나무의 님프인 드리아데스 등 온갖 부류가 있었다. 그리고 그 모두를 통솔하는 게 지금 앞에 나선 님프의 여왕이었다. 그녀는 모인 님프들을 힐난하는 어조로 입을 열었다.

"너희들은 재주가 많지만 너무 수다스러운 게 문제다. 참새처럼 재잘거리는 그 버릇은 수백 년을 살고도 고치질 못하는구나."

여왕의 짜증에도 님프들은 까르르, 웃음을 터뜨렸다. 그러자 여왕은 고개를 절레절레 흔든다.

"이번 일은 반드시 잘 처리해야 한다. 아프로디테 여신님의 뜻을 거스르지 말아야 해."

본래 모든 님프는 아르테미스에게 충성했지만, 그들이 우러러 보던 여신은 나락으로 떨어졌다. 이후 데메테르가 님프들을 맡았으나 그녀의 관리는 완벽하지 못했다. 케리네이아 산의 님프들처럼 저마다의 길을 가는 세력들이 나타났다.

"저희는 그저 여왕님이 시키는 대로 하는 것뿐이에요."

어떤 님프가 입을 열었다. 사실 거의 대부분의 님프들은 정치적인 부분에 관심이 없었다. 그저 산야를 뛰어다니고, 식물을 돌보고, 저희들끼리 노는데 열중할 뿐이다. 때로는 근사한 인간 사내에 대해 밤새 대화를 나눴다.

"아르테미스 여신님이 실각한 건 안타깝지만, 사실 저희는 그분을 한 번도 못 봤어요. 이제 와서 누구를 새 여신님으로 섬기든 그게 무슨 상관이겠어요?"

이어서 다른 님프도 비슷한 대답을 했다. 여왕은 속으로 한숨이 나왔지만 예상하던 바였기에 개의치 않았다.

"아프로디테 여신님께서 우리 케리네이아 산의 님프들의 자치를 약속하셨기에 데메테르가 아닌 그분을 택하기로 한 것이다. 이는 스스로 우리 삶을 결정할 수 있다는 얘기다."

사실 님프들은 자치가 어떤 의미인지, 무엇이 달라지는지 정확히는 몰랐다. 하지만 뭔가 그럴 듯하게 들렸기에 여왕의 뜻을 따르기로 했다. 분명 이전보다 좋아지는 것 같았으니까. 게다가 여왕이 이번에 공을 세우는 자에게 큰 보상을 약속하자 다들 의욕을 보이기 시작했다.

"여왕님, 네메시스 교단의 인물을 죽여도 되나요?"

님프 하나가 손을 들며 그리 묻는다. 순진한 말투로 잔인한 얘기를 꺼내는 게 과연 님프다웠다. 모든 님프들은 인격의 한 부분씩이 결여돼 있다는데, 방금 그 님프는 동정심이 없는 것 같았다. 여왕은 일단 고개를 저었다.

"가급적 목숨을 빼앗는 일은 자제하도록. 하지만 전투 중에 무슨 일이 일어날지는 장담할 수 없지."

판단은 각자에게 맡기겠다는 소리였다. 여왕은 분위기가 잡히자 작전을 지시하기 시작했다.

"일단 네메시스 교단에서 주목할 자는 헤라클레스와 펠레우스다. 우리는 그들이 사슴을 잡는 걸 방해해야 해."

웅성웅성.

영웅이란 말에 님프들은 관심을 보였다. 하지만 인간을 자신보다 하등하게 여기는 족속들이라 그런지 일단 얕잡아 보는 기색이었다. 여왕 역시 그래서 오판을 저질렀다.

"헤라클레스는 전형적인 힘의 영웅이라면 펠레우스는 지략의 영웅이다. 자신의 기민한 머리로 최근에 여러 가지 공을 세웠다지. 아마 본신의 힘은 대단하지 않은 것 같다. 본디 잔머리란 용기 없는 자의 무기가 아닌가?"

사실 펠레우스는 누구보다도 힘의 영웅이라 할 수 있었다. 무엇보다 헤라클레스의 보석으로 괴력을 소유했으니까. 하지만 그가 보여준 협잡질이 고정관념을 만들었다.

"힘에 힘으로 대응하는 것은 어리석은 일이고, 지혜에 지혜로 대응하는 것도 어리석다. 하니 우리는 힘은 지혜로 상대하고, 지혜에는 힘으로 상대하겠다."

여왕의 계획은 방향이 명확했다. 헤라클레스를 상대로는 계책을 써 방해하고, 펠레우스는 머리를 굴릴 틈도 없이 힘으로 제압한다는 것이다. 이것은 꽤나 그럴 듯하게 들렸다. 뭣보다 병법의 기본에 충실한 정론이었으니까.

"여왕님, 헤라클레스는 어떻게 하실 건가요?"

"간단하다. 미인계다. 다행히 너희 참새 같은 수다쟁이들은 미모 하나는 끝내주지. 헤라클레스를 유인해 술을 대접하도록. 그의 영웅적인 행동을 칭찬하며 계속 술을 퍼 먹이다 보면 결국 곯아떨어질 거다. 그 사이 헤라클레스를 가둬두면 아프로디테 교단이 사슴을 취할 수 있겠지."

"펠레우스는요?"

"매복했다가 붙잡는다. 인질로 잡고 있다가 사슴 사냥이 끝난 뒤에 풀어주도록 한다. 반항이 심하면 마지막 수단을 써도 좋다."

그리 말하며 여왕은 엄지로 목을 살짝 그어보였다.

"여왕님 그런데 둘이 따로 떨어져야 실행 가능한 작전 아닌가요?"

"걱정할 것 없다. 네메시스 교단은 상대적으로 수가 적다고 한다. 적은 수로 사슴을 찾으려니 당연히 쪼개질 수밖에."

"아우, 여기서부터는 서로 갈라지지."

케리네이아 산에 도착하자 헤라클레스가 먼저 그런 제안을 해왔다.

"아우 덕에 아프로디테 교단은 아직 도착하지 않았으니, 우리는 며칠 동안의 시간을 벌었네. 그 사이 사슴을 발견하려면 흩어져 찾아보는 게 유리하지 않겠나?"

"형님 말씀이 맞습니다."

합리적인 의견이었다. 님프와의 충돌이 예상됐지만 우리가 서로 떨어지는 게 걱정될 정도로 약하지도 않았고. 먼저 사슴을 발견한 사람이 사냥에 나서기로 약속했다.

"누가 먼저 잡는지 대결해 보는 것도 재밌겠군요. 형님."

"그것도 그렇군. 흐흐흐. 아우가 양보하게나."

"그럴 리가 있겠습니까?"

우리를 소소하게 술자리 내기를 걸고는 서로 산의 초입에서 헤어졌다. 나는 아탈란테, 아이토스, 헤르도도스를 포함한 오십여 명을 이끌고 산을 타고 올랐다. 생각보다 산세가 깊고 험했다.

"영산이로군."

만약 여기가 한국이라면 산신령이라도 살고 있을 것 같은 분위기였다. 곧 일대에 안개까지 자욱하게 끼기 시작하자 한 치 앞을 구분하지 못하게 됐다.

"과연 이 산에 뭔가 있긴 하네."

수상한 분위기를 감지한 나는 명을 내렸다.

"스파르타인들이여! 전투 준비!"

내 외침에 스파르타의 전사들이 커다란 황동 방패를 들고 원형의 진을 만든다. 그리고 창을 사선을 빼곡하게 곧추 세웠다. 아무리 원로들과 사병들이 내 밑에서 허드렛일이나 하며 굴욕을 당하는 처지라도 스파르타인이란 건 변하지 않는 사실이다. 뭔가 이상을 감지하자마자 정연하게 대응하는 게 실로 훌륭해 한 마디 해주지 않을 수 없었다.

"원로들. 스파르타의 궁전에선 탐욕스러운 돼지들처럼 굴더니, 여정의 와중에 옛 모습으로 완전히 돌아들 가셨군. 그대들의 몸은 늙었으나 여전히 전사의 풍모가 가득하니 솔직히 감탄하지 않을 수 없다."

내 솔직한 말에 원로들은 헛웃음을 흘렸다. 자신들이 생각해도 어이가 없는 거겠지. 권력자로 살아오느라 잃어버렸던 모습을 고생뿐인 이번 여정에서 되찾아 가고 있으니까. 한데 다들 그게 싫지는 않은 것 같았다.

"스파르타!"

그때 백발이 성성한 원로 하나가 크게 외쳤다. 저 자는 과거 유명한 장군이었다고 했지. 그러자 모든 스파르타인들이 그에 호응해서 창대로 땅바닥을 두드리며 외쳐댔다.

"스파르타!"

"스파르타!"

안개로 가득 찬 산지가 쩌렁쩌렁 울린다. 지금 상태라면 누가 공격해 와도 훌륭히 막아낼 수 있을 것 같았다. 나를 포함한 모두의 가슴에 뜨거운 게 차올랐는데, 아마 이런 감정은 용기와 긍지라고 부르는 것이리라. 나도 그들과 똑같이 창으로 바닥을 두들기며 외쳤다.

"스파르타인들이여! 그대들이 든 창에 자부심을 가져라! 이 창은 비천한 사내라면 결코 들지 못할 물건이니."

"스파르타!"

안개로 자욱한 산지에 스파르타 전사들의 고성이 가득 찼다. 나는 그 사이 안개를 꿰뚫어 보기 위해 신성을 운용해 안력을 돋았다. 일전에 네메시스를 만났을 때 헤라클레스가 가르쳐준 방법이다. 이것은 보이는 것 너머의 본질을 파악하게 해준다. 분명히 이 안개로 가려진 무언가가 있을 터.

-뭐가 보이냐? 펠레우스?

비밀의 서의 물음에 나는 한쪽 입 꼬리를 올리며 고개를 살짝 끄덕였다. 대략 30미터 정도 떨어진 곳에 여러 무리의 여성들이 몰려있었다. 거리가 있기 때문에 능력을 써도 실루엣 정도로만 보였는데, 저마다 조금씩 형태가 다른 게 틀림없이 님프들이었다. 수는 대략 40인이 넘는 것 같다.

"모두 조용."

나는 손을 들어 잠시 스파르타인들을 정숙하게 한 뒤 님프들이 있는 쪽으로 귀를 기울였다. 신성을 획득한 후 내 신체능력은 비약적으로 향상됐는데 그중에는 청력도 포함이었다. 남이 내 욕하는 소리를 잡아내는 게 주요 용도였지만 지금은 꽤 쓸모가 있었다. 님프들이 당혹해하는 게 생생히 들려왔기 때문이다.

"어쩌죠? 습격하려 했는데 이미 틀린 것 같아요. 방어가 완벽해요."

"이대로 부딪치면 피해가 클 것 같은데?

"이렇게 무서운 자들이라곤 못 들었어요…."

"어차피 인간 아닌가요? 너무 겁먹지들 마세요! 펠레우스란 자도 별 거 없다고요!"

원래라면 안개를 깔고 바로 공격해올 작전이었던 것 같다. 한데 생각 외로 서슬 퍼런 스파르타인들의 기세에 님프들은 겁을 먹은 모양이다. 물론 온갖 마법을 부리는 님프들이 더 강하긴 하다. 하지만 스파르타의 인간 흉기들이 뿜어내는 기세에, 전투 경험이 적은 님프들은 허둥대고 있었다. 이런 기회를 놓칠 내가 아니다. 즉각 앞으로 나서 님프들이 있는 방향으로 외쳤다.

"어디 한 번 막아보라! 여기 스파르타인 한 사람만이 달려가니!"

나는 방진을 유지하라 하고는 홀로 튀어나갔다. 지금 이 안개 속에서 앞을 똑바로 볼 수 있는 건 나밖에 없었다.

"꺄앗! 저놈이 돌격해 와요!"

님프 하나가 비명을 지르자 다들 화들짝 놀라서는 내 쪽으로 공격을 날려 왔다. 수많은 마법이 쇄도해 왔다. 날카로운 바람의 칼날이나, 창날처럼 쏘아지는 나무뿌리, 머리 위로 떨어지는 커다란 우박 같은 것들이었다. 하지만 그것들은 전혀 날 막아 세우지 못했다.

카앙!

파앙! 펑!

퍼억!

요란한 소리를 내며 마법들이 내게 꽂혔지만 완전히 쓸모없었다. 원래 신성으로 괴물 같은 방어력을 자랑하는 나였는데 이제는 절대 베이지 않는다는 네메아의 사자 가죽까지 둘렀다. 님프들의 살벌한 공격도 내겐 장난에 불과했다.

"바로 앞까지 왔어요!"

바로 근처에서 비명이 들린다 싶던 순간 안개를 뚫고 한 무리의 님프들과 마주쳤다. 나는 주저할 것 없이 들고 있던 창을 수평으로 휘둘렀다.

퍼억!

둔탁한 타격음과 함께 그 자리에 있던 님프 다섯이 허공으로 장난감처럼 날아갔다.

"꺄아아악!"

단 한 방에 님프들의 갑옷이 깨지고 장비가 부서져 수많은 파편이 공중에 흩날렸다. 창은 신성으로 내구력을 강화했기에 이 무시무시한 일격을 날리고도 멀쩡했다. 역시 한 번에 쓸어버리기에는 긴 게 좋다니까.

툭!

그때 활시위가 튕기는 소리가 나며 화살 하나가 내가 꽂혔다. 하지만 팍, 하는 소리와 함께 부러져 튕겨나간다. 나무파편이 튀어 약간 뺨을 간질였을 뿐이다.

"마법은 안 먹혀! 모두 화살을 쏴!"

누군가의 지휘에 연달아 많은 화살이 날아왔다. 과연 님프들의 솜씨는 뛰어나 빗나가는 게 없이 모두 내게 꽂힌다. 하지만 강맹하게 날아온 활들은 수수깡처럼 부러지며 튕겨났다.

"괴물!"

누군가 절망해서 그렇게 외쳤다.

"펠레우스는 잔머리나 굴리는 영웅이라 들었는데!"

"우리가 다 덤벼도 못 이길 거 같아요!"

님프들은 다양한 방법으로 날 막으려고 애를 썼다. 식물의 뿌리를 무수히 뻗어 그물처럼 날 옭아매려고도 했다.

"하압!"

하지만 내 괴력 앞에 질긴 나무 뿌리들이 모조리 끊어졌다. 그리고 다시 돌격하자 그야말로 불도저 그 자체였다. 님프들이 무슨 짓을 하든지 그냥 닥치는 대로 밀어버렸다.

"여기 또 있구나!"

안개 속에서 다시 활질을 한창 하던 님프 무리를 발견했다. 그들은 날 보자마자 기겁한다. 하지만 내가 휘두른 창이 훨씬 빨랐다.

퍼어억! 퍽!

좌로 한 번 휘두르자 님프 다섯이 허공으로 날아갔고, 우로 다시 한 번 휘두르자 님프 넷이 박살났다. 바닥에는 부러진 활과 화살들로 난장판이었다.

"흥!"

창을 바닥에 세우고 콧김을 내뿜던 나는 손을 뒤로 뻗었다. 그러자 몰래 단검을 들고 등을 쑤시려던 님프의 얼굴이 턱, 하고 잡혔다.

"살려…."

님프가 뭐라 하려고 했지만 그대로 근처에 있던 바위에 내던졌다.

콰앙!

바위를 부수며 님프가 처박히자 나는 그걸로 그치지 않고 옆에 있는 고목을 발로 일격에 쓰러뜨렸다.

우지끈!

아름드리 고목이 넘어가며 바위에 쓰러진 님프를 그대로 덮쳐버렸다.

"아, 안 돼! 꺄!"

그 비명을 마지막으로 목소리는 더 들리지 않았다. 하지만 님프는 튼튼하니까 이 정도로는 죽지 않는다. 하는 짓이 괘씸해서 두들겨 패고는 있었지만 진짜 목숨을 빼앗을 생각은 없었다. 가급적 님프들이랑 잘 협상하는 게 좋단 판단 때문이었다. 물론 그 협상의 과정 중에 무슨 일이 있을지는 아무도 모르지만.

"안개가 걷히는군."

님프 여럿이 쓰러진 반동인지 사방에 짙게 깔렸던 안개가 걷히고 있었다. 수가 줄어 마법을 유지할 여력이 없어졌던 거다. 그러자 곳곳에 있던 님프들이 훤하게 드러났다. 나는 그들을 가리키며 외쳤다.

"스파르타인들이여! 돌격하라!"

결국 우리를 공격했던 님프들은 몇 명을 빼고는 모조리 사로잡혔다. 분기탱천한 스파르타인들의 공격에 이미 얼이 빠져 있던 님프들은 제대로 저항도 못하고 도망가기 바빴다. 인간 흉기인 스파르타 인들은 상대가 미녀라고 해도 봐주지 않고 두들겨 팼기에 님프들은 빠르게 항복했다. 포로가 된 이는 총 37인이었다.

"이것들 대단합니다. 칼로 베고 창으로 찔러도 금방 회복하는군요."

님프들을 굴비처럼 줄줄이 묶어놓은 스파르타인들은 님프의 내구력에 상당히 놀란 듯했다. 나는 당연하다는 듯 고개를 끄덕였다.

"인간이 아니니까. 특히 자기가 돌보는 숲이나 개천 근처에서는 회복력이 엄청나다. 모두 방심하지 말도록."

아까 내가 고목을 쓰러뜨려 깔아버린 님프도 멀쩡히 걸어다닐 정도니 가공할 능력이라 하겠다. 스파르타인들은 이에 깊이 경계하며 창날을 님프들의 목줄기에 겨누고 있었다. 수상한 행동을 하면 즉각 찔러버릴 기세였다.

"여기 대장이 누군가?"

내 물음에 님프 하나가 고개를 들었다. 녹색의 고운 머리칼이 아름다운 여자였다.

"저예요."

"자기소개부터."

내가 턱짓으로 명령하자 그 님프는 굴욕을 느끼는 듯 볼이 붉어져서는 입술을 깨문다. 인간을 얕잡아 보고 있는 존재니 이런 상황이 모욕적일 수밖에.

"에피멜리라드, 라피라고 해요."

"사과나무 님프로군."

어쩐지 과일냄새가 나더라니. 혹시 님프라는 것들, 걸어 다니는 방향제로 쓸 수 있지 않을까.

"자, 라피. 네게 한 가지 권고를 하겠다."

"…말씀하세요."

"여기 네 동료 36인과 함께 죽든지, 아프로디테 여신을 버려라."

"네?"

라피는 믿을 수 없는 소리를 들었다는 듯 눈이 동그래진다. 하지만 나는 진심이었다.

"귀찮으니 두 번 말하게 하지 마라. 이건 아주 간단한 선택이라고."

"여신님을 배신하면 죽음뿐이에요!"

그녀의 말에 나는 심드렁하게 대꾸했다.

"그래서? 나중에 여신에게 죽을래? 아님, 지금 나한테 죽을래?"

이게 어디서 똥오줌 못 가리고. 나는 손가락으로 라피의 이마를 콕콕 찔렀다.

"내가 잔인한 요구를 하는 건가?"

"그래요! 잔인하잖아요."

"아니, 올바른 요구다. 나는 너희가 원래 섬겨야 할 여신인 데메테르에게 돌아가라고 하는 것이니까."

"아…!"

곡물과 수확의 여신인 데메테르는 사랑과 미의 여신인 아프로디테보다 신위가 높다. 아무리 사랑노름이 중요해도 입에 들어갈 밥만은 못하니까. 데메테르에게 돌아가면 멋대로 군 것에 대해 이 산의 님프들은 벌을 받긴 하겠지만 목숨은 구할 수 있을 터. 분명히 자애로운 데메테르 여신은 아프로디테의 분노로부터 님프를 지켜줄 것이다.

"나는 도리에 대해 얘기하고 있는 거다."

정론을 말하자 사과나무 님프 라피는 꿀 먹은 벙어리가 됐다. 적어도 자기들이 잘못하고 있단 자각은 있는 듯했다. 그런데 그때 비밀의 서에 새로운 메시지가 떠올랐다.

<곡물의 여신 데메테르가 당신을 따뜻하게 쳐다봅니다. '훌륭한 젊은이네요. 조만간 노파로 변장하고 한 번 만나봐야겠어요.'>

오, 데메테르 여신께서 호의를 보여주시다니. 사실 내가 데메테르를 위해 이렇게 말한 건 아니다. 나와는 별 접점도 없는

여신이니까. 다만 정론을 구사해 아프로디테에게서 님프들을 떼어내려 한 것이나, 이게 의외로 데메테르의 호감을 샀다.

"아직도 어렵고 가혹한 선택인가?"

"으윽……."

"여기서 죽겠나? 아니면, 본디 충성해야 할 존재에게 돌아가겠나?"

허리춤에서 제우스의 보검을 뽑았다. 서늘한 칼날이 목에 닿자 사과나무 님프인 라피는 기겁했다. 아무리 재생력이 대단한 님프라고 해도 이 보검으로 목을 날리면 그대로 사망이니까.

"…알겠어요."

결국 라피는 아프로디테 대신 데메테르에게 충성하겠다고 약속했다. 그녀는 곧 기대감을 담고 물어왔다.

"이제 돌아가도 괜찮을까요? 제가 여왕님에게 당신의 뜻을 전할게요."

"아니, 이렇게 순진무구할 수가."

나는 문득 웃음을 터뜨렸다. 그러자 주변에 있던 스파르타인들도 따라 웃는다.

"내가 뭘 믿고 널 보내줄까?"

"약속했잖아?"

"약속은 깨면 그만이야. 그리고 니네 여왕이 참 잘도 들어주겠다."

"그건….""

"지금부터 네가 할 일은 간단하다. 라피. 날 황금 뿔의 사슴에게 안내해주면 돼.”

“아니, 그런 억지를!”

“억지가 아니지. 네 목숨 값이라고 생각하면 자연스러울 거다. 먼저 이쪽을 공격하고도 아직 그 주둥이를 나불대고 있는게, 얼마나 자비로운 일인지 모르겠나?”

나는 비밀의 서를 불러서 라피를 제외한 님프들을 모조리집어 삼키라고 했다.

-님프들은 네 안에 들어가도 괜찮지?

-물론이다. 이 녀석들은 인간과 다르게 혼돈을 머금고 있으니까.

님프는 인간과 겉모습은 비슷해도 신과 가까운 존재다. 어찌 보면 신의 열화판이라고 해도 될 것 같다. 그러니 비밀의 서안에 펼쳐진 심해 같은 공간에서도 잘 버티겠지.

-셀레네에게 모두를 감독하라고 전해줘.

-알겠다.

쩌억!

비밀의 서의 입이 크게 벌어지더니 님프들을 하나둘 삼키기시작했다. 그러자 지켜보던 이들이 대경실색한다.

“아니?”

“이 무슨!”

갑자기 님프들이 하나씩 허공으로 사라지고 있으니 다들 눈이 휘둥그레질 수밖에. 동료들이 눈앞에서 증발하는 걸 본 님프들의 반응이 더 극적이었다.

“꺄아악!”

"잘못했어요! 제발 이러지 마세요!"

님프들은 눈물, 콧물을 쏟아내고 있었다. 일부는 한 번에 먹히지 않고 반쯤 삼켜진 탓에, 허공에서 다리만 남아 바둥바둥거렸다. 이걸 본 님프들이 까무러치는 건 당연지사.

"살려주세요! 제발 살려주세요!"

님프 하나가 내 앞으로 기어오더니 눈물을 줄줄 흘리며 애원한다.

"안 죽여. 죽이긴 누가 죽인다고."

내가 그렇게 손속이 잔인한 사람이 아니다. 늘 사랑과 배려를 좌우명으로 살아오는 남자인데 지금 다들 날 왜 도살자 보듯 하는 건지 모르겠다.

"안 돼! 에일레아!"

"으아아아! 푸테아의 머리가 없어졌어!"

그야말로 사방은 아비규환. 사실 이들은 매우 안전한 곳으로 가는 셈이다. 비밀의 서 안에 있는 동안에는 아프로디테의 저주를 걱정할 필요도 없으니까. 나름대로 내 배려라고 할 수 있었는데, 설명이 없는 배려라 그런지 극한의 공포 그 자체였다.

-야, 한 번에 먹어. 왜 야금야금 먹는 거야?

비밀의 서가 어째서인지 천천히 집어삼켜서 허공에서 몸이 없어지다 실신하는 님프가 연달아 나왔다.

-이것들이 울부짖는 게 꽤 속이 시원하군. 크흐흐.

-이거 완전 변태네. 변태.

-펠레우스, 네놈과 다니느라 쌓인 울분을 오늘에서야 좀 푸

는 거다.

결국 내 탓이란 소리인가.

"그만해! 제발 그만하라고!"

사과나무 님프 라피가 참을 수 없다는 듯 소리를 빽 질렀다. 하지만 그녀의 가상한 용기에도 불구하고 결국 36인의 님프들이 모조리 비밀의 서의 뱃속으로 사라졌다.

"아아…."

도저히 믿을 수 없다는 듯 공허한 눈이 된 라피를 보며 나는 어깨를 으쓱였다.

"죽은 거 아니니까 걱정 말라고."

"사라졌잖아!"

나는 비밀의 서에게 하나 뱉어보라고 시켰다. 그러자 사라졌던 님프 하나가 퐁, 하고 튀어나온다.

"에? 여긴 어디?"

상황 파악을 못하겠다는 듯 나타난 님프는 어리둥절한 표정이다. 하지만 곧 다시 비밀의 서가 집어삼키자 소리를 지른다.

"꺄악! 촉수가! 촉수가아ㅡ!"

아련한 비명과 함께 님프가 사라지자 일대의 모두가 질린 듯한 표정으로 날 보고 있었다. 이게 어떻게 된 건지 아는 아탈란테만이 고개를 절레절레 저을 뿐이다.

"자, 이상 없는 거 봤지? 네 자매들을 구하고 싶으면 열심히 사슴을 찾아주는 게 좋을 거다."

"…악당!"

라피는 이를 갈며 날 쏘아본다. 하지만 가소로울 뿐이다.

"너 말고도 날 그렇게 부르는 녀석들이 많더라."

결국 라피는 굴복하기로 한 듯 한풀 꺾인 태도가 됐다.

"…사슴을 찾아주면 모두 돌려줄 건가요?"

"물론이다. 내 명예를 걸고 약속하지."

"…알겠어요."

라피가 받아들이자 나는 그녀의 밧줄을 풀어줬다. 그리고 손에서 빛나는 원형의 테를 만들어 건넸나.

"이게 뭐죠?"

"긴고아(緊箍兒)다."

이것은 머리에 쓰면 상대를 물리적으로 제약할 수 있다. 내가 원할 때 즉각 조여 들어 제재를 가하게 되니까. 식인거인 테마토스가 한 것과 같은 것이다. 본디 한 개밖에 만들 수 없었지만 이제는 숙련도가 늘어 추가적으로 가능해졌다.

"내 명령을 어기면 이게 조여 들어 네 머리를 박살낼 거다."

"당신은 정말 피도 눈물도 없군요."

"적에게만 그러지. 그러니 더 이상 내 적으로 남을 생각은 버리는 게 좋을 거다."

이렇게 완벽히 님프들을 제압했는데, 문제는 너무 완벽했나 보다. 겁 없기로 유명한 스파르타의 전사들이 두려움 가득한 눈으로 날 힐끔거리고 있었던 것. 님프들이 막 허공으로 사라졌다, 나타났다 하니 이게 대체 무슨 조화인가 싶은 모양이다. 자기들끼리 몰래 소근소근거렸지만 귀가 워낙 좋은 나라 다 들렸다.

"우리가 저런 자에게 덤볐었단 말이오?"

"미치겠군. 바실레우스에 관한 소문이 과장됐다고 한 놈이 대체 누구요? 머리털을 다 뽑아버릴 테니까."

"헤르도도스가 천재였던 모양이요. 일찌감치 배신하고 붙어버렸으니. 후우…."

라피를 앞세워 우리는 산을 뒤지기 시작했다. 그녀는 사슴을 찾는 게 쉽지는 않을 거란다.

"님프인 우리도 자주 만날 수 있는 존재가 아니에요. 자기 주인이 사라진 걸 아는 건지 최근에는 더욱 모습을 드러내지 않아요."

"그래? 하지만 열심히 찾아보는 게 좋을 걸. 네 자매들은 당분간 안전하지만 너무 오래 두면 낯선 세계에서 녹아버릴 테니까."

"세상에! 그게 정말인가요!"

"당연히 구라지."

"……."

이제 라피는 반쯤 포기한 얼굴이 됐다. 뭐가 맞는 건지 모르겠다는 표정이었다. 그저 이 상황을 빨리 벗어나고 싶은 건지 열심히 사슴을 찾았다. 하지만 쉽지 않아 우리는 산에서 숙영을 하고 다음날 다시 수색에 들어갔다. 그러다가 산중턱을 돌던 중 익숙한 얼굴을 만났다.

"아우!"

멋지게 수염을 기른 장발의 거한이 날 보면서 반갑게 손을 흔든다. 헤라클레스였다.

"형님! 형님께서도 탐색에 나서셨군요!"

웃으며 그에게 다가가던 나는 중간에 흠칫, 해서는 멈춰 섰다. 그도 그렇게 헤라클레스는 노예를 잡아가는 것처럼 밧줄로 여러 사람을 묶어서 끌고 다니고 있었다. 다들 심하게 맞았는지 눈탱이가 밤탱이가 되어서 원래 얼굴을 알아볼 수 없었다. 대체 누굴까? 자비로운 성격인 헤라클레스가 이렇게 했을 정도면 보통 일이 아닌데.

"…혀, 형님?"

내가 조심스럽게 물으며 묶인 이들을 손가락으로 가리키자 헤라클레스는 별 거 아니라는 듯 말한다.

"아, 이들은 이 산에 사는 님프들이라네."

"님프요?"

님프라고 할 만한 원형이 남아있지 않는데? 어이없어 하자 헤라클레스가 사정을 설명해줬다.

"어젯밤 이들이 내게 다가와 수면제가 든 술을 먹이려 했지. 교태롭게 아양을 부리며 미인계를 쓰더군. 그래서 미인이 아니게 만들어줬어."

"……허."

순간 나조차 말문이 막혀버렸다. 무섭다. 과연 헤라클레스라고 할까…. 적에게는 진정 자비가 메마른 논 위에 물 한 방울만큼도 없구나. 나도 차마 님프들의 얼굴은 못 때렸는데. 뒤에 있던 라피가 몸을 파르르 떨고 있었다.

"님프가 아닌 몸이 돼버려… 히이익!"

라피는 내가 미울 텐데도 망토를 붙잡고 매달린다. 그나마 어느 쪽에 있어야 님프 대접 받고 살 수 있을지 안 거다.

"잘해?"

앞뒤 잘라먹고 그렇게 말하자 라피는 격렬하게 고개를 끄덕여 보였다.

끄덕끄덕끄덕끄덕!

진작 이렇게 협조적으로 나올 것이지.

"형님, 그런데 저희끼리의 경쟁은 그만두기로 하죠. 여기 라피에게 들어보니까 아르테미스가 사라진 이후 사슴을 찾는 게 굉장히 어려워졌답니다. 아프로디테 교단 놈들이 도착하기 전에 힘을 합쳐야 할 것 같습니다."

"아우 말이 맞군. 그렇게 하세."

우리는 함께 황금 뿔의 사슴 탐색에 들어갔다. 그 뒤로 이틀을 더 산을 헤맸는데 생각보다 사슴을 발견하기 어려웠다. 라피도 나름대로 필사적으로 찾고 있어 더 채근하지 못할 정도였다.

"이거 먹고 해."

오히려 내가 라피를 챙겨주게 됐다. 처음에 날 공격해서 험하게 굴렸는데, 다니면서 들어보니 자기 여왕이 시켜서 한 게 전부란다. 이 녀석은 어떤 신을 섬겨야 하는지도 별로 개념이 없었다. 그냥 순진한 산골 님프였다. 그래서 더는 까칠하게 굴 수 없어 잘해주기 시작했다.

"고마워요."

그렇게 라피와 조금 사이가 좋아질 무렵, 드디어 어떤 골짜기에서 사슴의 흔적을 발견했다. 의외로 산 아래쪽에 있는 골짜기였다.

"깊은 산중에 있을 줄 알았는데 이런 곳에 흔적이."

헤라클레스는 허를 찔렸다는 반응이었다. 나 역시 산의 초입에 사슴이 얼쩡거릴 줄은 생각도 못했다. 등잔 밑이 어둡다더니 딱 그 말이 맞았다. 우리는 어떻게 사슴을 잡을지 논의했는데 라피 말로는 발견하기가 쉽지 않을 거라고 했다.

"왜? 황금 뿔이 눈에 띌 것 같은데."

"황금 뿔의 사슴은 사실 외견상 평범한 사슴이랑 똑같아요."

"어?"

생각지도 못한 정보에 아연실색해졌다. 뭐야, 그러면 발견해도 모르고 지나갔을 수도 있단 소리잖아.

"왜 그걸 지금 말해!"

"아, 아니. 당연히 아시는 줄 알아서."

"설명해봐."

"사슴은 신수라 신력을 갖고 있어요. 아르테미스 여신님께 받은 힘이지요. 그걸 사용할 때 뿔이 황금색으로 빛나는 거예요."

어떤 때 그 신력을 사용하냐고 하니, 도망칠 때나 싸울 때 등이라고 했다. 위기감을 느껴야 신력을 쓸 거라나. 평소라면 몰래몰래 움직이며 우리가 접근하기 전에 사라질 게 뻔하단다.

"형님, 이대로는 잡기 어렵겠습니다."

"아우, 뭔가 방법이 없겠나?"

"흐음….”

골똘히 생각하던 나는 우리가 골짜기 안에 있다는 데 착안

해 한 가지 무식하기 짝이 없는 발상을 떠올렸다. 헤라클레스가 같이 있어서 가능한 얘기였다.

"형님."

"응?"

"혹시 이 골짜기를 무너뜨릴 수 있어요?"

내 물음에 옆에 있던 라피가 어이없는 표정을 짓는다. 하지만 헤라클레스는 제법 진지한 얼굴로 생각하다 고개를 끄덕였다.

"가능할 거 같군. 그런데 왜?"

"형님 힘으로 산사태를 일으키면 토사가 골짜기를 채울 겁니다. 이 골짜기 어디에 숨은 사슴은 그걸 피하기 위해선 신력을 써서 달아날 수밖에 없고요."

"옳거니. 사슴의 뿔이 빛날 상황을 만들자는 거군."

"네, 어디 있는지 모르겠으니 일대를 뒤집는 거죠. 평범한 사슴이라면 토사에 깔려 죽을 겁니다만, 상대는 신수이니 그럴 리 없습니다."

"좋아, 해보지."

헤라클레스가 자리를 털고 일어나자 라피가 말이 안 나오는지 입을 멍하니 벌린다.

"산사태를 일으킨다고요? 그런 건 신이나 하는 일이에요."

얘가 뭘 모르네. 얼마 전에 강의 신이 헤라클레스 형님한테 맞다가 도망갔는데.

"저분은 인간의 규격이 아니야."

헤라클레스는 님프들과 의논해 골짜기에 산사태를 일으키

기 좋은 위치에 자리 잡았다. 그리고 심호흡을 하더니 땅을 마구 내리치기 시작했다. 별다른 준비 동작도 없었다.

쿠우웅! 쿠우웅!

쿵! 쿵!

주먹으로 대지를 때리는데 어째서 거대한 폭탄이 터지는 듯한 진동이 느껴지는 걸까. 그의 힘을 알고 있지만 참으로 불가해다.

"이 공격은 땅을 관통해 아주 깊은 곳에서 위력을 발휘하는 수법이네. 내 일전에 작은 산이 거대한 괴물이 돼 일어난 사건을 겪었는데 그때 개발한 기술이지."

"…그 괴물은 어찌 됐습니까?"

"머리 부분인 바위가 30미터 정도 됐는데 그걸 쪼개주니까 우르르 무너지더군."

"음……. 그렇군요. 형님, 다음부터 주먹을 휘두르실 때는 미리 꼭 말 좀 해주십시오."

이러니 신들도 두려워하지. 속으로 혀를 내두르고 있는데 그때, 정말로 산이 무너져 내리기 시작했다.

"피해!"

미리 안전한 위치에 있었다지만 토사가 급격히 무너지며 골짜기가 통째로 쓸려나가는 모습은 실로 전율할 만한 것이었다.

와르르르! 쿠아아앙!

마치 흙의 강물이 흐르는 것 같았다.

같은 시간 산의 초입.

헤르메스의 능력 덕에 며칠 간 길을 헤맨 아프로디테 교단의 인물들이 막 산에 도착한 상태였다. 다들 길을 잃어 험한 고생을 한 탓인지 거지꼴이었다. 절망할 법도 한 상황인데 어째 다들 표정이 밝았다.

그도 그럴 게, 오늘 아침에 영광스럽게도 아프로디테에게 신탁을 받았기 때문이다. 평소 교단을 신경 쓰지도 않는 사랑의 여신이라 다들 크게 흥분해 들뜬 건 말할 필요도 없다. 일행의 책임자인 최고 사제는 힘 있는 목소리로 외쳤다.

"모두 들으라! 여신께서 말씀하시길 그 간교한 펠레우스 일행은 아직 사슴을 발견하지 못했다고 한다!"

"오오오오!"

"게다가 추가로 말씀하시길, 처음 만나는 골짜기로 가면 반드시 사슴을 만난다고 하셨으니 이번 대결의 승리는 우리들의 것이다!"

"만세! 아프로디테 만세!"

헤르메스에게 당했을 때만 해도 절망뿐이었다. 한데 감을 못 잡는 상대와 다르게 사슴의 위치도 알아냈다. 다들 용기백배할 수밖에. 특히 경애하는 여신님의 은총이 내렸으니 이건 더 말할 필요도 없이 승리였다.

"자! 가즈아! 골짜기로!"

최고 사제는 신이 나 모두를 이끌었다. 산의 초입에서 첫 번째 골짜기를 만나자 다들 열정적으로 타고 올랐다. 이제 곧 황금 뿔의 사슴을 만나리라. 하지만 그때.

우르르르릉! 콰아아앙!

산 전체가 진동하며 요란한 소리가 울리고 있었다.

"아니?"

"멈추시오! 대체 이게?"

다들 무슨 일인지 모르겠단 일굴이다. 하지만 저 산 위쪽에서 새들이 갑자기 떼로 날아오르고 나무가 무너지는 걸 본 순간 상황을 파악했다.

"산사태다! 으아아아!"

"피해! 산이 무너진다!"

아프로디테의 신탁은 절대 틀리지 않았다. 오히려 아주 영험했다. 다만 헤라클레스가 산을 무너뜨릴 거란 건 여신도 몰랐을 뿐이었다. 만약 이때 비밀의 서가 이들에게 있었다면, 지금 상황을 지켜보고 있던 헤르메스의 반응을 볼 수 있었을 것이다.

<헤르메스 신이 고개를 절레절레 흔듭니다. '안 됐군. 다들 저승 가즈아!'>

산사태가 일어나며 토사가 아래쪽으로 쏟아져 내렸다. 사실 헤라클레스에게 이런 힘이 있다는 걸 잘 알고 있었지만, 막상

기적에 가까운 일을 바로 눈앞에서 보니 입이 절로 벌어졌다.

"사기다. 이건. 인과율의 제약을 받지도 않고 이런 괴물이 돌아다니는 건 사기라고…."

확실히 헤라클레스의 힘은 기존 질서의 시선으로 볼 때 문제가 있다. 이 대단한 영웅은 몇 년 뒤에 히드라의 독 때문에 허무하게 퇴장하는데, 아마 그 과정에서 신들의 개입이 있었지 않았을까 싶다. 12과업을 완수해 충분히 레벨 업을 한 헤라클레스를 더는 지상에 두기 뭐하니 올림포스로 데려가기 위한 수작이었을지도.

우르르르르! 콰아앙!

산사태로 흙먼지가 자욱하게 일던 그때, 놀라운 일이 일어났다. 골짜기 저 아래쪽에서 갑자기 가공할 신성력이 발동되는 게 느껴졌기 때문이다.

"이건!"

뭐라 말도 꺼내기 전에 멀리서 마치 오로라 같은 빛의 장막이 만들어졌다. 그리고 그것은 쏟아지는 토사를 완전히 받아냈다.

"세상에, 방어막인가?"

산사태를 막아낼 정도의 방어막이라니, 그 장대한 규모에 말문이 막힐 지경이었다. 그런데 누가, 대체 왜 방어막을 전개한 거지? 저기 뭐가 있기에? 동기를 알 수가 없었다. 설마 황금 뿔의 사슴이 전개한 건가 싶었지만 곧 말도 안 된다는 생각에 고개를 저었다. 신수라고 해도 저 정도는 무리다.

"사슴이다!"

그때 스파르타인 하나가 소리쳤다. 그가 가리킨 방향을 보니 100미터 앞 쪽에 황금색으로 빛나는 뿔을 가진 사슴이 쏜살같이 지나가고 있었다. 산사태가 나자 부리나케 도망치고 있던 것이다.

"나타났군! 하하핫!"

헤라클레스는 크게 기뻐하며 활을 들고 튀어나갔다.

"아우! 먼저 가겠네!"

황금 뿔의 사슴 사냥은 헤라클레스에게 맡기기로 했다. 그는 궁술의 대가다. 아무리 신수라도 일단 걸린 이상 빠져나가긴 글렀다가 봐도 된다. 일전에 도망가던 강의 신도 등짝에 화살 몇 발을 맞았으니 말 다했다. 나는 사슴 대신 저 오로라 같은 방어막이 펼쳐진 곳으로 가보는 게 낫겠단 생각이 들었다.

"모두 안전한 장소로 물러나 있도록."

신적 존재의 개입 같아서 혼자 가보기로 했다. 급하게 오로라가 보이는 곳을 향해 골짜기를 타고 내려갔다. 그리고 예상치 못한 광경을 만났다.

"뭐야?"

순간 당황해서 말문이 막힐 정도. 오로라 방어막 뒤쪽으로 아프로디테 교단 사람들이 몰려있었던 것이다. 다들 무릎을 꿇고 누군가에게 열심히 기도를 하는 듯했는데, 울부짖으며 찬양하는 게 감정이 격해진 모양이다.

"오오! 여신이시여!"

"미천한 저희를 구해주시다니! 흐으윽!"

나는 그 모습을 보며 산사태로 뜻하지 않게 아프로디테 교단의 인물들이 쓸려나갈 뻔했다는 걸 깨달았다. 그나저나 왜 골짜기로 올라오고 있었던 건지 모르겠다.

"이 목숨 돌봐주셔서 감사합니다!"

저들의 말을 들어보니 이 오로라는 아마 아프로디테가 일으킨 모양이다. 그때 아프로디테 교단의 사람들 중 연장자로 보이는 이가 화들짝 놀라 자리에서 일어난다. 뭔가 혼나는 사람 같다. 그는 서둘러 주변에 외쳤다.

"어서 물러나세! 이러고 있을 때가 아니야!"

아마 감사는 그만하고 빨리 물러나라고 한소리 들은 모양이다. 아프로디테 교단은 서둘러 도망쳤고 그들이 충분히 물러나자 오로라 방어막이 조금씩 작아지며 토사가 다시 흘러내렸다.

우르르르르!

자욱하게 이는 흙먼지 속에서 나는 곰곰이 생각에 잠겨있었다. 설마 아프로디테가 직접 힘을 써서 신도들을 구할 줄 몰랐기 때문이다. 그리고 한참 뒤 흙먼지가 가라앉았을 때 은은한 빛으로 둘러싸인 절세가인이 날 쳐다보고 있음을 깨달았다.

"무엇을 그렇게 생각하는 거니?"

그녀는 초월적인 아름다움을 갖고 있는 존재였다. 헐렁한 의복 덕에 우유처럼 깨끗한 피부와 풍만한 가슴이 한껏 드러나 있었다. 살짝 몸을 숙이면 안쪽까지 다 보일 듯한 모습이었다. 나는 그녀의 미를 마주하자 절로 탄식이 흘렀다.

"…아프로디테 님이시군요."

보자마자 알아볼 수 있었다. 이런 여자가 사랑과 미의 여신이 아니면 누가 그 일을 하겠는가? 품위 있으면서도 색정적이고, 농염하면서도 소녀 같이 풋풋하다.

그제야 나는 사랑의 여신이 가진 매력을 이해할 수 있었다. 어쩌면 그녀는 여성이 가진 모든 매혹적인 부분은 두루 다 갖춘 건지도 모른다. 때에 따라 소녀처럼, 혹은 성숙한 여인처럼 행동하는 완벽한 이상적 존재.

"너는 펠레우스로구나. 직접 대면하는 건 처음이네."

아프로디테의 황금빛 눈동자가 날 물끄러미 쳐다본다.

"미천한 자가 사랑과 미의 여신 아프로디테 님을 뵙습니다."

내 인사에 그녀는 고개를 끄덕이며 살며시 다가온다. 그러자 미풍이 불었고 나는 부지불식간에 한 발자국 물러났다.

"이런."

살짝 입술을 깨물 수밖에 없었다. 식은땀이 흘렀기 때문이다. 뭐랄까, 이건 색다른 종류의 압박감이었다. 저 존재와 가까워질수록 의식이 지워지고 격정의 포로가 돼버릴 것 같다는 예감이 든다. 본능이 경고를 보내고 있었다.

하지만 아프로디테는 자신이 뿜어내는 색기를 별로 신경 쓰지 않는 기색이었다. 은연중에 뿜어내는 교태조차 타고난 천품이라고 해야 할지 모르겠다. 그녀는 딱히 날 유혹하려는 것 같지는 않았다. 아니, 적대적인 기색은 전혀 느껴지지 않았다.

"무엇을 생각하고 있었니? 펠레우스."

"신도들을 구한 게 꽤나 의외라고 생각했습니다."

"어째서?"

나는 그녀를 물끄러미 쳐다봤다. 본체가 아니라 화신으로 강신한 상태다.

"화신은 인과율에 제약을 받지 않는 대신 힘의 한도가 있지요. 방금 전처럼 큰 힘을 써버리면 이후 지상에서 활동에 제약이 따르지 않습니까?"

화신의 소모된 힘을 회복하는 데는 시간이 많이 걸린다. 그렇기에 화신도 마냥 편하게 쓸 수 있는 건 아니다. 하지만 아프로디테는 별 일 아니라는 듯 어깨를 으쓱한다. 그러자 크게 부푼 가슴을 간신히 가리고 있던 천이 아래로 더 흘러내렸기에 나는 살짝 고개를 돌려야 했다.

"테베가 내 텃밭이니 나선 것뿐이란다. 그쪽에서 인심을 잃긴 싫거든."

틀림없이 거짓말이다. 이번 사냥에 나선 인원이 쓸려가더라도 교단의 전력은 온전하다. 그 정도로 테베에서 아프로디테의 세력은 굳건하기 때문이다. 하니, 괜히 화신의 힘을 소모하지 말고 모른 척하는 게 현명하지.

"오늘 일이 소문나면 다른 신들이 몰래 수작을 부려올 수 있습니다."

막말로 다른 신의 화신이 쳐들어 올 수도 있다. 그렇게 된다면 크게 한 수 양보해야 할지도 모른다.

"그건 그때 감당하면 될 일."

아프로디테는 별 거 아니라는 듯 머리칼을 쓸어 뒤로 넘긴다. 하지만 나는 말은 저렇게 해도 아프로디테가 예상 외로 자애로운 성격이란 걸 알 수 있었다. 다른 신들이라면 분명 그냥 휩쓸려 가게 내버려뒀을 터다. 그게 합리적이니까.

<그리스로마 신화>를 봐라. 신들은 자기 맘에 안 드는 자들에게 저주는 열심히 날리지만 재난으로부터 사람을 구해주는 일이 어디 흔한가. 구해줘 봐야 한두 명에 그칠 뿐이다. 정말 최소한의 자비를 베풀고 힘을 아낀다.

그에 반해 아프로디테는 자기 신도들을 구하기 위해 이후 손해 볼 일을 감수하는 듯했다. 그렇기에 나는 그녀를 다시 보게 됐다. 하여 나도 아프로디테를 향한 태도를 바꿨다.

"여신이시여. 오늘의 대결을 용서해 주십시오. 이 산사태도 고의가 아닙니다."

이제 어찌 나올까 싶었는데, 의외로 아프로디테는 뒤끝 없이 고개를 끄덕였다.

"이미 승패가 갈렸으니 오늘 일은 마음에 두지 않겠어. 하지만 네가 네메시스를 만족시키기 위해 내 교단을 걸고넘어진 건 사실이잖니."

역시 알고 있었군. 할 말이 없었다. 지적한 그대로니까. 솔직히 올림포스 신에 대해 안 좋은 이미지가 강해 그녀에 대해 편견이 있었다. 대충 못된 여신이라 생각하고 시비를 건 셈이다. 하지만 이래서는 미안한 마음이 앞선다.

"심기를 어지럽혀 드린 점 깊이 사죄드립니다."

"후훗, 관대하게 넘어가 줄까?"

"부탁드립니다."

아프로디테는 어찌할까 고민하는 것처럼 조용히 날 바라본다. 그러다 크게 고개를 끄덕였다.

"좋아. 봐줄게. 대신 훗날 날 한 번 도와주렴. 너는 틀림없이 대단한 자가 되겠지. 어쩌면 우리 올림포스 신들의 운명에 네가 관여할지도 모르겠구나."

"말도 안 됩니다."

"글쎄, 그건 두고 봐야 알겠지. 하지만 내가 오늘 일을 관대하게 넘기는 건 그런 날이 올 거란 예상 때문이란다. 그때가 되면 나를 한 번 도와주려무나."

돕는 거야 문제가 안 되는데, 그게 종말의 집행자인 내 일과 어긋날까 싶어 선뜻 대답을 못했다. 잠시 망설이는 그때, 아프로디테가 놀랄 만한 소리를 입에 담았다.

"나는 알고 있어. 네가 지금은 처음부터 없었던 것처럼 사라져 버린 존재와 관련이 있다는 걸."

"네?"

순간 내 얼굴에서 침착함이 사라졌다. 그리고 잘 만들어진 가면이 흔들렸다. 설마 아프로디테는 비밀의 신 하포크라테스를 아는 걸까? 입술을 살짝 깨물고 있자 아프로디테는 미소 짓는다.

"그게 대체…."

"자세히 묻지는 말아주렴. 숙녀의 비밀이니까."

아프로디테가 무엇을 감추고 있는 건지 궁금했다. 하지만 알 길이 없었다.

"사실 너와는 좀 더 온건한 방법으로 만나고 싶었어. 네가 이런 일을 벌일 줄은 몰랐지. 하지만 나름대로 재미는 있었다고 할까? 뭐, 한동안 네메시스가 거들먹거리는 걸 봐줘야 하니 그건 좀 머리 아프네. 호호호."

"드릴 말씀이 없습니다."

"괜찮아. 넘어가 줄 테니까."

아프로디테가 나긋하게 웃으며 뒷짐을 진 채 한 발자국 더 다가온다. 자세 때문인지 그녀의 상체가 더 두드러져서 위험천만했다. 그리고 그때 비밀의 서에서 갑자기 반응이 떠올랐다.

<복수의 여신 네메시스가 이를 바득바득 갑니다. '저 못된 여우가 꼬리를 쳐!'>

네메시스에게서 불만 어린 기색이 느껴졌다. 한데 특이하게도 이런 시선을 아프로디테도 알아챈 모양이다. 같은 신이다 보니, 다른 신의 시선을 느낄 수 있는 건지도 모르겠다.

"흐응…."

뭔가 알겠다는 듯 요염한 콧소리를 낸 그녀는 내게 한 가지 제안을 했다.

"펠레우스."

"네."

"앞으로는 날 누나라고 부르렴. 호호호. 그게 오늘 일을 용서해 주는 추가 조건이야."

"누, 누나요?"

황당해서 살짝 말을 더듬었다. 신이 자기를 누나라고 칭하게 하다니.

<복수의 여신 네메시스가 자리에서 벌떡 일어납니다. '세상에! 세상에! 저런 요망한 년이!'>

하지만 아프로디테는 거리낌이 없었다. 분명 네메시스 때문에 일부러 더 그러는 거 같았다. 아프로디테는 사랑스러운 콧소리를 내며 가까이 왔다. 여신의 달콤하고 야릇한 체향이 진해지자 심장이 마구 뛰어댔다.

"앞으로 날 누나라고 불러."

"아니, 여신이시여. 아무래도 그건…."

"자, 어서."

막무가내인 점은 올림포스 신이 맞다는 생각이 들었다. 하지만 상대가 주책맞은 얼굴로 상당히 기대하고 있었기에 어쩔 수 없었다.

"누, 누나?"

어색해서 입매가 뒤틀리는 것 같았는데 아프로디테는 손뼉을 치며 꺄르르, 좋아한다. 참으로 알 수 없는 여신이다. 아까는 도저히 해량할 수 없는 존재처럼 심각했는데 지금은 그냥 동네 예쁜 누나 같기도 하다.

<복수의 여신 네메시스가 뒷목을 잡습니다.>

특히나 네메시스를 골려먹는데 크게 만족한 듯했다. 그녀는 해맑게 웃더니 오늘은 보는 이가 있어서 이쯤 얘기하자고 하며 발길을 돌린다.

"나중에 또 보자?"

"여신이시여. 잠시만…."

지긋.

"아, 누나… 잠시만요.."

"응?"

"님프에 대해 묻고 싶은 게 있습니다. 그것만 말씀해주고 가주세요."

아프로디테 누나와 한동안 얘기를 하고 복귀하니 헤라클레스가 이미 황금 뿔의 사슴을 잡아놓고 있었다. 사슴은 자기 운명을 예감한 듯 구슬프게 울어댔다. 안타깝지만 아르테미스가 나락으로 떨어졌을 때 그녀의 신수인 사슴의 운명도 끝난거다.

"어딜 갔다 온 건가? 아우."

"아프로디테 여신을 만나고 왔습니다."

"뭐?"

헤라클레스는 놀라며 어디 해코지는 당하지 않았냐고 묻는다. 나는 고개를 저었다.

"해코지라기보다… 앞으로 누나라고 부르기로 했습니다."

"갈수록 알 수 없는 소리만 하는군."

"자세한 얘기는 나중에 해드리겠습니다. 일단 뿔을 자르죠."

나는 황금 뿔 한 개는 헤라클레스에게 건넸다. 그가 과업을 수행했다는 증거로 말이다. 다른 하나는 네메시스 여신에게 바칠 것이다. 그리고 뿔은 잃은 사슴은 이후 수신에게 공양을 하기 위해 비밀의 서 안에 집어넣었다. 사슴은 신수인지라 안쪽 공간에서 잘 버틸 수 있다.

"이제 끝난 건가?"

헤라클레스가 황금 뿔을 하나 챙겨 넣고는 홀가분하다는 듯 물었다. 하지만 나는 고개를 저었다.

"아니죠. 형님. 님프의 여왕을 만나야 하지 않겠습니까? 그녀는 우리를 공격했습니다. 당연히 대가를 치러야 합니다."

"하하하, 이런. 승리감에 들떠 내가 빚을 깜빡할 뻔했군. 한데 그 님프는 아프로디테 여신이 돌보는 존재가 아닌가? 우리가 그녀의 교단을 상대로 승리했으니 너무 성질을 자극하지 않는 게 좋아. 이대로 그냥 물러나는 게 어떤가?"

"아, 그게 사실은 말이죠…."

아프로디테와 얘기할 때 님프에 관해서도 물어봤다. 그녀가 이 산의 님프들을 어찌 생각하는지 알고 싶어서. 한데 아프로디테는 이 산의 님프들을 전혀 자신이 돌볼 족속으로 여기지 않고 있었다.

"그들이 필요에 의해 날 섬기겠다고 한 것뿐이야. 그래서 이번 일을 도와주면 알아서 살 게 해주겠다고 하니 좋다고 하더라. 사실 이 누나는 그런 제멋대로인 아이들은 별로 안 좋아하니 뜻대로 처리하렴. ……라는 이야기를 들었습니다."

토씨 하나 틀리지 않고 헤라클레스에게 전달하자 그는 반색하며 껄껄 웃었다.

"그래? 여신이 끼어들지 않겠다면 거칠 게 없지. 크하하핫! 가서 그 녀석들을 다 못생기게 만들어주면 되겠군. 이후에는 공연히 사람을 유혹해 못된 짓을 하지 못하겠지."

헤라클레스의 말에 찐빵처럼 얼굴이 부어있던 님프들이 식겁한다. 이제 좀 나아가고 있었는데 다시 때릴 기세라 다들 기겁을 하고 내 뒤로 숨는다.

"아, 형님……."

어째서 이 인간은 매사 물리로 해결하려는 걸까. 나는 그들의 여왕이 문제라고 알리고, 그녀를 제거하면 나머지 님프들은 데메테르 여신에게 인도할 수 있을 거라고 했다.

"이 녀석들은 여왕이 시키는 대로 한 것뿐입니다. 크게 나쁜 녀석들은 아니에요."

"좋아. 그러면 그 여왕이라는 녀석에게만 받은 걸 돌려주자고."

"여왕도 못생기게 되는 겁니까…?"

대답 대신 헤라클레스는 허공에 주먹을 휘두른다. 아무래도 이번에는 터진 만두로 만들어 버리려는 것 같았다.

"가자고. 아우. 하하하."

"알겠습니다. 라피, 앞장서라."

라피의 안내를 따라 님프의 여왕을 찾아가는데 갑자기 하늘 위에서 작은 양피지 조각이 나풀거리며 떨어졌다. 그리고 정확하게 내 손바닥 위에 떨어진다. 거기에는 유려한 필체로 글씨가 적혀있었다.

<케리네이아 산의 님프들은 엄청난 보물을 감추고 있단다. 듣기로는 어떤 고대의 티탄이 남긴 유물이라고 해. 이 기회에 한 번 찾아보는 것도 괜찮을지도? -너의 귀여운 누나, 아프로디테.>